LES MORSURES DU PASSÉ

Écrivain américain, Lisa Gardner a grandi à Hillsboro, dans l'Oregon. Auteur de plusieurs thrillers, elle est considérée comme l'une des grandes dames du roman policier féminin. Elle a reçu le Grand prix des lectrices de *Elle* en 2011 dans la catégorie Policier pour *La Maison d'à côté*.

LISA GARDNER

Les Morsures du passé

ROMAN TRADUIT DE L'ANGLAIS (ÉTATS-UNIS) PAR CÉCILE DENIARD

ALBIN MICHEL

Titre original :

LIVE TO TELL
Publié par Bantam Books, New York.

Prologue

Danielle

Je n'ai plus beaucoup de souvenirs de cette nuit-là. Au début, on croit qu'on n'oubliera jamais. Mais le temps est comme une sorte de brouillard, surtout pour les enfants. Et année après année, petit à petit, les détails se sont estompés dans ma mémoire. Un mécanisme d'adaptation, m'assurait le docteur Frank. L'évolution naturelle de ma psyché en voie de guérison. Aucune raison de me sentir coupable.

Mais je me sens coupable, évidemment.

Je me rappelle avoir été réveillée par un hurlement. Peut-être celui de ma mère, mais, d'après le rapport de police, plus probablement celui de ma sœur. Il faisait noir dans ma chambre. J'étais désorientée, je ne voyais rien. Et puis il y avait une odeur. C'est ce dont je garde le souvenir le plus net après toutes ces années. Une odeur de fumée que j'ai cru être celle d'un incendie, mais qui était en réalité une odeur de poudre, au bout du couloir.

D'autres bruits. Des choses que j'entendais sans les voir : des pas lourds, la chute d'un corps dans les escaliers. Et puis la voix retentissante de mon père, devant la porte de ma chambre.

« *Oh, ma petite Danny. Ma jolie, jolie petite Danny.* »

Ma porte s'est ouverte. Rectangle de lumière vive sur fond noir. La silhouette de mon père, découpée dans l'embrasure.

« *Ma petite Danny*, a-t-il chanté d'une voix plus enjouée. *Ma jolie, jolie petite Danny.* »

Ensuite, il a mis le pistolet sur sa tempe et appuyé sur la détente.

Je ne suis pas sûre de ce qui s'est passé tout de suite après. Est-ce que je me suis levée ? Est-ce que j'ai fait le numéro des secours ? Est-ce que j'ai essayé de ranimer ma mère, ou peut-être d'arrêter le sang qui ruisselait du crâne fracassé de ma sœur, du corps disloqué de mon frère ?

Je me souviens qu'un autre homme est entré dans ma chambre. Il m'a parlé d'une voix apaisante, il m'a dit que tout allait bien maintenant, que j'étais en sécurité. Il m'a prise dans ses bras, même si j'avais neuf ans et que j'étais trop grande pour qu'on me traite comme un bébé. Il m'a dit de fermer les yeux. De ne pas regarder.

J'ai hoché la tête sur son épaule, mais naturellement j'ai gardé les yeux ouverts.

Il fallait que je voie. Que j'enregistre. Que je me souvienne. C'est le devoir de l'unique survivant.

D'après le rapport de police, mon père était ivre ce soir-là. Il avait consommé au moins une bouteille de whisky avant de charger son arme de service. La semaine précédente, il avait perdu son emploi au bureau du shérif – après avoir reçu deux blâmes pour s'être présenté au travail en état d'ébriété. Le shérif Wayne, l'homme qui m'a sortie de la maison, avait espéré que ce licenciement obligerait mon père à s'amender, peut-être à s'inscrire aux Alcooliques Anonymes. J'imagine que mon père avait d'autres idées sur la question.

Il a commencé dans la chambre, surprenant ma mère à côté de son lit. Puis ça a été le tour de ma sœur de treize ans, qui avait sorti une tête dans le couloir, sans doute pour voir ce qui se passait. Mon frère de onze ans est lui aussi apparu dans le couloir. Il a tenté de prendre la fuite. Mon père lui a tiré dans le dos et Johnny est tombé dans les escaliers. La balle ne l'a pas tué sur le coup et il a mis un moment avant de mourir.

Je ne me souviens pas de ça, bien sûr. Mais j'ai lu le rapport officiel quand j'ai eu dix-huit ans.

Je cherchais une réponse que je n'y ai jamais trouvée.

Mon père avait tué toute ma famille, sauf moi. Est-ce que ça voulait dire qu'il m'aimait plus que les autres ou qu'il me haïssait plus que les autres ?

« Qu'en pensez-vous ? » me répondait toujours le docteur Frank.

J'en pense que c'est toute l'histoire de ma vie.

J'aimerais pouvoir vous dire de quelle couleur étaient les yeux de ma mère. Je sais qu'ils étaient bleus, logiquement, parce qu'à la mort de ma famille, je suis partie vivre chez tante Helen, la sœur de ma mère. Les yeux de tante Helen sont bleus et, à en juger par les photos qui me restent, ma mère et elle étaient pour ainsi dire des sosies.

Sauf que c'est bien le problème. Tante Helen res-semble tellement à ma mère qu'au fil des années elle a pris sa place. Dans ma tête, je vois les yeux de tante Helen. J'entends sa voix, je sens ses mains qui me bordent le soir. Et ça me fait souffrir parce que je voudrais que ma mère revienne. Mais elle a disparu en moi, ma mémoire déloyale l'a tuée plus efficacement que mon père ne l'avait fait. C'est ce qui m'a poussée à aller voir les rapports de police et les photos de scène de crime, si bien qu'aujourd'hui la seule image qui me reste de ma mère est celle d'un visage étrangement flasque qui fixe l'appareil photo, un trou au milieu du front.

J'ai des photos où je suis assise sur un perron avec Natalie et Johnny et où nous nous tenons par les épaules. Nous avons l'air très heureux, mais je ne me souviens plus si mes frère et sœur me taquinaient ou me toléraient. Se doutaient-ils qu'un soir ils allaient mourir et que moi j'en réchapperais ? S'imaginaient-ils, en cet après-midi ensoleillé, qu'aucun de leurs rêves ne se réaliserait ?

« Le complexe du survivant, me rappelait d'une voix douce le docteur Frank. Rien de tout cela n'est de votre faute. »

L'histoire de ma vie.

Tante Helen s'est bien occupée de moi. Juriste d'entreprise entièrement dévouée à son travail, elle avait plus de quarante ans et pas d'enfant quand je me suis installée chez elle. Comme elle habitait un deux-pièces dans le centre de Boston, j'ai dormi sur le canapé pendant la première année. Aucune importance, vu que je n'ai pas dormi cette année-là de toute façon, et nous restions donc debout toute la nuit à regarder des rediffusions de *I Love Lucy* en essayant de ne pas penser à ce qui s'était passé une semaine plus tôt, un mois plus tôt, un an plus tôt.

Une sorte de compte à rebours, sauf qu'on ne se rapproche jamais d'un quelconque but. Chaque journée est aussi merdique que la précédente. On en vient juste à accepter l'idée que la vie en général est merdique.

Tante Helen m'a trouvé le docteur Frank. Elle m'a inscrite dans une école privée où, grâce aux classes à effectif réduit, je bénéficiais d'une surveillance continue et d'un suivi individuel très poussé. Pendant deux ans, j'ai été incapable de lire. Les lettres n'avaient plus de sens, je ne savais plus compter. Je me levais chaque matin et cela me prenait une telle énergie que je ne pouvais plus faire grand-chose d'autre. Je ne me faisais pas d'amis. Je ne regardais pas les professeurs dans les yeux.

Assise sur ma chaise jour après jour, je déployais tant d'efforts pour me souvenir de chaque détail (les yeux de ma mère, le cri de ma sœur, le sourire niais de mon frère) qu'il n'y avait plus de place pour rien d'autre dans ma tête.

Et puis un jour, en marchant dans la rue, j'ai vu un homme se pencher vers sa petite fille pour l'embrasser sur le sommet du crâne. Un banal geste de tendresse paternelle. Sa fille a levé les yeux vers lui et sa petite bouille ronde s'est illuminée d'un sourire de mille watts.

Et mon cœur s'est brisé, d'un seul coup.

J'ai fondu en larmes, sangloté comme une folle dans les rues de Boston et je suis rentrée comme j'ai pu chez ma tante. Quand elle est revenue quatre heures plus tard, je pleurais encore sur le canapé en cuir. Alors elle en a fait autant. Nous avons passé une semaine entière à pleurer ensemble sur le canapé, avec des épisodes de *L'Île aux naufragés* en fond sonore.

« Quel enfoiré », a-t-elle dit, une fois pleurées toutes les larmes de notre corps. « Quel enfoiré de connard de mes deux. »

Et je me suis demandé si elle en voulait à mon père parce qu'il avait assassiné sa sœur ou parce qu'il lui avait collé sur les bras une enfant dont elle ne voulait pas.

L'histoire de ma vie.

J'ai survécu. Et même si je ne me souviens pas toujours, je mène ma vie, ce qui est le suprême devoir du survivant.

J'ai grandi. J'ai fait des études. Je suis devenue infirmière en pédopsychiatrie. Aujourd'hui, je passe mes journées dans un service pédopsychiatrique fermé à Boston ; je m'occupe du petit garçon de six ans qui entend déjà des voix, de la fillette de huit ans qui s'automutile, du grand frère de douze ans qu'il est absolument exclu de laisser seul en compagnie de ses jeunes frères et sœurs.

Nous sommes une unité de soins intensifs. Nous ne *guérissons* pas ces enfants. Nous les stabilisons en nous appuyant sur une médication appropriée, un environnement épanouissant et tout autre truc que nous pouvons sortir de notre chapeau. Et ensuite, nous observons. Nous essayons de comprendre comment fonctionne tel ou tel enfant et nous rédigeons des

12

recommandations à l'intention de l'équipe de spécialistes qui prendra le relais auprès d'eux, soit dans un programme en internat, soit dans un établissement pour prise en charge de longue durée, soit encore lors d'un retour encadré en milieu familial.

Certains de nos patients font des progrès. Ils réalisent pleinement leur potentiel, ce qui, de l'avis général, est une immense réussite. D'autres se suicident. D'autres encore commettent des meurtres. Ils deviennent ce gros titre que vous avez lu dans les journaux : « Un jeune désaxé à l'origine d'une fusillade » ; « une famille entière assassinée par le fils aîné ». Et des gens meurent, qu'ils y soient ou non pour quelque chose.

Je sais ce que vous vous dites. Vous vous dites que j'ai choisi ce métier pour sauver des enfants en perdition comme moi. Ou peut-être, de manière plus héroïque encore, pour prévenir des tragédies telles que celle qui a touché ma famille.

Je comprends que vous vous disiez ça.

Mais vous ne me connaissez pas encore.

JEUDI

1

Jeudi soir, le commandant D.D. Warren avait un rendez-vous galant. Pas le pire qu'elle ait jamais eu. Pas le meilleur non plus. Mais enfin, c'était le seul qu'elle ait eu depuis un bon moment, alors, à moins que Chip ne se révèle un total abruti, elle avait bien l'intention de le ramener chez elle pour une sérieuse séance d'équilibrage budgétaire.

Jusque-là, ils en étaient à une demi-miche de pain trempé dans de l'huile d'olive et un demi-bœuf saignant. Chip avait réussi à ne pas parler de la côte première dont le jus se répandait dans toute l'assiette de D.D., ni du besoin qu'elle éprouvait de saucer avec une énième tranche de pain. La plupart des hommes restaient décontenancés devant son appétit. Ils ne pouvaient pas s'empêcher de plaisanter d'un air gêné sur sa capacité à engloutir assiette sur assiette. Après quoi ils jugeaient nécessaire d'ajouter, d'un air encore plus gêné, que cela ne l'avait naturellement pas empêchée de conserver une silhouette de jeune fille.

Ouais, ouais, elle avait un appétit de sumo et la taille mannequin. À près de quarante ans, elle avait eu tout le temps de s'apercevoir qu'elle possédait un métabolisme hors norme, et elle n'avait certainement pas besoin qu'un scribouillard mou du bide le lui fasse remarquer. Manger était sa passion. Surtout que son travail au sein de la brigade criminelle de Boston ne lui laissait guère de temps pour le sexe.

Elle régla son compte à la côte première, s'attaqua à la pomme de terre à la viennoise. Chip était comptable au département de médecine légale. Le rendez-vous avait été arrangé par la femme d'un ami d'un mec du service. Ouais, D.D. aussi trouvait ça bizarre. Mais enfin, elle était là, assise sur une banquette très prisée du Hilltop Steakhouse, et, franchement, Chip tenait la route. Un peu enrobé à la taille, un peu déplumé sur le sommet, mais marrant. D.D. aimait ça, qu'on soit marrant. Quand il souriait, des pattes-d'oie apparaissaient au coin de ses yeux bruns et ça lui suffisait.

Au menu donc, viande, pommes de terre et, si tout se passait bien, Chip en dessert.

Alors bien sûr, son biper sonna à sa ceinture.

Elle se renfrogna, le repoussa dans son dos, comme si cela devait changer quelque chose.

« Qu'est-ce que c'est ? demanda Chip en entendant le carillon.

— Contraception », grommela-t-elle.

Chip rougit jusqu'en haut de son front dégarni et se fendit aussitôt d'un sourire à la modestie si désarmante que D.D. manqua défaillir.

Intérêt que ce soit bien, pensa-t-elle. *Intérêt que ce soit carrément un massacre, sinon ils peuvent toujours courir pour que je fasse une croix sur ma soirée.*

Mais lorsqu'elle lut le message, elle regretta d'avoir pu penser une chose pareille.

Chip le comptable marrant eut droit à un baiser sur la joue.

Et le commandant D.D. Warren se mit en route.

D.D. travaillait dans la police de Boston depuis une douzaine d'années à présent. Elle avait commencé par instruire des dossiers d'accidents de la route ou d'homicides liés au trafic de drogue avant de prendre du galon et d'enquêter sur des événements aussi médiatiques que la découverte de six cadavres momifiés dans une cavité souterraine ou, plus récemment, la disparition d'une jeune et belle enseignante de South Boston. Ses supérieurs aimaient bien la mettre devant les caméras : rien de tel qu'une jolie enquêtrice blonde pour brouiller les pistes.

Cela ne la dérangeait pas. Le stress lui réussissait et elle appréciait une bonne affaire façon cocotte-minute encore plus qu'un buffet à volonté. Le seul inconvénient était les répercussions sur sa vie privée. En tant que commandant à la brigade criminelle, elle se trouvait à la tête d'une équipe de trois personnes. Il n'était pas rare qu'ils passent toute une journée à suivre des pistes, interroger des informateurs ou retourner sur des scènes de crime, et ensuite la majeure partie de la nuit à rédiger les comptes rendus d'audition, les déclarations sous serment et/ou les demandes de mandat. Chaque équipe était également « d'astreinte » à tour de rôle (ce qui signifiait qu'elle répondrait à la prochaine demande d'intervention), de sorte qu'ils se trouvaient en permanence dans un maelström d'affaires en cours prioritaires et d'anciennes affaires encore non élucidées, auxquelles venaient s'ajouter au moins une ou deux nouvelles saisines par semaine.

D.D. ne dormait pas beaucoup. Ne sortait pas beaucoup. Ne faisait rien beaucoup, en réalité. Ce qui lui allait très bien jusqu'à l'année précédente, où elle avait eu trente-huit ans et où elle avait vu son ancien petit ami se marier et fonder une famille. Du jour au lendemain, la policière rentre-dedans et dure à cuire qui ne vivait que pour son travail s'était retrouvée à potasser *Le Magazine de la parfaite ménagère* ou, pire encore, *Mariée dans l'année*. Un jour, elle avait acheté un *Parents*. Rien de plus déprimant qu'une enquêtrice de la criminelle proche de la quarantaine, célibataire et sans enfant, en train de lire *Parents* toute seule dans son loft du North End.

Surtout quand elle s'était aperçue que certains conseils sur l'éducation des têtes blondes pouvaient aussi s'appliquer à son équipe.

Elle avait mis les magazines au recyclage et s'était juré de sortir avec quelqu'un. Ce qui avait conduit à Chip (ce pauvre Chip qui avait failli s'envoyer en l'air comme jamais) et au fait qu'elle se trouvait maintenant en route pour Dorchester. Son équipe n'était même pas d'astreinte, mais la convocation disait « alerte rouge » : il s'était produit un événement suffisamment important et grave pour justifier de mettre tout le monde sur le pont.

D.D. quitta la I-93 et parcourut le labyrinthe de rues jusqu'à un quartier plutôt populaire. Au sein de la police municipale, Dorchester était connu pour son trafic de drogue, ses fusillades et ses fêtes de quartier tapageuses qui généraient encore plus de trafic de drogue et de fusillades. Le commissariat du district C-11 avait mis en place un numéro vert pour lutter contre le bruit, ainsi qu'une patrouille « anti-fêtards » le week-end. Cinq cents signalements téléphoniques et un grand nombre d'arrestations préventives plus tard, Dorchester voyait enfin baisser son taux d'homicides, de viols et de violences avec voies de fait. En revanche, les cambriolages étaient en forte augmentation. Allez comprendre.

Guidée par son système de navigation, D.D. arriva dans une rue à quatre voies relativement agréable, bordée de modestes carrés de pelouse verte et d'un long alignement de maisons à trois étages blotties les unes contre les autres et dont beaucoup arboraient une grande véranda en façade, voire une tourelle.

Au fil du temps, la plupart de ces maisons avaient été divisées en appartements, jusqu'à six ou huit dans le même bâtiment. Le quartier avait encore belle allure avec ses pelouses bien tondues, ses rambardes de véranda repeintes de frais. Le visage le plus avenant de Dorchester, conclut-elle, de plus en plus curieuse.

Elle remarqua un rassemblement de Crown Vics et ralentit pour se garer. On était jeudi soir, huit heures et demie, et le soleil du mois d'août commençait tout juste à pâlir à l'horizon. Elle distingua la fourgonnette blanche du légiste droit devant, de même que celle de l'Identité judiciaire. Ces véhicules étaient pris en étau par l'habituelle cohue de camionnettes de médias et de pékins du quartier.

Quand D.D. avait vu où elle devait se rendre, elle avait pensé à une histoire de drogue. Sans doute un règlement de comptes entre bandes. Qui avait mal tourné, pour que le commissaire divisionnaire convoque ses dix-huit enquêteurs, donc très certainement avec des victimes collatérales. Peut-être une grand-mère assise dans sa véranda ou des enfants qui jouaient sur le trottoir. Ces choses-là arrivent et, non, elles ne deviennent pas plus supportables avec le temps. Mais D.D. s'en occupait, parce que c'était Boston et que c'était son boulot d'enquêtrice.

Cela dit, maintenant qu'elle descendait de voiture, fixait sa plaque à la taille de son jean noir moulant et sortait une chemise blanche toute simple à boutonner par-dessus son décolleté spécial drague, elle se disait : *Pas une histoire de drogue.* Quelque chose de pire. Elle enfila un blouson léger sur son arme de ceinture et prit le trottoir vers l'antre du lion.

Se frayant un chemin au milieu de la première vague d'enfants curieux et d'adultes qui jouaient des coudes, elle fit de son mieux pour rester concentrée, mais ne put pas s'empêcher d'entendre des bribes de phrases telles que : « coups de feu… » ; « des hurlements de cochon qu'on égorge » ; « quand je pense que je l'ai vue décharger ses courses à peine quatre heures plus tôt… ».

« Excusez-moi, excusez-moi, pardon. Commandant de police. Allez, on se pousse, mon vieux. » Elle déboucha de l'autre côté, passa sous le ruban jaune qui délimitait le périmètre et gagna enfin l'épicentre du chaos, la scène de crime.

La maison qui se dressait devant elle était une bâtisse de trois étages de couleur grise, avec une véranda à larges colonnes et un grand drapeau américain. Les deux battants de la porte d'entrée étaient

grands ouverts pour faciliter la circulation des enquêteurs et du brancard métallique du légiste.

D.D. remarqua les délicats voilages en dentelle dans
les bow-windows de part et d'autre de la porte. Outre
le drapeau américain, la véranda contenait quatre
pots de géraniums rouges pleins de gaieté, une demi-
douzaine de chaises pliantes bleues et un morceau
d'ardoise suspendu au plafond sur lequel on avait
peint d'autres géraniums rouges et un mot en lettres
jaune vif : *Bienvenue*.

Ouais, clairement pire qu'une histoire de dealers qui
se promènent avec des flingues et lancent leurs baskets
sur les fils électriques.

D.D. poussa un soupir, serra les dents et s'approcha
de l'agent en uniforme posté en bas du perron. Elle
déclina ses nom et numéro de matricule. L'agent nota
consciencieusement ces informations sur le registre de
scène de crime et, d'un bref signe de tête, désigna la
corbeille à ses pieds.

Docile, D.D. y piocha des surchaussures et une
charlotte. C'était donc ce genre de scène de crime.

Elle gravit lentement les marches, en restant sur le
bord. L'escalier semblait avoir été repeint depuis peu,
en un gris clair élégant qui s'harmonisait avec le reste
de la maison. La véranda était accueillante, bien entre-
tenue. Suffisamment propre pour que D.D. soupçonne
un récent coup de balai. Peut-être qu'après avoir
déchargé les courses, un membre de la famille avait
fait du ménage ?

Il aurait mieux valu que la véranda soit sale, pous-
siéreuse. On aurait alors pu y retrouver des empreintes
de chaussures. Ce qui aurait pu les aider à coincer

l'auteur des crimes que D.D. était sur le point de découvrir à l'intérieur.

Sur le seuil, elle prit une nouvelle inspiration, huma l'odeur de sciure et de sang en train de sécher. Elle entendit un journaliste réclamer un commentaire. Le déclic d'un appareil photo, le vrombissement d'un hélicoptère de la télé, du brouhaha tout autour. Derrière elle, des badauds ; devant elle, des enquêteurs ; au-dessus d'elle, des journalistes.

Un chaos : bruyant, puant, accablant.

Sa mission consistait à y mettre bon ordre.

Elle s'y attela.

2

Victoria

« J'ai soif, dit-il.

— Qu'est-ce qui te ferait plaisir ? proposé-je.

— Tu m'apportes à boire, connasse, ou je te casse la gueule. »

Il n'a pas l'air en colère. C'est souvent comme ça. Parfois, l'orage se déclenche d'un seul coup. Une seconde, il regarde la télé et, la seconde d'après, il démolit le salon. D'autres fois, il oscille au bord du précipice. Pourvu qu'on ait le bon mot ou le bon geste, la crise sera désamorcée. Mais dans le cas contraire…

Je me lève du canapé. C'est jeudi soir, on est en août à Boston, et il règne une chaleur et une moiteur infernales. Le genre de soirée qu'il serait plus agréable de passer sur la plage ou au bord d'une immense piscine. Naturellement, ni l'un ni l'autre n'est envisageable pour nous. Nous avons passé l'après-midi enfermés à regarder la chaîne Histoire en nous prélassant dans l'air climatisé. J'espérais qu'une soirée au calme le détendrait. Maintenant, je ne sais plus.

Dans la cuisine, j'examine les options qui s'offrent à moi. Une commande de boisson est un terrain fortement miné : d'abord, deviner la boisson attendue ; ensuite, choisir le verre/mug/gobelet qui conviendra. Sans oublier : glaçon ou pas glaçon, paille ou pas paille, serviette de cocktail ou dessous-de-verre.

Autrefois, je n'aurais pas répondu à une demande aussi agressive. J'aurais exigé une phrase aimable, un ton aimable. *Je ne suis pas ta bonne*, lui aurais-je rappelé. *Tu me dois le respect*.

Mais les choses changent. Pas d'un seul coup. Petit à petit, un moment après l'autre, un choix après l'autre. Il y a des morceaux de soi qu'on ne peut plus jamais retrouver une fois qu'on y a renoncé.

J'opte pour le mug bleu, son préféré ces temps-ci, et de l'eau du robinet : ça fera moins de dégâts quand, inévitablement, il me jettera le contenu au visage. J'en ai déjà les mains qui tremblent. Je prends plusieurs inspirations pour me détendre. *Il n'a pas encore basculé. Rappelle-toi qu'il n'a pas basculé. Pas encore.*

J'emporte le mug dans le salon et je le pose sur la table basse en verre tout en observant, les paupières mi-closes. Si ses pieds restent bien à plat au sol, je continue à chercher l'apaisement. S'il est déjà agité de mouvements convulsifs, s'il tape du pied par exemple ou s'il roule de l'épaule, de cette manière qui annonce souvent un brusque et puissant coup de poing, je déguerpis. Aller jusqu'au bout du couloir, attraper le lorazépam et le shooter.

Croyez-moi : il y a des morceaux de soi qu'on ne peut plus jamais retrouver une fois qu'on y a renoncé.

Il prend le mug, les pieds immobiles, les épaules relâchées. Il boit une petite gorgée pour goûter, se fige…

Repose le mug.

Je recommence tout juste à respirer lorsqu'il attrape le mug en plastique et m'en assène un violent coup sur la tempe.

Je vacille, non pas tant sous la force du coup que de la surprise.

« C'est quoi, cette merde ? » hurle-t-il, à deux doigts de mon visage dégoulinant. « C'est quoi, cette merde ?

— De l'eau », réponds-je bêtement.

Il essaie à nouveau de m'assommer, arrosant encore le canapé, puis la course-poursuite s'engage : je me rue vers l'armoire à pharmacie des toilettes du bas, tandis que lui cherche à tout prix à me plaquer au sol pour me frapper la tête contre le parquet ou me prendre à la gorge.

Il m'attrape par la cheville sur le seuil du salon. Je tombe lourdement sur le genou droit. Par réflexe, je donne un coup de pied en arrière. Je l'entends rugir de frustration lorsque je me dégage et avance encore de quatre foulées.

Il m'attrape par la taille et m'envoie valser contre le lambris. La cimaise me rentre dans les côtes et me meurtrit.

« SALOPE ! Salope, salope, salope.

— Je t'en prie », murmuré-je. Sans raison valable. Peut-être parce qu'il faut bien dire quelque chose. « Je t'en prie, je t'en prie, je t'en prie. »

Il m'attrape par le poignet et serre si fort que je sens les petits os grincer les uns contre les autres.

« Je t'en prie, chéri, murmuré-je à nouveau, d'une voix que j'essaie désespérément de rendre apaisante. Je t'en prie, lâche-moi, chéri. Tu me fais mal. »

Mais il ne lâche pas. J'ai mal interprété son attitude, je n'ai pas su lire les signes et maintenant il est passé du côté obscur. Rien de ce que je peux dire ou faire n'a d'importance. C'est un fauve, il lui faut une victime.

Et je me dis, comme souvent dans ces moments-là, que je l'aime encore. Je l'aime tellement que cela me brise le cœur, plus que les os, et que je dois, même à cet instant, faire attention. Je ne veux pas lui faire de mal.

Dans la seconde qui suit, je lui envoie un coup de pied qui l'atteint derrière le genou. Il s'effondre et je lui arrache ma main. Je me précipite vers les toilettes, j'ouvre à toute volée l'armoire à pharmacie et cherche fébrilement le flacon orange.

« Je te tuerai ! rugit-il dans le couloir. Je te donnerai un million de coups de couteau. Je t'arracherai la tête. Je te boufferai le cœur, je te saignerai. Je te tuerai, je te tuerai, je te tuerai. »

Ensuite, ce bruit que je n'ai pas envie d'entendre : le claquement de ses pieds nus dans le couloir lorsqu'il fait demi-tour et court vers la cuisine.

Lorazépam, lorazépam. Putain, où il est, le lorazépam ?

Dans ma hâte, je heurte le flacon, qui tombe par terre et roule sur le carrelage.

J'entends un autre cri, un cri de fureur sans mélange, et je sais qu'il vient de découvrir que j'ai mis les couteaux de cuisine sous clé. J'ai fait ça il y a deux semaines, en pleine nuit, pendant qu'il dormait. Il faut garder un coup d'avance. Obligé.

Le lorazépam a roulé derrière la cuvette. Mes doigts tremblent trop. Je ne peux ni l'attraper, ni le faire rouler. Du vacarme maintenant. Les portes des placards rouge cerise brutalement ouvertes, les tasses, les assiettes, les plats jetés sur le carrelage importé d'Italie. Il y a des années que j'ai tout remplacé par de la mélamine et du plastique, et ça le rend encore plus fou de rage. Il faut qu'il mette la cuisine sens dessous dessus, c'est systématique, même si l'impossibilité de casser ne fait qu'accroître sa fureur.

Encore un grand fracas, puis le silence. Je me surprends à retenir mon souffle, puis je me penche sur les toilettes en cherchant ce fichu flacon à tâtons. Le silence qui se prolonge m'inquiète encore plus que le saccage.

Que fait-il ? Qu'a-t-il découvert ? Qu'est-ce qui m'a échappé ?

Bon sang, il me faut ce lorazépam, *vite*.

Je m'oblige à respirer pour calmer mes nerfs à vif. Une serviette, voilà la solution. La tire-bouchonner, la glisser derrière la cuvette, pousser le flacon de l'autre côté. Bien joué.

Les comprimés de tranquillisant bien en main, je me faufile dans le couloir de ma maison désormais silencieuse, déjà terrifiée par ce que je pourrais découvrir.

Un pas. Deux, trois, quatre…

Je suis presque au bout du couloir. Un séjour spacieux à gauche, suivi de la salle à manger qui communique avec la cuisine suréquipée à droite, le tout se terminant par l'entrée voûtée. Je jette un œil derrière le ficus moribond dans le coin, puis j'entre à pas de loup dans le séjour, en surveillant les endroits où il pourrait être embusqué : derrière le canapé d'angle, à côté du vieux meuble télé ou derrière les rideaux de soie en loques.

Qu'est-ce qui m'a échappé ? À quoi n'ai-je pas pensé et que va-t-il m'en coûter ?

D'autres images se bousculent dans ma tête. Le jour où il a surgi du garde-manger armé d'un attendrisseur à viande en bois et où il m'a fêlé deux côtes avant que je parvienne à m'enfuir. Ou la première fois où il a pris un couperet et visé mon bras, mais où il s'est également ouvert la cuisse dans son accès de rage. J'ai eu peur qu'il se soit sectionné une artère et qu'il se vide de son sang si je m'enfuyais, alors j'ai tenu bon et je lui ai repris le couteau de haute lutte. Ensuite je l'ai consolé pendant qu'il sanglotait de douleur, et le sang de nos deux plaies a imbibé le tapis persan de notre belle entrée voûtée.

Pas le moment de penser à ces choses-là. Rester concentrée. Le trouver. Le calmer. Le droguer.

Je traverse le séjour sur la pointe des pieds et je me dirige vers la salle à manger ; je scrute tous les coins sombres, je guette d'éventuels bruits dans mon dos. La cuisine donne également sur l'entrée. Il lui serait donc facile de faire le tour pour m'attaquer par derrière.

Un pied devant l'autre. Pas à pas, en tenant le flacon de médicaments comme une bombe de gaz lacrymogène.

Je le retrouve dans la cuisine. Le jean baissé, il est en train de déféquer sur le tapis. À mon arrivée, il lève les yeux et une expression de triomphe mauvais passe sur son visage.

« Qu'est-ce que tu dis de ton précieux tapis maintenant ? ricane-t-il. Il n'est plus aussi intéressant, hein ? »

Je m'approche de lui sans trembler et je lui tends le flacon de lorazépam. « Je t'en prie, chéri. Tu sais que je t'aime. Je t'en prie. »

En guise de réponse, il ramasse des excréments et s'en barbouille le ventre.

« Je te tuerai », dit-il, plus calmement, comme une chose anodine.

Je ne dis pas un mot, je me contente de lui tendre le flacon de comprimés.

« Je ferai ça en pleine nuit. Mais je te réveillerai, d'abord. Je veux que tu *saches*. »

Je lui tends les comprimés.

« Tu as enfermé les couteaux, me nargue-t-il, tu as enfermé les couteaux. Mais est-ce que tu as enfermé *tous* les couteaux ? Hein, hein, hein ? »

Il sourit, avec jubilation, et mon regard se tourne instinctivement vers l'égouttoir, dont le contenu gît désormais éparpillé sur le sol de la cuisine. Est-ce qu'il y avait un couteau dans cet égouttoir ? Est-ce que j'en ai lavé un ce matin ? Je ne m'en souviens plus et ça va me coûter cher. Il y a toujours quelque chose qui va me coûter cher.

Je tourne le bouchon du flacon. « C'est l'heure de te reposer, mon cœur. Tu sais que tu te sentiras mieux quand tu te seras reposé un peu. »

Je renverse quelques comprimés dans ma main et je m'approche ; je sens la chaleur et la puanteur de son corps à plein nez. Lentement, je lui ouvre la bouche d'un doigt et pousse le premier comprimé à dissolution rapide contre sa joue.

De son côté, il pose sa main souillée sur ma gorge et, presque avec tendresse, me caresse le creux du cou.

« Je te tuerai rapidement, me promet-il. Avec un couteau. J'enfoncerai la lame. Juste ici. »

Il frôle du pouce mon pouls affolé, comme s'il répétait le coup mortel dans sa tête.

Ensuite je vois les muscles de son visage se décrisper à mesure que le médicament agit. Sa main retombe et il sourit de nouveau. Avec douceur, cette fois-ci. Un rayon de soleil en plein orage, et j'ai envie de pleurer, mais je ne le fais pas. Oh que non.

Il y a des morceaux de soi, tellement de morceaux de soi, qu'on ne peut plus jamais retrouver une fois qu'on y a renoncé.

Dix minutes plus tard, je le mets au lit. Je lui retire ce qui reste de ses vêtements. Je lui passe un gant de toilette savonneux sur le corps, même si je sais d'expérience que sa peau va garder un moment l'odeur des excréments. Plus tard, il m'interrogera là-dessus et je lui mentirai, parce que c'est ce que j'ai appris à faire.

Je le lave. Je me lave. La vaisselle passera au lave-vaisselle et sera rangée dans les placards. Le tapis sera sorti sur le trottoir le jour des poubelles. Mais tout ça peut attendre.

Pour l'instant, dans le silence qui suit la tempête, je retourne dans sa chambre. Sous la lumière de la lampe, j'admire ses traits paisibles et immobiles. La boucle de cheveux qui forme un épi doré juste au-dessus de sa tempe gauche, la petite moue que dessinent toujours ses lèvres dans son sommeil, comme un bébé. Je caresse la douceur de sa joue. Je prends sa main, détendue à présent, qui ne fait pas mal, qui ne détruit pas, et je la garde dans la mienne.

Et je me demande si c'est cette nuit qu'il va finalement me tuer.

Je vous présente Evan, mon fils.

Il a huit ans.

3

« Ça a commencé dans la salle à manger », expliquait le capitaine Phil LeBlanc au commandant D.D.
Warren. Phil portait un pantalon de toile et un polo à
col blanc agrémenté d'une tache de ketchup au-dessus
du logo brodé : manifestement, il se trouvait à un barbecue familial au moment où il avait reçu l'appel.
Tout en parlant, il montrait la table rectangulaire, dressée pour six. Les assiettes portaient les reliefs d'un
récent dîner, et il y avait plusieurs plats vides au
milieu de la table. D.D. dénombra trois canettes de
Bud Light vides, deux à un bout de la table et la troisième à l'autre bout.

Cette table était un meuble ancien, du chêne dans
les tons chauds. Une belle table, aurait parié D.D.,
peut-être d'époque. Les chaises, en revanche, étaient
pliantes, bleues, et appartenaient à la même série
que celles de la véranda. Ainsi donc, les habitants
avaient les moyens de s'offrir une table en bois massif,
mais pas encore les chaises. Cela cadrait avec
l'impression générale qui se dégageait des lieux : fraîchement repeints, mais notoirement vides.

Les assiettes étaient en fine mélamine blanche.
Simples, mais tranchant sur les sets de table rouge vif

et les serviettes en tissu bleu. De nouveau les couleurs nationales. Un fil conducteur dans la maison.

« Peut-être qu'ils se sont disputés, supposa Phil. Ils ont mangé, pris quelques bières et là le ton est monté. Peut-être qu'elle a voulu partir et qu'il a disjoncté. »

D.D. acquiesça distraitement, tout en continuant à faire le tour de la table. Le parquet, rénové depuis peu, était revêtu d'un vernis brillant où se reflétait confusément la silhouette de D.D. Ils avaient fait des travaux. Et, à vue de nez, ils mettaient la main à la pâte. Une famille modeste qui se construisait un avenir commun, s'efforçait d'aller de l'avant malgré la crise, jusqu'à ce que…

« Où est Neil ? demanda D.D., désignant par là le troisième membre de l'équipe.

— En haut. Les deux niveaux supérieurs sont en chantier. On pense que tout s'est passé à cet étage, mais ça fait quand même un paquet d'outils électriques et d'objets tranchants à recenser. »

D.D. hocha la tête. Vu l'alerte rouge, elle s'était attendue à trouver les lieux grouillants d'enquêteurs, or c'était assez calme. Mais trois niveaux à fouiller, sécuriser et traiter : voilà qui expliquait beaucoup de choses. Et puis certains devaient déjà être ressortis pour conduire l'enquête de voisinage, localiser les proches connus. Sur ce genre de scène de crime, mieux vaut battre le fer tant qu'il est chaud. On met le paquet en termes d'effectifs, on débarque, on se déploie et on plie l'affaire.

« Que sait-on des occupants de la maison ?

— Une seule famille. Papa, maman et trois enfants. Un remariage des deux côtés, donc on ne sait pas encore très bien de qui étaient les enfants. Le chef de famille s'appelait Patrick Harrington. Né en soixante-huit. Au chômage depuis peu. Travaillait dans une quincaillerie qui a mis la clé sous la porte.

— Quand ça ? »

D.D. s'accroupit pour examiner le tapis sous la table : beige ; récemment nettoyé à l'aspirateur. Une véranda fraîchement balayée, un tapis qui venait d'être aspiré : elle ajouta *maniaque de la propreté* en dessous de *patriote* sur sa liste des traits distinctifs de la famille.

« Il y a quelques semaines. D'après le voisin, ils ont acheté la maison aux enchères il y a huit mois, une vente forcée. Le but était de la retaper, certainement grâce à ses talents de bricoleur et aux prix qu'on lui faisait à la quincaillerie, et ensuite de vivre dans une partie tout en louant le reste. Mais ils venaient de finir le rez-de-chaussée quand, boum, il perd son boulot. Fini, le salaire. Fini, les prix à la quincaillerie.

— Et bonjour le monstrueux emprunt immobilier sans revenus locatifs, conclut D.D.

— Ouais. Un beau pétrin.

— Donc le couple est stressé, résuma D.D. Qu'est-ce qu'elle faisait, elle ?

— Denise Harrington était réceptionniste dans un cabinet dentaire. Mme Nancy Seers, la voisine d'en face, dit qu'elle quittait tous les jours son travail à quinze heures pour être là à l'arrivée du bus des enfants. C'était sa priorité.

— Les âges ?

— Hum…, dit Phil en feuilletant ses notes. Neuf, douze et quatorze. Garçon, fille, garçon. »

D.D. hocha la tête et se détourna de la table pour se diriger vers la cuisine. Une poêle se trouvait encore sur la cuisinière. Elle sentait l'huile d'olive et la graisse de poulet. À côté, un énorme fait-tout, comme pour cuire des épis de maïs ou une ventrée de pâtes. Encore des restes de la préparation du repas sur le plan de travail : un demi-cœur de laitue, un sachet de carottes, un concombre à moitié coupé en rondelles.

D.D. chercha d'autres canettes de bière et en découvrit trois dans la poubelle. Elle ouvrit le réfrigérateur et le trouva relativement rempli (preuve que les courses avaient été faites récemment ?) avec l'assortiment habituel de pain, œufs, charcuterie, fruits et légumes, repas mystère en boîtes Tupperware. La porte contenait tout un assortiment de condiments et une bouteille à moitié vide de pinot gris de marque Cavit. Pas d'autres bières. Donc, à supposer qu'un pack de six ait été acheté, les six canettes avaient été bues.

Mais six canettes de Bud à deux adultes ? Ou même consommées principalement par l'un d'eux ? Cela ne suffisait pas à attribuer ce carnage à l'alcool. D.D. ne marchait pas.

Jack McCabe, police judiciaire, venait d'entrer. Il regarda les plans de travail couverts de nourriture, poussa un grand soupir. « On a photographié ça ? demanda-t-il.

— C'est fait », lui assura Phil.

Jack soupira encore. D.D. ne l'en blâmait pas. Traiter cette scène allait être laborieux et, très probablement, infructueux. Mais il n'y avait pas le choix.

« Commencez par le couteau, lui conseilla-t-elle.

« — Il n'y a pas de couteau, dit Jack en regardant le plan de travail.

— Il y en a forcément eu un, dit D.D. en montrant les rondelles de concombre.

— Oh, il y en a un, de couteau, dit Phil.

— Et merde », soupira D.D. avant de le suivre dans le couloir.

Ils rencontrèrent les premières traces de sang à mi-couloir. Elles commençaient sur le parquet vernis et se poursuivaient vers le fond de la maison, sans doute vers les chambres, toute une série de taches et de traînées.

Un homme en costume marron se tenait à côté de cette piste sanglante. Il dessinait apparemment un croquis des traces et plots de signalement correspondants.

« Il faut que vous voyiez ça », dit-il en encourageant D.D. et Phil, qui se rapprochèrent. « Vous remarquez que les gouttelettes rayonnent en fait dans deux directions différentes, et ces traînées, ici et là ? »

D.D. se baissa, observa docilement les traces. C'était pourtant vrai : la moitié des gouttelettes semblaient avoir été projetées vers l'avant, l'autre moitié vers l'arrière et, de fait, il y avait deux traînées bien visibles, comme si on avait tiré deux objets sur le sol ensanglanté.

« Il l'a d'abord agressée dans la chambre, expliqua l'homme sur un ton factuel. En portant un premier coup. Mais elle lui a échappé et s'est enfuie dans cette direction. En vain, malheureusement.

— Il lui a donné un autre coup de couteau ? demanda D.D., perplexe.

— Non. Ça nous aurait laissé une éclaboussure en arc sur le mur et des projections, très probablement au plafond, selon la direction du coup. Il l'a juste attrapée. Par les cheveux, peut-être. Ensuite il l'a traînée vers le fond de la maison, avec les autres, et il l'a achevée là-bas. Vous voyez, la première série de gouttelettes, c'est quand elle courait vers la sortie. La deuxième, quand elle allait dans l'autre direction. Et les traînées…

— La trace de ses talons, murmura D.D.

— C'est ça. Faire un truc pareil à sa propre belle-fille… »

Il termina son croquis et tendit la main.

« Vous devez être le commandant Warren. Alex Wilson. Je vais suivre Phil comme son ombre pendant un mois. »

D.D. jeta un regard vers Phil, qui haussa les épaules. « Exact, je viens de l'apprendre il y a une petite demi-heure. Tu sais ce que c'est : on est toujours les derniers au courant. »

D.D. prit la main tendue, méfiante. « Et quelles sont vos fonctions ?

— Enquêteur, à une époque. Il y a de ça huit ans, j'ai renoncé au travail de terrain pour enseigner à l'école de police. Mais je me sens un peu rouillé, alors j'ai demandé à suivre un enquêteur de temps en temps pendant un mois. Huit ans, ça fait un bail dans ce métier. Avec tous les progrès de la photo numérique et la prise d'empreintes digitales numériques, je commence à me faire l'effet d'un dinosaure.

— Vous travailliez dans la police à Boston, il y a huit ans ?

— Non. À Amherst. Pourquoi ?

— Pour parler. »

D.D. continua à le dévisager. Elle lui donnait la petite quarantaine, un âge désagréablement proche du sien dans la mesure où il venait de se qualifier de dinosaure. Il n'était pas immense, dans les un mètre quatre-vingts, encore relativement en forme. Ses cheveux bruns étaient généreusement parsemés de mèches argentées et le coin de ses yeux bleus se plissait quand il fronçait les sourcils. Le George Clooney du pauvre. Cela ne laissait pas D.D. insensible.

Alex Wilson d'Amherst, hein ? Il allait falloir qu'elle se renseigne.

« Très bien, professeur. Qu'est-ce que vous avez d'autre à nous montrer ?

— Je crois que ça a commencé par la femme. »

Alex les guida dans le couloir, en longeant le mur pour ne pas marcher sur la piste ensanglantée.

« Peut-être qu'ils ont commencé à se disputer pendant le dîner, je ne sais pas. Mais il l'a suivie dans la chambre et il l'a attaquée par derrière. Là, ça n'a pas traîné. Un coup violent qui lui a sectionné la colonne vertébrale à la base du crâne. Même si elle a vécu assez longtemps pour crier, le coup a dû la paralyser. Elle est tombée à genoux et son cœur s'est arrêté avant qu'elle se vide de son sang. »

Alex entra dans une pièce à droite. D.D. se retrouva dans une chambre d'assez belle taille meublée d'un lit king-size et de deux commodes dépareillées qui semblaient avoir été achetées dans un débarras. Le lit était recouvert d'un vieux dessus-de-lit à fleurs. Deux draps roses tenaient lieu de rideaux.

Sur la plus grande commode, une collection de photos, dont une en grand format montrait une mariée blonde radieuse et un marié brun tout sourire. Par terre, au pied de la commode, on ne pouvait pas manquer la flaque sombre qui recouvrait au moins une dizaine de lattes : ce qui restait de la mariée blonde, certainement.

« Où est le corps ?

— Vous verrez », dit Alex.

Il les ramena dans le couloir, enjamba précautionneusement les traces de sang et passa dans la chambre suivante. Celle-ci était plus petite, d'un bleu soutenu. Des posters de Tom Brady tapissaient tout un mur, tandis que des rangées d'étagères garnies de ballons de football dédicacés et de divers trophées sportifs occupaient les autres.

À droite, un lit double recouvert d'une couette aux couleurs des Patriots. Droit devant, une table à jeu qui semblait faire office de bureau et dont la chaise en métal était un peu écartée. À côté de la chaise, sur le sol, une autre tache sombre.

« Le fils aîné, expliqua Alex. Peut-être qu'il a entendu le remue-ménage dans la chambre de ses parents. Il s'est levé pour aller voir. À en juger par les trophées, le gamin est sportif et en plus il est assez grand pour son âge. Après la mère, c'est logiquement la menace la plus sérieuse. Donc le sujet entre dans la chambre d'un pas vif et décidé. Le gamin est sans doute encore en train de se demander ce qui se passe quand il le poignarde entre les côtes, en plein cœur.

— Un seul coup mortel, ici aussi ? intervint D.D.

— Pour ces deux-là, oui.

— D'abord dans la nuque et ensuite entre les côtes. J'ai comme l'impression que le sujet a de l'entraînement.

— Forces spéciales, je dirais. Poignarder, ça fait du vilain, mais ce type a élevé ça au rang de science.

— D'accord, reprit vivement D.D., maman est au tapis. Le fils aîné est au tapis. Et ensuite ?

— Il en reste deux. Une fille de douze ans, un garçon de neuf. Il espérait sans doute s'en occuper un par un, mais il se trouve qu'ils étaient tous les deux dans la chambre de la fille. »

Alex quitta la chambre bleue et ils reprirent le couloir en file indienne. Cette fois-ci, la piste sanglante fit un virage et les conduisit dans une chambre rose vif avec une cantonnière violette à la fenêtre et une demi-douzaine de posters d'Hannah Montana et des Jonas Brothers.

« Bon, ici les choses se compliquent un peu, comme vous voyez. » Alex montrait le sol, qui présentait une étourdissante constellation de projections, flaques de sang et plots de signalement jaunes. « Je dirais, juste en voyant l'état des corps, qu'il a tué le garçon en premier.

— Pourquoi le garçon ?

— Une seule blessure mortelle. Regardez le lit. »

D.D. s'aperçut avec retard que la couette violette n'était pas réellement violette. Elle était rose foncé, mais la couleur d'origine avait été altérée par une flaque de sang de belle taille, et les traces de projections correspondantes dessinaient un arc sur le mur d'en face.

« Les gamins savent, reprit Alex d'une voix plus douce, moins professorale. Pas de placard dans la chambre. Alors ils se blottissent dans le coin. Frère et sœur ensemble, prêts à défendre leur vie. Le sujet entre. Il devait faire peur à voir à ce moment-là. Couvert d'éclaboussures depuis le premier coup de couteau, sans parler du deuxième. Les gamins se tiennent l'un contre l'autre, à côté du lit.

» Le garçon a craqué le premier, c'est mon hypothèse, continua Alex. Il a essayé de filer en sautant sur le lit. Peine perdue. L'autre lui a tranché la gorge au passage. Fin de la partie. La gamine est probablement en train de hurler à ce moment-là. Mais elle ne reste pas figée, ce qui est étonnant. Devant une telle scène, la plupart des gens… »

La voix d'Alex s'éteignit, puis il se racla la gorge et poursuivit : « La fille s'enfuit. Elle profite de la mort de son frère pour se ruer vers la sortie. De toute la famille, elle est la seule qui aura eu une chance. Il la blesse. Ici, précisément, dit Alex en montrant une tache ronde avec son crayon. Peut-être qu'il visait la gorge, mais il la touche à l'épaule. Le coup la déséquilibre, d'où les traces de transfert ici, et là, sans doute ses semelles, mais elle continue à courir, la malheureuse.

» Elle arrive jusqu'à mi-couloir, c'est le sprint de sa vie. Et là…

— Il la rattrape, conclut D.D., qui marqua une pause. Mais il ne la tue pas ? Il l'entraîne ailleurs ?

— Qui sait ? dit Alex. Elle était la dernière et il l'avait mise hors de combat. Peut-être qu'il s'est rendu compte que rien ne pressait. Ou peut-être qu'il a juste voulu la faire souffrir encore un peu. Elle avait fui. Ça l'avait énervé.

« — Agression sexuelle ?

— Demandez au légiste. Les vêtements sont intacts. Rien de flagrant.

— Vous pensez que c'est la belle-fille ?

— Tout le portrait de la mère, aucune ressemblance avec le père.

— Donc son but était peut-être de nature sexuelle. Elle l'attirait, il la voulait pour lui tout seul… »

Alex regarda D.D.

« Venez, je vous montre le reste. »

L'arrière de la maison donnait sur une véranda grillagée. Le genre d'endroit où se prélasser par les soirées d'été infestées de moustiques. Manifestement, cette partie de la maison n'avait pas été incluse dans les plans de rénovation ; plusieurs pans de grillage étaient déchirés, les bords des dalles de lino se décollaient. Mais ça, ce n'était rien. Le revêtement de sol délabré était à présent couvert de sang, tandis que sur l'unique meuble, un futon déglingué, toute une famille avait reposé, expliquait Alex.

« Il les a couchés côte à côte. D'abord la mère, ensuite le fils aîné, la fille, le plus jeune. »

Alex montrait le matelas trempé de sang où bourdonnaient maintenant des mouches attirées par l'odeur de chair fraîche.

« Les corps sont chez le légiste ? demanda D.D.

— Oui. Entre la chaleur et les mouches, la levée des corps était une priorité.

— Mais vous dites que la fille a été tuée ici ?

— Sur le futon, je pense. Il faudra que le légiste fasse son examen, mais il semble qu'il l'ait amenée ici avant de l'étrangler – à mains nues. Patrick est baraqué. Ça n'a pas dû lui prendre trop longtemps.

— Ensuite il a déplacé tous les autres corps ?

— Dans cet ordre-là, je dirais. Il aura d'abord voulu régler le cas de la fille avant de faire un peu de ménage. »

D.D. fit la moue ; ça ne lui plaisait pas. « D'après vous, le sujet a transbahuté trois corps dans toute la maison jusqu'à cette pièce. Pourquoi on ne voit pas plus de sang ? J'aurais cru qu'on en verrait des traces partout. »

Alex ne savait pas.

« Le légiste pourra vous en dire plus, mais j'imagine que les corps s'étaient déjà vidés de leur sang. Comme ça, l'opération ne fait pas de saletés.

— Je ne comprends pas, contesta D.D. On parle bien du père, non ? D'abord il massacre tous ses proches un par un et ensuite il les regroupe pour une dernière réunion de famille ?

— Je pense qu'il voulait s'excuser.

— *Pardon ?*

— Si on part de l'idée que le père est le coupable, alors il rentre dans la catégorie des familicides. Bon, il est possible que ça ait commencé sur un coup de tête : il s'est disputé avec sa femme et ça a dégénéré. Mais peut-être pas. Peut-être que c'était ce qu'il avait prévu depuis le début. Réfléchissez un peu à la psychologie des familicides : pourquoi tuent-ils ? »

D.D. le regarda.

« Je ne sais pas. Pourquoi ?

— Parce qu'ils pensent rendre service à leur famille.

— Maintenant que vous le dites, c'est aussi pour ça que je suis célibataire. »

Alex eut un sourire ironique. « Les temps étaient difficiles. Je parie que, si on creuse, on découvrira que leur situation financière était encore plus mauvaise que ça. Peut-être qu'ils étaient menacés de saisie, qu'on allait les jeter sur le trottoir. La pression monte. Le père commence à se dire que ce serait aussi bien qu'il meure, mais il ne veut pas faire souffrir sa famille. Alors l'idée lui vient que ce serait aussi bien si *eux* mouraient. Ce serait trop cruel de se tuer tout seul. Donc il va faire ce qu'il y a de mieux pour eux : il va tous les tuer.

— Punaise », dit D.D.

Les yeux baissés vers le sol barbouillé de sang, elle chassa une énième mouche bourdonnante.

« Il les supprime un par un. Ensuite il les transporte tous ici et les couche les uns à côté des autres. Peut-être qu'à ce moment-là il prie pour eux. Ou bien il leur donne l'absolution, il leur fait un petit discours déjà tout prêt dans sa tête. *Je vous aime, je ne veux que le meilleur pour vous, je vous revois bientôt.* Et ensuite, il prend le 22. et s'en envoie une dans la tempe.

— Il s'est tiré une balle ? intervint Phil. Quel dégonflé.

— Pas faux. Surtout qu'il s'est raté. »

D.D. n'en crut pas ses oreilles.

« Vous voulez dire…

— C'est ça. Le père est sur le billard en ce moment même au Massachussetts General. Avec un peu de chance, ils le sauveront. Et là, on pourra le coincer.

— Le père est encore en vie », murmura D.D. Elle regarda le sang, chassa les mouches avides. Et finit par sourire. Avec un petit air carnassier. « Je crois qu'on va peut-être pouvoir s'amuser un peu, en fin de compte. »

Ils retournaient vers l'avant de la maison et passaient devant la salle à manger lorsque l'idée la frappa. Elle s'arrêta net. Avec un temps de retard, Phil et son ombre en firent autant.

« Hé, professeur, dit-elle. J'ai une question pour vous. »

Alex, étonné, attendit.

« Okay, donc le père tue la mère, le garçon de quatorze ans, celui de neuf, la fille de douze, et ensuite il se tire une balle dans la tempe.

— C'est la théorie actuelle, oui.

— Au vu des traces de sang.

— Au vu d'un premier examen des traces de sang, oui.

— Une analyse impressionnante. Très bien menée. Je vois d'ici que vous faites des étincelles dans les salles de classe. »

Alex ne dit pas un mot, confirmant ainsi qu'il était bien aussi intelligent qu'il en avait l'air.

« Seulement il y a un autre indice de taille.

— C'est-à-dire ?

— La salle à manger. »

Alex et Phil se tournèrent vers la salle à manger.

Phil fut le premier à poser la question : « Quoi, la salle à manger ? »

Alex, en revanche, comprit. « Merde, dit-il.

— Oui, c'est toujours un peu plus compliqué qu'on ne voudrait, confirma D.D. en se tournant vers Phil : On a cinq corps, n'est-ce pas ? Quatre morts, le dernier dans un état critique. Cinq corps pour les cinq membres de la famille. »

Phil acquiesça.

« Alors pourquoi le sixième couvert ? »

4

Danielle

Vous voulez savoir ce que c'est d'être infirmière en pédopsychiatrie ? Bienvenue à l'Unité pédiatrique d'évaluation clinique de Boston, également connue sous le nom d'UPEC. Notre service occupe le dernier étage de la polyclinique Kirkland. Nous aimons penser que nous jouissons d'une des plus belles vues de Boston, ce qui n'est que justice étant donné que nous nous occupons de ses citoyens les plus coriaces.

Jeudi soir, je me trouvais dans le couloir de l'unité pédiatrique et j'observais notre dernière patiente en date. Elle s'appelait Lucy et avait été admise l'après-midi même. Nous n'avions eu que vingt-quatre heures pour nous préparer à son arrivée – insuffisant, mais nous avions fait de notre mieux. La plupart des enfants dormaient en chambre double ; Lucy en avait une pour elle toute seule. La plupart des chambres comprenaient deux lits jumeaux, des tables de chevet et des armoires assorties ; la chambre de Lucy contenait en tout et pour tout un matelas et une couverture.

Nous avions appris à nos dépens que le verre trempé de nos fenêtres du septième étage ne résistait pas toujours à la furie d'un enfant armé d'une table de nuit de dix kilos.

Lucy était une enfant sauvage. C'est-à-dire qu'elle avait été victime de mauvais traitements si sévères et continus qu'on l'avait privée de son humanité. Elle ne portait pas de vêtements, ne mangeait pas avec des couverts, n'avait aucune hygiène. Elle ne parlait pas et n'avait jamais appris à aller sur le pot. D'après son dossier, elle avait passé l'essentiel de son existence dans un congélateur débranché avec des trous de balles de revolver en guise d'aération. Le temps passé hors du congélateur avait été pire que le temps passé à l'intérieur. Résultat : une petite fille de neuf ans qui se comportait comme un animal sauvage. Et, si nous n'y prenions garde, elle nous apprendrait à la traiter comme telle.

Dans l'heure qui a suivi son admission, Lucy a accueilli notre surveillante en déféquant dans sa main et en mangeant ses excréments. Vingt minutes plus tard, un moniteur-éducateur (ME) l'a observée en train d'éventrer son oreiller pour s'en fourrer le contenu dans différents orifices. L'oreiller a été retiré ; Lucy ne nous a pas permis de nous occuper du rembourrage. Une heure plus tard, elle s'ouvrait le bras avec son ongle et dessinait des formes sur le mur avec son sang.

Première constatation sur notre nouvelle patiente : toute forme d'attention semblait déclencher chez elle le besoin de s'avilir. Si Lucy avait un public, il fallait qu'elle souffre.

À quatre heures de l'après-midi, nous avons décidé de confiner Lucy dans sa chambre et d'affecter un membre du personnel à sa surveillance. Plutôt que le système des cinq minutes (qui voulait qu'un éducateur vérifie toutes les cinq minutes où se trouve chaque enfant), un membre du personnel allait observer Lucy aussi discrètement que possible et prendre des notes toutes les vingt minutes.

Ce soir-là, c'est tombé sur moi.

Il a fallu attendre onze heures du soir avant que les enfants se calment. Certains dormaient sur des matelas dans le couloir tout illuminé : ceux qui avaient une peur panique de l'obscurité. D'autres ne pouvaient dormir que seuls et dans le noir complet. D'autres encore avaient besoin de musique, d'un bruit de fond ou, pour l'un d'eux, du tic-tac d'un réveil qui simulait les battements cardiaques de sa mère décédée. Nous préparions tout en fonction de chacun.

Pour la première nuit de Lucy, je n'ai rien fait de particulier. Je me suis assise dos à sa porte et j'ai lu des histoires aux autres enfants. De temps à autre, j'apercevais le reflet de Lucy dans la demi-sphère argentée fixée au plafond. Ces miroirs hémisphériques, disposés à intervalles stratégiques dans le large couloir, nous tenaient lieu de système de surveillance en réfléchissant ce qui se passait dans la chambre de chaque patient.

Lucy semblait écouter l'histoire. Roulée en boule par terre, elle balayait l'air de sa main, comme un chat qui étudie sa patte. Si j'accélérais ma lecture, sa main bougeait plus vite. Si je ralentissais, son rythme s'adaptait.

Vingt minutes plus tard, elle avait disparu. Dans le reflet déformé du dôme, j'ai finalement repéré son pied qui dépassait de sous le matelas. Comme elle ne bougeait pas, je me suis retournée pour inspecter sa chambre en direct. En fait, elle avait tiré le matelas sur elle et s'était enfin endormie. De temps à autre, son pied tressaillait, comme si elle rêvait.

Je me suis installée, moi aussi, assise par terre dos au mur. Plus d'une demi-douzaine de collègues étaient répartis dans le couloir. Dans le service, on profitait de la nuit pour remplir la paperasse. Il fallait rattraper son retard quand l'occasion se présentait.

Aucun enfant ne dormait longtemps. Certains parmi les cas les plus sévères réclamaient à manger toutes les trois heures, même si on ne l'aurait jamais deviné à voir leur silhouette famélique. D'autres n'arrivaient tout simplement pas à dormir.

La nuit était synonyme de vieilles terreurs et de peurs nouvelles, le subconscient malmené par tous les mauvais traitements reçus. Certains gamins se réveillaient en pleurant. En hurlant. Et d'autres se réveillaient prêts à en découdre. Se battre ou s'enfuir. Tout le monde n'était pas fait pour la fuite.

J'ai ouvert le premier dossier de patient et senti mes paupières s'alourdir. Je travaillais beaucoup ces derniers temps. De plus en plus de gardes. De moins en moins de sommeil. Il fallait que je m'occupe, surtout à cette époque de l'année.

Plus que quatre jours. Et vingt-cinq années se seraient écoulées, une nouvelle commencerait. Toujours aller de l'avant : le devoir de l'unique survivant.

Je me suis demandé ce que penserait Lucy si elle savait que, pendant des années, j'avais moi aussi dormi réfugiée sous un matelas.

Le jour de mes dix-huit ans, j'ai séduit le shérif Wayne. Au début, ce n'était pas prémédité. Trois jours plus tôt, je l'avais croisé par hasard à Boston. Il avait amené sa femme, sa fille mariée et ses deux petits-enfants au Public Garden pour voir les bateaux en forme de cygnes. Le soleil brillait – une belle journée de printemps où les tulipes ondulaient, où les enfants poussaient des cris perçants en pourchassant les canards et les écureuils sur les vastes pelouses.

Le shérif Wayne ne m'a pas reconnue. J'imagine que j'avais dû changer en neuf ans. Mes longs cheveux bruns étaient soigneusement coupés, avec une longue frange. Je portais un jean taille basse et un haut à rayures jaunes de chez Urban Outfitters. Ma tante Helen avait fait de sa plouc de nièce une Bostonienne branchée. Du moins, nous aimions toutes les deux à le penser.

J'ai reconnu le shérif Wayne de dos. Pas à son allure ; à sa manière de se déplacer. À sa démarche assurée sur le chemin lorsqu'il a rassemblé ses petits-enfants qui s'égaillaient pour les ramener avec autorité dans le giron familial.

Il m'a remarquée, non loin de là, qui l'observais. Il s'est retourné vers les deux femmes à sa droite et à sa gauche, et là il a dû avoir le déclic. Cette étrange impression de familiarité a trouvé son explication ; il a fait d'un seul coup volte-face et m'a regardée droit dans les yeux.

« Danielle », a-t-il dit, et le son de sa voix, après tant d'années à entendre ce murmure dans mes rêves, seul élément sécurisant au milieu de toutes ces images sanglantes et violentes, m'a enfin libérée. J'ai fait un pas. Un deuxième.

À ce moment-là, sa femme et sa fille avaient remarqué la scène. Sa fille ne comprenait pas pourquoi je les abordais. Sa femme (Sheila, elle s'appelait) devait se souvenir de moi. Elle se tenait parfaitement immobile et j'ai lu dans son regard une compassion tranquille.

Le shérif Wayne a pris les rênes de la situation. Il m'a serré la main, a procédé aux présentations avec sa femme, sa fille, ses petits-enfants. Il a arrondi les angles, en homme habitué à séparer les belligérants dans des rixes de bar. J'aurais pu être la fille d'un vieil ami retrouvée après bien des années. Nous avons échangé quelques banalités sur le beau temps, le parc magnifique. Il m'a parlé de son autre enfant, un fils désormais adulte installé à New York. Nous nous sommes émerveillés devant sa petite-fille, cachée derrière les jambes de sa mère, et son petit-fils, qui adorait pourchasser les écureuils.

J'ai glissé que j'allais rentrer à l'université à l'automne. Le shérif Wayne m'a de nouveau serré la main, plein d'une sereine approbation. Regardez-moi un peu ce que j'étais devenue.

Regardez-moi, l'unique survivante.

Ils ont continué leur journée, repris le chemin courbe qui descendait vers les bateaux en forme de cygnes. Je suis restée à contempler l'endroit où ils s'étaient tenus.

Et j'ai su, dès cet instant, qu'il fallait que je revoie le shérif Wayne.

Il fallait que je l'aie.

J'ai appelé le lendemain. C'était sympa de l'avoir revu dans le parc. Sa fille était ravissante, ses petits-enfants adorables. Voilà, j'avais quelques questions. Je ne voulais pas le mettre dans l'embarras, mais on pourrait peut-être se revoir. Dîner ensemble. Juste une fois.

Sa réticence était audible. Mais c'était quelqu'un de bien, alors sa gentillesse a pris le dessus et me l'a livré.

Je lui ai donné l'adresse du studio où je m'étais installée cet automne-là – petite étape sur le chemin de l'université. J'ai laissé entendre qu'il passerait me prendre et que nous sortirions dîner. Je savais déjà qu'il n'en serait rien.

J'ai replié mon futon. Sorti la table de jeu, que j'ai recouverte de ma nappe à fleurs préférée. J'ai dressé un joli couvert, avec des assiettes en grès rouge et jaune coordonnées sur un fond aux couleurs chaudes. Un mini-bouquet de fleurs violettes au centre. Deux grandes bougies blanches effilées dans les bougeoirs en cristal que ma mère avait autrefois reçus en cadeau de mariage et sans doute déballés dans la joie et l'optimisme.

Elle ne pouvait pas savoir. Je me répétais ça en boucle. Elle ne pouvait pas savoir.

Je portais un jean taille basse et un chemisier blanc. J'ai laissé mes cheveux bruns lâchés. J'aimais l'effet que ça produisait, ce contraste entre le sombre et le clair.

En dessous, je portais un minuscule soutien-gorge balconnet couleur champagne et un string en dentelle.

Je ne suis pas la fille la mieux dotée du monde, mais je sais me servir de ce que j'ai.

Quand le shérif Wayne est arrivé, j'ai bien vu qu'il était consterné par le tableau : la jolie table au milieu de l'appartement de poche ; l'odeur de la sauce spaghetti en train de mijoter et des pâtes dans la casserole.

Je ne lui ai pas laissé la moindre chance de se raviser.

Entrez, entrez, ai-je dit tout de suite, rayonnante et pleine d'exubérance juvénile. Désolée que ce soit si petit. C'est différent quand on habite en ville. Je lui ai pris son manteau avant qu'il ait eu le temps de dire ouf et je l'ai accroché au portemanteau sans cesser de babiller. Je savais qu'on avait parlé de sortir, mais j'appréhendais un peu d'avoir cette conversation en public, alors, si ça ne l'ennuyait pas, j'avais décidé de jeter quelques pâtes dans l'eau. Je n'étais pas un grand chef, j'avais encore des progrès à faire, etc.

Que pouvait-il dire ? Que pouvait-il faire, le malheureux ?

Il m'a assuré que mon appartement était très joli. Que la sauce sentait bon. Bien sûr que nous pouvions manger là. Du moment que ça me mettait plus à l'aise.

Je l'ai fait asseoir à table, je lui ai servi un généreux verre de vin rouge. Rien pour moi ; ç'aurait été déplacé. Un peu de musique par là-dessus. Comme il ne me faisait pas l'effet d'un fan des Nine Inch Nails, j'ai opté pour du jazz léger.

Nous avons commencé par la salade composée. Assis avec raideur sur sa chaise, il ne touchait pas à son vin, ne quittait pas son assiette des yeux. Il portait bien son âge. Trapu, puissant sans être gros. Des cheveux gris sur un large visage moustachu. Ses gestes étaient précis, et cette économie de mouvement me plaisait.

Il m'a interrogée sur ma tante, mes études, mes projets d'avenir. Je lui ai brossé un panorama sommaire de ma nouvelle et belle vie. C'était ce qu'il avait besoin d'entendre : il m'avait un jour portée hors de la maison de mon père, ses bras bien serrés autour de mes épaules maigres, sa voix un chaud murmure à mon oreille : « *Ne regarde pas, ma belle. Tu es en sécurité maintenant, tu es en sécurité.* »

J'ai versé les pennes dans le plat. Je les ai recouverts de sauce rouge.

Et je suis passée aux choses sérieuses.

Je ne lui ai pas posé de questions sur mon père. Au lieu de ça, j'ai fait remonter dans la mémoire du shérif Wayne tous les moments lumineux, radieux : le rire de ma mère, les espiègleries de Johnny, la compassion de Natalie pour les animaux. Il s'avère que ma sœur avait un jour recueilli un lapin de garenne qui avait été percuté par une voiture et qu'elle l'avait remis sur patte. Elle voulait faire un métier en rapport avec les animaux. Je l'ai appris du shérif Wayne. Et mon frère aimait grimper en haut des arbres et ensuite appeler ma mère pour qu'elle puisse lever les bras au ciel en poussant des cris d'horreur feinte.

Ces souvenirs l'ont touché, naturellement. L'ont fait souffrir encore plus que moi, parce que ces gens avaient gardé leur réalité dans son esprit, alors qu'ils étaient depuis longtemps devenus des fantômes pour moi.

Le vin est vite descendu. Qui le lui aurait reproché ?

Il a proposé de faire la vaisselle. Je l'ai regardé aller et venir dans ma minuscule cuisine, le geste moins sûr après deux heures d'intense émotion et une bouteille entière de chianti. Il a empilé les assiettes dans l'évier. Les a rincées une à une. Les a mises à tremper. Ensuite, les casseroles. Puis son verre de vin. Puis mon verre d'eau. Deux fourchettes. Deux cuillères. Deux couteaux.

Quand il est revenu à la table, j'ai lu sur ses traits hagards combien la soirée l'avait ébranlé. Il a voulu parler, mais je ne l'ai pas laissé faire.

« Chut... chut... »

Et j'ai ouvert le premier bouton de mon chemisier, puis le deuxième, le troisième, dévoilant, centimètre par centimètre, un corps longiligne, une peau bronzée, un petit bout de lingerie en dentelle.

« Non, a-t-il dit. Tu ne devrais pas... pas bien...

— Chut... »

Je me suis assise à califourchon sur ses genoux. J'ai complètement ouvert mon chemisier, ondulé doucement des hanches contre son bas-ventre. Il a encore voulu protester, de sa bouche sortaient de faibles murmures que je faisais semblant de ne pas entendre. J'ai passé les mains dans ses cheveux à la coupe militaire. Suivi les contours de ses solides épaules. Et senti son corps commencer à répondre, alors que ma chemise blanche glissait au sol et que je me cambrais et m'offrais à lui.

« Danielle... » Dernière supplique désespérée.

« Chut. »

J'ai guidé sa bouche vers ma poitrine. Quand j'ai senti ses lèvres se refermer enfin sur mon téton recouvert de dentelle, le besoin qui m'a submergée, un besoin à l'état pur, m'a déchirée plus profondément que toutes les douleurs que j'avais connues.

Je l'ai pris, cet homme qui m'avait un jour sauvé la vie, et, l'espace d'un bref instant, il m'a appartenu.

Ce n'est que des années plus tard, après avoir fini mes études et m'être lancée dans une carrière en psychiatrie, que j'ai enfin compris le mal que j'avais fait au shérif Wayne ce soir-là. Je souffrais et je l'avais marqué au fer rouge avec cette douleur, je l'avais obligé à porter les stigmates de mes blessures – lui, un homme bien, qui devait vivre jour après jour auprès de sa femme, ses enfants, ses petits-enfants, avec la conscience qu'il y avait eu un soir où il n'avait pas été à la hauteur de son idéal de mari, de père, de rempart de la société.

Après cela, quand je dormais la nuit, je n'entendais plus sa voix. J'étais seule avec le sang et la poudre. Plus personne pour m'emporter hors de la maison de mon père.

J'imagine que c'était tout ce que je méritais.

5

Ils quittèrent la scène de crime à 23 h 53. Non pas qu'ils en aient fini avec elle, mais ils s'interrompaient provisoirement pour faire un point sur l'affaire au QG. On peut ouvrir une enquête collectivement, mais pour la mener à bien, il faut un responsable désigné, un enquêteur à clouer au pilori en cas d'échec.

D.D. fut l'heureuse élue ; ce n'était pas une grosse surprise, mais elle se sentit tout de même le devoir de prononcer un bref discours de remerciement :

« Au nom de toute mon équipe, c'est avec grand plaisir que j'accepte cette marque de confiance… »

Quelques huées s'élevèrent au fond de la salle, quelques boulettes de papier volèrent. D.D. ramassa le projectile le plus proche et le retourna à l'envoyeur.

« Naturellement, nous ne doutons pas un instant d'avoir plié cette affaire d'ici demain matin… »

Nouveaux sifflets, et un petit malin fit remarquer qu'on était déjà demain matin. D.D. prit une autre boulette et lui planta entre les yeux.

« Donc, vous pouvez tous retourner protéger nos chers concitoyens, conclut-elle dans un chahut grandissant. Celle-là, on s'en charge. »

Le commissaire divisionnaire leva les yeux au ciel lorsqu'elle se rassit, mais ne dit rien. La soirée avait été longue et la scène de crime éprouvante ; les enquêteurs avaient bien le droit de relâcher un peu la pression.

« Va falloir faire une conférence de presse, dit simplement le supérieur.

— Première heure demain matin.

— Quelle ligne officielle ?

— Aucune idée. » Elle reprit son blouson sur le dossier de sa chaise et fit signe à son coéquipier, Phil, qu'il était temps d'y aller. « Demandez-moi quand on reviendra de l'hôpital. »

Lorsque D.D. et Phil arrivèrent à l'hôpital, Patrick Harrington, autrefois père de trois enfants, était sorti depuis trois heures d'une intervention en neurochirurgie. D'après la surveillante du service, il n'était pas en état de parler.

« Vous nous permettrez d'en juger », répliqua D.D. alors que Phil et elle dégainaient leurs plaques.

L'infirmière ne se laissa pas impressionner. « Ma belle, le patient est en coma artificiel et il a un manomètre relié au crâne pour mesurer la pression intracrânienne. Vous pourriez bien avoir une lettre de recommandation signée par Dieu le Père, s'il ne peut pas encore parler, c'est qu'il ne *peut pas* parler. »

L'information coupa un peu ses effets à D.D. « Quand est-ce qu'il reprendra connaissance, vous pensez ? »

L'infirmière toisa D.D., qui lui rendit la pareille. Les hôpitaux respectent certaines procédures concernant le respect de la vie privée de leurs patients. À vrai dire, le législateur a même gribouillé un truc ou deux sur le sujet. Mais croyez-en un enquêteur : au bout du compte, le facteur humain prévaut toujours. Certaines surveillantes protègent leurs patients comme des pitbulls. D'autres sont prêtes à remettre les choses dans leur contexte pourvu qu'on les leur présente sous le bon angle.

La surveillante prit un dossier, parcourut les annotations. « Si vous voulez mon avis d'infirmière…, commença-t-elle, je n'en ai strictement aucune idée.

— Comment s'est déroulée l'opération ? » intervint Phil.

L'infirmière lui lança un regard, remarqua la tache de ketchup sur son polo blanc et eut un petit sourire.

« Le chirurgien a retiré le corps étranger. Ça devrait aider. »

D.D. s'accouda au comptoir d'accueil. Maintenant que la posture de l'infirmière s'était quelque peu détendue, c'était le moment de pousser leur avantage. Elle jeta un coup d'œil à son badge.

« Dites-moi, Terri, vous êtes au courant de ce que Patrick a fait à sa famille ?

— Un genre de scène de ménage, répondit Terri en les considérant avec sérieux. Peut-être qu'il n'aimait pas la cuisine de sa femme. Ça arrive trop souvent dans le coin, je trouve. Il faudrait que les hommes apprennent à aimer le brûlé.

— Ah, mais c'est allé un peu plus loin qu'une

prise de bec avec madame. Il y avait des enfants dans le coup. Trois. Il les a tous supprimés. »

L'infirmière hésita, manifesta la première lueur d'intérêt. « Il a tué ses propres enfants ?

— Neuf, douze et quatorze ans. Tous morts.

— Oh, Seigneur…

— Nous pensons que c'est ce qui s'est passé. Mais ce serait mieux d'en avoir la certitude. Vous voyez, ce n'est pas tout à fait pareil si quatre personnes ont été tuées par un proche ou, disons, par un fou dangereux qui se promène peut-être toujours en liberté. Sérieusement, ce serait bien qu'on en ait le cœur net. Et vu que Patrick est le seul survivant… »

L'infirmière poussa un grand soupir, parut enfin se laisser fléchir. « Écoutez, je ne peux pas réveiller un patient dans le coma, même pour les beaux yeux de la police. Mais je peux voir si le docteur Poor est encore dans les parages. C'est lui qui l'a admis aux urgences. Il aura peut-être des éléments.

— Parfait.

— Autant vous installer confortablement. Les médecins ne répondent qu'à Dieu, pas aux surveillantes, alors ça pourrait prendre un moment.

— Je ne sais pas pourquoi, mais je parie que vous savez les faire accélérer.

— Si seulement, ma pauvre. »

Après être passés acheter un café à la cafétéria du sous-sol, D.D. et Phil se mirent à leur aise. Les chaises de la salle d'attente étaient basses, le genre qu'il serait tentant de grouper trois par trois pour se faire un lit de fortune. D.D. se concentra sur son café.

Elle avait bien dormi la nuit précédente. Apparemment, ça ne se reproduirait pas de sitôt.

Elle repensa un instant à Chip, éprouva un pincement de regret pour la nuit torride à côté de laquelle elle était encore passée, et revint à leurs moutons.

« Qu'as-tu pensé du professeur Alex ? demanda-t-elle à Phil.

— Ma nouvelle ombre, tu veux dire ? Il a l'air pas mal. Intelligent, ne se met pas dans nos pattes, parle surtout quand il a quelque chose d'utile à dire. Jusque-là, ça le place au-dessus de la moitié du service. »

D.D. sourit. « Tu t'es renseigné sur lui ?

— Je passerai quelques coups de fil demain matin.

— D'accord. »

Le silence retomba ; Phil soufflait prudemment sur son café, alors que D.D. sirotait déjà le sien.

« Et tes projets pour la soirée ? demanda Phil.

— Ne m'en parle pas.

— Au fait, reprit-il, tout sourire, ce n'était pas ce soir, le fameux rendez-vous avec l'ami de la femme de Charlie ?

— Je te le répète : ne t'engage pas sur ce terrain-là.

— Vous êtes d'abord allés dîner, hein ? Voyons, D.D., tu devrais le savoir depuis toutes ces années : quand tu as une soirée libre, pas de temps à perdre devant un bon petit dîner. Va droit au but avant que le biper ne te retrouve.

— Quoi ? J'emmène un inconnu chez moi et je le saute comme une bête ? Eh, salut, la chambre est au fond du couloir.

— Crois-moi, les mecs ne s'en plaindront pas.

« — Les hommes sont des porcs.

— Exactement. »

D.D. leva les yeux au ciel. « Betsy et toi, ça fait quoi, quatre-vingt-dix ans que vous êtes mariés ? Qu'est-ce que tu connais aux relations amoureuses au vingt et unième siècle ?

— Oh, j'ai les oreilles qui traînent. »

Un médecin, l'air soucieux, entra comme un ouragan par la double porte, épargnant de nouveaux sarcasmes à D.D. Ses cheveux se dressaient en touffes brunes et il avait les deux mains enfoncées dans les poches de sa blouse blanche.

« Messieurs-dames les enquêteurs, les interpella-t-il.

— Docteur Poor », répondirent D.D. et Phil en se levant.

Il leur fit signe de venir et ils s'engouffrèrent donc dans son sillage lorsqu'il traversa la salle d'attente à toute vitesse, franchit une autre double porte et parcourut un dédale de couloirs aseptisés. « J'ai besoin d'un café. Vous en voulez encore ? Il n'est pas mauvais ici. Pour un hôpital, s'entend.

— Nous avons ce qu'il nous faut, merci », répondit D.D. Phil et elle avaient toutes les peines du monde à suivre ses rapides enjambées.

« Voilà, docteur, nous avons des questions sur un patient qui a été admis aux urgences en début de soirée, un certain Patrick Harrington...

— Blessure ?

— Pardon ?

— Quelle blessure ? Pour quoi a-t-il été admis ? Je ne m'intéresse pas aux noms, seulement aux plaies.

« — Oh, blessure à la tête par arme à feu de petit calibre.

— Ah. » Le médecin hocha vigoureusement la tête, jeta un œil à droite, un œil à gauche, et descendit au galop l'escalier qui menait à la cafétéria. « Plaie par balle unique, tempe gauche, c'est ça ? Pas d'orifice de sortie, donc un .22, à vue de nez. La balle a champignonné à l'impact et perdu trop de vélocité pour ressortir par l'arrière du crâne. Vous savez, j'ai vu deux blessures par balle la semaine dernière, du .44. Ça vous explose le crâne en mille morceaux. Je crois que les dealers regardent un peu trop *L'Inspecteur Harry.* »

Ils avaient rejoint la cafétéria. Le docteur Poor fila droit au distributeur de café. D.D. se dit qu'il n'en était sans doute pas à son premier.

« C'est Harrington qui nous intéresse », le relança-t-elle.

Le médecin acquiesça, versa de la crème épaisse et quatre sachets de sucre dans sa tasse, mélangea, trouva un couvercle.

« D'accord. Blessure par balle à la tête. Quand il a été admis, nous avons paré la plaie, examiné les atteintes du cuir chevelu et évalué les lésions encéphaliques. Le patient n'avait que peu de réactions et un mauvais score sur l'échelle de Glasgow. J'ai demandé un scanner en urgence et adressé le patient en chirurgie pour extraction du projectile, qui était logé dans la région postérieure du lobe frontal. Je crois que le neurochirurgien de garde était le docteur Badger, ce soir. Il travaille bien, si ça peut vous aider.

— Quel pronostic ? » demanda Phil.

Le docteur Poor eut un vague geste de la main. « Trois dangers avec les lésions céphaliques. Premièrement, l'hémorragie. Deuxièmement, le trauma lui-même. Troisièmement, l'œdème. Jusqu'ici, le patient a survécu à l'hémorragie et au trauma. Mais l'œdème reste un sujet d'inquiétude, de même que le risque infectieux. Ou, d'ailleurs, de reprise de l'hémorragie. Il y a des limites à ce qu'un neurochirurgien, même le meilleur, peut faire pour réparer les dégâts que provoque une balle dans le cerveau. C'est comme de lancer un couteau à beurre dans un bol de gelée : la gelée n'a aucune chance.

— Quand reprendra-t-il conscience ? demanda D.D.

— Aucune idée. Il faudrait que je consulte son dossier. J'imagine qu'on lui a donné de puissants sédatifs, ce qui vaut sans doute mieux.

— Mais nous avons des questions à lui poser », s'impatienta D.D.

Le docteur la regarda avec étonnement. « La moitié de son cerveau ressemble au canal de Panama. Que croyez-vous qu'il pourrait vous dire à l'heure qu'il est ? »

D.D. et Phil échangèrent un regard. Sans être très surprenantes, les nouvelles étaient décevantes.

« Pourriez-vous décrire l'orifice d'entrée ? » demanda Phil.

D.D. se mordit la lèvre inférieure. Elle savait où Phil voulait en venir. Du point de vue des enquêteurs, il aurait été préférable que leur tireur présumé meure sur place. Auquel cas les services du légiste auraient

67

mis des sachets sur ses mains et préservé la plaie de contact sur la tempe gauche. Une fois à la morgue, le médecin légiste aurait cherché des résidus de poudre sur les mains du tireur et procédé à un examen médico-légal de l'orifice d'entrée. En moins de vingt-quatre heures, ils auraient eu la preuve scientifique que Patrick Harrington était mort d'une balle qu'il s'était lui-même tirée dans la tête.

Qui plus est, les vêtements d'Harrington auraient été précieusement conservés et on y aurait recherché des éclaboussures de sang et autres indices liés à la tuerie. En deux temps, trois mouvements, les taches de sang sur les vêtements du sujet A, correspondant aux blessures des victimes B, C, D et E, auraient démontré que Patrick Harrington avait poignardé toute sa famille avant de se suicider d'une balle en pleine tête.

Affaire classée, dossier suivant.

Au lieu de quoi, les secours avaient précipitamment emmené leur meurtrier présumé à l'hôpital. Où ses vêtements ensanglantés avaient été découpés et jetés. Où ses mains et ses plaies avaient été soigneusement lavées. Où d'innombrables occasions de recueillir des indices avaient été sacrifiées pour tenter de sauver ce salopard.

De sorte qu'ils en étaient réduits aux premières impressions de l'urgentiste sur l'individu et ses blessures. D.D. aurait préféré avoir affaire au légiste.

Le docteur Poor retira le couvercle de son café, souffla sur le breuvage sucré, parut fouiller sa mémoire.

« Il faudrait que je relise les notes, mais l'orifice

68

d'entrée mesurait plusieurs centimètres de diamètre, et les berges étaient brûlées…

— Tir à bout touchant, l'interrompit Phil.

— Oui, je dirais un orifice d'entrée typique d'un tir à bout touchant. »

Phil prit des notes.

Mais le médecin secoua la tête. « Vous voulez savoir si le type s'est tiré une balle lui-même ? C'est votre idée, n'est-ce pas ?

— C'est ce que nous essayons de déterminer, répondit prudemment Phil.

— À voir le scanner, je dirais qu'il y a peu de chances.

— Comment ça ? intervint D.D.

— Question de trajectoire. Réfléchissez un peu : l'orifice d'entrée se trouvait sur la tempe gauche et la balle s'est logée dans la région postérieure du lobe frontal gauche. Un trajet relativement rectiligne. Si vous essayez de reproduire ce tir… » Le médecin posa son café, mima un pistolet avec sa main droite et essaya de plier suffisamment son poignet pour tirer à angle droit dans sa tempe gauche. « Non pas que ce soit impossible, mais c'est malcommode. D'autant qu'il y a des chances que la personne soit en pleine poussée d'adrénaline, avec des endorphines qui se déversent dans tous les coins à cause du traumatisme, du stress, de l'appréhension… Quand c'est la victime elle-même qui a tiré, la plupart des plaies que nous voyons présentent une angulation. Peut-être qu'à la dernière seconde, la personne a un petit mouvement d'appréhension, qu'elle dévie légèrement le canon vers le bas ou sur le côté. Mais un tir droit au but… »

Sceptique, il reprit son gobelet, but une gorgée. « Cela dit, déterminer le trajet d'une balle dans le cerveau n'est pas ce qu'il y a de plus facile.

— Pourquoi ?

— Eh bien, après le trauma, l'augmentation de la pression intracrânienne referme le trajet ouvert par la balle dans le cerveau. Donc on voit d'où la balle est partie, l'orifice d'entrée, et où elle s'est arrêtée, mais il est possible qu'elle ait fait des ricochets entre les deux. Je ne dirais pas *probable*, dit-il sans vouloir s'engager, mais possible.

— Vous voyez souvent des blessures par balles infligées par la victime elle-même ? lui demanda D.D.

— Suffisamment, je pense.

— Comment est celle-là, par comparaison ? Un sentiment, peu importe si ce n'est pas scientifique. Nous sommes entre nous. »

Le médecin noya de nouveau le poisson : « On ne peut pas vraiment dire qu'il y ait un archétype. Si ce n'est qu'il s'agit presque toujours d'un homme. Mais la catégorie d'arme, l'emplacement de la blessure… Trop de paramètres pour être affirmatif. »

D.D. fit la grimace : elle aurait voulu une réponse plus tranchée, mais là encore elle n'était pas surprise outre mesure. Les médecins ont horreur qu'on les accule à se prononcer.

« Avez-vous remarqué ses mains ?

— Non, trop occupé à regarder sa tête.

— Est-ce qu'il a dit quelque chose, repris connaissance à un moment ou à un autre ?

— Pas en ma présence. »

Le médecin, son café entre les mains, semblait prêt à repartir. Il se dirigea vers la sortie de la cafétéria. Ils le suivirent, plus lentement cette fois-ci.

Au dernier moment, il se retourna : « Mais vous devriez interroger la surveillante. Pour savoir qui a fait l'admission. Cette personne en saura peut-être davantage. »

Le médecin disparut dans les escaliers. Ils se mirent en quête de Terri.

Il s'avéra que Rebecca Moore, l'infirmière des urgences qui avait procédé à l'admission de Patrick Harrington, effectuait à présent sa deuxième garde d'affilée. Elle s'écarta d'un enfant de trois ans pris de vomissements pour répondre à leurs questions.

D.D. eut un mouvement de recul en sentant l'odeur. Phil ne broncha pas. Il avait quatre enfants et disait en plaisantant qu'il travaillait à la criminelle pour échapper aux horreurs qu'il voyait chez lui.

« Vous avez admis un blessé par balle dans la soirée, Patrick Harrington, expliqua D.D. Nous nous demandions si vous auriez des éléments à nous apporter.

— Plaie par balle à la tête ?

— C'est notre homme.

— Les ambulanciers l'ont amené. J'ai relevé les constantes vitales et ensuite j'ai bipé le docteur Poor, vu que c'était une plaie céphalique. Il a adressé le patient au docteur Badger pour l'intervention chirurgicale.

— Le patient était-il conscient à son arrivée ?

— Non.

« — A-t-il repris connaissance pendant son passage aux urgences ?

— Non... Oh, attendez, quand on l'a emmené au scanner. Il a ouvert les yeux.

— Qu'est-ce qu'il a fait ?

— Il a remué les lèvres, comme pour parler.

— Vous avez entendu ce qu'il a dit ? demanda vivement Phil.

— Difficile d'être sûre. On aurait dit "garce". »

6

Victoria

Il manque un couteau. Il est quatre heures du matin et je me suis levée discrètement pour faire l'inventaire. Evan s'est réveillé à onze heures du soir, minuit, deux heures et trois heures du matin. Maintenant, il va sans doute tenir jusqu'à cinq heures. J'espère, en tout cas.

Je n'ai pas dormi, mais ça n'a rien d'inhabituel. Les premières semaines de privation de sommeil sont les plus pénibles. Désormais il y a si longtemps que je ne me suis pas reposée plus de trois heures d'affilée que ce sont les nuits où je dors qui me mettent en vrac. Je suis dans le brouillard, j'ai un mal de chien à me ressaisir. C'est comme si, ayant enfin pu dormir, mon corps se rendait compte de ce qu'il rate et se rebellait.

Comme je n'ai que faire des rébellions, je me donne des corvées nocturnes. Notamment, plusieurs fois par semaine, l'inventaire des ustensiles de cuisine.

Il a dû prendre le couteau dans l'égouttoir. J'essaie d'être vigilante, mais je suis rarement à cent pour cent de mes capacités. Ma motricité fine s'est dégradée au point que je laisse tomber des petits objets une demi-douzaine de fois par jour. Quand les gens me parlent, il y a des moments où je vois leurs lèvres remuer, mais sans comprendre ce qu'ils me disent.

Un jour, Evan a regardé une émission qui expliquait que les soldats des forces spéciales doivent survivre plus de quatre-vingt-seize heures sans dormir pendant la « semaine infernale » de leur formation. J'ai eu envie de hurler vers la télé : *Quatre-vingt-seize heures, sans blague. Essayez un peu huit ans !*

Il est possible que je sois partie d'un rire hystérique. Ça m'arrive.

Pour l'instant, j'essaie de mobiliser mes faibles capacités de résistance. À supposer qu'Evan ait pris le couteau dans l'égouttoir, il a disposé d'environ trois à cinq minutes tout seul avant que je le découvre dans la cuisine. Il a dû le cacher ; pour ça, il est malin. Mais pas loin ; il n'aurait pas eu le temps de descendre au sous-sol, et il ne pouvait pas non plus aller dans le couloir parce que je l'aurais entendu. Donc le couteau est tout près, planqué quelque part dans la cuisine, la salle à manger, l'entrée ou le salon. Je devrais pouvoir le trouver – il suffit de réfléchir.

Je me lève péniblement du carrelage de la cuisine. La pièce, éclairée par les seules lampes du plan de travail, est pleine d'ombres. J'en suis venue à désirer la solitude obscure de ces heures du petit matin où mon fils dort enfin et où j'ai trente, quarante, cinquante précieuses minutes pour moi.

Je trouve une lampe de poche et je vais à pas de loup dans l'entrée, où je m'immobilise pour guetter les bruits de l'étage. J'aperçois une lumière diffuse dans le couloir du haut : elle vient de la chambre d'Evan. Il exige que le plafonnier soit allumé la nuit et qu'une radio marche comme en plein jour. Il ne supporte pas l'obscurité ; il est terrifié par le fantôme qui, croit-il, vit dans les ténèbres.

Il arrive que le fantôme lui parle. Par exemple, il arrive qu'il lui dise de me tuer.

J'aime mon fils. Je me souviens encore du premier instant où j'ai enfin eu la permission de le prendre dans mes bras. Je me souviens des jours et des nuits interminables où je l'ai bercé, où j'ai senti ses petites lèvres avides téter mon sein ; du poids de son corps incroyablement petit lorsque, repu, il s'assoupissait. Je me souviens de l'odeur de talc. De la douceur soyeuse de ses cheveux fins. De ses soupirs quand il se blottissait contre moi.

Evan est né dix semaines avant terme. J'aimerais pouvoir dire que ce sont des choses qui arrivent, mais, d'après le médecin, c'était entièrement de ma faute.

À l'époque, Michael et moi menions une existence merveilleusement superficielle. Nous vivions à Cambridge, dans une gigantesque et vieille maison de style XVIIIᵉ que nous avions rénovée avec soin pour qu'elle soit en harmonie avec les autres demeures historiques du quartier. Michael, vice-président d'un grand établissement financier de Boston, travaillait beaucoup et de mon côté, je me créais un réseau auprès de nos voisins aisés en tant que décoratrice d'intérieur très demandée. Je concevais des cuisines pour des médecins, des habillages de fenêtre pour des avocats et des canapés sur mesure pour divers athlètes professionnels.

Michael et moi avions tous les deux grandi dans la gêne. À présent, nous notions sans complexe nos journées en fonction des vêtements de créateurs que nous avions achetés ou des étoiles montantes du Tout-Boston que nous avions rencontrées. J'intercalais des soins du visage à plusieurs centaines de dollars entre deux visites chez de petits antiquaires, tout comme Michael remplissait son agenda de déjeuners d'affaires et de places dans les loges pour divers événements sportifs. Le week-end, c'était le cap Cod en été ou notre « lodge » dans les montagnes Blanches en hiver.

Ma grossesse fut encore l'occasion d'une course à la consommation ostentatoire. J'ai commandé des pulls en cachemire chez Pea in the Pod, de la layette chez Burberry et, cela va sans dire, un landau anglais. J'ai refait la chambre d'enfant du sol au plafond, je me suis mise au yoga et j'ai renoncé à mon café du matin au profit du thé vert déthéiné. Rien ne serait trop beau pour notre enfant. Rien.

Michael m'a offert un pendentif en diamant, un cercle de vie de deux carats, histoire de poser sa marque sur son élégante épouse en cloque. Il a aussi pris l'habitude de m'emmener tous les samedis soir dans un nouvel endroit branché de Boston où nous dégustions les menus gastronomiques en remarquant avec humour que ce genre de soirées appartiendrait bientôt au passé. Il buvait des gin-tonics. Je prenais du jus d'airelles. Nous ne rentrions qu'à deux heures du matin, simplement parce que nous le pouvions, mais aussi parce que, au fond de nous-mêmes, nous n'étions pas vraiment fâchés que notre vie soit sur le point de changer.

Nous nous aimions. Réellement. Et comme tant de jeunes mariés, nous étions persuadés qu'il n'existait aucune situation que nous ne puissions affronter, aucun défi que nous ne puissions relever, aucun obstacle que nous ne puissions surmonter, du moment que nous étions ensemble.

Et là, à mon insu, une infection bactérienne s'est développée dans mon utérus. Extérieurement, je paraissais en bonne santé, pleine de vitalité, rayonnante. Intérieurement, j'avais commencé à empoisonner mon enfant à naître.

Je n'ai pas beaucoup de souvenirs du trajet en ambulance. J'avais perdu du sang. Beaucoup. Tracey, ma voisine, a eu le bon réflexe et appelé les secours. Elle s'est assise au fond à côté de moi. M'a tenu la main pendant que les ambulanciers découpaient mon pantalon de grossesse en daim et braillaient des ordres qui m'effrayaient. Où étaient les paroles de réconfort, celles qui vous disent que ce n'est qu'un petit incident de parcours ? *Votre bébé va très bien, madame, aucune raison de vous inquiéter.*

J'ai perdu connaissance à la clinique. Michael est arrivé quelques minutes après l'ambulance. D'après ma voisine, il me serrait la main avec une telle violence que les médecins ont dû lui écarter les doigts de force pour m'emmener faire la césarienne en urgence.

Et là, bon gré, mal gré, Evan Michael Oliver fut mis au monde.

Il pesait 1,470 kg. Quand je l'ai vu pour la première fois, il était grand comme un chaton, posé au milieu de la couveuse avec une demi-douzaine de fils et de sondes qui pendaient de son minuscule corps fripé. Sa peau était couverte de duvet et si translucide qu'elle paraissait bleue, mais c'était la couleur de ses veines, tissées comme une fine dentelle sous la surface.

Il lui fallait l'incubateur pour le réchauffer, un ventilateur relié à un mélangeur pour l'aider à respirer et une sonde gastrique pour l'alimenter en nutriments essentiels. Un tensiomètre et un moniteur cardiaque. Et puis il y avait aussi l'aspirateur de mucosités, les perfusions et divers autres fils pour qu'Evan puisse combattre l'infection tout en terminant la maturation de ses organes.

Il vivait dans la couveuse fermée comme une poupée en porcelaine dans une vitrine. Nous avions le droit de regarder, mais pas de toucher. Alors nous restions là de brefs instants, côte à côte, avec cette terrible sensation qu'on éprouve quand il n'y a pas seulement un problème, mais un PROBLÈME, et qu'on attend que ça s'arrête pendant que des spécialistes vous abreuvent de paroles.

La psychologue nous a gentiment suggéré d'appeler nos parents : « Vous n'avez pas à affronter cette épreuve tout seuls. Demandez de l'aide à votre entourage, appuyez-vous sur votre famille et vos amis. »

Michael, le visage fermé, n'a pas décroché un

mot. La psychologue a fini par comprendre et s'éclipser. Ce n'était pas de sa faute si nous n'avions ni famille ni amis – du moins, pas au sens où elle l'entendait. Ma mère ne m'avait jamais pardonné de devenir plus jolie qu'elle et les frères et sœurs de Michael passaient le plus clair de leur temps derrière les barreaux. Il y avait des années que nous n'attendions plus rien de leur part. Nous étions ensemble et, nous répétions-nous sans cesse, c'était suffisant.

J'ai eu envie de hurler pendant cette première journée. Je n'avais chaque fois le droit de voir Evan que quelques minutes au service de néonatologie, et ensuite c'était retour à ma chambre, où je me couchais sur le côté, ce ventre tout flasque qui m'avait trahie étalé devant moi. Les infirmières m'apportaient des médicaments. La spécialiste de l'allaitement m'a appris à me servir du tire-lait. J'étais censée dormir, ne penser qu'à récupérer. Je passais l'essentiel du temps allongée dans le noir et je me repassais indéfiniment le film des trente semaines qui venaient de s'écouler. Était-ce la gorgée de champagne que j'avais bue pour le nouvel an ? Ou les émanations de la peinture que j'avais choisie pour la chambre d'enfant ? À quel moment avais-je échoué ? Si seulement je pouvais mettre le doigt sur cet instant et revenir en arrière…

Michael faisait la navette entre le service de néonatologie et ma chambre ; le teint cireux, il ne savait plus qui, de sa femme tout juste opérée ou de son fils à peine capable de respirer, avait le plus besoin de lui. Il ne parlait pas. Il ne pleurait pas. Il se contentait d'aller et venir, dix minutes dans cette chambre, dix minutes dans l'autre, comme si le mouvement lui permettait de garder le contrôle de la situation. Ses cheveux bruns grisonnèrent du jour au lendemain. Ses épaules robustes semblèrent se voûter. Mais il ne cessait de marcher, d'une chambre à l'autre, d'un service à l'autre, investi d'une mission.

Je pensais qu'Evan dormirait nuit et jour, consacrerait toute son énergie à grandir, mais, inévitablement, lorsque les infirmières replaçaient ses perfusions ou sa sonde, il se réveillait et nous observait avec de grands yeux, comme s'il cherchait à tout assimiler de cet étrange nouveau monde.

« C'est un battant, disaient les infirmières, qui riaient de voir ses poings s'agiter et entraver leurs gestes. C'est bon signe, ma jolie. Evan est un petit dur. »

Et lui agitait ses petites jambes maigres, comme pour approuver.

On m'a donné le droit de toucher sa joue. Et un jour, j'ai enfin pu le prendre contre moi ; Michael se tenait à côté de moi et sa main étreignait mon épaule à m'en faire mal.

Evan a de nouveau ouvert les yeux. Il nous a regardés tous les deux, avec ces billes si rondes dans sa petite tête rabougrie.

Et nous avons fait ce que font les parents au service de néonatologie.

Nous avons promis de tout donner – notre somptueuse demeure, nos vêtements de créateurs, nos carrières égocentriques. Nous avons tout promis. Nos vies mêmes. Nous renoncerions à tout ce qui faisait que nous étions nous. Nous ferions tout ce qu'il y aurait à faire, nous perdrions tout ce qu'il y aurait à perdre.

Pourvu que notre fils vive.

Je ne retrouve pas ce couteau. J'ai cherché autour du ficus, entre les lames du parquet, dans les replis des rideaux en lambeaux. Je soulève les coussins du canapé, j'inspecte les moindres recoins du matériel hi-fi. J'explore le dessous des meubles et le dessus des placards avec ma lampe de poche. Je connais les cachettes préférées d'Evan. Le couteau ne se trouve dans aucune d'elles.

Il l'a. Je sais qu'il l'a.

Il s'est montré plus malin que moi.

Le soleil va bientôt se lever. Je vois le bord du ciel nocturne s'éclaircir et je me sens d'un seul coup tellement submergée de fatigue que j'ai envie de pleurer.

« Maman. »

Je me retourne d'un seul coup. Evan est derrière moi. Il porte son pyjama *La Guerre des étoiles* préféré et garde ses mains jointes dans son dos.

Je suis trop essoufflée. Comme j'ai la lampe de poche en main, je la braque sur son visage blême : je ne veux pas qu'il voie à quel point il m'a fait peur.

« Evan. Montre-moi tes mains.

— Je veux voir Chelsea.

— Pas tout de suite.

— C'est le matin, maman ?

— Non, mon cœur, c'est encore la nuit. Qu'est-ce que tu as dans ton dos, chéri ?

— On peut voir Chelsea ?

— Pas maintenant, répété-je avec fermeté, toujours guettant ses mains, toujours attendant de voir ce qu'il va faire.

— Je veux aller au parc.

— Dans la matinée, chéri.

— Je veux me faire un nouveau copain aujourd'hui.

— Evan, demi-tour maintenant. C'est l'heure de dormir. »

Evan tend brusquement les mains. Il les retourne, paumes en l'air, pour que je constate qu'elles sont vides, qu'il ne tenait rien. Il a l'air candide, mais en l'observant, je vois cette ombre qui passe au fond de son regard ; ce petit sourire au coin des lèvres.

Il sait ce que je cherche.

Il sait qu'il l'a et que j'ignore comment réagir.

L'ombre passe à nouveau dans son regard et je lutte contre le frisson qui me parcourt l'échine. Evan n'est pas le seul à avoir peur du fantôme dans cette maison.

Je prends une grande inspiration, j'éteins la lampe et je pose une main sur l'épaule de mon fils. Son corps est détendu sous mes doigts. Il me laisse le conduire dans l'entrée, à l'étage, puis, guidés par la lumière vive, à sa chambre où je le recouche dans son lit. Il est déjà à moitié endormi, les paupières lourdes, lorsque je repousse quelques mèches blondes sur son front.

« Je t'aime jusqu'à la Lune et retour », murmure-t-il, une phrase qui sort de son livre préféré.

Je lui caresse la joue. « Moi aussi, je t'aime.

— Je ne veux pas te faire de mal », dit-il d'un air rêveur, déjà gagné par le sommeil. Ses yeux bleus se rouvrent : « Mais je le fais. »

VENDREDI

7

D.D. dormit jusqu'à sept heures le lendemain matin, luxe inhabituel quand elle travaillait sur un dossier brûlant. Elle avait bien besoin de ces deux heures de sommeil supplémentaires après leur expédition nocturne à l'hôpital. Et surtout, la mission d'aujourd'hui allait consister à interroger les amis et la famille, lesquels appréciaient rarement que des enquêteurs frappent à leur porte avant neuf heures du matin.

Elle prit une douche, avala deux expressos et réfléchit à sa matinée. Neil avait accepté de passer la journée avec le légiste pour assister aux autopsies. Restaient donc Phil et elle-même pour approfondir l'enquête de voisinage.

D.D. fit un saut au QG, le temps de parcourir la pile de rapports posés sur son bureau, notamment la transcription des entretiens réalisés la veille avec les voisins présents sur les lieux. Deux d'entre eux sortaient du lot : une Mme Patricia Bruni et un M. Dexter Harding. Tous deux avaient déclaré bien connaître les Harrington : Mme Bruni fréquentait la même paroisse ; M. Harding accueillait des parties de poker auxquelles participait le père.

Un point de départ comme un autre, estima D.D.

Elle prit ces transcriptions et partit pour Dorchester, où Phil avait promis de la retrouver devant la maison des Harrington, désormais fermée par des scellés.

Le quartier était calme ce matin, lugubre même, mais c'était peut-être seulement dans l'imagination de D.D. Voir les lieux d'un crime au lendemain des faits lui laissait toujours une impression sinistre. Le sang avait séché, les bruits et les odeurs étaient relégués au rang de souvenirs. La maison n'était plus que la coquille vide de ce qu'elle avait été. Autrefois, une famille avait vécu là. Peut-être que ses membres avaient ri, aimé, été heureux. Peut-être pas. Quoi qu'il en soit, ils s'étaient efforcés de se construire une vie. Et c'était fini. En un clin d'œil.

D.D. se gara derrière une Chevy Tahoe. Elle aperçut Phil droit devant, au milieu du trottoir. À côté de lui, sa nouvelle ombre, le professeur de l'école de police Alex Wilson.

D.D. se rembrunit, déjà contrariée sans savoir pourquoi. Elle ouvrit sa portière, sentit la chaleur putride du mois d'août la fouetter au visage et se renfrogna davantage. Elle accrocha sa plaque à la ceinture de son jean, regretta de ne pas pouvoir porter de débardeur au lieu d'une chemise à manches courtes en coton bleu et se fit une raison.

Phil et Alex, costume sombre, étaient en plein conciliabule, déjà très copains apparemment. Les deux hommes levèrent les yeux à son arrivée. Phil effaça le sourire qu'il avait aux lèvres, ce qui éveilla aussitôt les soupçons de D.D.

« Salut, lança-t-elle à Phil avant de se tourner vers Alex : Alors, on en redemande ?

— Je suis maso, confirma-t-il.

— Aujourd'hui on interroge, on établit le profil des victimes. Pas franchement de l'analyse de scène de crime.

— On ne sait jamais quand on pourra apprendre quelque chose d'utile », répondit le professeur.

D.D. restait sceptique. Alex portait une veste anthracite sur une élégante chemise bleue à manches longues, un pantalon sombre. Il aurait dû transpirer avec cette chaleur, se dit-elle. Cela l'agaçait qu'il ne transpire pas, surtout qu'elle sentait déjà la première goutte dégouliner le long de sa colonne vertébrale pour venir s'immobiliser au creux de ses reins.

« Bon, dit-elle sèchement en dépliant ses papiers. Nous avons deux cibles principales ce matin : Mme Patricia Bruni et M. Dexter Harding. Histoire de gagner du temps, je prends Bruni. Vous deux, vous prenez Harding. »

Phil la regarda. Alex regarda Phil.

« Quoi ? demanda-t-elle.

— Il vaudrait mieux qu'on fasse ça ensemble, lui expliqua Phil. Pour avoir des regards croisés sur ce qu'ils auront à dire.

— Trois contre un ? On va les intimider avant même qu'ils aient ouvert la bouche.

— Alors tu conduiras la conversation, répondit Phil avec flegme. Nous, on restera en retrait, on se fondra dans le décor.

— Vous vous laisserez porter.

— Exactement. » Phil lui prit la première feuille des mains. « Patricia Bruni. À quatre maisons d'ici. C'est parti. »

Il s'élança avant qu'elle puisse placer un mot. Après un temps, Alex suivit, réglant son pas sur celui de D.D. « Paraît que vous avez eu une nuit intéressante à l'hôpital, commenta-t-il.

— Pas vraiment.

— Moi, j'ai regardé le match des Red Sox.

— Je ne suis pas le base-ball.

— Plutôt fan des Patriots ?

— Plutôt fan de la criminelle. Au cas où vous l'auriez oublié, on n'a pas des horaires réguliers quand on bosse sur le terrain. »

Même elle se rendait compte qu'elle n'était pas à prendre avec des pincettes. Alex se contenta de sourire. Pas d'erreur : Phil et lui manigançaient quelque chose.

« Qu'est-ce que vous pensez de la cuisine italienne ? demanda Alex.

— C'est bon, concéda D.D.

— Super. On ira en manger tout à l'heure. »

Ils arrivèrent devant le domicile de Patricia Bruni, encore une maison de trois étages dotée d'une large véranda en façade. D.D. avait la tête ailleurs.

« Quand ? Pour le déjeuner, vous voulez dire ?

— Quelque chose comme ça », dit Alex et, sans se départir de son sourire énigmatique, il la suivit sur le perron.

Patricia Bruni, découvrirent-ils, était une vieille dame noire rabougrie qui se faisait appeler miss Patsy et qui avait pour religion de servir à ses hôtes, même policiers, de gigantesques verres de thé glacé. D.D. avait un bon pressentiment sur miss Patsy, et pas seulement à cause du thé glacé bien frais : dans son expérience, c'était toujours les vieilles dames rabougries qui en savaient le plus sur ce qui se passait dans un quartier.

Miss Patsy les invita à entrer, « à l'abri de la chaleur », et ils la suivirent avec gratitude dans son appartement du rez-de-chaussée, où des climatiseurs de fenêtres turbinaient à plein régime. Son logement, modeste, comptait six pièces, beaucoup de meubles et une impressionnante collection de figurines Hummel en porcelaine. D'après ce que voyait D.D., miss Patsy collectionnait n'importe quoi du moment que c'était petit et fragile.

D.D. prit le fauteuil d'époque en face de Patsy. Et s'amusa de voir Phil et Alex se tenir avec gêne devant la causeuse fauve en se demandant comment s'asseoir sur ce siège vétuste. Alex finit par se percher sur le bord avec précaution. Plus vieux et plus lourd, Phil l'imita à contrecœur. La causeuse gémit, mais résista.

« Vous êtes là à cause des Harrington, dit miss Patsy sans préambule en tapotant son chignon serré. J'ai essayé de dire à votre agent, hier soir, qu'il n'aille pas se figurer que c'était une histoire de drogue ou une bêtise de ce genre. Patrick et Denise étaient des gens comme il faut. De bons chrétiens. Nous avons de la chance de les avoir dans la rue.

— Il y a longtemps qu'ils habitent ici ? » demanda D.D. en prenant une petite gorgée de thé glacé.

Sucré et froid. Miss Patsy avait déjà toute son affection.

« Ils ont acheté la maison à l'automne dernier », indiqua Patsy, ce qui concordait avec la date que D.D.

avait en tête. « C'étaient les Duffy qui habitaient là avant. Ils se couchaient pas souvent tôt, les Duffy. Apparemment qu'ils recevaient beaucoup, si vous voyez ce que je veux dire.

— Trafic de drogue ? hasarda D.D.

— Ce n'est pas moi qui vous l'aurai dit, répondit Patsy.

— Donc les Duffy ont déménagé, les Harrington se sont installés. Vous aviez très souvent l'occasion de voir la nouvelle famille ?

— Ça oui. Denise est passée dès la première semaine avec un cake à la citrouille. Elle s'est présentée et a présenté les enfants, tous bien en rang. Elle a dit qu'ils étaient ravis de vivre dans le quartier et ils se demandaient si des fois je pourrais pas leur recommander une paroisse familiale.

— Et vous l'avez fait ?

— L'église congrégationaliste. Une bonne paroisse de quartier, et accessible à pied. » Patsy se pencha de nouveau. « Je ne suis pas censée conduire, vous voyez. J'ai eu un petit problème l'an dernier, j'ai confondu les pédales. Mais ça va, le mur de la pharmacie est réparé maintenant. Comme neuf. »

Sur la causeuse, Alex s'étrangla : du thé glacé avalé de travers. Phil lui donna obligeamment une bonne claque dans le dos.

D.D. ne fit pas attention à eux. « À quelle fréquence voyiez-vous la famille ?

— Oh, au moins une fois par semaine à l'église. Plus souvent en été. C'est un quartier agréable, ici. Beaucoup d'enfants jouent dehors dans la journée. J'aime bien prendre mon thé sous la véranda et regarder les petits faire du vélo ou quoi. Ça entre-tient.

— Et les enfants Harrington ? Qu'est-ce qu'ils aimaient faire ?

— Jouer au football, les garçons. Je les voyais se faire des passes, le plus grand et le plus petit. La fille, elle arrivait à cet âge où elle avait juste envie de traîner avec ses copines. Denise disait que Molly lui cassait tout le temps les pieds pour qu'elle l'emmène au centre commercial. Mais des fois, les soirs où il faisait plus frais, on voyait tout un groupe jouer au jeu du drapeau ou à cache-cache dans tous les jardins. Pas un mauvais endroit pour vivre, notre quartier. »

D.D. prit des notes. « Qu'ont fait les enfants cet été ? Depuis la fin des cours ?

— Colonie de vacances du YMCA. Bien sûr, leur père était là dans la journée, il rénovait la maison. Quelquefois, on les voyait rester avec lui. Ils aimaient bien se prendre des pauses dans la véranda. On doit avoir sacrément chaud à faire des travaux en cette saison, dit miss Patsy en s'éventant.

— La famille recevait beaucoup ? Fréquentait les autres voisins ?

— Pour ça, oui. Ils étaient heureux de vivre ici, ils voulaient connaître tout le monde. J'ai eu l'impression que leur précédente maison ne se trouvait pas dans un quartier très sûr – « pas un bon endroit pour les enfants », disait Denise. Comme je disais, ils étaient vraiment heureux de s'installer ici.

— Il vous est arrivé de les entendre se disputer ? demanda D.D. sans transition. Patrick et Denise ?

— Se crier dessus au milieu de la nuit, vous voulez dire ?

— Oui, ce genre de choses.

— Certainement pas, répondit miss Patsy d'un air offusqué.

– Nous avons appris que Patrick avait perdu son travail. Le budget devait être serré.

— Les temps sont durs pour tout le monde, fit remarquer miss Patsy. Mais je les voyais quand même mettre un ou deux dollars dans la corbeille à la quête ; ils n'étaient pas encore dans la misère.

— Vous ne les avez jamais entendus se quereller à ce sujet ? Ou vus prendre un ou deux cocktails de trop pour se détendre ?

— Je ne les ai jamais rien vus boire de plus fort que du vin ou de la bière. C'était des gens responsables.

— De la drogue ?

— Je vous ai dit : pas la peine de chercher de ce côté. Pas avec les Harrington », conclut miss Patsy avec une petite moue, comme pour sous-entendre qu'on ne pouvait pas en dire autant de tous les voisins.

« Et Denise et les enfants ? Est-ce que ça leur arrivait souvent de se faire des gros bleus, des fractures ? D'avoir des accidents bizarres ?

— Comme quand on tombe dans les escaliers ou qu'on se cogne dans les poignées de porte ?

— Exactement.

— Jamais de la vie. Patrick ne battait pas sa famille. Il aurait peut-être dû, avec le plus jeune. Dieu sait que j'ai vu cet enfant provoquer son père un nombre incalculable de fois. Mais Patrick gardait la tête froide. C'était un homme bien. À l'église, il

94

priait toujours pour avoir de la patience. Il savait ce qui l'attendait. »

D.D. échangea des regards avec Phil et Alex. « Comment ça : "ce qui l'attendait" ?

— Le plus jeune, le fils adopté, c'était un enfant à problèmes. Visage d'ange, âme de démon, si vous voulez mon avis.

— Le plus jeune avait été adopté ? Le garçon ? demanda D.D. en feuilletant ses notes. Oswald ?

— La mère d'Ozzie est morte quand il avait trois ans. Je crois qu'on ne l'a découverte qu'au bout de plusieurs mois. Pendant ce temps-là, il a vécu dans l'appartement avec son cadavre et mangé absolument tout ce qu'il y avait de comestible dans les placards, y compris de la farine, de la limonade en poudre, du carton. Denise m'a raconté que, quand les assistantes sociales ont voulu l'emmener, le pauvre gosse a craqué et s'est mis à pousser des hurlements incontrôlables. Ils l'ont mis dans un service psychiatrique pour jeunes enfants. Je ne savais même pas que ça existait. »

Voilà qui était nouveau. D.D. sentit Alex et Phil tendre l'oreille. Elle-même ne quittait pas miss Patsy des yeux. « Vous connaissez le nom de l'hôpital où l'enfant a été pris en charge ?

— Quelque part dans Boston. Il y était encore l'an dernier. Ils l'ont récupéré chez eux quand ils se sont installés ici.

— J'ai l'impression que Denise et vous discutiez beaucoup. Elle passait souvent ? Pour prendre un thé glacé avec vous dans la véranda, par exemple ?

— C'est ça, reconnut volontiers miss Patsy. Cet été, elle venait deux, trois fois par semaine. Des fois, elle m'apportait des cookies, ou bien une tarte. Une femme vraiment charmante, Denise. Et c'est vrai qu'elle cherchait sans doute à prendre un peu de temps en dehors de sa famille. Attention, je ne dis pas que son mari et elle se disputaient. Mais elle travaillait toute la journée et, en rentrant, elle retrouvait trois enfants, dont l'un était franchement difficile. Rien de mal à venir chercher un peu de thé glacé et la compagnie d'une adulte, pas vrai ?

— Certainement. Est-ce que Denise vous aurait parlé de… petits écarts ? Peut-être que Patrick et elle ne se disputaient pas, mais qu'elle avait rencontré quelqu'un pour qui elle avait le béguin, ou bien que lui avait rencontré quelqu'un. Ça arrive. Peut-être que Denise cherchait les conseils d'une femme ?

— Elle ne m'en a jamais parlé », dit miss Patsy en joignant ses mains sur ses genoux. Il y eut un instant de silence, puis miss Patsy regarda D.D. droit dans les yeux. « C'est Ozzie qui a fait ça ? Il paraît que toute la famille a été égorgée comme des poulets. J'ai toujours pensé que ce garçon ferait quelque chose de terrible un jour. Mais peut-être pas d'aussi terrible que ça, conclut-elle en soupirant.

— Miss Patsy, qu'est-ce qui vous fait penser qu'Ozzie aurait pu commettre un meurtre ? »

Miss Patsy fit la grimace. « Seigneur, que vous dire ? Ce garçon ne tenait pas en place, dans la rue toute la journée, du matin au soir si on l'avait laissé. À l'église, il fallait encore le mettre à la garderie parce qu'il était incapable de tenir toute la messe. Une bougeotte comme jamais vous en avez vu. Et que je remonte mon bas de pantalon, et que je redescends

96

mon bas de pantalon. Et que je m'assois, que je me lève, que je me décale à droite, à gauche. Je n'ai jamais vu un enfant au bord de l'implosion comme ça.

» Et avec ça, aucun sens des limites. Il rentrait chez vous sans frapper si la porte n'était pas fermée à clé. Plusieurs voisins l'ont retrouvé dans leur jardin, installé dans leurs fauteuils d'extérieur comme s'il était chez lui. Et puis il y a eu cet incident avec le barbecue de M. Harding. Le gamin a dit que le gril s'était renversé "par accident", mais je dois dire que je l'aurais bien cru capable de jeter des braises sur une terrasse en bois. Il pouvait être cruel quand il se sentait humilié. Je vous ai parlé des écureuils ?

— Pas encore.

— Il aimait leur lancer des pierres. Je l'ai grondé je ne sais combien de fois en lui disant de laisser ces pauvres écureuils tranquilles. Alors vous savez ce qu'il a fait ? Je l'ai surpris un jour dans mon propre jardin en train d'en capturer un dans la mangeoire à oiseaux. Il avait dû s'approcher discrètement pendant que l'animal se nourrissait. Et là, il l'a attrapé par la queue, il l'a fait tournoyer deux ou trois fois dans les airs et il lui a fracassé la tête contre le poteau de la mangeoire. Épouvantable. Du sang partout. Et il est juste resté là avec la pauvre bête à ses pieds, en souriant.

» Les garçons normaux ne sourient pas comme ça, madame l'enquêtrice. Les garçons normaux ne lèchent pas le sang sur leurs mains. »

D.D. ne voyait pas quoi répondre. Phil et Alex non plus, apparemment. « Quand… quand est-ce arrivé ? dit-elle enfin.

— En mai, ou peut-être en juin. Au début de l'été, on dira. Après ça, Ozzie n'a plus eu le droit de sortir tout seul de chez lui. La plupart du temps, Jacob, son grand frère, sortait pour le tenir à l'œil. Lui, c'est un bon garçon, Jacob. Fort et rapide. Bon passeur, à ce qu'on m'a dit. De la graine de quarterback si on écoute son père. Il a l'air de savoir mettre Ozzie au pas. »

Miss Patsy s'interrompit, parut s'apercevoir qu'elle venait de parler de Jacob au présent et inspira avec un petit hoquet. « Oh », fit-elle et, à lui seul, ce soupir de tristesse en dit long sur une famille qui n'existait plus.

D.D. laissa quelques instants à la vieille dame. But une gorgée de son thé glacé. Elle avait presque fini son verre ; Alex et Phil aussi.

Alex se pencha en avant ; il semblait avoir quelque chose à dire. D.D. fit un petit signe de tête et il s'éclaircit la voix.

« Miss Patsy ? » demanda-t-il d'une voix douce.

La vieille femme tourna son regard vers lui.

« Étiez-vous chez vous hier soir ?

— Oui.

— Qu'avez-vous entendu exactement ?

— Rien d'inhabituel. Mais j'étais à l'intérieur, la climatisation en marche. On n'entend pas grand-chose avec ce bourdonnement.

— Aviez-vous parlé avec un membre de la famille dans la journée ?

— Non. J'ai seulement vu Denise qui balayait sa véranda quand je suis sortie faire mon petit tour du soir. Je lui ai fait coucou et elle m'a répondu.

— Est-ce qu'elle a dit qu'elle avait un invité ?

— Pas à moi.

— Avez-vous remarqué des voitures que vous ne connaissiez pas dans le quartier ?

— Oh, il y en avait plusieurs. Toujours, à cette époque de l'année, avec tous les barbecues. On aime bien s'amuser à Dorchester, dit-elle avec un pauvre sourire.

— Connaissez-vous quelqu'un qui pourrait en vouloir à Patrick ou Denise ? intervint D.D. L'un d'entre eux vous a-t-il dit s'être disputé avec quelqu'un ? Quelles étaient leurs relations avec leurs anciens conjoints ?

— Patrick était veuf ; Denise ne parlait jamais de son ex-mari. J'ai eu l'impression qu'il ne faisait plus partie de leur existence. Peut-être qu'il n'était pas très intéressé par la vie de famille. En tout cas, je n'ai jamais vu personne passer prendre les enfants un week-end sur deux. »

D.D. le nota.

« Les temps sont durs, reprit-elle d'une voix douce en regardant miss Patsy. Patrick et Denise avaient apparemment beaucoup de choses sur les bras. Trois enfants à élever – dont un qui posait quelques problèmes. Et puis ils avaient une maison de trois étages entièrement à rénover, et là-dessus Patrick a perdu son travail. Ça fait pas mal de stress pour une seule famille. Les choses peuvent déraper quand les gens sont soumis à un tel stress.

— Les Harrington sont une bonne famille, répéta miss Patsy avec fermeté.

— Et la dernière fois que vous avez parlé à Denise ou à Patrick… ?

— Il y a deux jours. Denise est passée vers neuf heures du soir et nous avons pris un petit verre de vin dans la véranda. Jacob recommençait l'entraînement de football et venait d'être sélectionné dans l'équipe des titulaires. Elle allait emmener Molly faire ses courses de rentrée ce week-end. Nous avons parlé de choses normales, du quotidien, constata miss Patsy. Denise m'a semblé plutôt heureuse. »

D.D. hocha la tête, écrivit dans son calepin : (*argent ?*) et se leva en sortant sa carte. « Merci de nous avoir reçus, miss Patsy. Si vous repensez à quoi que ce soit, n'hésitez pas à m'appeler. Oh, et merci bien sûr pour cet excellent thé glacé. »

Miss Patsy hocha la tête, se leva péniblement. Phil proposa de remporter leurs verres et la carafe de thé glacé dans la cuisine. Miss Patsy le laissa faire.

« C'est vrai qu'ils sont tous morts ? demanda-t-elle en les raccompagnant. Patrick, Denise, Jacob, Mollie et Ozzie ?

— Patrick est hospitalisé. Dans un état critique.

— Le malheureux, murmura miss Patsy. Je ne sais pas ce qui serait pire : qu'il rejoigne sa famille au Ciel ou qu'il reste seul au monde. Triste choix pour un homme bien. J'imagine qu'on ne sait jamais vraiment ce qui se passe chez nos voisins, n'est-ce pas ?

— Non, reconnut D.D. Jamais. »

8

Le temps qu'ils aient fini avec M. Dexter Harding, il était plus de midi et D.D. était morte de faim. Alex proposa une pause déjeuner. Il connaissait un super petit bistro italien à deux pas. Il dit cela en s'adressant davantage à D.D. qu'à Phil, et celui-ci, comprenant à demi-mot, s'esquiva en marmonnant une vague excuse à propos de la tonne de dossiers qui l'attendait sur son bureau.

Le brusque départ de son coéquipier laissa D.D. méfiante, mais c'était un resto italien, alors elle ne creusa pas la question.

Alex et elle se rendirent en procession au restaurant du coin, qui se signalait par des stores verts et une odeur d'ail et de pain fraîchement sorti du four. D.D. huma deux fois et décida qu'elle s'était trouvé un nouveau chez-soi.

Alex commanda des lasagnes. Elle choisit du poulet à la parmesane. La serveuse apporta du pain frais à tremper dans l'huile d'olive. D.D. éventra la miche fumante tout en consultant la messagerie de son téléphone. Patrick Harrington était toujours plongé dans un coma artificiel. Neil, l'autre coéquipier de D.D., avait assisté à toute l'autopsie de l'épouse, sans surprises. Le légiste s'attaquerait à la fille après le déjeuner.

Enfin, elle avait un message de Chip, le comptable avec qui elle avait failli coucher, qui se demandait si elle serait partante pour un deuxième dîner. C'était oui, mais vu la façon dont s'était déroulée la matinée, il allait falloir que Chip soit un homme très patient.

« Bon, déclara D.D. une demi-miche de pain plus tard tout en vérifiant en douce qu'elle n'avait pas d'huile d'olive sur le menton. Nous avons passé la nuit dernière sur une scène de crime et la matinée avec deux voisins. C'est toi le prof : qu'est-ce que tu en dis ?

— Il y aura interro ensuite ? » demanda Alex avec flegme.

Lui aussi avait consulté sa messagerie. Il rangea son téléphone et se servit dans la corbeille à pain.

« Pitié. Cette affaire aurait dû être bouclée il y a cinq heures. Il va falloir me résoudre les dossiers plus vite que ça si tu veux traîner avec ma bande. »

Il sembla surpris et amusé. C'était décidément un bel homme, jugea D.D. Le costume anthracite allait bien avec ses yeux bleu foncé et ses cheveux poivre et sel. Un bel homme qui savait choisir ses restaurants. Intéressant.

« Récapitulons, dit-il d'une voix grave qui convenait parfaitement au professeur qu'il disait être. Nous avons une scène de crime avec quatre morts par arme blanche et un blessé par balle, tir à bout touchant dans la tête. Les traces de sang nous indiquent que les victimes ont été assassinées les unes après les autres. De prime abord, le scénario semble être celui d'un quadruple meurtre suivi d'un suicide, le chef de famille,

102

Patrick Harrington, tuant toute sa famille à coups de couteau avant de se tirer une balle dans le crâne.

— De prime abord.

— Bon, nous aimerions bien avoir le point de vue de Patrick sur la question, mais comme il est à peu près à l'état de légume, ça va devoir attendre.

— Ça l'arrange bien, ronchonna D.D. avant de reprendre du pain.

— Ce qui nous amène aux impressions des amis et voisins sur la famille. Nous avons cette délicieuse miss Patsy…

— Vraiment délicieuse, oui, souligna D.D.

— Fabuleux thé glacé, convint Alex. Un peu trop portée sur la porcelaine, cela dit.

— Interdiction d'éternuer ou ça pourrait vous coûter cher.

— Miss Patsy apprécie beaucoup Denise et Patrick. Elle les considère comme des parents méritants, de bons chrétiens et d'agréables voisins à tout point de vue ; certes, ils avaient beaucoup de problèmes à gérer, mais ils ne s'en sortaient pas trop mal. D'un autre côté, elle n'est pas fan de leur fils adoptif, Ozzie, qui a eu des comportements inquiétants dans le passé.

— Lécher le sang d'un écureuil sur ses mains…, se rappela D.D. en frissonnant.

— Ensuite, le deuxième voisin, Dexter Harding, avait des éléments à ajouter à ce puzzle : la situation financière était un peu plus critique que miss Patsy ne l'avait compris en discutant avec Denise. D'après Dexter, Patrick estimait qu'il leur restait de quoi vivre deux mois tout au plus. Pas terrible.

— Ah, mais d'après Dexter, Patrick avait un plan, contesta D.D. Il pensait finir le premier étage d'ici deux semaines. Ce qui lui laissait six semaines pour trouver à le louer, demander le premier et le dernier loyer, plus une caution. Une belle rentrée de liquidités à prévoir dans les deux à huit semaines.

— Nous avons donc une famille dont la situation financière est tendue, mais pas désespérée. Pourvu que deux ou trois choses se passent comme prévu, ils pouvaient s'en sortir.

— Ce qui suggère, remarqua D.D., que Patrick avait des raisons d'être stressé, mais peut-être pas encore suicidaire. Pourquoi péter les plombs maintenant ? S'il doit disjoncter, on imaginerait que ce soit dans huit semaines, quand il n'aura pas trouvé de locataire, pas obtenu l'argent, etc.

— Logiquement, oui. N'empêche qu'il est stressé, que sa femme est stressée. Peut-être que quelqu'un a dit quelque chose hier soir au dîner. La fille avait trop dépensé au centre commercial, la tenue de foot de l'aîné avait coûté plus cher que prévu. Il suffit d'un détonateur. Ensuite les choses s'enchaînent.

— Patrick ne supporte pas l'idée de voir sa famille finir à la rue, ses enfants devenir pupilles de l'État… D'un seul coup, il se persuade que tuer sa famille est la solution. Et le bon chrétien du quartier se métamorphose en familicide. »

La serveuse revint et glissa devant chacun d'eux des assiettes ovales qui disparaissaient sous la sauce tomate. D.D. en salivait rien qu'à l'odeur. Elle recouvrit son poulet à la parmesane de fromage râpé et s'en donna à cœur joie.

« Ce qui nous ramène au gamin, réussit-elle à caser après la troisième bouchée.

— Oui, mais lequel ? »

Alex prenait davantage son temps avec ses lasagnes. Un homme patient, observa-t-elle. C'était sans doute nécessaire dans l'analyse de scènes de crime. Elle se demanda ce qui l'avait conduit à quitter le terrain pour les salles de classe, et ce qui le poussait maintenant à y retourner.

« Ozzie, je veux dire. Tu sais, celui qui tue les écureuils pour le plaisir. Pourquoi ? Tu ne soupçonnes pas l'aîné, quand même ? »

Dexter Harding, le voisin, leur avait appris quelque chose : les Harrington n'étaient pas une famille de cinq, en réalité. C'était une famille de six personnes. Patrick avait un grand fils d'un premier mariage, qui se trouvait actuellement en Irak. En l'honneur du soldat William Edward Harrington, alias Billy, Denise mettait souvent un sixième couvert à table. Un peu comme d'autres nouent un ruban jaune autour du vieux chêne.

Il semblait bien qu'ils n'avaient plus à se soucier d'un invité mystère. En revanche, Billy Harrington était sur le point de recevoir de très mauvaises nouvelles de chez lui.

« Il faudrait au moins vérifier que le gamin se trouve en Irak, dit Alex.

— Sans blague. »

Il lui adressa un grand sourire. « Comment est le poulet à la parmesane ?

— J'adore.

— Je vois ça.

« — Comment sont les lasagnes ?

— Presque aussi bonnes que celles de ma grand-mère. »

D.D. lui jeta un regard méfiant. « Avec un nom comme Wilson, tu voudrais me faire croire que tu t'y connais en sauce tomate ?

— Ah, mais ma mère est une Capozzoli.

— Objection retenue. Avec un nom comme Capozzoli, il y a des chances que ta grand-mère sache faire une sauce.

— Elle m'a appris tout ce que je sais. »

D.D. se figea, fourchette en l'air. « Tu sais cuisiner ?

— C'est ma passion. Rien de tel qu'un dimanche après-midi à tourner la manivelle de la machine à pâtes tout en mitonnant une bonne bolognaise. »

D.D. en avait la gorge nouée.

« Tu devrais venir dîner, un de ces jours. »

Alors D.D. comprit enfin : les conciliabules, les échanges de regards… « Phil m'a vendue. Il t'a dit que le plus court chemin vers ma culotte passe par mon estomac.

— Et ça ne m'a même pas coûté trente deniers, confirma Alex d'un air réjoui. Tu devrais quand même venir dîner.

— Je ne sors pas avec les collègues.

— Je ne suis pas un collègue. Je vais seulement me couler dans le rôle pendant un mois, dit-il en souriant.

— Le problème, quand on sort avec un autre enquêteur, poursuivit-elle en faisant la sourde oreille, c'est qu'on finit toujours par ne parler que boulot.

— On pourra parler nourriture. Ce que j'aime cuisiner, ce que tu aimes manger.

— J'aime tout manger.

— Ça me va. »

Elle le considéra d'un air sceptique. « Ne te fie pas à ma bonne humeur actuelle ; la plupart du temps, je suis une chieuse.

— Ne te fie pas à mon charme actuel ; je suis aussi capable qu'un autre de m'énerver.

— Pourquoi les salles de classe ? demanda-t-elle. Pourquoi avoir quitté le terrain pour les salles de classe ?

— J'avais une femme. Elle voulait des enfants. Sur le moment, avoir des horaires plus classiques semblait une bonne idée.

— Qu'est-ce qui s'est passé ? Elle a changé d'avis sur la bolognaise ?

— Elle n'a pas réussi à tomber enceinte. Et lorsqu'elle n'a pas pu devenir mère, mon épouse a décidé qu'elle ne voulait pas non plus être une épouse. Nous nous sommes séparés à l'amiable il y a deux ans.

— Tu enseignes encore.

— Ça me plaît.

— Mais maintenant, tu es là.

— Ça me plaît aussi.

— Faut dire que c'est extrêmement plaisant, répondit D.D. avec une grimace.

— C'est pour ça que tu devrais venir dîner.

— Je ne fais pas d'enfants, le prévint-elle. Je suis trop vieille, trop râleuse.

— Parfait, j'espérais juste un maximum de sexe. »

D.D. éclata de rire, surprise et un peu sous le charme. C'était bon de rire après dix-huit heures de travail sur une scène de crime. Bon de déjeuner, aussi.

« Je vais y réfléchir », finit-elle par lâcher. Elle prit une bouchée, mâcha, avala. « Pour en revenir à nos moutons : que faisons-nous du petit Ozzie Harrington ?

— Le gamin n'est pas commode, répondit Alex après un temps.

— Le gamin est mort.

— On a déjà des accusations de cruauté envers les animaux et de tentative d'incendie. Je présume qu'on a de l'incontinence nocturne dans le tableau et ça fait de lui le prototype du tueur en série.

— Dexter Harding pensait que l'affaire du barbecue était réellement un accident, remarqua D.D.

— Dexter donnait involontairement des signes d'agitation chaque fois que nous prononcions le nom d'Ozzie. Le gamin lui fichait les jetons. Il a dit ça pour être poli.

— D'après lui, Patrick et Denise savaient se faire obéir d'Ozzie. Et Ozzie vouait un culte à son grand frère Jacob. Alors il y a peu de chances qu'il s'en soit pris à eux, surtout un par un comme ça.

— C'est le hic. Qu'un enfant de neuf ans avec des antécédents de troubles psychiatriques sévères supprime toute une famille, c'est parfaitement plausible. Au milieu de la nuit, avec un pistolet ou une batte de base-ball, en passant de chambre en chambre... Si notre scène de crime était de ce genre, je dirais que le fils déséquilibré est le meurtrier et que Patrick a eu de la chance d'en réchapper.

— Mais c'était à l'heure du dîner et avec un couteau de cuisine, poursuivit D.D., Patrick a une certaine carrure. Et puis il y a Jacob, quatorze ans et sportif. A priori, à eux deux, ils auraient pu plaquer au sol un avorton de neuf ans.

— Et on verrait plus de blessures de défense. Chez la fille, chez tout le monde. Ozzie est le plus petit de la famille. Ils auraient forcément résisté. D'ailleurs, je ne suis pas certain qu'un enfant de neuf ans aurait eu la force de porter le coup mortel à Mme Harrington. On aura bientôt le rapport, mais je parierais déjà que l'angle du coup désigne quelqu'un de plus grand que Denise, pas plus petit.

— Et puis ce serait compliqué, matériellement, ajouta D.D. À supposer qu'Ozzie soit l'assassin, ça voudrait dire quoi ? Qu'il a tué son père d'un coup de pistolet. Qu'ensuite il s'est emparé d'un couteau de cuisine et qu'il a tué sa mère d'un seul coup de couteau, tué son frère aîné d'un seul coup de couteau et ensuite pourchassé sa sœur à travers toute la maison avant de finalement l'attraper pour l'étrangler. Et là, après tout ça, il se tranche la gorge ? Plutôt rude, comme façon de se faire hara-kiri.

— J'ai déjà vu un cas, en fait.

— Ah bon ?

— Une affaire, en 97. Un publicitaire dépressif qui s'était tranché la gorge. On avait des doutes, vu la plaie, mais le légiste a pu le prouver en se fondant sur l'angle de l'incision. Ne demande pas. Il y a des fois où c'est du vaudou, leurs expertises.

— D'accord. Donc Ozzie se tranche la gorge. Et il transporte les corps dans toute la maison pour les regrouper dans une seule pièce ? Ça n'a tout simplement pas de sens. Les traces de sang nous disent qu'Ozzie a été égorgé dans la chambre de la sœur. Sa corpulence nous dit qu'en aucun cas il n'aurait eu la force de traîner sa mère et son père dans la maison.

— On en revient à Patrick, reconnut Alex. Seule explication logique. »

D.D. repoussa son assiette. « Alors pourquoi est-ce qu'elle me gêne ?

— Parce qu'il y a des fois où on ne comprend pas ses voisins, même après coup. »

D.D. soupira, se dit qu'il n'avait pas tort. « Si on creuse du côté des finances, je parie qu'on trouvera des crédits à la consommation, des factures impayées. On verra à quel point les Harrington vivaient sur la corde raide. Ensuite on passera voir l'école des enfants, le travail de Denise, l'ancien employeur de Patrick, pour compléter le profil des victimes.

— On devrait aussi passer voir le service psychiatrique où Ozzie a fait un séjour. Tu te souviens, miss Patsy a dit qu'il avait été hospitalisé un temps.

— Je croyais qu'on venait d'exclure l'hypothèse Ozzie. »

Alex haussa les épaules. « Il y a encore un élément qui nous manque. Ou quelqu'un. »

9

Danielle

Lucy s'est échappée peu avant trois heures.

J'aurais dû le voir venir. Elle avait commencé la journée remarquablement calme. À huit heures, elle avait mangé des Cheerios secs sans lancer le bol vers ceux qui passaient. À huit heures et demie, elle était discrètement sortie de sa chambre, le temps de chiper une petite voiture que Benny avait laissée traîner dans le couloir. Elle l'avait coincée sous son menton et avait détalé à quatre pattes dans un coin de sa chambre. Ensuite elle avait posé la Hot Wheels par terre et s'était mise à lui donner des coups de patte comme un chat qui joue.

Benny avait pleuré en découvrant que la voiture avait disparu, mais s'était arrêté en la voyant aux pieds de la folle toute nue qui souriait. Elle l'avait vu qui la regardait et s'était simplement remise à jouer au lieu de lui jeter du caca à la figure.

Très contente de ce progrès, j'ai décidé de tenter quelques soins d'hygiène corporelle.

Nous ne forçons pas nos patients à se doucher. Nous ne les forçons pas à manger, à se laver les dents ni

111

même à s'habiller. Nous comprenons que certains de ces enfants, en raison de leurs troubles sensoriels, perçoivent le jet de la douche comme des milliers de piqûres d'épingle. Nous comprenons que certains de ces enfants, en raison de diverses compulsions, ne peuvent manger que des aliments congelés, ou réduits en bouillie, ou jaunes, ou sous emballage. Nous comprenons que certains de ces enfants, en raison de leurs difficultés relationnelles, ne peuvent pas passer dans le couloir sans chercher la bagarre.

Les questions d'hygiène corporelle sont compliquées. Les repas sont compliqués. Le simple fait de se lever le matin est compliqué.

Alors nous sommes souples. Voilà notre programme. Nous aimerions que tu le suives, mais nous sommes prêts à dialoguer avec toi. Dis-nous de quoi tu as besoin. Ensemble, nous pouvons faire en sorte de le réaliser.

Certains parents nous détestent. Ils considèrent notre service comme une simple colonie de vacances où l'on se plie au moindre caprice de leur enfant caractériel.

Évidemment, la moitié de ces parents sont aussi traumatisés que les enfants. Ils ont reçu des coups de pied, ils se sont fait battre, mordre, crier dessus ou agresser verbalement par leur propre enfant pendant des années. Il se peut que, pour la fête des Mères, leur enfant de dix ans ait dessiné maman avec un poignard dans le ventre et signé *Crève Connasse*. Alors quelque chose en eux voudrait que leur fils doive enfin répondre de ses actes ou que leur fille soit réduite en chair à pâté. Nous sommes des professionnels. Nous devrions obliger chaque enfant à marcher droit. Mais nous ne le faisons pas. Nous laissons les enfants regarder la télé. Nous leur apportons des Game Boys, nous jouons à des jeux de société avec eux, nous leur permettons de faire du roller dans le couloir.

Nous sommes une unité de soins intensifs. Notre but est de réduire l'agitation d'un enfant jusqu'à ce qu'il puisse enfin passer une journée sans exploser. Ensuite, quand il est « gérable », nous espérons recueillir sur son comportement des informations qui seront précieuses pour la prise en charge à long terme.

Avec chacun, il y a deux questions auxquelles nous essayons de répondre :

Que se passe-t-il d'indésirable dans la tête de cet enfant (par exemple dans les cas de distorsions cognitives) ? Et que ne se passe-t-il *pas,* dans la tête de cet enfant, qui serait désirable (par exemple dans les cas de déficiences cognitives) ? En répondant à ces deux questions, on en apprend beaucoup sur lui.

Vingt-quatre heures s'étaient écoulées et j'en avais encore beaucoup à découvrir sur Lucy.

J'ai commencé par remplir un grand seau d'eau que j'ai emporté dans sa chambre. Je ne l'ai pas regardée quand je suis entrée, j'ai fait absolument comme si elle n'était pas là. J'ai posé le seau et je lui ai tourné le dos.

J'ai compté jusqu'à dix.

Comme elle ne m'agressait pas, je suis passée à la deuxième étape : j'ai sorti une petite éponge de ma poche, je l'ai plongée dans l'eau et j'ai commencé à nettoyer le mur le plus proche. Toujours sans regarder Lucy. Si l'attention était chez elle un facteur déclenchant, alors mon travail consistait à ne lui en prêter aucune.

Au bout d'une minute, je me suis mise à fredonner. Une mélodie grave. Certains enfants répondent bien à la musique rythmée ; pour Lucy, je me demandais.

Comme elle ne réagissait toujours pas, je m'y suis mise pour de bon. J'ai enlevé les excréments et le sang des quatre murs. Après quoi, j'ai repris mon seau et je me suis éclipsée.

Le verdict allait tomber : Lucy allait-elle laisser la pièce en l'état ou bien allait-elle éprouver le besoin de saccager de nouveau sa chambre, de violer son espace personnel comme elle semblait ressentir le besoin de se violer elle-même ?

Vingt minutes s'étant écoulées sans drame, je lui ai apporté son déjeuner. Des légumes coupés en morceaux, un bâtonnet de fromage, du pain frais, une tasse d'eau. Je suis restée dans le couloir, d'où je pouvais surveiller son reflet dans la demi-sphère argentée du plafond sans être vue.

Lucy s'est d'abord attaquée au pain. Elle l'a pris entre ses mains et l'a comprimé pour en faire une boule, puis l'a posé par terre et l'a regardé reprendre lentement du volume. Ensuite elle l'a encore comprimé, jusqu'à ce qu'il forme une balle assez compacte pour la faire rouler à coups de patte sur la moquette.

Elle a joué un moment avec sa nourriture, satisfaisant son alter ego félin. Pourquoi un chat ? me demandais-je. Qu'y avait-il chez les félins dont elle pensait que cela la protégerait ?

Elle a finalement pris la boule de pain entre ses

mains et l'a mangée. Ensuite, elle s'est léché les mains et a lapé un peu d'eau dans la tasse. Le fromage a connu le même sort que le pain. Elle n'a pas mangé les légumes, mais les a cachés sous son matelas. Cela ne m'a pas surprise. Beaucoup d'enfants font des réserves de nourriture, par comportement compulsif ou parce qu'ils ont souvent connu la faim dans le passé. J'ai provisoirement laissé les légumes, ne serait-ce que pour voir ce qu'elle en ferait plus tard.

Une demi-heure après, je suis entrée dans la chambre pour reprendre son assiette et sa tasse. Toujours en lui tournant le dos. Aucune manifestation : on progressait.

De retour à la cuisine, j'ai rempli un petit saladier d'eau chaude et trouvé une éponge propre. Cette fois-ci, quand je suis rentrée dans la chambre de Lucy, je me suis assise de côté par rapport à elle. Elle se trouvait près de la fenêtre et étudiait un grand carré de lumière sur le sol de sa chambre, dessiné par le soleil. Elle écartait les doigts dans le rayon, observait l'ombre qu'ils projetaient. Puis elle s'est tournée vers la fenêtre, a fermé les yeux et laissé le soleil éclairer son visage.

L'espace d'un instant, elle a eu l'air presque heureuse.

Je lui ai donné du temps. Quand elle a finalement paru se lasser du soleil et des ombres, j'ai pris l'éponge, je l'ai trempée dans le saladier et je l'ai tenue au-dessus de mon bras nu. J'ai fait tomber quelques gouttes, laissé l'eau dégouliner. Je voulais que Lucy remarque ce jeu nouveau et intrigant.

J'ai joué un moment. Je laissais tomber de l'eau ici ou là, je dessinais des formes sombres sur mes vêtements, au sol, là où j'en avais envie. C'est toujours utile d'avoir une âme d'enfant quand on travaille avec des enfants.

Au bout d'un certain temps, j'ai senti que Lucy m'observait. Elle ne voulait pas s'approcher, mais elle était curieuse. Alors j'ai fait durer ça encore cinq minutes. Je me suis éclaboussé le visage, j'ai fait couler de l'eau sur mes cheveux. Ensuite je me suis levée et je suis sortie en laissant l'eau et l'éponge.

Il aurait été tentant de rester regarder. Mais c'était une enfant, pas une bête de foire. Alors je me suis éloignée d'un pas décidé. Un de nos patients les plus récents, Jorge, a accouru vers moi. J'ai accepté de faire une partie de dominos avec lui. Ensuite, travaux manuels avec Aimee, une fillette de douze ans admise pour tentative de suicide. Toute repliée sur elle-même, elle dessinait un ciel noir avec de la pluie noire. J'ai suggéré qu'elle ajoute de la couleur, alors elle a fait des points rouges par-dessus le noir. Maintenant, le ciel saignait.

Je l'ai serrée dans mes bras et je suis retournée au bout du couloir.

J'ai trouvé Lucy de nouveau assise dans le rayon de soleil. Elle avait le saladier d'eau à côté d'elle, l'éponge à la main.

Son visage était enfin propre. Elle avait enlevé les traces d'excréments, mouillé ses cheveux broussailleux pour les ramener en arrière. Assise, elle tendait son visage propre vers le soleil, et la petite courbe de ses lèvres m'a brisé le cœur.

Au contrôle suivant, elle avait disparu. Le saladier vide et l'éponge étaient soigneusement posés dans le rayon de soleil. À part ça, la pièce était vide. L'oiseau s'était envolé.

Au début, je ne me suis pas inquiétée. Notre service est une unité fermée, donc Lucy était là, quelque part. Il suffisait de la trouver.

Je me suis rapprochée de l'éducateur chargé des contrôles, c'est-à-dire de vérifier toutes les cinq minutes où se trouvait chaque enfant. En l'occurrence, c'était Greg, qui n'avait donc cessé de tourner dans le service pendant la dernière heure. Il n'avait pas vu Lucy, qui était l'exception à notre règle des cinq minutes : le soignant à qui elle avait été confiée, à savoir moi-même, était censé noter toutes les vingt minutes l'endroit où elle se trouvait. Greg a fait passer le message et bientôt nous nous sommes tous lancés dans une chasse à la Lucy.

Les enfants se sont joints à nous. C'était un jeu de cache-cache à grande échelle et ceux qui étaient chez nous depuis un moment connaissaient la manœuvre et nous aidaient volontiers. Dans la mesure où il n'y avait pas de caméras dans le service, nous nous servions des demi-sphères du plafond pour y chercher le reflet de Lucy. D'après ces sphères, elle ne se trouvait ni dans le grand couloir, ni dans les dortoirs, ni dans la salle réservée aux visites des familles. Alors nous avons sorti l'artillerie lourde.

Nous avons exploré les placards, les armoires, les tables de chevet, les salles de bains et les toilettes. Les cuisines étaient fermées à clé, mais nous avons vérifié quand même, à tout hasard. Les locaux de l'administration étaient fermés à clé, mais nous avons aussi fouillé de fond en comble ce dédale de petits bureaux.

À trois heures et quart, Lucy était toujours introuvable et le personnel (sans parler de certains enfants) commençait à s'inquiéter.

Greg s'est occupé des gamins : c'était l'heure du goûter. Le personnel s'est dispersé, chacun retournant à ses occupations pour faire tourner le service. Karen, la surveillante, m'a prise à part.

« Quand l'avez-vous vue pour la dernière fois ?

— À deux heures et quart.

— Que faisait-elle ?

— Elle était assise dans un rayon de soleil, elle faisait des ombres avec ses doigts. »

Karen a paru étonnée, intriguée. « Quand avez-vous remarqué qu'elle avait disparu ? »

J'ai eu un instant d'hésitation. « Trois heures moins le quart. »

Karen m'a lancé un regard. « Ça fait trente minutes, Danielle, pas vingt. Nous avions convenu que quelqu'un contrôlerait toutes les vingt minutes. »

Comme je n'avais pas de bonne excuse, je me suis contentée d'acquiescer.

Karen m'a dévisagée. Elle avait travaillé pratiquement toute sa vie auprès d'enfants en difficulté et elle avait un regard pénétrant. J'ai compris qu'elle réalisait enfin quel mois et quel jour de l'année nous étions, qu'elle faisait le rapprochement que je croyais qu'elle aurait fait depuis une bonne semaine.

C'est le sort de l'unique survivant : on est toujours rattrapé par la date anniversaire.

« Est-ce que Lucy est un cas trop lourd pour vous ? m'a-t-elle demandé sans ménagements.

— Non.

— Nous avons toujours eu la volonté de travailler avec vous, Danielle, m'a-t-elle expliqué sèchement. Mais il faut que vous ayez la volonté de travailler avec nous. Vous comprenez ?

— Ce n'est pas trop lourd », ai-je répondu, d'une voix plus ferme.

Mais Karen hésitait toujours. Elle a fini par soupirer, passer à autre chose. « Est-ce que Lucy est encore toute nue ?

— Pour autant que je sache.

— Alors elle n'a pas pu aller bien loin. »

Karen a pris la décision de prévenir la sécurité du centre hospitalier. L'établissement a été entièrement bouclé ; j'aurais voulu rentrer sous terre. J'avais perdu ma patiente. J'avais enfreint le protocole dans un service où les infractions au protocole sont inadmissibles. Or, si ma vie privée n'avait rien de glorieux, je prenais mon travail au sérieux. J'étais une infirmière dévouée. Certains jours, j'étais même une infirmière remarquable.

Apparemment, ce n'était pas le cas aujourd'hui. Nous avons organisé une réunion de service en urgence et, au pas de charge, Karen a attribué des étages à chacun de nous. La sécurité ratissait également le bâtiment.

On m'a confié le rez-de-chaussée et le premier étage. L'estomac chaviré, je suis descendue.

Où Lucy serait-elle susceptible d'aller ? Que ferait-elle ?

C'est là que j'ai eu une idée : j'ai filé vers le solarium de l'hôpital.

Dix minutes plus tard, j'avais retrouvé Lucy. Elle se trouvait derrière un palmier en pot, sous un soleil ardent, roulée en boule comme un chat et profondément endormie, la tête posée sur ses mains jointes. Au cours de son équipée, elle avait trouvé une marinière de bloc opératoire verte, qu'elle portait à présent comme une robe. Elle se confondait presque avec le sol et ses cheveux bruns cachaient son visage fraîchement nettoyé.

Avec mon talkie-walkie, j'ai indiqué au septième étage que je l'avais retrouvée.

Et ensuite, parce que je ne l'avais jamais vue dormir d'un aussi bon sommeil, je me suis assise par terre et j'ai attendu.

Greg est descendu, il s'est assis à côté de moi. « Dure journée, a-t-il dit au bout d'un moment.

— Lucy va bien. C'est l'essentiel.

— Pas de chance qu'elle soit sortie. Elle a dû franchir les portes en douce au moment où un visiteur entrait ou sortait. »

Il a dit ça d'un air détaché, mais nous savions tous les deux qu'il y aurait une enquête. C'était plus que de la malchance que Lucy ait réussi à franchir deux doubles portes fermées à clé. Une malchance telle que cela ne s'était jamais produit pendant toutes ces années où j'avais travaillé ici et que je ne voyais toujours pas comment une gamine de neuf ans toute nue avait pu accomplir cet exploit.

Des têtes allaient tomber. La mienne, peut-être.

J'étais inquiète. Il était hors de question que je perde ce boulot. Je l'adorais, surtout à cette période de l'année où (Karen avait raison) je n'étais pas en pleine possession de mes moyens et où ils me gardaient quand même.

Greg m'a caressé la joue. Une fois n'est pas coutume, je n'ai pas bronché. Greg et moi étions collègues depuis des années. Il était beau. Grand, sportif, baraqué, un vrai mur d'escalade pour les petits garçons qui avaient un trop-plein d'énergie à dépenser. Il s'habillait comme un entraîneur de foot et possédait la plus belle voix grave du service. Même les enfants les plus difficiles se taisaient rien que pour entendre son timbre.

Cela faisait deux ans qu'il m'invitait à sortir avec lui. Jamais je n'avais dit oui. Jamais il n'avait renoncé à m'inviter. J'ignorais comment un type pouvait encaisser autant de refus et en redemander, mais c'était peut-être lié à son métier.

Alors je me suis retrouvée à penser au shérif Wayne. Mais je n'ai pas voulu pleurer ; ç'aurait été ridicule.

Lucy a fini par s'étirer. Elle a levé la tête, cligné des paupières, nous a regardés avec des yeux de hibou.

Vite, avant qu'elle soit suffisamment réveillée pour résister, Greg et moi l'avons coincée entre nous et entraînée vers les ascenseurs.

Trop d'idées se bousculaient encore dans ma tête. Le fait que c'était seulement dans trois jours. Que cela ne devrait plus avoir d'importance. Une date sur le calendrier, un jour qui revenait tous les ans. Et je savais que Karen avait enfin compris pourquoi je me donnais un tel emploi du temps, pourquoi je faisais des journées aussi longues : parce que la date avait bel et bien de l'importance, parce que cela avait toujours été le cas et que, d'ici vingt-quatre heures, il allait falloir que je disparaisse. Ce n'était pas un spectacle pour les enfants. Ce n'était pas un spectacle pour les adultes.

Et ce n'était vraiment pas un spectacle pour un type bien comme Greg, qui aurait envie de me prendre dans ses bras et de tout arranger.

Une fois par an, je n'avais pas envie que tout s'arrange.

Une fois par an, j'aimais attiser ma colère.

Parce que je suis la seule survivante et que ça me met toujours en rogne.

L'ascenseur nous a remontés au septième. J'ai présenté mon badge pour entrer dans le service. Karen nous attendait, mais pas seule. À côté d'elle, une blonde aux cheveux bouclés et un homme grisonnant en costume anthracite. Tous deux montraient leur plaque de police.

« Danielle », a dit Karen.

Et j'ai su, dès cet instant, que tout avait recommencé.

10

Victoria

Que ressent un père qui abandonne son enfant ? Se réveille-t-il le matin avec le souvenir du premier sourire de son fils ? Peut-être celui de son bébé bien calé au creux de son bras, de ses yeux bleus qui le dévisageaient gravement, de la moue songeuse de sa petite bouche en cœur.

Se souvient-il de la première fois où son fils a dit « papa » ? Ou de la façon dont Evan courait vers la porte et s'accrochait à ses jambes ?

Se torture-t-il à coups de « et si » et de « on aurait pu » ? À l'idée qu'il se voyait un jour entraîner l'équipe de foot de son fils ? Qu'il rêvait de l'emmener voir son premier match des Patriots ou peut-être d'aller ensemble applaudir les Celtics au Garden ? Contemple-t-il le trou béant qui s'ouvre dans son avenir, là où auraient dû se trouver les leçons de conduite, les conversations entre hommes et la première séance de rasage ?

Sait-il que, dans les jours et les semaines qui ont suivi, Evan s'endormait encore en pleurant son père qui ne revenait jamais ?

Le jour où Michael et moi sommes enfin rentrés à la maison avec Evan tout juste sorti du service de néonatologie, nous étions convaincus que le pire était derrière nous. Il a tenu assis à trois mois. Crapahuté à dix. Le pédiatre était épaté.

Il pleurait, parfois pendant des heures. Il dormait mal, ses siestes étaient pratiquement inexistantes. J'ai lu des livres sur diverses méthodes pour favoriser le sommeil et signalé nos difficultés au médecin. Les bébés pleurent, m'a-t-il assuré. Evan ne présentait aucun symptôme de coliques et prenait régulièrement du poids, ce qui est toujours un souci avec un préma. Du point de vue des spécialistes, Evan était un bébé difficile, mais formidable. Michael et moi prenions ces avis à cœur. C'était notre fils, notre expérience de parents : difficile, mais formidable.

Michael mettait beaucoup la main à la pâte à cette époque. Quand il rentrait du travail, il me relevait et faisait les cent pas dans la maison avec Evan en pleurs sur son épaule. Il m'encourageait à prendre du temps pour moi. Lire un livre, m'offrir un bain moussant, faire une sieste. Ensemble, nous allions y arriver.

À quatorze mois, Evan est passé du quatre pattes à la course. D'un seul coup, il a beaucoup mieux dormi la nuit, peut-être parce qu'il courait toute la journée d'un endroit à l'autre comme un dératé. J'ai cessé de bercer indéfiniment un bébé pour courir fébrilement après un tout-petit. Evan ne semblait pas bien se repérer dans l'espace. Il se cognait dans les murs, tombait des chaises, se mettait dans la trajectoire des balançoires. Sur une aire de jeux, il était un danger pour lui-même et pour les autres.

Il n'avait pas peur des inconnus. Ne pouvait pas croire que des enfants aient envie de jouer seuls. Il débarquait au milieu des groupes, bousculait les autres pour se faire une place dans les bacs à sable. Il avait son sourire radieux et ses yeux d'un bleu éclatant. À quatorze mois, c'était comme si le monde n'était déjà plus assez grand pour lui. Il avait tant à faire, tant à voir et tant à dire.

Un jour, une femme d'un certain âge s'est assise à côté de moi sur un banc public rien que pour écouter le rire magique d'Evan qui se roulait dans un tas de feuilles mortes.

« C'est une vieille âme, m'a-t-elle dit en partant. Une très vieille âme. Regardez-le. Écoutez-le. Il vous enseignera ce que vous avez besoin de savoir. »

C'est à peu près à cette époque qu'Evan a cessé de porter des vêtements. Il avait toujours pleuré quand nous l'habillions autrement qu'avec du coton. Désormais, il refusait même cela. Je retrouvais chemise, chaussettes, pantalon, couche, semés dans le couloir, ou parfois sur les portiques. Je lui remettais ses vêtements. Il les réenlevait.

Nous sortions moins souvent ; les enfants de dix-huit mois tout nus ne sont pas toujours les bienvenus dans les jardins publics.

Evan a aussi pris de nouvelles habitudes inquiétantes. Par exemple, il grimpait sur le plan de travail de la cuisine pour jouer avec les couteaux. Il aimait les tenir par la lame, comme s'il éprouvait le besoin de s'ouvrir les paumes pour comprendre combien le fil était aiguisé. Même chose pour la cuisinière. J'ai renoncé à cuisiner quand Michael n'était pas à la maison. Evan était obsédé par les plaques de cuisson. Plus nous lui disions qu'elles étaient chaudes, plus il *fallait* qu'il pose ses doigts sur les spirales rougeoyantes.

C'était comme de vivre avec un éléphant dans un magasin de porcelaine. Un jour, il a cassé tous les œufs pour écouter le bruit que ça faisait (j'étais au téléphone). Le lendemain après-midi, il a jeté tous mes flacons de parfum sur le carrelage pour voir jusqu'où voleraient les éclats de verre (j'étais dans les toilettes du bas). Un après-midi, je l'ai surpris en train d'escalader le vaisselier, dont j'ai ensuite prudemment condamné les portes avec des cadenas (j'étais sous la douche quand j'avais réalisé que je ne l'entendais plus et j'avais alors traversé la maison à toute vitesse vêtue d'une simple serviette).

Nous avons consulté notre premier spécialiste, un neuropédiatre. Et nous avons reçu notre premier diagnostic : Evan souffrait d'un trouble d'intégration sensorielle ; son cerveau recevait correctement les informations de ses cinq sens, mais ne parvenait pas à hiérarchiser les sensations. Il vivait donc dans un perpétuel état d'hyperstimulation – comme un verre plein à ras bord, nous a expliqué le spécialiste, où chaque nouveau son, odeur, contact ou goût serait une goutte de plus dans un récipient débordant. Il y avait des choses qu'il ne supportait pas du tout : le bruit d'une fermeture à glissière, le toucher du jean. Et d'autres dont il faisait une obsession, dont il voulait qu'elles pénètrent le fouillis de son cerveau : ce qui est coupant, ce qui est chaud, ce qui fait mal. Comme un papillon de nuit, il était attiré par la flamme.

Evan a commencé à voir un ergothérapeute. Michael a convenu que j'avais besoin d'aide, alors nous avons engagé la première d'une série de quatorze nounous à mi-temps.

Je faisais des promenades pour me vider la tête et me délasser le corps. Et ensuite je rentrais retrouver mon petit sauvage et sa folle impétuosité. Il m'envoyait à la renverse avec ses câlins. Illuminait le monde de son rire exubérant. Nous jouions à nous battre, à nous chatouiller, faisions d'interminables parties de cache-cache.

Ensuite il se mettait à hurler parce qu'il fallait se laver les dents. Entrait dans une colère noire parce qu'on lui avait servi ses pâtes dans une assiette qui n'était pas de la bonne couleur. Lançait une des balles de golf de Michael dans la fenêtre du séjour parce que nous lui demandions de mettre des chaussures. Me giflait parce que je lui disais que c'était l'heure du lit.

Notre première nounou a démissionné, puis la deuxième, la troisième.

Quand Evan était heureux, il était vraiment heureux. Mais quand il était en colère, il était *vraiment* en colère ; et quand il était triste… il était vraiment, vraiment triste.

Nous avons reçu notre deuxième diagnostic : trouble de l'humeur SAI (sans autre indication). À quatre ans, on l'a mis sous clonidine, un médicament généralement employé dans les cas d'hyperactivité pour réguler l'impulsivité et les comportements d'opposition. Nous espérions que la clonidine calmerait le jeu et permettrait à Evan d'acquérir une certaine maîtrise de lui-même.

Dans un premier temps, il y a eu un progrès. Il dormait mieux la nuit. Était moins maniaque le jour. Entre la clonidine et une auxiliaire individuelle, il semblait possible qu'il s'en sorte au jardin d'enfants.

Du temps, nous disions-nous, Michael et moi. Evan avait simplement besoin de temps. Du temps pour l'ergothérapie qui soulagerait son hypersensibilité. Du temps pour développer ses capacités d'adaptation. Nous rencontrions des difficultés, mais quels parents n'en rencontrent pas ?

Evan est entré en maternelle. Il coupait la parole à la maîtresse. Riait à contretemps. Criait s'il fallait interrompre une activité qui lui plaisait et refusait de faire les activités qui ne lui plaisaient pas.

En huit semaines, Michael et moi avons été convoqués à l'école une bonne dizaine de fois. Nous étions dans nos petits souliers. Des parents sérieux et soignés, qui ignoraient totalement pourquoi leur enfant était un petit voyou de cinq ans. Nous aimions Evan. Nous lui fixions des limites. Nous nous battions pour lui.

Mais quand Evan avait une idée en tête, il n'en démordait pas et était prêt à recourir à tous les moyens pour parvenir à ses fins.

Troisième et quatrième diagnostics : hyperactivité et troubles anxieux, sans précision. Comme l'école insistait, nous l'avons mis sous Lexapro, un antidépresseur. Le Lexapro influe sur le taux de sérotonine dans le cerveau. On nous a dit que ça calmerait Evan, que ça l'aiderait à se concentrer.

Les informations se bousculent terriblement dans le cerveau de votre fils, nous a expliqué le spécialiste.

Imaginez que vous vous trouviez au milieu d'une manifestation et que vous essayiez de ne pas bouger alors que des cornes de brume retentissent à vos oreilles et que vous sentez les manifestants défiler à côté de vous. Evan vous aime. Il veut bien faire. Mais il n'arrive pas à sortir de la manifestation suffisamment longtemps pour être lui-même.

Nous avons docilement suivi la prescription. C'est comme ça qu'on fait en Amérique, non ? Votre enfant est un perturbateur, il se tient mal, il ne rentre pas dans le moule : droguez-le.

Deux semaines plus tard, alors qu'il dessinait tranquillement une voiture de course, Evan s'est redressé d'un seul coup et a transpercé le tympan de sa petite voisine de table avec son crayon.

Fin de l'école maternelle pour Evan.

Par la suite, nous avons appris qu'il avait été victime d'un effet paradoxal du Lexapro. Un effet paradoxal, c'est lorsqu'un médicament produit le contraire de l'effet attendu. Par exemple, lorsqu'un antalgique provoque une douleur. Ou qu'un sédatif provoque une hyperactivité. Le Lexapro était censé apaiser notre fils. Au lieu de ça, il l'a conduit vers de nouveaux sommets d'agitation, et Evan a agi en conséquence.

Nous avons trouvé un nouveau médecin pour Evan. Le meilleur praticien de Boston, nous a-t-on affirmé. J'ai engagé la nounou numéro neuf et je me suis faite à l'idée de scolariser Evan à la maison.

Michael travaillait de plus en plus tard. Il fallait bien payer les visites chez les spécialistes, disait-il, comme si je ne sentais pas ces traces de parfum sur son manteau ou que je ne voyais pas qu'il vérifiait tout le temps s'il n'avait pas de texto sur son portable.

Je me demandais si elle était jeune et belle, si elle avait des cheveux blond cendré aux racines bien entretenues. Peut-être que son ventre ne s'était jamais rempli de poison. Peut-être qu'elle pouvait emmener son fils faire les courses sans qu'il balance les fruits et légumes à la tête des autres clients. Peut-être qu'elle allait au restaurant sans que son enfant jette les pâtes par terre et fasse des empreintes de mains avec la sauce tomate.

Peut-être qu'elle dormait la nuit, lisait le journal le matin et pouvait discourir avec esprit sur toutes sortes de sujets intéressant les adultes.

Ou bien peut-être qu'elle se contentait de glousser en disant à Michael qu'il était un génie.

Quand on est parent, on fait ce qu'on peut. On aime au-delà du raisonnable. On se bat au-delà du supportable. On espère au-delà du désespoir.

On ne se dit jamais, jusqu'au tout dernier moment, que cela pourrait ne pas suffire.

C'est vendredi, quatre heures de l'après-midi, et le ciel est noir de nuages d'orage. Avec la forte chaleur de ce mois d'août, la plupart des gens se réjouissent du répit annoncé. Moi, je m'en moque. Je suis partie de chez moi avec cinq minutes de retard et maintenant je conduis trop vite, pour essayer de rattraper le temps perdu.

Je n'ai que deux heures. Je les ai deux fois par semaine. Ce n'est pas comme si je pouvais confier mon enfant de huit ans à la fille de la voisine. Mais Michael me verse une pension alimentaire et je m'en sers pour payer un aide à domicile, si bien que deux fois par semaine une personne spécialement formée vient garder Evan. Je profite d'un de ces après-midi pour passer à l'épicerie, à la pharmacie, à la banque, faire toutes ces choses que je ne peux pas faire avec Evan à mes basques. C'était hier. Aujourd'hui, pour mon deuxième après-midi de liberté de la semaine, je vais au Friendly's.

Ma fille m'y attend.

Chelsea est assise sur une des banquettes du fond, Michael en face d'elle. Il porte un costume léger sur une chemise bleu vif de chez Johnston & Murphy. Le costume tombe avec élégance sur ses épaules musclées. Manifestement, il est fidèle à sa séance de boxe hebdomadaire. On a beau quitter le quartier d'où l'on vient, le quartier ne nous quitte pas.

Quand Michael me voit me faufiler à travers la salle de restaurant bondée, il range son BlackBerry et se lève de la banquette.

« Victoria.

— Michael. »

Même échange, toutes les semaines. Nous ne dérogeons jamais.

« Je reviens pour six heures et demie. » Il dit cela à Chelsea plus qu'à moi et se penche pour lui faire une bise sur la joue.

Ensuite il s'en va et je me retrouve seule avec ma fille.

Chelsea a six ans. Elle a les cheveux bruns de Michael, ses traits fins. Elle se tient bien droite, grande pour son âge, d'une maturité précoce. Ça arrive quand on vit avec un grand frère comme Evan.

« Vous avez commandé ? » demandé-je en me glissant sur la banquette de Michael.

Je pose mon sac à côté de moi sur le vinyle rouge. Elle secoue la tête.

« Qu'est-ce qui te fait envie ? »

J'ai l'air emprunté. C'est la même chose toutes les semaines. J'ai une soirée pour prouver à ma fille que je l'aime. Elle a six soirées qui lui disent le contraire.

Chelsea referme son menu, ne dit rien. Un ballon éclate à l'autre bout de la salle et elle sursaute. D'après les termes du jugement de divorce, Michael est censé l'emmener chez le psychologue, mais je ne sais pas s'il le fait. Après tous les spécialistes que nous avons consultés pour Evan, il est brouillé avec ces choses-là.

Mais Chelsea n'est pas Evan. C'est une fillette adorable qui a passé les cinq premières années de sa vie sans jamais savoir si son frère allait lui faire un câlin affectueux ou l'agresser dans une crise de rage psychotique. Elle a appris dès l'âge de deux ans à quel moment courir s'enfermer dans les W.-C. les plus proches. À trois ans, elle savait faire le numéro des secours. Et elle était là lorsque, il y a onze mois, Evan a trouvé le pied-de-biche dans le garage et fait voler en éclats toutes les fenêtres de la maison.

Michael et Chelsea sont partis le lendemain. Depuis, Evan et moi sommes seuls.

« Comment va le centre aéré ? »

Elle hausse les épaules. Il faut s'adapter à l'humeur du jour, alors je rapproche le gobelet rempli de crayons de couleur. Je retourne mon set de table et je commence un dessin. Au bout de quelques instants,

Chelsea en fait autant. Nous colorions un moment en silence, et je me dis que c'est suffisant.

La serveuse arrive. Je commande une salade de crudités. Chelsea opte pour du poulet pané.

Nous colorions encore un peu.

« Je vais être demoiselle d'honneur », annonce-t-elle d'un seul coup.

Je m'interromps, m'oblige à trouver du jaune, complète mon dessin de jardin. *Un mariage ?* Le divorce n'a été prononcé qu'il y a six mois. Je savais que Michael fréquentait quelqu'un, mais ça… Ça paraît déplacé, d'une certaine manière. Comme un étalage de vulgarité au milieu d'un enterrement.

« Tu vas être demoiselle d'honneur ?

— Pour le mariage de papa et Melinda. Ce sera pendant Noël. J'aurai une robe en velours vert.

— Tu… tu seras magnifique.

— Papa dit que Melinda va être ma nouvelle maman. » Chelsea ne colorie plus. Elle me regarde.

« Elle va devenir ta belle-maman. Après le mariage, tu auras une belle-maman et une maman.

— Est-ce que les belles-mamans aiment manger au Friendly's ? »

Je ne vais pas y arriver. Je repose le crayon, les yeux rivés sur la table. « Je t'aime, Chelsea. »

Elle reprend son crayon et se remet à colorier. « Je suis fâchée, dit-elle, presque sans s'émouvoir. Je ne veux pas de nouvelle maman. Sarah en a une et elle dit que les belles-mamans, c'est pas drôle. Et puis je n'aime pas le velours vert. Ça fait chaud. La robe est horrible. »

Je ne réponds rien.

« J'ai envie de la déchirer, continue-t-elle. J'ai envie de prendre des ciseaux et de la découper. Couic, couic, couic. Ou peut-être que je pourrais mettre plein de gouttes de peinture dessus. Tic, tic, tic. Comme ça, je ne serais pas obligée de la porter. » Elle lève de nouveau les yeux. « Maman, est-ce que je suis en train de devenir comme Evan ? »

Mon cœur chavire. Je lui prends la main. Il y a tellement de choses que je voudrais lui dire. Qu'elle est extraordinaire, unique, magnifique. Que je l'ai aimée dès l'instant où elle est née. Que rien de tout cela n'est de sa faute, ni la maladie de son frère ni a fortiori le choix de Sophie que fait sa mère jour après jour.

« Tu n'es pas ton frère, Chelsea. Evan… Evan a des choses dans la tête que personne d'autre n'a. Son cerveau fonctionne différemment. C'est pour ça qu'il se fâche tellement fort qu'il ne se contrôle plus. Tu n'es pas comme ça. Ton cerveau n'est pas son cerveau. Tu es toi. Et tu as le droit d'être fâchée. Ça nous arrive à tous d'être fâchés.

— Je n'aime pas Melinda, dit-elle d'une voix plus plaintive. Papa est toujours au travail. Il n'est plus drôle.

— Je suis désolée.

— C'est nul, les mariages. C'est nul, les belles-mamans. Nul, nul, nul.

— Je suis désolée.

— Pourquoi est-ce qu'Evan ne peut pas s'en aller ? Papa dit qu'il suffirait qu'Evan s'en aille… »

Je ne réponds pas. C'est là que le bât blesse entre Michael et moi. Il voudrait que ses enfants puissent être réparés, alors que j'ai appris à accepter le fait que notre fils est atteint d'une maladie qu'aucun médecin ne sait aujourd'hui guérir. Il n'empêche qu'Evan reste notre fils et que ce n'est pas parce qu'il rencontre des difficultés que nous devons le rejeter.

La serveuse arrive avec nos commandes. Elle glisse deux assiettes ovales sur la table. Je réorganise ma salade de crudités. Chelsea chipote ses frites.

« Evan te réclame, dis-je au bout d'un moment. Il voudrait que vous puissiez aller au parc ensemble. »

Chelsea hoche la tête. Il y a eu des moments où Evan et elle étaient complices. Quand il était calme, quand il était gentil et charmeur. Il jouait à se déguiser avec elle, lui permettait même de le coiffer. Ils faisaient des parties de cache-cache ou montaient un groupe de rock en sortant toutes les casseroles. Dans ces moments-là, il était épatant et j'imagine que ce grand frère lui manque. J'imagine aussi qu'il y a beaucoup d'autres incidents qu'elle aimerait oublier.

C'est à cause de Chelsea que Michael m'a quittée. Il prétendait que mon incapacité à placer Evan en établissement spécialisé mettait la vie de notre fille en danger. Est-ce lui qui a raison ? Est-ce moi ? Comment le savoir ? Le monde ne nous offre pas de solution idéale et je ne me voyais pas sacrifier mon fils, même pour ma fille.

Alors je suis là, elle est là, et je l'aime tellement que ça me fait mal dans la poitrine et que je ne peux rien avaler. Je reste simplement assise en face de cette petite fille paisible et j'essaie de toutes mes forces de lui transmettre mon amour. Si je mets toute mon énergie à envoyer mon amour de l'autre côté de la table, si j'en fais une petite boule compacte et que je la touche plein de fois avec, peut-être qu'elle le sentira. Peut-être que, pendant une fraction de seconde, elle saura que je l'aime plus qu'Evan et que c'est pour ça que je devais la laisser partir.

Elle va s'en sortir. Alors qu'Evan a besoin de moi.

Nous dessinons encore un peu. Je ne touche pas à ma salade. Chelsea mange des frites. Elle me raconte qu'elle a essayé un violon au stage de musique. Et que Sarah et elle se sont disputées parce que Sarah avait dit que Hannah Montana était mieux que les Cheetah Girls, mais ensuite elles se sont accordées pour dire que *High School Musical*, c'était le mieux du monde, et maintenant elles sont de nouveau copines. La danse commence dans deux semaines. Elle est inquiète pour son premier jour d'école. Elle me demande si on pourra aller acheter des vêtements ensemble pour la rentrée. Je lui dis que je vais essayer. Je vois à la tête qu'elle fait qu'elle sait déjà que ça n'arrivera pas.

La serveuse débarrasse nos assiettes. Chelsea est toute ragaillardie à l'idée de manger une glace. Elle choisit un sundae enfant. Je passe mon tour, même si manger une glace serait bon pour moi. J'aurais bien besoin de me remplumer un peu. Peut-être que je devrais me mettre au régime crème glacée. J'en mangerais trois litres par jour et j'enflerais jusqu'à peser cent cinquante kilos. Pour ce que les gens s'inquiéteraient…

M'apitoyer sur mon sort ne mène à rien, alors je reprends la main de ma fille dans la mienne. Aujourd'hui, elle me laisse faire. La semaine prochaine, on verra.

Elle va avoir une deuxième mère. Une femme que je n'ai jamais rencontrée. J'essaie de me la représenter et mon cerveau reste fixé sur l'image d'une blonde, la vingtaine. Plus jeune, plus jolie, plus gaie que moi. Elle aidera Chelsea à se choisir des vêtements pour la rentrée, lui fera peut-être des nattes. Elle sera la première au courant des mélodrames de Chelsea à l'école, lui donnera éventuellement des conseils pour se comporter avec ses amies, tout aussi adeptes du mélodrame. Elles s'attacheront l'une à l'autre. Peut-être qu'il viendra une semaine où Chelsea n'aura plus envie de venir au Friendly's.

Je voudrais être amère, mais quel intérêt ? Le rôle de Chelsea est de grandir, d'aller de l'avant. Le mien est de la laisser partir. Mais je ne pensais pas que ça se produirait à l'âge de six ans.

Michael entre dans le restaurant. Il ne dit rien, reste planté là. Chelsea et moi comprenons le message. Je pose de l'argent sur la table pour l'addition et rassemble mes affaires. Le temps que je quitte la banquette, Michael est déjà en train de sortir et Chelsea s'attarde quelque part entre nous deux, comme pour réduire la distance entre son père, devant, et sa mère, derrière.

Je la rattrape et nous poussons les portes vitrées vers l'extérieur, où l'orage a enfin éclaté et où il tombe des trombes d'eau rafraîchissantes. Nous hésitons sous la marquise, nous préparant à piquer un sprint vers les voitures. Michael profite de ce moment pour dire : « Je suis sûr que Chelsea t'a parlé du mariage.

— Félicitations, dis-je, avant de gâter l'ambiance en ajoutant : Quand voudrais-tu qu'on fasse les essayages pour le smoking d'Evan ? »

Le regard qu'il me lance aurait tué une femme moins solide. Je lui rends la pareille. Je le mets au défi de renier notre aîné, qui demande encore quand son père rentrera à la maison.

« Ce n'est pas moi qui t'ai quittée », dit-il sèchement, à voix basse pour que Chelsea n'entende pas. « C'est toi qui m'as quitté. Tu m'as quitté à la seconde où tu as décidé que les besoins d'Evan passaient avant ceux de tous les autres.

— C'est un enfant…

— Qui a besoin d'être pris en charge à plein temps par des professionnels.

— En établissement, tu veux dire.

— Il y a d'autres manières de l'aider. Tu as refusé en bloc de les envisager. Tu as décidé que tu savais mieux que tout le monde. Qu'il n'y avait que toi et toi seule qui pouvais l'aider. Après ça, nous n'avons plus compté, Chelsea et moi. Tu ne peux pas nous reprocher de continuer à vivre. »

Et pourtant, ai-je envie de lui dire. *Et pourtant.*

Il fait signe à Chelsea qu'il est temps de partir. Tête basse, elle a l'air éteint. Même si elle n'entend pas ce que nous disons, elle sait que nous nous disputons et ça lui fait de la peine.

Je prends ma fille dans mes bras. Je sens la soie de ses cheveux, la légèreté de son corps mince. Je respire l'odeur du shampoing à la noix de coco et des feutres Crayola. Je la serre, fort, parce qu'il va falloir que ce câlin me dure toute une semaine. Et je la laisse partir.

Son père et elle traversent en courant le parking balayé par la pluie, les mains sur la tête pour se protéger du déluge. Quelques instants plus tard, ils sont tous les deux dans la BMW de Michael, qui démarre, ses feux arrière rougeoyant dans la pénombre.

J'ignore ce que ressent un père qui abandonne son fils. Je sais seulement ce que ressent une mère qui abandonne sa fille, quand mon cœur s'en va dans une voiture et me laisse un trou béant au milieu de la poitrine.

Je sors sous l'orage, plus rien ne me presse. Je laisse la pluie tremper mes cheveux, frapper mon chemisier blanc. Je laisse le déluge marteler mon visage.

Vendredi soir. *Encore trois jours*, me dis-je.

Je rentre retrouver Evan.

11

D.D. n'était jamais allée dans un service de pédo-psychiatrie fermé et elle n'était pas sûre d'avoir envie de commencer. Mais de tous les membres de la famille Harrington, Ozzie restait le plus énigmatique. L'ancien employeur de Patrick n'avait que du bien à dire de celui-ci. Le patron de Denise avait été tellement suffoqué par son assassinat qu'il arrivait à peine à aligner trois mots. « Femme formidable », « mère dévouée », « un cœur grand comme ça », avait-il lâché entre deux crises de sanglots étouffés.

Phil les avait appelés avec le rapport de solvabilité : c'était à peu près ce à quoi ils s'attendaient. Les Harrington n'avaient plus que huit cents dollars sur leur compte en banque. Ils allaient devoir s'acquitter d'une grosse mensualité de crédit immobilier, sans parler de leurs dix mille dollars de crédit à la consommation. Jusque-là, la famille avait toujours honoré ses échéances. C'était probablement sur le point de changer.

Dans la colonne des plus, les Harrington recevaient tous les mois une allocation pour Ozzie ; et Denise venait d'obtenir une petite augmentation à son travail. Vu le niveau actuel des loyers à Dorchester, la famille pouvait passer le cap si elle arrivait à louer les deux étages supérieurs. Phil et le professeur Alex allaient y faire un tour ce soir pour évaluer si Patrick était encore loin du but.

Et si les Harrington en étaient réellement venus à perdre la maison ? La première femme de Patrick était morte ; le premier mari de Denise, sorti de leur vie. Patrick et Denise avaient-ils d'autres proches qui auraient pu les accueillir ? Existait-il une possibilité que la paroisse les aide ?

D.D. voulait des réponses à ces questions. Mieux encore, elle voulait savoir si Denise ou Patrick les avaient eux-mêmes posées. De leur point de vue, quelle était la profondeur du gouffre qui s'ouvrait devant eux ? Était-ce : *Oh, bon, on pourra toujours s'installer chez mon frère Joe* ? Ou plutôt : *Merde, on va se retrouver avec trois enfants dans un foyer pour sans-abri sans aucun espoir d'en sortir* ?

Dix-huit heures après le premier appel, D.D. avait quatre morts et un blessé en état critique. En guise de suspects, elle avait le choix entre un père de famille d'une cinquantaine d'années et son fils psychotique de neuf ans. Le père avait davantage la carrure physique. Le fils davantage le profil psychologique.

Ce qui les amenait, elle et sa nouvelle ombre, le professeur Alex, à l'Unité pédiatrique d'évaluation clinique de Boston, la polyclinique Kirkland.

Leurs premiers pas au sein du service psychiatrique fermé ne correspondaient pas à ce que D.D. avait imaginé. Il y avait près de trois mètres de hauteur sous plafond. Les immenses fenêtres donnaient une abondante lumière naturelle et éclairaient une moquette vert pâle et des murs bleu pastel. Les bancs inamovibles étaient recouverts d'un tissu à motifs de petits canards jaunes et il y avait des seaux de Lego sur quelques tables en bois regroupées. L'endroit lui rappelait la salle d'attente d'un pédiatre des beaux quartiers. Sauf que les enfants venaient là pour beaucoup plus longtemps.

D.D. se tournait vers Alex lorsqu'une fillette noire avec des nattes qui battaient sous son casque rouge passa comme une flèche en Rollerblade. Une seconde plus tard, lancé à ses trousses, un garçon plus petit en jogging bleu informe déboula ; il était moins stable, mais il donnait tout ce qu'il avait.

D.D. fit un bond en arrière. Alex aussi.

« Becca, Arnie, on ne dépasse pas le cône orange ! » gronda une voix d'homme. La fillette et le garçon firent demi-tour (elle avec grâce, lui avec maladresse) et repartirent à toute vitesse dans l'autre direction, manquant à nouveau D.D. et Alex de peu.

« Désolé », leur lança l'homme, l'air plus amusé que contrarié. Les cheveux bruns coupés en brosse, il se tenait à côté d'un cône orange posé au milieu du couloir. Plutôt jeune, il ressemblait à un prof de gym avec son jogging bleu et son tee-shirt blanc qui soulignait des pectoraux bien développés. Il avait une écritoire à la main et, autour du cou, un cordon au bout duquel se balançaient son badge et un trousseau de clés.

Ses patients filaient droit vers la grande fenêtre au bout du long couloir. Il se tourna pour les suivre des yeux : « Doucement, Arnie. Ralentis, bonhomme ; tu n'es pas obligé de gagner dès ta première course. »

D.D. jugea plus prudent de rester collée dos au mur. Alex l'imita. Ils avaient franchi une première porte de sécurité pour accéder à la réception, puis une deuxième qui donnait accès au service. Maintenant ils attendaient que Danielle Burton, l'infirmière qu'on leur avait donnée comme interlocutrice, les rejoigne ; elle avait dû partir chercher le dossier d'Ozzie Harrington et les laisser à côté d'une salle commune.

La moitié gauche de cet espace était occupée par une demi-douzaine de tables en chêne : le coin repas/dessin/jeux. La droite comprenait plusieurs canapés douillets alignés devant un écran : le salon de télé/cinéma.

Alors que D.D. regardait de ce côté, une tête noire surgit derrière le premier canapé, bientôt suivie de deux autres. Les regards des enfants se posèrent sur D.D. et Alex, et les trois garçons passèrent par-dessus le dossier du canapé.

« *Hola. ¿ Cómo estás ?* » demanda le plus petit, l'air réellement intéressé. Il s'était approché en courant et s'était arrêté pile devant eux, au point que ses pieds nus touchaient presque les chaussures pointues de D.D. Ses deux amis s'alignèrent derrière lui. D.D. donnait sept ou huit ans au chef de la bande. Son jean était remonté jusqu'aux cuisses. Pendant qu'il était là, il se mit à rouler et dérouler la jambe droite de son pantalon.

« *Bueno*, hasarda D.D. *¿Y tú ?*

— *Que bueno*. Vous avez retrouvé Lucy ? *¿ Dónde está ?* »

D.D. ne savait pas qui était Lucy. Elle regarda Alex, qui haussa les épaules.

La porte s'ouvrit à côté d'eux et Danielle Burton réapparut. Les trois garçons se tournèrent vers elle et le premier lui demanda en tirant sur le bas de son tee-shirt :

« *¿ Dónde está, Lucy ? ¿ Dónde, dónde ?*

— *Está bien, está bien*, le rassura l'infirmière en passant une main dans les cheveux noir de jais du garçon. *Lucy está aquí. Tranquilo,* d'accord ?

— D'accord, répondit-il.

— Je vous présente Jimmy, dit Danielle à Alex et D.D. en montrant le meneur. Et voilà ses complices, Benny et Jorge. Si un jour vous voulez faire un super combat de petites voitures, j'ai vos hommes. »

Alex saisit la perche. Il s'accroupit pour se mettre au niveau de Jimmy et lui demanda : « C'est laquelle, ta voiture préférée ?

— La Monster ! » s'écria Jimmy avec excitation. Il tendit les bras sur le côté et décolla en décrivant une large courbe qui, aux yeux de D.D., évoquait plus un avion qu'une voiture. Mais cela suffit apparemment à Benny et Jorge, qui se mirent aussi à courir autour des tables de la salle commune.

« On ne *court* pas », rappela Danielle.

Les garçons rétrogradèrent au petit trot. L'infirmière s'estima apparemment satisfaite et invita à D.D. et Alex à la suivre vers la gauche, où un petit couloir menait à une série de salles de classe.

Danielle en trouva une vide et leur fit signe d'entrer. D.D. et Alex avaient commencé leur enquête auprès de la surveillante, Karen Rober. Mais celle-ci, moins en contact avec les patients, leur avait conseillé de parler avec Danielle qui, comme par un fait exprès, était entrée dans le service quelques instants plus tard. L'expression sur son visage quand elle avait vu la plaque de police de D.D. ne manquait pas d'intérêt. Un mélange d'effroi et de colère. Et, tout de suite après, un masque sévère.

Karen l'avait désignée comme interlocutrice des enquêteurs. Autrement, D.D. n'était pas certaine que la jeune infirmière aurait accepté de les accompagner et encore moins de répondre à la moindre question. Danielle écarta une chaise de la table, posa ses dossiers, s'assit, s'agita et se releva.

« Je vais chercher de l'eau, expliqua-t-elle. Vous avez besoin de quelque chose ? »

D.D. et Alex déclinèrent. L'infirmière s'éclipsa ; ils s'assirent.

« Première impression ? murmura D.D.

— Nerveuse, dit Alex.

— C'est le contraire qui serait anormal. Elle est interrogée par la police.

— Plus nerveuse que ça, précisa-t-il.

— Ouais, je pense aussi. »

Danielle revint avec un gobelet muni d'un couvercle et d'une paille. Elle prit un siège en face d'Alex et D.D., pas aussi près qu'elle aurait pu, mais pas trop loin. Elle était plus jeune que D.D. ne l'aurait pensé. Un physique sportif, une chevelure brune ramenée en queue-de-cheval. Jolie, en temps normal. Crispée, en l'occurrence.

« Vous êtes sûrs que vous n'avez besoin de rien ? demanda l'infirmière en tripotant le dossier en papier kraft posé devant elle.

— Ça va, répondit D.D. L'après-midi a été animé ?

— On a connu pire.

— Il y a combien d'enfants dans le service ? » D.D. y allait doucement.

Elle voulait prendre son temps avec Danielle, curieuse de comprendre comment l'infirmière fonctionnait – et, le cas échéant, pourquoi elle ne tenait pas en place.

« Quinze. Plus qu'on ne voudrait, mais pas critique.

— Critique ? »

Danielle prit un instant de réflexion. « Un service psychiatrique traverse une phase critique quand il a plus de patients qu'il ne peut en gérer. Cela ne tient pas à un nombre précis d'enfants, mais à la dynamique qui s'instaure entre eux. On peut se retrouver dépassés avec huit enfants si ce sont des cas qui ne cohabitent pas bien. D'un autre côté, nous avons pris en charge de manière efficace jusqu'à dix-huit gamins. Ce qui ne veut pas dire que j'aimerais recommencer, conclut-elle après une pause.

— Depuis combien de temps travaillez-vous ici ? demanda D.D.

— Huit ans.

— Ça paraît long, dans votre spécialité.

— Nous sommes un service de pointe, expliqua l'infirmière, donc c'est plus agréable de travailler ici que dans la plupart des services de pédopsychiatrie. Certains de nos M.E. sont là depuis plus de vingt ans.

— M.E. ? demanda Alex.

— Moniteurs-éducateurs. Vous avez remarqué le type dans le couloir ? Celui qui a une grosse voix grave ?

— Le prof de gym, répondit D.D.

146

— C'est Greg. Il est moniteur-éducateur. Son rôle est de fournir aux enfants un environnement (ici, on dit un "milieu") sécurisant, épanouissant, porteur. Le mien aussi, mais je suis infirmière diplômée d'État. Les moniteurs-éducateurs n'ont pas forcément de diplôme universitaire, juste beaucoup d'énergie et de créativité pour travailler auprès des enfants.

— En quoi c'est un service de pointe ?

— On ne shoote pas les enfants…

— "Shooter" les enfants ? la coupa D.D.

— Les abrutir à coups de médicaments. La plupart de nos patients suivent déjà plusieurs traitements. Et, au besoin, nous administrons d'autres médicaments (du Benadryl, par exemple) pour apaiser un enfant qui passe une mauvaise journée. Mais ces traitements visent à les rendre normalement actifs, pas complètement passifs. »

Danielle jouait avec la paille de son gobelet. Comme D.D. n'enchaînait pas tout de suite sur une nouvelle question et laissait le silence se prolonger, l'infirmière ajouta d'elle-même : « Nous refusons également de recourir à la contention mécanique. Pendant un épisode, la plupart des services psychiatriques en viendront à sangler l'enfant sur un lit. Ils disent à l'enfant que c'est pour son bien, mais c'est quand même une saloperie à faire. Je vous explique : une fois, nous avons eu une gamine de cinq ans dont les épaules se déboîtaient tout le temps parce que, plutôt que de la faire garder, ses parents ne trouvaient rien de mieux à faire que de la ligoter pour pouvoir aller picoler. Quand elle a finalement été admise aux urgences pour déshydratation aiguë, un interne a demandé une contention parce qu'elle n'arrêtait pas de piquer des crises. Vous imaginez ce qu'elle a dû ressentir ? Enfin elle échappe à ses parents et elle se retrouve quand même ficelée comme du bétail. Quatre-vingts pour cent de nos patients ont déjà subi un traumatisme sévère. Inutile d'en rajouter. »

D.D. était soufflée. « Donc, résuma-t-elle, on ne shoote pas, on ne ligote pas. Quand les enfants vous rejouent *Sa Majesté des mouches*, qu'est-ce que vous faites ?

— RSD – Recherche de solution par le dialogue. C'est une méthode qui a été mise au point par le docteur Ross Greene, spécialiste des enfants explosifs. Il est parti du principe qu'un enfant se comportera bien dès lors qu'il sera en mesure de le faire. Autrement dit, si nous avons des enfants qui ne se comportent pas bien, c'est parce qu'ils ne savent pas comment faire – soit qu'ils aient une intolérance à la frustration, soit qu'ils souffrent de psychorigidité ou de déficiences cognitives. Notre but est donc d'enseigner à l'enfant les compétences qui lui manquent, grâce à la RSD. »

D.D. essaya de comprendre. S'y reprit à plusieurs fois, en fait. Mais ça ne marchait pas. Elle jeta un regard vers Alex, qui semblait tout aussi sceptique.

Cette fois-ci, ce fut lui qui prit l'initiative : « Vous voulez dire que quand un enfant pète un câble, vous… le raisonnez en lui parlant ? *Eh, chéri, ne lance pas cette chaise par la fenêtre, s'il te plaît. Voyons, Georgie, on n'étrangle pas sa petite sœur.* »

Danielle esquissa enfin un sourire. « Bizarrement, la plupart des parents ont l'air aussi peu convaincus que vous. Je vous donne un exemple ?

— Un exemple.

— Une petite fille de dix ans. Admise avec des antécédents de colère explosive et de tentatives d'incendie. Elle n'était pas arrivée depuis deux heures qu'elle est allée voir Greg (le prof de gym) et lui a donné un coup de poing. Sans un mot. Je cogne d'abord, je réfléchis après.

— Qu'a fait Greg ? demanda D.D.

— Rien. Il pèse cent dix kilos et la gamine à peine trente-cinq. Le coup a rebondi sur ses abdos. Ensuite, elle a voulu lui donner un coup de pied dans les testicules. Là, Greg a réagi. »

Alex ouvrit de grands yeux. « Mais on ne shoote pas, on n'attache pas ?

— Deux éducateurs masculins sont intervenus et ont essayé de ramener la fille dans sa chambre. Elle s'est remise à donner des coups, en hurlant tout ce qu'elle savait. D'autres enfants commençaient à perdre les pédales, alors notre surveillante a demandé aux éducateurs de s'en aller. À la seconde où ils ont été hors de vue, la gamine s'est calmée et elle est tranquillement retournée toute seule dans sa chambre.

— C'était les hommes qui la mettaient dans cet état, traduisit D.D. Elle avait un problème avec les hommes.

— Exactement. Avec les grands bruns qui ressemblaient plus ou moins à son beau-père, pour tout dire. C'était ça qui avait déclenché son épisode. Cette observation nous a fourni une base de travail. Que nous n'aurions pas eue si nous avions eu recours à la contention ou aux médicaments.

— D'accord, lui accorda Alex. On ne shoote pas, on n'attache pas. Mais quand est-ce qu'on parle ?

— Une fois qu'elle a été calmée, je suis revenue sur l'incident avec elle. Nous avons discuté de ce qu'elle avait fait. Je lui ai expliqué qu'on pouvait avoir d'autres relations avec les garçons que d'essayer de les tuer. Ça a été un processus dans la durée, bien sûr, mais c'est pour ça que nous sommes là : pour aider les enfants à comprendre ce qui se passe dans leur tête et comment ils peuvent apprendre à contrôler le désordre de leurs émotions. Les enfants veulent bien faire. Ils veulent se sentir maîtres d'eux-mêmes. Et ils sont prêts à faire des efforts, si vous êtes prêts à les guider.

— Est-ce que la fille a fait des progrès ? demanda Alex.

— À la fin de son séjour, Greg et elle étaient copains comme tout. On n'aurait jamais deviné.

— Et Ozzie Harrington ? demanda D.D. Une réussite, lui aussi ? Un jour rugissant comme un lion, le lendemain doux comme un agneau ? »

Danielle se renferma sur elle-même. Elle s'adossa à sa chaise, caressa du pouce le dessus de son dossier. Lorsqu'elle croisa de nouveau le regard de D.D., le sien était méfiant, mais dur aussi. Une femme qui avait vu des choses, et fait des choses. De plus en plus étrange, songea D.D.

« Dites-moi ce qui est arrivé, dit l'infirmière en esquivant la question de D.D.

— Vous avez regardé les nouvelles ?

— Non. Je travaillais ici.

— Pourquoi imaginez-vous qu'il est arrivé malheur ? insista D.D.

— Ozzie est mort, affirma Danielle.

— Encore une fois, pourquoi supposer le pire ?

— Parce que Karen m'a dit de vous parler et que, si Ozzie était encore en vie, répondre à vos questions serait une violation de ses droits. »

D.D. réfléchit. « C'est vrai, il est mort.

— Juste lui ou est-ce qu'il a fait du mal à d'autres ?

— Pourquoi ne pas nous dire ce que vous en pensez ?

— Et puis, merde. »

Danielle ouvrit le dossier et commença.

« Oswald a été admis au printemps de l'année dernière. Il avait passé six mois dans sa famille d'accueil avant de faire un "épisode psychotique". Les parents étaient sortis pour la soirée en les laissant, lui et deux autres enfants, avec une baby-sitter. Au milieu du dîner, leurs deux téléphones portables ont sonné : la baby-sitter et deux des enfants étaient enfermés dans la salle de bains. Ozzie était devant la porte avec un marteau et il hurlait qu'il allait les tuer.

» Les parents ont demandé à la baby-sitter d'appeler les secours et sont rentrés. Ils sont arrivés à peu près au moment où deux policiers plaquaient Ozzie au sol. Les urgentistes lui ont donné un sédatif et l'ont emmené aux urgences, qui nous l'ont adressé.

» À son arrivée, il était pratiquement catatonique. On voit souvent ça chez les enfants qui viennent de traverser un épisode traumatique majeur. Nous l'avons laissé sous lorazépam pendant quarante-huit heures, le temps de prendre connaissance de ses antécédents. Son dossier a révélé de multiples diagnostics, notamment : hyperactivité sévère, trouble de l'attachement, trouble d'apprentissage non verbal, trouble de l'hu-

meur SAI et autres retards de développement non spé-
cifiques. Le psychiatre regrettait que, en raison du
décès de la mère d'Ozzie, on n'en sache pas suffisamment sur les trois premières années de sa vie.

— C'est-à-dire ? demanda D.D.

— Ozzie avait des retards de langage et de socialisation. À huit ans, il présentait des comportements de
nature autistique : il ne voulait pas regarder les gens
dans les yeux, restait assis à se balancer pendant des
heures en marmonnant des sons qu'il était seul à comprendre.

— Le genre Rain Man ? explicita D.D. en prenant
des notes.

— Ça, ce serait un exemple d'individu atteint d'un
trouble du spectre autistique, répondit sèchement
l'infirmière. Mais souvenez-vous que c'est un spectre
et qu'Hollywood n'est pas une source d'information
fiable. Dans le cas d'Ozzie, nous avons déterminé que
ces comportements n'étaient pas liés à un TSA, mais
correspondaient davantage aux techniques de réconfort que découvrent les enfants victimes de négli-
gences graves. Ozzie était un enfant sauvage.

— Donc plutôt Tarzan que Rain Man ? » intervint
Alex.

Danielle le fusilla du regard.

« Dans le cas d'un enfant sauvage, continua-t-elle
sur un ton lourd de sous-entendus, aucun éducateur
n'est présent pour répondre à ses besoins, ce qui brise
le cycle de développement normal. L'enfant pleure.
Rien ne se passe. L'enfant arrête de pleurer. Et de
parler, de créer du lien, d'avoir le sentiment d'appar-
tenir au monde qui l'entoure. Il s'atrophie mentale-

ment, ce qui, dans le cas d'Ozzie, a provoqué des retards de langage et de socialisation. »

D.D. ne comprenait pas. « Je croyais que la mère d'Ozzie était morte quand il avait trois ans. Il est resté seul avec le cadavre, mais quelques semaines d'abandon ne peuvent certainement pas expliquer tout ce que vous venez de décrire.

— D'après le légiste, la mère d'Ozzie était morte huit à dix semaines avant qu'on ne la découvre. Dans l'intervalle, il semblerait qu'Ozzie ait survécu en se nourrissant de céréales sèches, de pâtes crues et de tout ce qu'il a pu dénicher dans les placards. Il grimpait aussi très bien, ce qui l'a aidé à prendre de l'eau au robinet, etc. En fait, les services sociaux ont estimé que son aptitude à la survie était particulièrement développée pour un enfant de trois ans – ce qui signifie peut-être que la mère d'Ozzie était malade depuis un certain temps quand elle est morte. Peut-être que, en fait, Ozzie se débrouillait tout seul depuis longtemps, ce qui expliquerait ses comportements d'enfant sauvage.

— Donc Ozzie a connu des débuts difficiles dans la vie, résuma D.D. Mais les autorités concernées sont finalement intervenues et…

— Et il est passé par sept ou huit familles d'accueil avant d'atterrir chez les Harrington.

— Pourquoi les Harrington ?

— Il faudrait poser la question aux services. Cela dit, se reprit Danielle, les parents, Denise et Patrick, semblaient très dévoués. Certaines familles d'accueil demandent des enfants qui ont des besoins particuliers. Ils ont l'expérience de ces situations, soit qu'ils aient grandi avec un frère ou une sœur handicapé, soit qu'ils aient une formation dans ce domaine. Certains pensent pouvoir apporter un plus et ont envie d'essayer.

— Et Denise et Patrick ? insista encore D.D.

— Je crois qu'ils ne savaient pas du tout dans quoi ils s'engageaient, rétorqua l'infirmière. Mais ils semblaient beaucoup tenir à aider Ozzie. Ils m'ont fait l'impression de gens très croyants qui voulaient accomplir la volonté de Dieu sur terre. »

D.D. prit des notes. C'était cohérent avec ce qu'ils avaient appris par ailleurs sur la petite famille.

« Donc Ozzie a eu cette crise psychotique. Comment ça se manifeste ?

— Il s'est déshabillé et s'est promené dans la maison en saccageant le mobilier avec un marteau et en hurlant des menaces de mort.

— Donc une crise de colère particulièrement violente ?

— S'il avait attrapé quelqu'un, il l'aurait blessé, dit Danielle très sérieusement. Un enfant qui monte à de tels niveaux de colère vit une expérience de sortie du corps. On ne peut plus l'atteindre par des mots, de l'amour, des raisonnements. Il est parti, en orbite. Par la suite, il ne se souviendra pratiquement pas de ce qu'il aura dit ou fait, même s'il a défoncé le crâne du chien ou écartelé sa peluche préférée. Le mieux est de se cacher. Et, une fois l'épisode passé, toute la famille aura besoin d'un suivi post-traumatique, surtout la fratrie. »

D.D. nota aussi cela. *Un thérapeute pour la famille Harrington ?* Il peut se dire certaines choses au cours d'une thérapie…

« Une fois Ozzie admis ici, que s'est-il passé ?

— On l'a mis sous aripiprazole, une molécule souvent employée dans le traitement de la schizophrénie et des troubles bipolaires. Ça a semblé lui réussir pendant huit semaines environ et ensuite il a commencé à souffrir d'akathisie et nous avons dû arrêter.

— Akathisie ?

— Ozzie se plaignait de sentir comme des petits bonhommes sous sa peau, qui lui rongeaient les os. C'est ça, l'akathisie. Il a aussi commencé à souffrir d'idées obsessionnelles.

— C'est-à-dire ?

— Comme des TOC, sauf qu'il s'agit de pensées. Il se mettait une idée en tête : *je veux un camion*, et ensuite il ne pouvait plus se la sortir du crâne et répétait pendant six ou sept heures d'affilée : *je veux un camion, je veux un camion, je veux un camion*. Maintenant, remplacez *camion* par *carnage* et vous voyez le danger de ces idées obsessionnelles. »

D.D. était éberluée. « Il vit tout cela, alors qu'il a quoi, sept, huit ans ?

— Il vit tout cela et, oui, il a huit ans. Et nous voyons de plus en plus d'enfants comme lui. Les parents croient que le pire qui puisse arriver à leur enfant de cinq ans est un cancer. Ils se trompent : le pire qui puisse arriver à un enfant de cinq ans est une maladie mentale. Contre le cancer, les médecins ont des outils. Mais contre la maladie mentale chez l'enfant prépubère… Il y a extrêmement peu de médicaments dont nous puissions nous servir et les enfants développent une résistance, si bien qu'à huit ans, nous sommes à court de solutions. Il leur faudrait des doses massives d'antipsychotiques, mais nous n'avons plus rien. On les stabilise une semaine. Et la semaine suivante, ils replongent.

— C'est ce qui est arrivé à Ozzie ? »

Danielle prit le dossier, lut au pas de charge : « "Nous avons arrêté l'aripiprazole. À ce moment-là, Ozzie a prétendu que des fantômes apparaissaient aux fenêtres de sa chambre et lui ordonnaient de tuer des gens. Nous avons donc recommencé à lui en donner à très petites doses pour minimiser les effets secondaires tout en essayant tout de même de réguler la chimie de son cerveau. À court terme, nous avons noté une amélioration de son comportement."

— À court terme, répéta D.D. Mais à long terme… ?

— Nous ne savons pas.

— Vous ne savez pas ?

— Ses parents l'ont fait sortir de l'hôpital. Contre notre avis. Ils avaient déménagé, acheté une nouvelle maison. Denise disait qu'il était temps qu'il rentre chez lui.

— Holà, holà, holà, dit Alex en levant une main. Ozzie raconte que des fantômes lui demandent de tuer des gens et ils le ramènent à la maison ?

— Ça arrive. »

D.D. se pencha en avant. « Dites-moi, Danielle. Oubliez une seconde ce dossier. Il n'y a que vous et moi qui essayons de comprendre ce qui est arrivé à un petit garçon. Qu'est-ce qui vous a fait penser qu'Ozzie avait blessé quelqu'un ? Pourquoi étiez-vous certaine que cette histoire s'était mal terminée ? Pourquoi est-il parti ? »

Danielle ne répondit pas tout de suite, la mâchoire crispée. Et juste au moment où D.D. perdait espoir :

« Denise avait trouvé un guérisseur spirituel, finit par lâcher l'infirmière. Un chaman qui promettait de tout arranger. Sans produits chimiques. Sans médicaments délirants. Il allait guérir Ozzie en le conduisant vers la lumière.

— Pardon ?

— Exactement. Voilà un garçon qui souffrait de psychoses sévères. Et sa mère allait le guérir en lui faisant voir un "spécialiste des énergies positives et négatives" ? Nous avons essayé de l'amener à réfléchir, mais sa décision était prise. Nous n'avions pas aidé son fils, alors elle avait trouvé quelqu'un qui pourrait.

— Ça n'a pas marché, on dirait, fit Alex.

— Pourquoi ? À votre tour, maintenant : que s'est-il passé ?

— Nous ne savons pas. Mais la famille est morte.

— La famille ? *Toute* la famille ? » Danielle blêmit. Cligna des yeux, parut au bord de la panique. Puis elle cligna de nouveau des yeux et son visage devint lisse comme du verre. « Les informations, murmura-t-elle. La famille de Dorchester. J'en ai entendu deux mots à la radio. C'était Ozzie ?

— C'était quelqu'un, corrigea D.D.

— Je croyais que le père était le coupable. C'était ce que laissait entendre le journaliste.

— Nous nous efforçons de découvrir la vérité. »

Danielle regarda la table, secoua la tête : « Putain. On leur avait dit. On avait prévenu Denise… Il faut que vous… Andrew Lightfoot. Voilà qui vous devez voir. Si vous voulez savoir ce qui est arrivé à Ozzie Harrington, allez demander à Andrew Lightfoot. Ce connard arrogant. »

12

À 22 heures 37, Patrick Harrington mourut. La nouvelle mit D.D. d'une humeur de chien. L'intéressé lui-même ne devait pas être aux anges.

D.D. était à son bureau. Pas en train de répondre au coup de fil de Chip. Pas en train d'envisager un bon petit dîner avec Alex. C'était vendredi soir et elle faisait ce qu'elle faisait inévitablement de ses soirées : elle épluchait une pile de rapports pour essayer de comprendre ce qui s'était passé un soir à Dorchester et qui avait laissé, donc, cinq morts.

Preuves matérielles mises à part, D.D. aurait bien parié sur le gamin. Elle ne savait pas pourquoi. Son passé mouvementé, les épisodes psychotiques, son habitude de trucider les écureuils et de lécher leur sang sur ses mains. Si elle devait choisir son meurtrier, elle voterait pour Ozzie Harrington. D'ailleurs, elle eut une illumination à propos des derniers mots de Patrick Harrington : et s'il n'avait pas dit « garce », comme l'avait supposé l'infirmière des urgences, mais « garçon » ?

Pas une accusation contre sa femme, mais une tentative pour désigner le coupable dans son dernier souffle.

Tout cela lui paraissait bel et bon jusqu'à ce qu'elle se repenche sur la scène de crime. Fait numéro un : celui qui avait porté les coups meurtriers mesurait très probablement plus d'un mètre soixante-cinq. Fait numéro deux : Ozzie n'avait pas franchement pu se trancher la gorge dans la chambre de sa sœur et ensuite se transporter lui-même dans la véranda grillagée. Fait numéro trois : d'après l'infirmière en psychiatrie Danielle Burton, la première crise psychotique d'Ozzie s'était soldée par un saccage tous azimuts. Au contraire, la scène de crime chez les Harrington était de nature méthodique. Pas le fait d'un enfant pris de folie furieuse. Plutôt d'un individu qui avait systématiquement traqué chacun des membres d'une famille.

Ce qui la ramenait à Patrick Harrington. Une bonne âme. Qui avait essayé d'installer sa famille dans un meilleur quartier. De tirer d'affaire un enfant perturbé. De réussir son deuxième mariage avec une famille recomposée. Et qui avait ensuite perdu son travail. Pris du retard dans ses travaux. Vu son fils adoptif exterminer les rongeurs du quartier. Peut-être que la tension était montée devant le fossé grandissant entre ce qu'aurait dû être la vie et ce qu'elle était en train de devenir.

Impossible de sauver le monde ? Dans ce cas, il le quitte – et emporte avec lui ses amours innocentes.

Un raisonnement qui aurait été recevable aux yeux de D.D. Et aux yeux d'un jury d'accusation. Sauf que Phil et Alex avaient inspecté les deux étages supérieurs de la maison des Harrington et que, de leur point de vue, Patrick n'en avait plus que pour quelques jours de travaux. Devant cette révélation, ils avaient feuilleté le *Boston Globe* et, de fait, Patrick y avait passé une petite annonce, parue le matin même. Donc le type prend enfin ses dispositions pour louer les deux étages supérieurs, et là il décide : *Oh puis merde, je ne vais même pas laisser un week-end à un locataire potentiel pour se manifester, je vais tuer tout le monde ce soir.*

Un coup de tête, ne cessait de lui répéter Alex. Un coup de tête.

D.D. n'était pas convaincue. Elle venait de se farcir huit témoignages sur les victimes et tous sans exception s'accordaient sur la grande intégrité de Patrick. Comment le solide père de famille se serait-il transformé en moins de cinq minutes en meurtrier qui supprime tous ses proches sur un coup de tête ?

Zut, elle avait envie d'une pizza au pepperoni.

En fait, elle avait envie de sexe. Sur son bureau, ce serait parfait. Pousser les papiers sur le côté. Jeter les dossiers par terre. Enlever son jean, arracher la chemise bleue amidonnée d'Alex et lâcher les chevaux. Il lui faisait l'effet d'un homme qui serait à la fois patient et fougueux. Ça lui plairait, ça, patient et fougueux. Ça lui plairait que des doigts d'homme puissants lui agrippent les fesses. De se sentir pilonnée par un corps aux muscles d'acier.

Ça lui plairait de cesser un instant d'être le commandant D.D. Warren, super-flic, pour être une femme.

Est-ce que c'était l'effet de l'horloge biologique sur les femmes ? Elle leur grillait les neurones, leur enlevait toute déontologie, les rendait idiotes ?

Elle n'allait pas se marier. Pas avoir d'enfants. Pas faire l'amour dans son bureau. Alors autant lire ces conneries de rapports parce c'était ça, sa vie. C'était ce qui lui restait : cinq morts à Dorchester et plus de survivant pour raconter.

Elle résista encore dix minutes avant de tout envoyer balader et de prendre le chemin de la maison. C'était l'heure d'une douche froide, d'un plat chinois réchauffé et d'une bonne nuit de sommeil.

Elle s'engageait sur la I-93 lorsque son portable sonna.

Elle le prit avec irritation, répondit sèchement.

C'était Phil ; il n'avait pas une bonne voix. « On en a une autre.

— Une autre quoi ?

— Famille. Morte. L'homme a pris une balle entre les deux yeux. Amène-toi, D.D. Et apporte ton Vicks. »

D.D. n'était pas trop cliente des pommades et autres boulettes de coton parfumées quand elle travaillait sur une scène de crime. Certains agents se passaient du jus de citron sur les mains et se les mettaient sur le nez. D'autres mâchaient un demi-paquet de chewing-gum à la menthe en jurant que flinguer leurs papilles inhibait leur sens olfactif.

D.D. en tenait pour les méthodes traditionnelles. Elle pensait que, pour analyser de manière efficace une scène de crime, il fallait être en possession de tous ses sens, y compris l'odorat.

Elle regretta son professionnalisme à l'instant même où elle franchit la porte.

« Qu'est-ce que c'est que cette merde ? » lâcha-t-elle en se couvrant immédiatement la bouche et le nez d'une main, tandis que, de l'autre, elle chassait une mouche.

Alex Wilson se trouvait dans le minuscule salon. En un geste proche de l'héroïsme, il lui tendit son mouchoir. D.D. avait les yeux qui larmoyaient, mais elle déclina l'offre.

« Quel merdier », marmonna-t-elle. Toujours sur le pas de la porte, elle essayait de prendre ses repères tout en maîtrisant un haut-le-cœur.

L'endroit ressemblait à un dépotoir. Le sol à ses pieds était noyé sous les détritus. Elle vit des emballages de cheeseburgers graisseux, des barquettes de frites McDonald's vides, des mouchoirs en papier et (quelle horreur) une couche sale. À ce moment-là, la couche se mit à bouger et le plus gros cafard du monde fila sur la moquette marronnasse avant de disparaître sous une boîte à pizza ouverte et parsemée de pepperoni verdâtres.

« Bordel de merde. » D.D. repassa la porte, descendit les marches du perron et retourna en lisière de la propriété, où elle s'adjura de ne pas vomir devant les agents de l'Identité judiciaire et encore moins devant les journalistes du coin. Elle avait les larmes aux yeux. Il lui fallut plusieurs grandes bouffées d'air imprégné de pluie pour calmer son estomac.

Elle venait de se redresser et de se retourner vers la maison pour envisager le deuxième round lorsqu'elle aperçut, au bout de l'allée, Bobby Dodge qui passait sous le ruban jaune de scène de crime. À choisir entre faire des claquettes avec un cafard ou se colleter avec un enquêteur de la police d'État du Massachusetts… elle se dirigea droit vers le policier d'État. Qui se trouvait aussi être son ancien petit ami. Et un homme heureux en ménage.

« Ma scène de crime, revendiqua D.D. en guise de bienvenue.

— Toutes mes excuses », répondit Bobby avec décontraction.

Ils se connaissaient de trop longue date pour qu'il se sente jamais sérieusement insulté. Ce qui agaçait D.D. L'averse tombée trois heures plus tôt avait enfin fait redescendre la température vers les 25°. L'air était quand même moite et Bobby portait sa veste sport sur son bras droit, laissant voir une chemisette bleu foncé sur laquelle était brodé l'insigne doré de la police d'État.

« Qu'est-ce que tu fous là ? demanda D.D.

— J'ai vu de la lumière ? » essaya-t-il avec un grand sourire.

Il était craquant quand il souriait et il le savait.

« Tu n'as pas un bébé dont tu dois t'occuper ?

— Carina Lillian », répondit-il tout de suite en extirpant une photo de sa poche arrière. « 4,860 kg. Hein qu'elle est belle ? »

Il se rapprocha d'un des lampadaires et tint la photo 9×13 sous la lumière. D.D. vit de grosses joues rouges, de petits yeux plissés et un crâne en pain de sucre.

« C'est tout ton portrait, lui assura-t-elle.

— Naissance par voie basse », proclama-t-il fièrement.

164

Rien qu'à l'idée, D.D. se dit qu'elle ne referait plus jamais l'amour. « Et Annabelle ? demanda-t-elle pour prendre des nouvelles de l'épouse de Bobby.

— Super. Elle donne le sein comme une championne et commence à caler la petite sur des horaires sympas. Toute la famille va bien. Et toi ?

— Je ne donne pas le sein comme une championne.

— Il y en a qui perdent quelque chose.

— Qu'est-ce que tu fais sur ma scène de crime ?

— Peut-être un lien avec une de nos affaires.

— Ah, mais c'est ma circonscription.

— Raison pour laquelle je pensais qu'on pourrait faire un tour ensemble.

— Je t'en prie : tu espérais que je ne serais pas encore là et que tu pourrais te promener à ta guise.

— Je passe au plan B, reconnut Bobby.

— C'est quoi, ton affaire ?

— Marijuana.

— Trafic ?

— Et importation, on pense. »

Elle fit la grimace, l'observa. « Tu imagines un règlement de comptes ?

— J'espérais faire un tour, histoire de voir si ça évoque un règlement de comptes.

— Toute une famille, tu sais.

— C'est ce qu'on m'a dit.

— Beaucoup de morts pour de la marijuana. Pour de la méth, okay. De l'héroïne, pas de problème. Mais les dealers de shit…

— Préfèrent un autre genre de bang-bang, je sais. »

Une plaisanterie entre collègues. Il fallait bien que les policiers rient de quelque chose.

« D'accord, lui concéda D.D. Tu peux te joindre à nous. Mais je pense toujours que c'est ma scène.

— Alors, tu as toujours toutes mes excuses. »

D.D. arriva jusqu'au milieu du séjour, cette fois-ci. Alex ne s'y trouvait plus, mais il avait laissé une kyrielle de plots de signalement jaunes dans son sillage. D.D. se boucha le nez et prit de courtes inspirations par la bouche. Comme sa nausée revenait, elle se pinça l'avant-bras aussi fort que possible. La douleur prit le pas sur l'odeur. C'était déjà ça.

À côté d'elle, Bobby ne disait plus rien. Il avait été tireur d'élite dans la police et D.D. avait toujours trouvé séduisante cette capacité qu'il avait de se mettre en retrait, d'être à la fois dans l'instant et en dehors. Elle le sentait comme un ressort tendu : il était atterré, mais, en bon policier, il canalisait sa rage.

Au milieu du séjour infesté de cafards, un canapé en tissu écossais jaune et brun. Et, couché sur le canapé en tissu écossais jaune et brun, le cadavre d'un homme blanc avec tout l'accoutrement du pseudo-rasta, bonnet en tricot multicolore compris. Fin de la vingtaine, début de la trentaine, estima D.D. Une douzaine de très longues dreadlocks, deux grands yeux bruns qui ne voyaient plus rien et une petite blessure par balle, au milieu du front. Son bras droit était rejeté en dehors du canapé, vers le sol. Sous ses doigts inertes, sur un sac papier qui contenait Dieu sait quoi, un pistolet à canon court. Un .22, crut reconnaître D.D.

« Pas beaucoup de sang, fit remarquer Bobby.

— Sans doute absorbé par le canapé », marmonna D.D.

Elle s'aperçut que le kleenex en bouchon à un mètre d'elle bougeait et se demanda combien de règles du manuel du parfait enquêteur elle violerait si elle dégainait son Glock pour tirer sur le mouchoir.

Un cafard en sortit, s'arrêta un instant (elle aurait juré qu'il les observait) et, retournant à ses petites affaires de cafard, disparut sous un autre tas d'immondices.

« Je me douche à l'eau de Javel dès que je rentre, grommela D.D. entre ses dents.

— Huile d'eucalyptus, lui conseilla Bobby. À verser directement dans le bain. Ça marche à tous les coups. Et ça fait la peau très douce », ajouta-t-il d'une voix de fausset.

D.D. secoua la tête. Elle se détourna de M. Dreadlocks et, un peu désarmée devant ce tableau, s'enfonça plus avant dans la maison.

La femme était morte dans la petite cuisine à côté du séjour. Le couteau, muni d'un manche recourbé noir comme ceux qui se trouvaient dans un bloc en bois sur le plan de travail, était encore planté dans son dos. Ce meurtre-là n'avait pas été sans bavures. Le sol crasseux était souillé de traînées rouges là où la femme avait essayé de ramper sur ses coudes. Elle n'avait parcouru que quelques dizaines de centimètres avant de succomber à sa blessure.

La puanteur de la cuisine était pire que celle du séjour. D.D. remarqua de la nourriture en décomposition dans l'évier, du lait tourné sur la table et des moisissures au coin du mur. Elle en avait vu, des choses, dans sa vie. Elle en avait entendu, des choses. Mais elle ne comprenait toujours pas comment on pouvait vivre dans de telles conditions.

À côté de la cuisine, l'unique salle de bains. La cabine de douche débordait d'ordures, y compris de bidons remplis d'un liquide jaune. Les toilettes étaient bouchées et ne semblaient pas fonctionner. D.D. regarda les bidons d'un nouvel œil, en regrettant de savoir ce qu'elle savait.

Ils quittèrent la zone de la cuisine et prirent le couloir. Un jeune, dans les seize, dix-sept ans, était étendu, bras et jambes écartés, devant la porte de la première chambre. Il avait apparemment pris deux balles. La première dans la cuisse. La deuxième avait été la bonne : un trou tout rond, deux centimètres au-dessus de l'œil gauche.

Dans la chambre, Alex était penché sur le corps d'une adolescente. Elle portait un short et un débardeur. Elle dormait manifestement dans le lit une place quand elle avait repoussé le drap du dessus, peut-être en entendant du bruit dans le couloir. Elle venait de s'asseoir lorsque la balle l'avait atteinte au-dessus de l'œil droit. Elle était retombée sur le côté, le poing encore serré sur le drap rose taché.

Cette pièce était plus propre, constata D.D. Incroyablement exiguë, mais plus propre. La fille avait peint des arabesques vertes et bleues sur les murs roses. Son refuge, songea D.D. en remarquant une pile de livres de poche dans un coin.

« Le troisième enfant est derrière moi, signala Alex.

— Un troisième enfant ?

— Par terre. »

D.D. et Bobby se décalèrent vers le pied du lit. De fait, dans l'intervalle d'un mètre qui séparait le bout du lit du mur extérieur se trouvait un petit coussin et, sur le petit coussin, une enfant bien plus jeune, sans doute trois ou quatre ans. Elle serrait une couverture miteuse entre ses doigts, son pouce encore dans la bouche. Elle aurait pu être en train de dormir si elle n'avait pas eu du sang sur la tempe gauche.

« Elle ne s'est pas réveillée, dit Alex d'une voix sourde et tendue.

— On dirait, murmura D.D. C'est un coussin de chien ? Elle dort sur un coussin *de chien* ?

— Ça y ressemble, confirma Bobby.

— Et qu'est-ce que c'est que ce délire sur ses bras et ses jambes ? »

D.D. avait réussi à se rapprocher un peu et remarqué une multitude de coupures rouges récentes et d'anciennes cicatrices argentées qui s'entrecroisaient sur les membres de la fillette. D.D. compta une dizaine de marques rien que sur une jambe sale. Il semblait que quelqu'un s'en était pris à l'enfant avec un rasoir, et pas qu'une fois.

« Pitié, dites-moi que quelqu'un a prévenu les services de l'enfance », murmura D.D. Avant de s'apercevoir que cela n'avait aucune importance. Plus maintenant, en tout cas.

Bobby et elle se glissèrent hors de la chambre, contournèrent le corps de l'adolescent et se dirigèrent vers la dernière chambre. Elle était à peine plus grande que la première. Un lit double collé au mur. Un vieux berceau en bois posé à côté du lit.

Bobby s'immobilisa.

« J'y vais, dit D.D. J'y vais. »

Elle le laissa sur le pas de la porte, se dirigea droit vers le berceau et regarda à l'intérieur. Elle s'obligea à prendre son temps, à lui accorder quelques minutes. Elle considérait cela comme un hommage aux morts. Ne pas précipiter les choses. Les observer. Se souvenir d'eux. Honorer leur mémoire.

Et ensuite coincer le fils de pute qui avait fait ça.

Elle ressortit de la chambre et dit à voix basse, plus posée qu'elle ne l'aurait imaginé : « Nourrisson. Mort. Pas par balle. Étouffé, je crois. Il y a un oreiller sur son ventre.

— Fille ou garçon ? demanda Bobby.

— Quelle importance ?

— Fille ou garçon ? répéta-t-il d'une voix hargneuse.

— Fille. Allez, Bobby. On sort de cette maison. »

Il la suivit parce qu'il n'y avait pas trop le choix dans une bicoque de cette taille. À chaque pas, ils risquaient de piétiner un indice ou, pire, un cadavre. Mieux valait ressortir dans la moiteur de cette nuit d'été.

D'un commun accord, ils s'arrêtèrent devant la porte d'entrée. Prirent un instant pour inspirer de grandes goulées d'air humide et lourd. Le volume sonore avait augmenté au bout de l'allée. Voisins, journalistes, fouineurs. Rien de tel qu'une scène de crime au mois d'août pour provoquer une petite réunion de quartier.

D.D. était écœurée. Furieuse. Découragée.

Il y avait des soirs où ce boulot était trop dur.

« D'abord l'homme, ensuite la mère et les enfants ? demanda Bobby.

— Pas d'hypothèses. Attendons que les petits génies des scènes de crime démêlent tout ça. Tu as reconnu Alex Wilson à l'intérieur ? »

Bobby fit signe que non.

« Il enseigne le traitement des scènes de crime à l'école de police et il suit notre unité ce mois-ci. Un type intelligent. D'ici demain matin, il aura des éléments à nous donner.

— Célibataire ? demanda Bobby.

— Va te faire voir.

— C'est toi qui as commencé.

— Comment ça ?

— Tu as dit qu'il était intelligent. Jamais tu ne penses qu'un homme est intelligent.

— Écoute, il fut un temps où je te croyais intelligent ; tu vois que je ne mets pas toujours dans le mille.

— Toi aussi, tu me manques », lui assura-t-il.

Ils se turent tous les deux et repensèrent à la scène de crime.

« Donc tu crois que c'est l'homme ? demanda Bobby.

— On n'a pas vu de drogue.

— Pas dans la maison, reconnut Bobby. Qu'est-ce que tu dirais qu'on vérifie à l'arrière ? »

Ils vérifièrent à l'arrière, découvrirent une petite cabane en bois qui ressemblait plus ou moins à une remise. À l'intérieur, des ballots de marijuana empilés jusqu'au plafond.

« Bonjour, le dealer, murmura Bobby.

— Mais au revoir, le règlement de comptes, tempéra D.D.

— À quoi tu vois ça ?

— C'était quand la dernière fois qu'un dealer en a buté un autre sans même prendre son stock ? Si c'était une histoire de drogue, il y aurait zéro chance que ces ballots soient encore ici.

— Peut-être que le concurrent ne les a pas trouvés. »

Elle lui lança un regard et consulta ostensiblement sa montre : « On les a bien trouvés, nous… et en moins d'une minute, je te signale. »

Bobby sembla dépité. « Si ce n'est pas un règlement de comptes, alors quoi ?

— Je ne sais pas », reconnut D.D., troublée.

Ils se turent un instant. « Ta scène de crime, dit Bobby. Toutes mes excuses. »

Elle le regarda, ses yeux gris impassibles, les épaules solides sur lesquelles elle s'était un jour laissée aller à pleurer. « Mon grand regret », dit-elle.

Ils refirent le tour de la maison.

Bobby prit l'allée pour partir.

D.D. retourna sur la scène de crime.

13

Danielle

Lucy s'est mise à pousser des hurlements peu après minuit. En entendant ce cri de désespoir strident, nous avons déboulé tous les quatre dans le couloir et commis l'erreur de nous précipiter en bloc dans sa chambre, provoquant chez elle un nouveau paroxysme de terreur à la vue de tous ces adultes.

Elle s'est attaquée à la fenêtre, qu'elle a martelée de coups de poing. Comme le verre trempé ne cédait pas, elle s'est brusquement retournée et jetée contre le mur voisin. Sa tête a rebondi. Elle a poussé un nouveau cri avant de traverser la chambre dans une course démente pour aller s'écraser contre le mur d'en face. Elle portait toujours la marinière trop grande, qui battait autour de ses genoux osseux comme une gigantesque cape verte.

J'ai levé une main pour que personne ne bouge. Officiellement, je n'étais même pas de garde. J'avais fini mon service depuis des heures, mais je n'avais pas encore réussi à rentrer chez moi. J'avais fait le point avec Karen, j'étais passée voir Greg, j'avais complété des dossiers. J'avais travaillé pendant trente-six des dernières quarante-huit heures. Maintenant j'étais fatiguée, lessivée par l'évasion de Lucy, vidée par la visite des enquêteurs. Après leur départ, j'avais fait la bêtise d'aller voir les informations sur le crime de Dorchester sur Internet. J'avais imaginé Ozzie dans cette grande maison en bardeaux blancs. Patrick, Denise, les grands frère et sœur d'Ozzie.

Et cela m'avait remis la voix de mon père dans la tête : « *Oh, ma petite Danny. Ma jolie, jolie petite Danny.* »

Plus que deux jours et demi. Soixante heures et quelques.

« Elle fait une dissociation », a murmuré Cecille, une éducatrice, à côté de moi.

Elle avait raison. Les yeux sombres de Lucy avaient pris un aspect vitreux et elle se débattait contre des choses qu'elle était seule à voir. Son cauchemar l'avait conduite dans ces régions inhospitalières entre veille et sommeil. Elle réagissait à notre présence, mais sans réelle conscience. Dans ces cas-là, les enfants étaient pratiquement impossibles à réveiller et cela finissait presque toujours mal.

Lucy s'est alors jetée contre un autre mur et a commencé à se taper la tête.

« Lorazépam », a dit Ed. C'était un éducateur d'un certain âge, râblé, dégarni. Il aimait cuisiner et cela le rendait très populaire auprès des enfants.

« Sans blague, ai-je dit dans ma barbe.

— Je peux l'attraper. »

Ed était déjà dans les starting-blocks, prêt à jeter son poids dans la bataille. Il allait se ruer vers elle, essayer de la prendre dans ses bras. Cette sensation d'enveloppement apaisait certains enfants, contribuait à les calmer. J'ai tout de suite su que Lucy n'était pas de ceux-là.

« Non ! ai-je dit en retenant Ed par le bras. Si tu la touches, elle va péter un câble.

— Elle a déjà pété un câble. Il faut qu'on lui donne un sédatif avant qu'elle embarque tout le monde avec elle. C'est la nuit, Danielle. Tu sais comment ça se passe. »

Je savais, mais attraper de force une enfant aussi traumatisée que Lucy... je ne pouvais pas le digérer.

« Tout le monde dehors, ai-je ordonné. Dehors. On ne fait rien de bon, là. »

De nouveau à la fenêtre, Lucy tambourinait en vain sur le verre. Le désespoir de ce geste faisait peine à voir. Comme si elle savait que le verre ne se briserait pas, comme si elle savait qu'elle ne pouvait pas fuir, mais qu'elle devait essayer.

Combien de temps avait-elle cogné contre la porte du congélateur ? Combien d'heures et de jours avait-elle passés dans une position fœtale contrainte, les muscles des bras et des jambes brûlants de crampes ?

Ces enfants étaient plus résistants que nous. Plus courageux que nous. C'était pour cela que nous les aimions tant.

Nous avons reculé lentement et nous sommes ressortis en douceur dans le couloir illuminé, où l'effet d'entraînement de la crise de Lucy se manifestait déjà. Les enfants, sortis de leur lit, ouvraient des yeux effarés, tandis qu'elle hurlait de plus belle. Jimmy est passé en courant, bras tendus sur le côté : il réagissait au stress en faisant l'avion. Jorge et Benny le talonnaient.

Les enfants verbaux jacassaient à qui mieux mieux. Les enfants non verbaux se recroquevillaient sur eux-mêmes. Aimee, la petite suicidaire, se tenait sur le pas de sa porte, l'air de penser que c'était la fin du monde mais qu'elle avait toujours su que ça arriverait. Elle s'est retirée à pas lourds dans l'obscurité de sa chambre, où Cecille n'a pas tardé à la rejoindre.

Lucy s'est mise à gémir. Un son aigu plein d'angoisse qui montait, retombait et reprenait crescendo.

« Faut lui dire stop, faut lui dire stop ! » criait Jimmy qui vrombissait dans le couloir, les bras tendus, son peignoir battant autour de lui.

Les gémissements de Lucy ont redoublé.

« *Stop, stop, stop !* » ont à leur tour psalmodié Benny et Jorge.

« Séance de minuit, a tonné Ed par-dessus le vacarme grandissant. Salle vidéo. Tournée générale de pop-corn. »

Il a commencé à éloigner des enfants hagards ou paniqués de la chambre de Lucy pour les guider vers la salle commune. Je l'ai imité, rassemblant autant d'enfants que possible tout en me dirigeant vers la pharmacie du service. J'essayais de faire comme si je marchais simplement d'un bon pas, alors qu'en réalité j'aurais voulu courir.

Les gémissements continuaient, une longue et déchirante montée dans les aigus qui faisait pâlir les adultes sous les sourires rassurants que nous affichions.

Alors, j'ai revu mon père. Debout sur le pas de ma porte, encadré par un halo de lumière venue du couloir. « *Oh, ma petite Danny. Ma jolie, jolie petite Danny.* »

Les accents de ses derniers mots correspondaient exactement à la plainte de Lucy. Un chant pour les mourants.

Je voulais que Lucy se taise. J'avais besoin de me sortir sa voix de la tête.

J'ai finalement rejoint la pharmacie et pris le lorazépam. Deux autres enfants sont passés au galop. J'ai attrapé le premier, le deuxième, et je les ai emmenés dans la salle vidéo où les éducateurs prenaient la situation en main. Un film était à l'écran et le son était presque assez fort pour couvrir le tapage du bout du couloir.

Les cris de Lucy se sont faits plus désespérés et j'ai foncé chercher le reste du matériel. J'avais le sédatif approprié, mais la partie n'était pas gagnée. Le vrai problème allait être de l'administrer. Nous arrivions à convaincre ou même à soudoyer la plupart des enfants pour qu'ils le prennent. Mais on ne pouvait pas communiquer verbalement avec Lucy.

Elle était un mystère pour nous, un mystère qui poussait maintenant des cris tellement stridents que j'en avais mal au crâne. Les fenêtres auraient dû voler en éclats. Le bâtiment aurait dû imploser sous l'intensité d'une telle angoisse.

« *Oh, ma petite Danny. Ma jolie, jolie petite Danny.* »

J'ai attrapé trois morceaux de fromage, une radio-cassette, et j'ai couru au bout du couloir.

Je suis entrée droit dans la chambre. Lucy était tellement hors d'elle que j'ai pensé que ça n'avait guère d'importance. Mais elle a dû me repérer du coin de l'œil parce qu'elle s'est immédiatement jetée sur moi, toutes griffes dehors, en visant mes yeux.

Elle m'est tombée sur l'épaule. J'ai vacillé, surprise, en laissant échapper un petit *oumph*.

J'ai eu l'image d'une tignasse brune et d'yeux noirs et désespérés, trop grands dans son visage pâle. Elle a repris son élan. Par réflexe, j'ai levé la radiocassette pour faire barrage. Elle a donné une grande claque dedans, suffisamment fort pour se faire mal. Son bras s'est rétracté. Elle a ramené sa main droite sur sa poitrine en gémissant.

J'ai appuyé sur Play et des notes de piano aériennes se sont élevées dans la pièce. La musique adoucit les mœurs.

Mais pas Lucy. Qui m'a donné des coups de pied dans les tibias.

J'ai fait marche arrière pour essayer de mettre de la distance entre nous. Elle me traquait, sur la pointe des pieds, sans jamais quitter mon visage du regard.

Elle voulait m'arracher les yeux, enfoncer ses doigts dans mes orbites et appuyer. Je le lisais sur son visage. Quelque chose s'était éteint en elle. Comme avec un interrupteur. Un lien avec l'humanité qui continuait à se défaire. Elle voulait du sang. Elle en avait besoin.

J'ai continué à me déplacer, en prenant soin de ne pas aller dans les coins et de garder la porte en ligne de mire.

J'étais plus forte.

Elle était plus rapide, tourbillon indistinct de marinière verte et de membres blafards, vifs comme l'éclair.

178

Elle m'a redonné un coup de pied, m'atteignant sur le côté du genou. J'ai perdu l'équilibre et le lecteur de cassettes est tombé par terre. Elle s'en est emparée et l'a violemment lancé vers la fenêtre. Il a rebondi sur le verre trempé avant de retomber par terre, où George Winston a vaillamment continué à jouer.

Lucy n'a pas semblé le remarquer. Je m'étais déjà relevée et je me dirigeais rapidement vers la porte ouverte. Elle a paru lire ma trajectoire et comprendre immédiatement mon intention. D'un bond vers la gauche, elle m'a barré le chemin pour me repousser vers le fond de la chambre. J'ai mis le matelas entre nous en me disant que ça pourrait être utile. Puis j'ai commencé à décrire un mouvement circulaire, toujours en gardant la porte dans un coin de la tête.

Lucy a cessé de vouloir m'acculer et s'est jetée sur le matelas.

Cette attaque frontale m'a prise au dépourvu. J'avais à peine lâché le matelas qu'elle me donnait un coup de tête dans le ventre. La violence de son assaut nous a entraînées toutes les deux et m'a projetée contre la fenêtre. Lucy était une vraie furie maintenant, elle donnait des coups de griffe, des coups de genou. J'ai essayé de lui attraper les mains, de la maîtriser.

Elle m'a pris un bras à deux mains et a tiré dessus, d'un coup sec. Je me suis brusquement retrouvée projetée vers l'avant et elle a immédiatement sauté sur mon dos en agrippant mes cheveux à pleines poignées. Ensuite elle a mis sa main autour de ma gorge et serré.

Je me suis dirigée en titubant vers le mur le plus proche et j'ai violemment reculé dedans. Elle n'a pas lâché prise, alors j'ai accompli la manœuvre préférée de Greg : je me suis penchée en avant et je l'ai fait basculer par-dessus bord.

La chute a été rude et a chassé l'air de ses petits poumons. J'ai vu ses yeux s'arrondir, sa bouche former un *oh* inaudible. Elle était neutralisée, mais sans doute pas pour longtemps. Vite, avant qu'elle ne se relève, j'ai enfoncé un comprimé de lorazépam dans le premier morceau de fromage, dont j'ai fait une boulette grossière. Je l'ai fait rouler vers elle et je me suis dirigée vers la porte.

Ed était là, horrifié.

« Mais qu'est-ce que…

— Chut ! Elle n'a pas encore fini. »

Et, de fait, Lucy se relevait déjà tant bien que mal. Elle était moins solide sur ses jambes, le regard était vide, vitreux. Elle a fait un pas hésitant, un autre. Son orteil a heurté la boulette de fromage et l'a envoyée rouler sur la moquette.

Ce mouvement a attiré son attention. Elle s'est immobilisée pour l'observer.

J'ai retenu mon souffle, j'ai pris les deux autres morceaux de fromage et je me suis employée à en faire des boulettes. Pense *chat*. Voilà ce qui apaise Lucy. Mets-la dans la peau d'un chat.

J'ai fait rouler le deuxième morceau de fromage par terre, je l'ai lancé comme une bille dans son champ de vision. Lucy a suivi la trajectoire de celle-là, avant de revenir brusquement à la première. Je voyais son corps changer de posture, adopter d'instinct une attitude plus féline. J'ai lancé le troisième morceau vers ses pieds et cette fois a été la bonne. Elle a sauté dessus, l'a attrapé dans ses mains qui ressemblaient maintenant à des pattes et l'a envoyé en l'air.

« Où est le lorazépam ? demandait Ed. Nom d'un chien, Danielle…

— *Mais chut !* »

Je ne voulais pas qu'il la distraie. J'avais besoin qu'elle reste concentrée sur le fromage. *Joue avec les jolies petites boulettes de fromage. Fais-les rouler. Et ensuite gobe-les.*

Elle ne m'a pas rendu la partie facile. Cinq longues minutes, six, sept, huit. Une des boulettes commençait à se désintégrer. Je retenais mon souffle, m'attendant à ce que le comprimé apparaisse. Mais cette boulette-là ne contenait que du fromage. Lucy a fini par s'arrêter, laper les petits bouts de cheddar sur la moquette et aller vers la boulette suivante, puis la suivante. Une… deux… trois.

Le fromage était mangé, le comprimé avalé. Enfin je me détendais, soulagée, et je m'apercevais que je ne tenais plus sur mes jambes et que j'avais les bras en feu. J'avais du sang sur le dos des mains. Et du sang qui coulait sur les joues.

« Tu as… ? Comment tu… ? m'a demandé Ed.

— C'était dans le fromage, ai-je murmuré en le tirant en arrière vers le couloir. Elle a juste besoin de quelques minutes. C'est fini maintenant, elle sera bientôt dans les vapes.

— Bon sang, Danielle, ton visage, ton cou… Il faut que tu te fasses soigner.

— Tu parles d'une chance ! On travaille dans un hôpital ! »

Je ne voulais pas être désagréable avec lui, mais

c'était plus fort que moi. J'étais encore à cran, les nerfs ébranlés. J'aurais voulu que Greg soit là. J'aurais voulu… j'avais besoin…

Et là j'ai repensé à George Winston, qui s'escrimait toujours sur le sol de la chambre de Lucy, et j'ai eu envie de rire, puis de pleurer, et j'ai su que la coupe était pleine.

Je suis allée dans les toilettes pour m'asperger le visage et pour me dire que non, en aucun cas, je ne continuais à entendre mon père chanter dans ma tête.

Quand je suis retournée dans la chambre de Lucy un quart d'heure plus tard, elle était roulée en boule dans un coin, un bras tendu au-dessus d'elle. Elle faisait aller et venir sa main en observant l'ombre de ses doigts sur le mur. Ses mouvements étaient indolents : le sédatif était en train de l'engourdir.

Elle serait bientôt endormie. Je me suis demandé ce qu'elle verrait en fermant les yeux. Je me suis demandé comment elle trouvait la force de se relever.

Je suis rentrée dans sa chambre discrètement cette fois-ci, en me faisant toute petite. Je me suis arrêtée non loin d'elle et je me suis assise en tailleur. Elle a tourné la tête. Elle avait la mâchoire détendue, ses joues n'étaient plus rouges de colère.

Elle avait l'air de ce qu'elle était : une petite fille de neuf ans qui avait vécu trop de choses.

J'ai eu envie de repousser ses cheveux broussailleux, mais j'ai gardé mes mains le long du corps.

« Tout va bien maintenant », ai-je murmuré. Sans doute plus pour moi-même que pour elle. « Une soirée difficile, mais ça arrive. »

Elle a penché la tête sur le côté, comme si elle écoutait ce que je disais, puis elle s'est remise à étudier le va-et-vient de ses doigts, tout là-haut au-dessus de sa tête.

« Tu es en sécurité ici, lui ai-je dit. Nous ne te ferons pas de mal. Nous demandons juste la même considération. Plus d'attaques, d'accord, Lucy ? Ici, on ne frappe pas. On ne mord pas, on ne donne pas de coups de pied, on ne tire pas les cheveux. C'est une des seules choses qu'on te demandera : être gentille avec nous. Nous aussi, on sera gentils avec toi.

— Méchant monsieur », a-t-elle dit, d'une voix mélodieuse, si douce, si enfantine, qu'il m'a fallu un instant pour comprendre qu'elle avait parlé.

« Lucy ?

— Méchant monsieur », a-t-elle répété.

J'en restais sans voix. Lucy parlait. Elle avait des compétences verbales.

« Ça va, ai-je murmuré. Pas de méchant monsieur. Tu es en sécurité ici. »

Lucy a tourné la tête. Elle avait les paupières lourdes, le lorazépam agissait. Elle m'a pris la main. Ses doigts étaient puissants, sa poigne plus solide que je ne l'aurais pensé avec le sédatif.

« *Méchant monsieur*, a-t-elle répété, d'une voix farouche cette fois-ci, pressante, son regard ardent planté dans le mien.

— Ça va…, ai-je à nouveau tenté.

— Non, a-t-elle dit d'un air lugubre. Non. »

Elle m'a lâché la main, s'est pelotonnée et endormie.

Je suis restée à côté d'elle pour veiller sur sa silhouette pâle et mince.

« Les méchants messieurs meurent. La vie devient meilleure », nous ai-je dit, à toutes les deux. Et j'ai frissonné.

SAMEDI

14

D.D. sut qu'elle était dans le pétrin dès qu'elle se réveilla au son d'un spot pour lubrifiants intimes. D'après la pub, l'homme en utilisait un pour se procurer un frisson de plaisir, la femme un autre pour faire monter la fièvre du désir et ensuite, quand ils se retrouvaient…

D.D. voulait savoir. Mince, il *fallait* qu'elle sache.

Elle resta plantée plusieurs minutes à moitié nue dans son séjour en regardant son écran de télé comme si cela devait faire revenir la pub. Sauf que cette fois, ce serait elle et, disons, Alex Wilson entre ces draps froissés. Elle porterait une de ses cravates en soie. Lui ne porterait rien du tout.

Oh, puis merde.

Quelle vie à la con.

D.D. monta sur son tapis de course, enchaîna deux sessions de dix minutes à treize kilomètres/heure, descendit deux tasses d'expresso et partit travailler.

Elle arriva au QG à huit heures trente, armée d'une douzaine de beignets. La plupart de ses collègues tenaient trop à leur santé pour manger des beignets. Pas de problème. Elle était d'humeur à s'envoyer la moitié de la boîte. Elle commença par un fourré à la

crème, se servit une nouvelle tasse de café façon brigade criminelle et passa à l'action.

Samedi matin, neuf heures, toute son équipe plus
Alex étaient réunis dans son petit bureau. Ils avaient
quelque chose comme trente minutes pour passer au
crible les dernières quarante-huit heures, après quoi il
faudrait qu'elle rende compte au commissaire divisionnaire. Vu la scène de crime de la veille, se trouvaient-ils
face à deux tueries sans rapport l'une avec l'autre ? Ou
bien s'agissait-il d'une seule et même affaire, d'autant
plus terrifiante ? Dans la première hypothèse, il y
aurait deux dossiers, suivis par deux équipes. Dans la
seconde, il faudrait former une cellule de crise officielle.

D.D. fit passer de grands cafés, montra la boîte de
pâtisseries à moitié vide et prit place à côté du tableau
blanc vierge. Alex s'assit en face d'elle. Comme on
était samedi, il portait un pantalon kaki et un polo
indigo. Le polo soulignait le bleu profond de ses yeux.
Le pantalon tombait sur des jambes bien dessinées,
athlétiques.

Et puis il y avait ses mains, avec ces longs doigts
calleux posés sur ses genoux…

« Où sont passés tous les beignets ? demanda Phil.

— Va te faire voir, dit D.D. en se retournant vers le
tableau. Profil des victimes, annonça-t-elle. Nous
avons les Harrington à Dorchester…

— Blancs, chrétiens, classe populaire », résuma Phil.

Il avait trouvé un beignet nappé de glaçage au sirop
d'érable et mâchonnait d'un air réjoui.

« École, travail, paroisse, associations, adresse précédente ? »

Phil donna à toute allure une liste avec adresses de toutes leurs activités et associations connues. D.D. nota consciencieusement chaque réponse, puis traça une ligne au milieu du tableau pour créer une deuxième colonne. « Okay, de l'autre côté, on a le clan Laraquette-Solis.

— Blancs, trafiquants de drogue, revenus modestes, indiqua Phil.

— Quatre enfants de quatre pères différents, intervint Alex.

— Bien connus des services d'aide à l'enfance, reprit Phil.

— Bien connus des services de l'immigration », ajouta Neil, le troisième membre de l'équipe, depuis le fond de la pièce.

Neil avait la pâleur spectrale d'un homme qui vivait trop sous les néons. D'autant qu'il venait de passer les deux derniers jours dans les locaux du légiste pour superviser les autopsies des Harrington et qu'il y avait maintenant six nouveaux cadavres… Neil avait été urgentiste. Cela faisait de lui le mieux placé pour ces missions.

« Il s'avère qu'Hermes Laraquette venait de la Barbade, continuait Neil en jetant un œil sur ses notes. Hermes était un *redleg*, c'est-à-dire qu'il appartenait à ce sous-prolétariat blanc qui descend d'engagés, de criminels, etc. Il était recherché par l'Immigration – un dossier qu'ils peuvent refermer maintenant.

— École, travail, paroisse, associations, adresse précédente ? » relança D.D.

Cette liste-là était brève. Le clan Laraquette-Solis vivait de l'autre côté de Boston, à Jamaica Plains. Ils n'étaient pas connus pour leurs engagements associatifs ni leur conscience citoyenne. La famille était arrivée dans le quartier six mois plus tôt et, si Hermes aimait flâner en bonnet multicolore, on voyait rarement la femme et les enfants dehors.

Cela dépassait D.D. : comment pouvait-on rester à l'intérieur avec cette puanteur ?

Elle relut la liste sous le nom des Harrington, puis celle sous le nom des Laraquette. Rien ne lui sauta aux yeux.

« Des ennemis ? »

Personne ne connaissait d'ennemis aux Harrington. Pour les Laraquette, en revanche… Vu le trafic de drogue d'Hermes, il allait leur falloir plusieurs jours pour établir la liste. D.D. écrivit « à creuser ».

« Bon, continua-t-elle avec entrain, d'après nos listes, il n'y a pas de recoupement évident entre l'univers des Harrington et celui des Laraquette. Si on raisonne logiquement, comment ces deux familles pouvaient-elles se connaître ?

— Les œuvres missionnaires, proposa Alex, si la paroisse des Harrington a des actions en direction des familles modestes. Ou s'ils ont pris des initiatives personnelles.

— Ça vaut le coup de vérifier, reconnut D.D. Les Harrington sont des gens charitables et les Laraquette auraient eu bien besoin d'un peu de charité. D'autres liens possibles ?

— Les enfants, suggéra Neil. Les adolescents sont à peu près du même âge. Ils s'étaient peut-être rencontrés en faisant du sport, en colonie de vacances, ce genre de chose. »

190

D.D. le nota.

« Famille d'accueil, enfants difficiles, continua Phil en disant tout ce qui lui passait par la tête. Les Harrington avaient adopté Ozzie, dont nous savons qu'il était passé par toute une série de familles avant d'arriver chez eux.

— Tu crois que les Laraquette auraient été famille d'accueil pour Ozzie ? demanda D.D., dubitative. Je verrais plutôt ça dans l'autre sens : les services de l'enfance auraient cherché à placer les enfants Laraquette pour les sortir de ce taudis.

— Ça aussi, reconnut Phil. C'est vrai, on sait que les Harrington s'intéressaient à l'enfance en danger et les enfants Laraquette étaient en danger.

— D'accord, vu comme ça, je veux bien. On va appeler les services sociaux. Ils sont toujours ravis d'avoir de nos nouvelles. D'autres possibilités ? »

Comme le groupe ne disait rien, D.D. prit quelques notes, effaça le tableau blanc et lança le sujet de discussion numéro deux : les scènes de crime.

Neil, le grand manitou des autopsies, ouvrit le bal : « Le légiste a confirmé que la mère, Denise Harrington, le fils aîné, Jacob, et le plus jeune, Oswald, sont tous morts d'une seule blessure par arme blanche. À noter qu'aucune des plaies ne trahit le moindre signe d'hésitation.

— Seigneur, marmonna Phil, seul père de famille de la pièce.

— La fille, Molly, a reçu un coup de couteau en haut du bras gauche, mais la cause du décès est une strangulation manuelle. Fracture de l'os hyoïde, ce qui indique que l'assassin a beaucoup de force dans les mains.

— Comme un enfant de neuf ans ? » demanda D.D.

Neil la regarda. « Peu de chances. » Il se repencha sur ses notes. « Quant au père, Patrick Harrington, le légiste ne s'y est pas encore attaqué. Mais d'après le dossier médical, il est mort de complications consécutives à une blessure par balle : œdème cérébral.

— D'accord. Donc trois par arme blanche, une par strangulation, un par arme à feu. Plutôt original, ça. La plupart des familicides s'en tiennent à un seul mode opératoire, non ? » demanda D.D. en interrogeant Alex du regard.

Celui-ci confirma. « Parmi les méthodes classiques, on trouve les armes à feu, les drogues et/ou l'empoisonnement au monoxyde de carbone. Il arrive que le père commence par droguer les membres de la famille, sans doute pour limiter leurs souffrances, et ensuite il les tue par balle. Si on inclut les familicides adolescents (le fils maltraité qui veut se venger), on peut ajouter le gourdin et/ou l'incendie volontaire à la liste des méthodes. Je n'ai jamais entendu parler d'un cas où un seul et même agresseur aurait changé d'arme en passant d'une victime à l'autre.

— Un seul et même agresseur, releva D.D. Parlons une seconde du nombre d'assassins. Il y a des cas où l'adolescent a un complice, par exemple la fille et son petit copain qui suppriment la famille de la fille pour pouvoir être ensemble. Et il n'y a pas eu cette affaire où une fille et sa petite copine lesbienne avaient assassiné les grands-parents pour pouvoir être ensemble ? Des trucs comme ça.

— Quand un adolescent est l'instigateur d'une tuerie familiale, on a des exemples de participation du partenaire. Mais dans ces cas-là, les deux membres du couple assassinent l'ensemble de la famille incriminée et s'enfuient ensemble. Le partenaire ne tue pas la famille puis l'adolescent instigateur avant s'en aller.

— Et si le complice s'était retourné contre l'instigateur ?

— Pourquoi ?

— Aucune idée.

— Il y a peu de chances, dit Alex. D'ailleurs, la scène de crime est méthodique chez les Harrington. Deux adolescents pris de fureur meurtrière ne laisseront jamais une maison nickel comme ça. Nous cherchons un assassin d'une force et d'une intelligence supérieures à la moyenne. Patient, calculateur et expérimenté. Trouve-moi cet assassin et on en reparle.

— Pas faux. Que savons-nous du couteau ?

— Le couteau utilisé chez les Harrington appartenait à un jeu qu'on a retrouvé dans la cuisine. » Phil avait fini son beignet et époussetait les miettes sur son ventre arrondi. « Manche trop sale pour fournir des empreintes.

— Et le pistolet ?

— Déclaré au nom de Patrick Harrington. Ses empreintes sur la crosse.

— Donc les armes ont été trouvées sur place. »

Phil confirma d'un signe de tête.

« D'accord. Et la scène Laraquette-Solis ? »

Alex prit la parole, cette fois-ci, un œil sur ses notes : « Plusieurs modes opératoires. Quatre morts par arme à feu : l'homme dans le séjour, l'adolescent dans le couloir et les deux filles dans leur chambre. La femme, Audi Solis, a été poignardée à mort dans la cuisine. Le bébé a été étouffé dans son berceau, sans doute avec un oreiller. On ne sait pas encore dans quel ordre. Possible que le père ait supprimé la famille, puis se soit couché sur le canapé pour se tirer une balle. Possible aussi qu'il ait été tué le premier, ensuite la famille, et qu'on ait reposé le pistolet près du père pour le faire accuser.

— Le couteau ? demanda D.D.

— Appartient au jeu retrouvé dans la cuisine, répéta Phil. Pas d'empreintes sur le manche.

— Pistolet ?

— Pas déclaré, numéro de série limé.

— Volé, supposa D.D. Marché noir.

— À tous les coups. Vu les activités d'Hermes…

— Un flingue fauché destiné au petit trafiquant », conclut D.D. Elle s'arrêta un instant, examina leur liste. « Intéressant qu'on retrouve les trois mêmes modes opératoires sur les deux scènes : arme à feu, arme blanche, asphyxie. Et que, dans les deux cas, les armes aient été découvertes sur place.

— Rien de concluant, objecta Alex.

— Non. Mais intéressant. Tu l'as dit, ce type de meurtre se caractérise généralement par une méthode unique. Et là, nous avons deux scènes où une famille entière a été supprimée avec trois modes opératoires différents et où les armes ont été trouvées sur place. Quelle est la probabilité d'une chose pareille ?

— Phénomène d'imitation ? demanda Neil depuis le fond de la pièce.

— Impossible, répondit D.D. en secouant la tête.

Nous n'avons pas encore informé les médias de la cause des décès. Ils savent que Patrick Harrington a été admis à l'hôpital pour blessure par balle, mais nous n'avons pas parlé des meurtres à l'arme blanche et encore moins révélé que Molly Harrington avait été étranglée. »

Nouveau silence, éloquent.

D.D. reposa le marqueur bleu.

« Houston, dit-elle, je crois qu'on a un problème. »

Le supérieur de D.D. ne voulait pas s'affoler tout de suite. Certes, il y avait de troublantes coïncidences entre les affaires Harrington et Laraquette. Mais ces coïncidences pouvaient être purement accidentelles, or former une cellule de crise officielle ne manquerait pas d'attirer l'attention des médias. En deux temps, trois mouvements, la première animatrice de talk-show venue annoncerait qu'il existait un lien entre les deux affaires et qu'un cinglé se promenait dans tout Boston pour assassiner des familles entières. Le téléphone n'arrêterait plus de sonner. Le maire exigerait un communiqué. Ça partirait dans tous les sens.

On était au mois d'août. Les gens avaient chaud et s'énervaient très vite. Moins on en dirait, mieux ce serait.

Moyennant quoi, le commissaire divisionnaire eut une idée lumineuse : l'équipe de D.D. pouvait se charger des deux enquêtes. Comme ça, si d'autres « coïncidences » venaient à être découvertes, ils reconstitueraient rapidement le puzzle.

D.D. fit remarquer que demander à trois agents d'enquêter sur deux tueries était un peu excessif.

Son supérieur répliqua qu'à toutes fins utiles elle se trouvait en réalité à la tête d'une équipe de quatre agents : le professeur Alex Wilson pouvait l'assister dans la rédaction des rapports sur les scènes de crime.

Elle exigea deux enquêteurs supplémentaires, au minimum.

Il lui accorda l'appui de la brigade des stupéfiants, qui lui fournirait des informations sur les activités d'Hermes.

Comme c'était plus qu'elle n'en obtenait généralement de son patron stressé et soumis à des contraintes budgétaires, D.D. considéra cela comme une victoire.

Son équipe accueillit la nouvelle sans sourciller. Quoi ? Ils allaient prendre leurs repas au bureau et négliger leur famille ? Cela allait sans dire en cette belle époque de baisse des financements publics et de hausse exponentielle du taux de criminalité. On ne choisissait pas ce métier pour la qualité de vie.

Vu le dur week-end en perspective, D.D. décida que la première chose à faire était une pause déjeuner. Une demi-douzaine de beignets ne vous calaient pas une fille aussi longtemps qu'on aurait pu le croire. Par chance, non seulement la cafétéria du commissariat central était commodément située au sous-sol, mais elle était connue pour être excellente.

D.D. prit un sandwich au rosbif saignant sur pain de seigle, généreusement garni, et une énorme tranche de cake au citron. Phil, dont elle aurait juré qu'il était à moitié femme, commanda une salade du chef. Neil demanda un sandwich aux œufs, un choix discutable, songea D.D., pour quelqu'un qui était attendu à la morgue. Le rouquin efflanqué engloutit son sandwich en quatre bouchées et s'en alla en sifflotant gaiement. D.D. le soupçonna d'avoir le béguin pour le légiste. Dieu sait qu'ils passaient de sacrés bons moments ensemble.

Alex s'assit à côté de D.D. avec du poulet grillé et des pennes. Elle ne put se défendre d'un certain respect en le voyant prendre un repas chaud alors qu'il faisait plus de 32°.

Il se servit abondamment de sel, de pili-pili, de parmesan, puis, après quelques essais, parut décider que son déjeuner était prêt. Sacrément difficile, question nourriture.

Nu. Dans son lit. Frisson de plaisir. Fièvre du désir.

D.D. prit une énorme bouchée de sandwich.

« Tu ne peux quand même pas croire réellement que les deux affaires sont liées ? » demanda Alex au bout d'une minute. Phil faisait du tri dans sa salade, écartait les tomates et y allait franco avec la sauce mayonnaise-crème fraîche. En entendant Alex, il leva les yeux et regarda D.D. d'un air tout aussi sceptique.

Elle prit une autre bouchée, mâcha, avala. « Je n'arrive pas à me décider, finit-elle par dire.

— Tu dois bien avoir une idée, répliqua Phil, pour nous avoir collé deux affaires sur les bras.

— Les victimes n'ont rien en commun, reprit Alex. Vu les différences de situation géographique, d'activité et de mode de vie entre les deux familles, quelle chance y a-t-il qu'elles aient connu le même fou dangereux ?

— Peut-être qu'elles ne connaissaient pas le meurtrier », suggéra D.D.

Alex était sceptique. « La probabilité est encore plus faible s'agissant de l'agression d'une famille entière qui, au moins dans le cas des Harrington, s'est produite alors qu'il faisait encore jour. Un tueur mal organisé aurait pu avoir l'impulsivité nécessaire pour une telle agression, mais pas cette approche méthodique. Et les tueurs organisés prennent généralement le temps de faire des repérages sur les cibles risquées.

— Un des premiers crimes de celui qui se faisait appeler BTK[1] a eu pour victime une famille qui finissait son petit-déjeuner », riposta D.D. Elle faisait allusion au célèbre meurtrier tortionnaire qui avait sévi pendant des années au Kansas. « Il les a baratinés pour qu'ils le laissent entrer et ensuite il a tenu les enfants en joue jusqu'à ce que les parents acceptent d'être ligotés. Et une fois les parents réduits à l'impuissance, il a mis son plan à exécution.

— Aucune trace de liens sur nos scènes de crime, souligna Phil.

— Et BTK commençait par traquer ses cibles, rappela fermement Alex. Il lui fallait des mois de reconnaissance avant de passer à l'action. Là, il s'agit de deux crimes qui se sont produits à trente-six heures d'intervalle. Quand aurait-il eu le temps de les suivre, de repérer chacun des membres de la famille, d'élaborer une stratégie et, tiens, j'y pense, d'apprendre qu'il y avait un .22 dans chaque maison et ensuite de mettre la main dessus ?

— Il a eu de la chance ? »

---

1. B pour *bind* (lier), T pour « torture » et K pour *kill* (tuer) *(N.d.T)*.

Alex fit les gros yeux. « Si c'est une série, insista-t-il, où est la phase de décompression ? La plupart de ces types attendent un peu entre deux victimes, savourent le travail accompli.

— C'est dégueulasse », répondit D.D. avec mauvaise humeur.

Elle était surtout énervée qu'Alex ait raison, ce qui signifiait qu'elle avait tort. C'était déjà assez pénible comme ça d'avoir envie de grimper aux rideaux sans être idiote par-dessus le marché.

« C'est le problème, dit Alex. Un seul meurtrier pour deux familles entières en moins de trente-six heures, ce serait bien étonnant. Une telle soif sanguinaire associée à une maîtrise aussi parfaite… Je ne vois pas. Ça ne colle pas.

— Mais deux pères qui décident chacun de leur côté de tuer femme et enfants en utilisant trois méthodes, les mêmes, à un jour d'intervalle, *ça*, c'est logique ?

— Ça arrive, les coïncidences.

— Ce n'est pas une coïncidence !

— Quoi, alors ?

— Il nous faut plus d'informations. Je sais : et si on enquêtait ? En voilà une idée qu'elle est bonne ! »

Alex leva les yeux au ciel. D.D. attaqua son cake au citron.

« Je crois qu'on devrait aller se faire décrasser les chakras, annonça-t-elle.

— Hé, dit Phil, je suis un honnête père de famille…

— Dans ce cas, tu appelles les services de l'enfance et tu trouves tout ce que tu peux sur Oswald Harrington et les Laraquette. Alex, tu viens avec moi.

— Mais j'ai déjà pris une douche ce matin.

— Pas ce genre de décrassage. On va s'occuper de notre beauté intérieure.

— Dans un spa ?

— Non, il est temps d'aller rendre une petite visite au chaman préféré de Denise Harrington, Andrew Lightfoot. »

15

Victoria

Evan est entré dans ma chambre à 4 h 14 en demandant instamment à aller au parc. Il a redemandé à 4 h 33, 4 h 39, 4 h 43, 4 h 58, 5 h 05 et 5 h 12.

Il est maintenant 5 heures 26 et nous marchons vers le parc.

L'aurore est belle. La pluie d'hier au soir a chassé l'excès d'humidité. L'air est chaud mais agréable, comme un baiser sur nos joues. Nous parcourons la demi-douzaine de pâtés de maisons, sac de petit-déjeuner à la main, et regardons le soleil transformer l'horizon en un tableau. Situé à l'extrémité la plus orientale du fuseau horaire, le Massachusetts est l'un des premiers États du pays à voir le soleil se lever. J'aime considérer ces aubes précoces comme un privilège accordé à ceux qui, toute leur vie, ne prononceront jamais les « r ». D'autres États ont une meilleure élocution. Nous, nous avons ça.

« Je vois du violet, dit Evan en montrant l'horizon avec excitation et en courant autour de moi. Il y a du jaune, de l'orange, du fuchsia ! »

« Fuchsia » est un de ses mots préférés. J'ignore pourquoi.

Le parc apparaît. Je m'attendais à trouver l'aire de jeux déserte à cette heure-là. En fait, un petit garçon déambule autour des deux portiques et de la monumentale structure de jeux ; sa mère le surveille depuis un banc.

J'hésite. Evan se précipite. « Un copain ! Maman, maman, un nouveau copain ! »

Le temps que je rejoigne l'aire de jeux, Evan a déjà tourné dix fois autour du bambin avec de grands gestes exubérants. Celui-ci, loin d'être apeuré, sourit de toutes ses dents à Evan comme s'il voyait un clown pour la première fois. Encouragé, Evan dessine des 8 en courant comme un dératé dans toute l'aire de jeux. Le garçon le suit en trottinant.

Me voilà reprise par mon optimisme parental. Peut-être qu'Evan va jouer gentiment avec ce garçon. Peut-être qu'ils se plairont l'un avec l'autre. Evan se languit tellement de la compagnie des autres enfants. Peut-être que ça l'incitera à la douceur. Peut-être.

Je m'assois à côté de l'autre maman sur le banc. Ça paraît le geste aimable à faire.

« Bonjour », dit-elle gaiement. Une jeune femme, dans les vingt-deux, vingt-trois ans, avec de longs cheveux bruns coiffés en queue-de-cheval. « Je ne m'attendais pas à voir quelqu'un d'autre dans le parc à une heure pareille.

— Moi non plus », reconnais-je en m'efforçant d'afficher un sourire aussi énergique que le sien. Avec un temps de retard, je tends la main. « Je m'appelle Victoria. Et voilà mon fils, Evan.

202

— Becki, dit-elle, et Ronald. Il a trois ans.

— Evan en a huit.

— Waouh, il est du matin », s'esclaffe-t-elle en voyant Evan enchaîner les descentes de toboggan à toute vitesse.

Il a déjà envoyé balader ses tongs et court pieds nus. Je me demande dans combien de temps son short bleu foncé et son tee-shirt rouge prendront le même chemin.

« On vient d'emménager dans le quartier, explique Becki. Quand je dis "on vient" : on a déchargé le camion de déménagement hier après-midi. On n'a pas encore fini de monter les lits, ni d'installer les climatiseurs. À cinq heures du matin, je me suis dit que ce serait aussi bien de sortir. Comme ça, Ronald se dépensera pendant qu'il fait encore frais et je pourrai peut-être obtenir qu'il fasse la sieste quand il fera chaud. »

À côté de l'aire de jeux, il y a un terrain de foot. Et autour du terrain de foot, un petit bois qui sépare le parc des maisons voisines. Evan s'est éloigné du petit garçon et court le long des lignes blanches du terrain de foot. Je m'autorise à me détendre une fraction de seconde, prends une gorgée de café.

« D'où arrivez-vous ? demandé-je à Becki.

— De Caroline du Nord.

— Ce qui explique votre joli accent », murmuré-je distraitement, et Becki rayonne en entendant ce compliment. Je m'aperçois qu'Evan n'est pas le seul à se languir de ses amis. Je n'appartiens plus à aucun cercle social. Je n'ai pas de clients, pas de collègues, pas de voisins proches. Je ne fréquente pas les groupes de mamans qui font jouer leurs enfants ensemble ou bavardent à la sortie de l'école. Je croise un aide à domicile deux fois par semaine et je parle à ma fille de six ans une fois par semaine. Voilà à quoi se résume ma vie sociale.

Je suis contente d'être encore capable de papoter. « Qu'est-ce qui vous amène dans le Massachusetts ? » reprends-je, de plus en plus dans l'ambiance. Je tends un sachet plastique plein de muffins à la banane. Becki hésite, en prend un.

« Le travail de mon mari. Il est ingénieur chef de projet. Il est muté tous les trois ou quatre ans.

— Vous avez de la chance de tomber sur Cambridge, lui dis-je. C'est une ville très familiale. Vous allez beaucoup vous plaire.

— Merci ! dit-elle avec entrain. En toute franchise, j'ai choisi la ville pour ses universités. Maintenant que Ronnie a trois ans, j'espère plus ou moins prendre des cours du soir. »

Je vérifie de nouveau où se trouve Evan. Il est à la cage de but à l'autre bout du terrain et grimpe sur le filet noir. Ronald l'a repéré et traverse le terrain sur ses petites jambes.

Becki le rappelle et le pitchoun fait docilement demi-tour pour revenir vers la structure de jeux. « Désolée, dit-elle d'un air gêné. Je suis du genre inquiet. Ça lui arrive de me filer d'un seul coup entre les jambes, alors je n'aime pas qu'il s'éloigne trop. Il n'a que trois ans, pourtant, mais il court sacrément vite !

— Je vois ce que vous voulez dire, lui assuré-je. Evan m'a semée dès l'âge de deux ans. Les enfants sont tout en muscles et en vitesse. On ne peut pas rivaliser. »

Elle hoche la tête, mange son muffin. « Evan est enfant unique ? demande-t-elle finalement.

— Il a une sœur. Elle habite chez son père. »

Becki me lance un regard, mais ne se montre pas indiscrète. Je range les muffins. Sors une boîte qui contient des fraises.

« Vous aurez un autre enfant ? demandé-je.

— J'espère. Du moins, quand j'aurai fini mes études. L'arrivée de Ronnie a un peu été une surprise. Une jolie surprise, s'empresse-t-elle de préciser en rougissant, mais j'espérais terminer la fac d'abord.

— Bien sûr. »

Evan arpente toujours le terrain de foot ; Ronald est revenu à la structure de jeu. J'enlève le couvercle des fraises, je les propose.

« Ça me rappelle… que je dois passer à l'épicerie, explique Becki en mordant dans la fraise qu'elle vient de choisir. C'est *où*, d'ailleurs, l'épicerie ? »

Je lui réponds et, de fil en aiguille, elle en vient à chercher un carnet dans son sac à langer et j'en viens à griffonner plusieurs plans où je lui indique les meilleurs restaurants, une super librairie, cette boulangerie absolument sublime sur Huron Avenue. J'ai l'impression de dresser la carte de ma vie d'avant. Voilà les endroits où vous devriez faire vos courses, manger, jouer. Voilà les choses que vous, votre mari et vos enfants aimerez sans doute faire.

Cambridge est une ville tellement agréable, qui allie patrimoine prestigieux et branchitude d'Harvard. Peut-être que je pourrais emmener Evan au parc plus souvent. Peut-être que je pourrais retenter le groupe de jeu pour enfants handicapés. Ou peut-être la piscine municipale. Evan est assez gentil à la piscine. Nager le fatigue, le distrait. Je pourrais apporter un livre, me détendre au soleil. Je pourrais nous préparer des boissons aux fruits rigolotes. Des smoothies à la fraise, des piña coladas sans alcool. Michael et moi sommes allés à Baja une fois et nous y avons bu les meilleures piña coladas du monde, rhum et jus de fruits frais. On en buvait dès le lever du soleil, allongés sur la plage, en plongeant nos doigts de pieds dans le sable blanc et chaud...

« Victoria ? »

Perdue dans mon fantasme, j'ai fait l'erreur de me souvenir des jours meilleurs, de vouloir sortir de cette cage dans laquelle je vis. Les accents suraigus de Becki me ramènent sur terre. J'arrête de dessiner un plan qui montre comment áller au meilleur café. Je regarde l'aire de jeux. Il ne me faut qu'une seconde pour comprendre cette angoisse dans la voix de Becki.

Evan et le petit garçon ont disparu.

Je commence par les lieux communs habituels : ils n'ont pas pu aller bien loin, nous ne les avons quittés des yeux qu'une minute. Et si elle regardait du côté de la rue ? Je vais d'abord aller voir les bois.

Docile, Becki part en toute hâte vers le trottoir désert. Je file droit vers les bois en appelant Evan et Ronnie. Rien.

Mon cœur bat trop fort, mon souffle se fait court. Peut-être que les garçons jouent à cache-cache. Peut-être qu'Evan a vu Ronnie se sauver et qu'il est parti à sa rescousse. Peut-être que quelque chose les a intrigués. Ça arrive, avec les garçons. Avec certains, en tout cas.

Je longe l'interminable lisière du bois à petites foulées et j'appelle, j'appelle, j'appelle. Rien. Rien. Rien.

Alors je pense à des choses auxquelles une mère ne devrait pas avoir à penser : ces deux jeunes garçons au Royaume-Uni, qui avaient convaincu un bambin de partir avec eux du centre commercial et qui l'avaient tué à côté de la voie ferrée. Et puis une autre affaire, beaucoup plus près de chez moi : deux adolescents qui avaient assassiné un petit garçon de sept ans en lui enfonçant du gravier dans la gorge parce qu'ils ne voulaient pas qu'il dise à ses parents qu'ils lui avaient volé son vélo. Ou encore cet enfant de six ans qui avait mis le feu à un autre de trois ans. Ou celui qui avait tué sa voisine d'une prise de catch et caché son corps sous son matelas.

Je parcours toute une longueur du terrain, puis la largeur, puis l'autre longueur, en appelant les garçons. Les bois ne sont pas si profonds : j'aperçois les toitures des maisons voisines à travers les branchages verdoyants. Le matin est calme ; les bruits de la circulation en sourdine. Les garçons devraient pouvoir m'entendre. Ronnie, au moins, devrait répondre.

À moins qu'Evan ne l'en empêche.

Mon pouls s'affole, des étincelles dansent devant mes yeux. Je vais m'évanouir. *Pas le moment de s'évanouir. Réfléchir, réfléchir, réfléchir.*

Evan ne répond pas. Pourquoi ne répond-il pas ? Parce qu'il ne veut pas que je le trouve. Parce que c'est Evan, qu'il joue à un jeu quelconque et qu'il ne veut pas s'embêter avec moi pour l'instant. Il veut n'en faire qu'à son idée, et Dieu sait ce que ça peut être.

Une motivation. On en revient toujours là quand on est parent. Evan ne répond pas parce que calmer ma peur/ma panique/mon affolement n'est pas assez motivant pour lui. Il lui faut mieux.

« Petit-déjeuner ! » lancé-je, comme si c'était un matin comme les autres. Il se trouve juste que Becki et moi arpentons le terrain de foot en tous sens à la recherche de nos enfants disparus. « Muffins à la banane, fraises ! Allez, qui a faim ? »

Evan adore les muffins à la banane. C'est une des seules pâtisseries qu'il me laisse faire.

Becki reprend l'antienne et nous longeons toutes les deux la lisière du bois : « Petit-déjeuner. Muffins et fraises. Allez, les garçons, il se fait tard. »

À la voix de plus en plus aiguë de Becki, je devine que, les minutes passant, elle commence à paniquer. C'est une chose de perdre son gamin trente secondes. C'en est une tout autre de ne toujours pas l'avoir retrouvé après plusieurs minutes de recherche active.

Ça ne marche pas. Evan ne lève pas le petit doigt pour les muffins à la banane. Il me faut mieux.

Je reviens vers Becki et la fais pivoter de manière à ce que nous tournions le dos aux bois. « Evan joue parfois à ce jeu, expliqué-je en me demandant si ma voix lui semble aussi grêle et forcée qu'à moi-même. Il se cache et refuse de se montrer sans raison valable.

— Quoi ? s'étonne-t-elle, manifestement inquiète.

— Vous avez un portable ?

— Oui. »

Elle le sort de sa poche, je le prends et je compose mon numéro.

« Je vais courir jusqu'au bout du terrain, dis-je, et ensuite je veux que vous appuyiez sur la touche d'appel. Sans regarder votre téléphone. Sans avoir l'air de passer l'appel. Dès que j'aurai décroché, vous pourrez raccrocher. »

Becki semble perdue, mais elle accepte, obéissante dans sa peur, désireuse que quelque chose, n'importe quoi, ramène la situation à la normale. Elle part vers un bout du terrain, toujours en criant « Ronnie ! », et moi vers l'autre. Je m'efforce de ne pas tripoter mon téléphone et de ne pas avoir l'air d'attendre un appel. Evan peut être très perspicace.

Trente secondes plus tard, mon téléphone sonne. Je ne me jette pas dessus. Je laisse passer une ou deux secondes. Ensuite je le sors ostensiblement de ma poche, je consulte l'écran. Je le porte à mon oreille. « Bonjour, ma chérie. » Ma voix ne fait toujours pas naturel. Peut-être que ce n'est pas grave. Je cherche mon fils disparu, alors c'est normal que je sois encore un peu stressée.

« Tu veux parler à Evan ? Je… je ne sais pas où il est, mon cœur. D'accord, je vais voir. » J'éloigne le téléphone de mon oreille et j'appelle : « Evan, Chelsea au téléphone. Evan. Ta sœur t'appelle. »

Je traverse le terrain. Je recommence ma petite comédie, alternant entre conversation fictive sur un téléphone raccroché et appels à Evan pour qu'il vienne répondre à sa sœur. Becki ne cherche plus. Postée près de l'aire de jeux, elle m'observe sans rien faire.

Elle commence à comprendre. Que ses nouveaux

« amis » ne sont pas aussi normaux qu'ils en ont l'air. Qu'il y a quelque chose qui cloche chez nous et que ce quelque chose pourrait lui faire du mal.

« Chelsea doit raccrocher, finis-je par dire. Allez, Evan. Maintenant ou jamais. C'est ta sœur. »

In extremis, au moment où j'allais renoncer, un buisson frissonne au bout du terrain de foot. Evan apparaît. Il se tient devant le buisson, une main sur l'épaule de Ronnie. Le petit garçon pleure sans bruit, comme font les enfants lorsqu'ils sont totalement terrifiés. Il n'essaie pas de s'éloigner d'Evan, mais reste sur place, le tee-shirt déchiré, le visage souillé de boue, les cheveux emmêlés de brindilles.

« Chelsea ? » demande Evan.

Je regarde mon fils dans les yeux. Tends le téléphone sans hésiter. « Chelsea », confirmé-je.

Evan lâche Ronnie. Le petit garçon se précipite vers sa mère, qui le prend immédiatement dans ses bras protecteurs. Evan s'approche de moi et attrape le téléphone. Il ne le tient qu'une seconde contre son oreille et me le rend.

« Tu m'as menti.

— Pourquoi as-tu emmené Ronnie ?

— Tu m'as piégé.

— *Pourquoi as-tu emmené Ronnie ?* »

Mon ange de fils me sourit. « Je te le dirai jamais. »

Je lui donne une claque. J'ai vaguement conscience d'entendre un hurlement. Becki, me dis-je. Je me rendrai compte seulement plus tard que c'était moi.

Becki n'appelle pas la police. Elle devrait, peut-être. Mais, Ronnie toujours serré sur la poitrine, elle attrape

210

le sac à langer et quitte le parc en quatrième vitesse. Les plans que j'ai dessinés ne sont jamais arrivés jusque dans son sac. Son départ précipité les éparpille dans l'aire de jeux. Je les regarde voltiger.

Les plans de ma vie d'avant.

À côté de moi, Evan sanglote, tient sa joue rougie. Mon geste de violence inattendu l'a saisi, transformé en un enfant de huit ans désorienté et brutalisé par sa propre mère.

Je devrais m'en vouloir de ce que j'ai fait. Je devrais éprouver des remords, un sentiment de culpabilité. Mais je n'éprouve rien. Rien du tout.

Un moment passe encore et je retourne au banc. Je remballe les muffins, les fraises, mon thermos de café. Je range chaque objet dans mon sac à fleurs, en calant tout bien. Je vais au toboggan. Ramasse les chaussures d'Evan, les pose soigneusement au-dessus des boîtes. Evan ne pleure plus. Les épaules voûtées, il tient son petit visage dans ses mains et hoquette comme un malheureux.

Je pourrais l'abandonner. Je pourrais passer mon sac sur mon épaule et partir sans me retourner. On retrouverait Evan. Les autorités, ne parvenant pas à me joindre, appelleraient son père. Michael pourrait le reprendre. Ça ferait plaisir à Evan.

Je pourrais marcher jusqu'au Mexique. Boire une piña colada. Enfoncer mes doigts de pieds dans le sable. Je me demande à quel point l'eau serait chaude en cette saison.

« Maman, geint Evan, maman, je veux rentrer à la maison. »

Alors nous rentrons à la maison, où je nous donne

du lorazépam à tous les deux et où nous nous endormons.

Plus tard (trois, quatre, six heures plus tard ? difficile à dire), Evan regarde *Bob l'éponge* sur le canapé. Je me cache dans la cuisine et compose un numéro que je ne suis plus censée composer. Nous faisons une pause. Il avait besoin d'un peu de temps. Les choses avaient pris un tour bizarre le mois dernier. Une fois, il m'avait même fait peur.

À présent, rien de tout cela ne semble plus compter. Ni ce dernier épisode où ses yeux s'étaient transformés en trous d'eau noirs et où j'avais senti mes cheveux se dresser sur ma nuque. Ni le timbre étrangement guttural de sa voix quand il m'avait annoncé qu'il devait partir. Il avait une chose à régler. Mais il m'appellerait lundi. Il aurait une surprise pour moi lundi.

Nous sommes samedi après-midi. Lundi est dans quarante-huit heures. Je ne peux pas attendre aussi longtemps. J'ai besoin de lui. Dieu, que j'ai besoin de quelqu'un.

Ça sonne. Une fois. Deux fois. Trois fois.

Je manque de raccrocher. Et là : « Allô ? »

À l'instant où j'entends sa voix profonde et grave, je suis submergée. Le stress, la terreur, la peur sans relâche. Non pas que mon fils me tue, mais que, malgré mes efforts, il fasse du mal à quelqu'un d'autre. Les années passant, il est de plus en plus grand, fort, intelligent. Combien de temps puis-je tenir ? Combien de temps avant qu'il ne gagne à son petit jeu ?

Le barrage cède. Je fonds en larmes et, une fois que j'ai commencé, je ne peux plus m'arrêter.

« Je n'y arrive pas, sangloté-je au téléphone. Je n'y arrive plus. Je ne suis pas assez forte.

— Chut, chut, dit-il d'une voix apaisante. Je vais t'aider, Victoria. Bien sûr que je vais t'aider. Allez, respire un bon coup et raconte-moi tout. »

16

Andrew Lightfoot habitait Rockport, à une trentaine de minutes au nord de Boston. Cette bourgade pittoresque nichée au bord de l'Atlantique offrait tous les agréments touristiques de rigueur, y compris les glaces artisanales, berlingots au beurre salé et barres de caramel faits maison. D.D. adorerait vivre à Rockport si elle gagnait un jour au loto.

Le GPS les guida docilement vers l'adresse d'Andrew Lightfoot telle que donnée par le Fichier national des conducteurs. D.D. suivit la longue allée étroite jusqu'à ce qu'une maison surgisse dans le paysage balayé par les vents. À côté d'elle, Alex émit un sifflement. Elle se contenta d'écarquiller les yeux en tendant le cou pour mieux voir à travers le pare-brise.

Andrew Lightfoot possédait un palais. Un édifice moderniste d'une hauteur vertigineuse qui se dressait sur la côte rocheuse et dont les tours vitrées donnaient sur le vaste océan gris-vert.

« Trois ou quatre millions de dollars, facile, estima Alex. Combien il faut décrasser de chakras pour s'offrir ce genre de propriété ?

— Je ne sais pas, mais au premier ouragan un peu costaud, toute la maison sera à refaire.

— Il me semble qu'on utilise du verre spécial maintenant. »

D.D. restait dubitative : « Je crois que les entrepreneurs ont oublié à quoi ressemblent les ouragans dans ce coin. »

Elle gara la voiture devant le glouglou d'une cascade qui ruisselait sur un amoncellement de rochers décoratifs. À côté de la cascade, des pierres plus petites délicatement empilées, des pavés de granite gravés de caractères japonais et une collection parcimonieuse de fleurs délicates et de graminées ornementales. Très zen, supposa D.D. Ce qui la crispa immédiatement.

D.D. et Alex remontèrent l'allée sinueuse. Une gigantesque porte vitrée encadrée d'érable leur permettait de voir jusqu'à l'océan de l'autre côté de la maison. De part et d'autre de la porte, des panneaux de verre de deux mètres de haut élargissaient encore la vue. Un petit chien marron était posté devant celui de droite. Il se mit à aboyer en les apercevant.

« Sacré chien de garde, fit remarquer Alex.

— Les petites races mordent plus que les grandes. Méfie-toi des crocs », lui conseilla D.D.

Alex lui lança un regard de côté. « C'est marrant : on m'a dit la même chose à propos de toi. »

D.D. montra les dents et frappa à la porte. La petite chienne se mit à courir en rond, de plus en plus hystérique. Puis, venue du fond de la maison, D.D. entendit une voix d'homme : « Merci, Tibbie. Je viens. Tout doux, ma belle. Tout doux. »

Un homme se présenta dans l'entrée, sa silhouette découpée à contre-jour par la lumière des fenêtres derrière lui. D.D. eut l'impression d'un individu de grande taille, puis la porte s'ouvrit et il se trouva devant eux. Elle faillit reculer, se retint in extremis et s'obligea à se tenir ferme sur ses jambes.

« Puis-je vous aider ? » demanda-t-il poliment. Il portait un fin tee-shirt vert sur des pectoraux développés et des abdominaux en tablettes de chocolat. Son pantalon de toile beige soulignait ses longues jambes musclées et une simple cordelette en cuir attirait l'attention sur son cou bronzé et les pointes irrégulières de ses cheveux éclaircis par le soleil.

Une maison qui en jetait. Un homme qui en imposait. Et une odeur de pain fraîchement sorti du four.

« Andrew Lightfoot ? demanda D.D., le souffle un peu court.

— Police de Boston », indiqua Alex lorsque l'homme acquiesça. Voyant que D.D. restait muette, Alex lui lança un regard intrigué, puis ajouta : « Commandant D.D. Warren, enquêteur Alex Wilson. Pouvons-nous entrer ?

— Je vous en prie. »

Lightfoot s'effaça et leur fit signe d'entrer. Il ne semblait pas surpris de leur présence. L'assassinat des Harrington faisait la une des journaux. Dans la mesure où il avait travaillé pour la famille, peut-être Lightfoot en avait-il déjà déduit que la police de Boston allait lui rendre visite.

Tibbie la chienne avait cessé d'aboyer et courait maintenant en rond autour d'eux. Elle s'arrêta pour flairer la cheville d'Alex, puis gronda contre D.D. et revint vers Alex.

« Tibbie, la réprimanda Lightfoot avec une certaine indulgence. Excusez-la. C'est une épagneule du Tibet.

Une race vieille de deux mille ans ; ces chiens montaient la garde dans les monastères tibétains. Alors naturellement, Tibbie a des opinions très arrêtées sur les inconnus. »

Lightfoot sourit à D.D. et lui murmura en se penchant vers elle : « Elle est aussi un peu gâtée et n'apprécie pas la concurrence des jolies femmes. » Après un clin d'œil, il se redressa et sortit du vestibule. « Je vous en prie, mettez-vous à l'aise. Je viens de faire des croissants. Je vais nous préparer un plateau. Thé ou café ?

— Café », répondit poliment Alex.

D.D. approuva.

Lightfoot disparut. Tibbie ne le suivit pas : elle flirtait avec Alex. L'enquêteur s'accroupit, tendit la main vers l'épagneule haute comme trois pommes. Celle-ci flaira prudemment ses doigts, puis sauta dans ses bras et s'y cala confortablement.

« Gentille chienne », dit Alex en se rengorgeant. Il entra dans l'immense séjour, sa nouvelle amie dans les bras. D.D. lui emboîta le pas.

L'intérieur de la maison de Lightfoot était aussi spectaculaire que l'extérieur. Le sol était couvert d'ardoises gris-vert. Des plantes luxuriantes adoucissaient les contours des piliers porteurs. Des canapés de couleur pâle et des fauteuils bas composaient différents salons. Mais surtout, on restait en admiration devant les quatre baies vitrées qui dominaient l'océan Atlantique.

Les baies étaient ouvertes ce matin-là, et des ventilateurs de plafond brassaient l'air aux parfums iodés et agitaient les feuilles des palmiers. D.D. entendait des mouettes au loin et sentait l'odeur salée de la mer. Pas désagréable comme vie quand on pouvait se l'offrir, se dit-elle. Et comment pouvait-on se l'offrir quand on était guérisseur spirituel ?

Lightfoot revint avec un plateau en bambou chargé de croissants, de trois tasses et d'une cafetière à piston remplie à ras bord. Il posa le plateau sur la table basse la plus proche du piano à queue, dont D.D. et Alex se rapprochèrent. Lightfoot découvrit sa chienne dans les bras d'Alex et eut un petit sourire ironique.

« Je suis encore dans la pièce, tu sais », dit-il à sa compagne volage. Celle-ci leva la tête en entendant sa voix et bâilla. Il rit. « Tibbie est très fine psychologue, expliqua-t-il à Alex. Je me suis aperçu que les chiens sont beaucoup plus ouverts et sensibles que nous aux champs énergétiques. Ce qui explique leur utilité dans une thérapie. Si seulement nous acceptions d'avoir l'esprit aussi ouvert, nous saurions tous beaucoup mieux aider les autres. »

D.D. accepta une tasse de café et un croissant chaud. Elle prit un siège à côté d'Alex. Lightfoot s'installa dans le fauteuil juste en face d'eux, les jambes croisées avec décontraction. Il semblait encore détendu, hôte agréable qui prenait plaisir à leur faire admirer sa maison. Étrange attitude pour un homme dont les clients venaient d'être sauvagement assassinés.

« Vous savez pourquoi nous sommes là ? » demanda D.D.

Lightfoot joignit le bout des doigts, fit signe que non. « Mais je ne doute pas que vous me le direz quand vous serez prêts. »

Cette réponse surprit D.D. Elle jeta un regard vers Alex, qui semblait tout aussi interloqué. Vite, ils dissimulèrent leurs sentiments.

« Vous regardez beaucoup la télé ? demanda D.D.

— Je n'ai pas le moindre poste, répondit Lightfoot avec insouciance.

— L'actualité ne vous intéresse pas ? C'est trop terre à terre pour vous ? »

Lightfoot sourit. « En fait, je suis accro à Internet comme source d'information. Alors, si, je me tiens beaucoup au courant de l'actualité. Mais ces derniers jours, j'étais "débranché" comme on dit. Je venais de résoudre un cas particulièrement difficile et j'avais besoin d'un peu de temps rien qu'avec le bruit du vent et des vagues.

— Un cas ? reprit Alex, qui caressait toujours la chienne.

— Jo Rhodes, ça vous dit quelque chose ? » demanda Lightfoot.

Ça ne disait rien à D.D. et Alex.

« Une célèbre danseuse burlesque assassinée dans les années vingt. Son corps mutilé a été retrouvé pendu dans une chambre d'hôtel et le meurtrier n'a jamais été arrêté. J'ai croisé l'âme de Jo par hasard dans les espaces interstitiels. Une boule de rage. Aucune indulgence pour les hommes, comme vous pouvez bien l'imaginer. Au début, je l'ai repoussée. Mais ensuite, je me suis posé des questions. Ça paraissait une telle tragédie, d'abord assassinée et maintenant prisonnière de sa propre haine. J'ai décidé de lui proposer mon aide.

— Vous avez interrogé un fantôme pour identifier son meurtrier ? » demanda D.D., désorientée.

Lightfoot lui sourit. « Non, j'ai aidé Jo à se libérer de sa colère. Son assassin était mort depuis vingt ans. C'était sa propre énergie négative qui la retenait. Il a fallu plusieurs séances, mais elle a redécouvert la lumière qui était en elle. Et elle a repris son voyage. Une expérience gratifiante, mais qui m'a complètement vidé. »

D.D. ne savait pas quoi dire. Elle posa son café. « Monsieur Lightfoot…

— Andrew.

— Monsieur Lightfoot, répéta-t-elle. Quelle est votre activité, au juste ?

— Pour dire les choses familièrement, je suis expert en sorcellerie.

— En "sorcellerie" ?

— En sorcellerie. Vous savez, le sixième sens, les pouvoirs spirituels, les différents plans d'existence. D'après mon expérience personnelle, les policiers sont aussi un peu sorciers. Seulement vous donnez un autre nom à ça : le flair de l'enquêteur, l'intuition. Ce petit truc en plus qui aide à faire le boulot. »

D.D. le regarda avec scepticisme. « Donc vous vendez de la… sorcellerie et, demanda-t-elle en montrant le spacieux séjour, ça vous rapporte autant que ça ?

— Avant, expliqua Lightfoot avec flegme, j'étais banquier d'affaires. Un très bon banquier d'affaires. Je roulais en Porsche, je couchais avec des femmes choisies pour leur tour de poitrine et je baisais mes concurrents. J'ai amassé des dizaines de millions de dollars en biens matériels. Et je suis parvenu à une complète indigence spirituelle. L'argent ne fait pas le bonheur, même si je suis le premier à dire que c'était marrant d'essayer un moment.

— Donc vous avez tout plaqué ?

— Un jour, en allant au travail, je suis passé devant une diseuse de bonne aventure. Elle m'a attrapé par le bras en me demandant pourquoi je gaspillais mon talent. D'après elle, j'aurais dû guérir des âmes en peine au lieu de travailler à Wall Street. Bien sûr, je me suis débarrassé d'elle. Une vieille bique cinglée. Mais une semaine plus tard, j'ai dîné avec un copain de fac à qui on venait de diagnostiquer un cancer de la peau. Pour rigoler, je lui ai pris la main. J'ai ressenti une chaleur cuisante. Comme si ma main était en feu, et ensuite mon bras, ma poitrine, mon visage, mes cheveux. Quand j'ai enfin réussi à lâcher, je ne pouvais plus respirer, plus penser. Je suis sorti du restaurant en titubant, j'ai bu huit verres d'eau et je suis allé me coucher.

» Le lendemain, mon ami a appelé. Il était allé voir son médecin pour discuter des possibilités de traitement et la tumeur dans son dos avait disparu. Ils ont pratiqué des examens à quatre autres endroits de son corps : aucune cellule cancéreuse. Tout avait disparu. J'ai démissionné le lendemain.

— Donc vous avez renoncé à votre vie bassement matérialiste pour faire généreusement profiter l'humanité de votre don, commenta D.D., un tantinet ironique. Très bien. Comment l'humanité arrive-t-elle jusqu'à vous ?

— Bouche-à-oreille. Internet.

— Vous avez un site ?

— AndrewLightfoot.com. Je vous suggère de vous inscrire à la méditation en ligne. Je rassemble des milliers de consciences via Internet et je canalise toute leur énergie vers un but commun. Un phénomène très, très puissant.

— Quel but commun ?

— Accroître la lumière. Vaincre l'obscurité.

— L'obscurité ?

— L'énergie marche dans les deux sens. Pour chaque plus, il y a un moins. Le bon sens s'accorde à le dire. » Il s'interrompit et les regarda d'un air interrogateur.

« Je peux vous rejoindre là-dessus », confirma D.D. À côté d'elle, Alex acquiesça.

Il dévorait son deuxième croissant, la chienne toujours blottie sur les genoux.

« M'accorderez-vous aussi que chacun de nous émet sa propre énergie, certains de manière plus puissante que d'autres ? Quelque chose que vous appelez peut-être la personnalité, le charisme naturel. Nous choisissons nos amis parce que leur simple présence nous rend gais ou nous détend. Nous évitons d'autres personnes parce que leur compagnie nous fait du mal ou nous "déprime". Nous les jugeons négatives : en colère, anxieuses ou d'une manière générale antipathiques. Tout le monde émet de l'énergie et, à un niveau ou à un autre, nous réagissons à cela. »

D.D. haussa les épaules. « Énergies positives et énergies négatives égalent personnes positives et personnes négatives. Et quelle est votre contribution, monsieur Lightfoot ?

— J'ai différents dons.

— Épatez-moi.

222

— J'appartiens à une famille de guérisseurs depuis cinq générations du côté de mon père.

— "Lightfoot" ? » dit-elle en le regardant d'un air sceptique : avec ses cheveux délavés par le soleil, il ne répondait pas exactement au portrait-type de l'Amérindien.

« J'ai repris le nom indien de mon arrière-arrière-grand-père, expliqua-t-il. Ça paraissait plus approprié dans mon domaine d'activité. Malheureusement, je ne peux pas grand-chose pour ma peau claire, héritée de ma mère irlandaise.

— Comment guérissez-vous les gens ?

— Le principe est de devenir réceptif aux énergies. Je me mets dans un état de conscience supérieur et je m'ouvre au négatif. Je ressens les traumatismes ou la maladie comme des blocs de glace, comme si un glacier avait pris racine au centre d'une personne. Je rassemble toute l'énergie positive qui est en moi et autour de moi pour la diriger vers mes mains. Ensuite je pose les mains sur cette personne et je laisse l'énergie positive consumer le négatif. Les gens me disent qu'ils le ressentent : une chaleur intense, qui part d'un point et irradie dans tout leur corps. Bien sûr, je travaille aussi avec mes clients pour qu'ils accumulent leur propre énergie positive. Qu'ils se protègent du négatif. Qu'ils tirent parti de la lumière qui les entoure. Tout le monde, dans une certaine mesure, peut apprendre à se guérir et à se maintenir en bonne santé. C'est juste que certains y sont plus aptes naturellement.

— Vous faites l'imposition des mains à quelqu'un, répéta lentement D.D., et vous le déclarez guéri ?

— Je vous avais dit que la sorcellerie n'était pas votre truc », dit Lightfoot en souriant. Il pencha la tête sur le côté et l'observa pensivement pendant quelques secondes. « Laissez-moi deviner : vous êtes une enquêtrice accomplie. La fille dure en affaires, dure en amour. Vous êtes fière de votre cran, vous parvenez toujours à vos fins. Vous seriez la première à reconnaître que vous savez exprimer la garce qui est en vous. »

D.D. cilla, ne dit pas un mot.

Lightfoot se pencha en avant, continua de cette voix basse, hypnotique : « Le problème n'est peut-être pas de trouver la garce qui est en vous, commandant Warren. Peut-être que la clé du bonheur serait de trouver l'ange qui est en vous. »

Il se redressa et D.D., les poings serrés, ne quitta pas son visage des yeux. Danielle, l'infirmière, avait raison : un connard arrogant. Et pourtant... pourtant.

« Seriez-vous surprise d'apprendre que mon père travaillait dans les forces de l'ordre ? reprit brusquement Lightfoot. Pas enquêteur dans une grande ville comme vous. Flic dans un petit village. Et moi, bien sûr, j'étais le fils ambitieux qui ne rêvait que de s'évader vers les lumières de la ville. Après ma rencontre avec la diseuse de bonne aventure, j'ai appelé mon père. Il m'a confirmé que nous appartenions à une lignée de chamans, mais il a refusé d'accorder trop de crédit à cette hérédité. Lui avait juste la capacité instinctive de déceler la véritable nature des gens. Il savait quand quelqu'un mentait. Il savait quels hommes battaient leur femme et quelles mères maltraitaient leurs enfants. Et il savait quand il allait arriver malheur. Il sentait les charges négatives s'accumuler dans l'atmosphère comme de l'électricité. Dans ces cas-là, il mettait à l'écart les habituels fauteurs de troubles, au cas où ça pourrait empêcher quelque chose.

» Je pense que mon père croyait moins en ses pouvoirs qu'il ne s'interrogeait à leur sujet. Était-ce parce que nous vivions dans un village tranquille que ses dons de guérisseur étaient si peu développés ? Ou bien vivions-nous dans un village tranquille *précisément* parce qu'il avait de très grands dons de guérisseur ? Bienvenue dans le monde de la sorcellerie.

— Vous intervenez souvent auprès d'enfants ? demanda D.D. sans transition.

— J'interviens auprès de personnes de tous âges.

— Parlons des enfants », insista D.D.

Il écarta largement les mains. « Que voudriez-vous savoir, commandant ?

— Vos dons de guérisseur vont-ils au-delà de la maladie physique pour toucher la maladie mentale ? Les enfants perturbés, tout ça, vous voyez ?

— J'ai travaillé avec un certain nombre d'enfants que certains diraient atteints de troubles émotionnels.

— Et vous, que diriez-vous ?

— Que ce sont de vieilles âmes, des êtres incroyablement sages et sensibles en proie à l'attaque brutale de forces négatives plus puissantes. Ces énergies sont attirées par la lumière, en particulier par les vieilles âmes, et ne reculeront devant rien pour les détruire. »

D.D. prit un temps de réflexion. « De nouveau cette idée de bataille ? De guerre entre la lumière et l'obscurité ? Un petit côté *Guerre des étoiles,* vous ne trouvez pas ?

— Plutôt *Seigneur des anneaux,* corrigea Lightfoot avec un grand sourire. Vous êtes une vieille âme, ajouta-t-il brusquement.

— C'est l'humidité.

— Vous ne me croyez pas.

— Pas une seconde. Mais je trouve ça intéressant : quand quelqu'un comme moi rencontre quelqu'un comme vous, il est toujours un personnage important. Une vieille âme. Une réincarnation de la reine de Saba. Les diseuses de bonne aventure ne vous disent jamais que vous étiez paysan il y a mille ans, même si c'est le cas de la plupart des gens. Et, manifestement, un chaman ne vous dit jamais que vous n'êtes qu'une étincelle dans le grand cosmos, même si, là aussi, c'est le cas de la plupart des gens.

– Vous devez trouver la vérité en vous.

— Comme on dit chez moi : tu l'as dit, bouffi. »

Lightfoot éclata de rire, apparemment ravi. D.D. baissa les yeux vers sa tasse à moitié vide, tripota sa serviette. Elle sentait le regard d'Alex sur elle, qui en voyait plus qu'elle ne l'aurait voulu.

« Jeunes enfants, vieilles âmes, s'énerva-t-elle, mais de quoi on parle, là ? »

Lightfoot joignit à nouveau le bout des doigts, reprit son ton de conférencier :

« Contrairement à ce que vous venez de dire, je ne crois pas aux vies antérieures. Je crois que tout ce qui se passe a lieu en ce moment même, mais dans un

226

nombre infini de plans spirituels. Votre âme arrive dans tel ou tel plan afin de connaître ce qu'on y éprouve : joie, douleur, amour, haine, etc. Il arrive que de vieilles âmes s'incarnent dans le plan des vieilles âmes mais dans un corps de bébé. Ces vieilles âmes, si puissantes que leurs émotions rayonnent dans une multitude de plans, attirent les énergies obscures. Toute action nécessite une réaction. Tout positif appelle un négatif.

» Malheureusement, les jeunes enfants n'ont pas la capacité de se protéger des forces négatives. Du fait de leur sensibilité excessive, ils absorbent tout, depuis le stress de leur mère qui n'a pas assez d'argent pour faire les courses jusqu'à celui du petit voisin qui a peur d'être pris comme souffre-douleur par une brute. Ils sont en permanence la proie de toutes ces énergies contradictoires, surtout la nuit, où les forces négatives gagnent en puissance. Ces enfants apparaissent mal structurés, impulsifs, surstimulés. Un jour, le petit Johnny est incroyablement affectueux et charmant, doté d'une personnalité hors norme. Et le lendemain c'est un monstre qui s'en prend à tous ceux qu'il croise, y compris sa petite sœur.

» Physiquement, ces enfants ont toujours chaud. Ils passent leur vie à enlever leurs vêtements : manteau, bonnet, gants, chaussures, chaussettes. Intellectuellement, ils sont doués, des esprits brillants enfermés dans une enveloppe charnelle déréglée. Émotionnellement, ils ressentent tout à la puissance dix. Ils ne se contentent pas d'aimer, ils aiment avec un grand A. Ils ne se contentent pas de détester, ils détestent avec un grand D. Tout est amplifié pour eux et rien ne les apaise. Ni la thérapie, ni les médicaments, ni les dizaines d'autres choses que leurs parents ont essayées en désespoir de cause avant de me consulter. Le problème n'est pas simplement physique, intellectuel ou émotionnel : il est spirituel, or les spécialistes d'aujourd'hui négligent délibérément cette dimension.

— Vous pratiquez des exorcismes ? demanda D.D., incrédule.

— Commandant, je ne crois pas en Dieu. Je ne peux donc pas croire au diable.

— Mais vous croyez en la lumière et en l'obscurité.

— Tout à fait. C'est de là que je pars avec les parents. Avec chaque famille, je commence par les rituels et les apprentissages fondamentaux. Nous travaillons la méditation, la purification spirituelle et les exercices de protection.

— Les exercices ?

— Vous voudriez un fascicule ?

— Rien ne me ferait plus plaisir.

— Je vous en donnerai un avant que vous ne partiez. Sinon, là aussi, vous trouvez ça sur AndrewLightfoot.com…

— Vous mettez les exercices en ligne ? Vous les donnez gratuitement ?

— Souvenez-vous : les dons sont faits pour être partagés.

— Je vois. Mais pas l'énergie négative.

— Vous commencez à comprendre. Ces exercices sont des chants d'initiation. J'ai mis des exemples de paroles parce que je me suis rendu compte que la plupart des gens qui voient le monde de manière conventionnelle ont besoin d'aide pour se lancer. Donc je rencontre personnellement les familles, de préférence chez elles, comme ça je peux détecter les énergies en présence…

— Dans toute la maison ?

— Oui. Ces maisons sont de vraies glacières. L'énergie négative est partout. Pas étonnant qu'une vieille âme se sente devenir folle.

— Donc, vous êtes dans la maison…

— Je dirige une séance de méditation afin que chaque membre de la famille concentre sa lumière au maximum. Une fois que j'ai concentré l'amour du groupe, il se peut que j'essaie un exercice de protection. Ou encore une purification de certains individus, à commencer par la mère. Dans la mesure où les liens qui unissent un enfant à sa mère sont extrêmement puissants, toute énergie négative chez la mère se communique à l'enfant. Beaucoup de médecins vous le diront : soignez la mère, vous soignerez l'enfant. »

D.D. la connaissait déjà, celle-là. « Donc, vous chantez des chants, vous brûlez une plume, vous disposez des cristaux, quoi ?

— Je ne brûle pas de plumes, s'amusa-t-il. J'aime bien les cristaux, mais essentiellement parce que les autres les aiment. La présence d'un talisman les aide à se jeter à l'eau. Moi, je parle. J'essaie d'informer les familles sur les énergies pour les amener à comprendre comment leur enfant voit le monde. Je leur apprends à se libérer de leur colère contre leur enfant, à renouer avec la tolérance et l'amour. J'essaie de les aider à ressentir le positif et à résister au négatif qui est en eux. S'ils retrouvent leur vérité intérieure, ils redeviendront des parents efficaces.

» Ces familles sont disloquées. Les couples souffrent. Les liens parents/enfants sont faussés. Les liens frères/sœurs pervertis. Il faut soigner toute la famille, pas seulement l'enfant "à problème". Une faille de plus, bien sûr, dans notre médecine moderne, qui n'étudie que le maillon faible, jamais la chaîne dans son entier.

— Et les médecins ? intervint Alex. Ils doivent bien avoir un avis sur votre travail avec leurs patients ?

— Rarement. Dans mon esprit, les questions spirituelles, physiques et mentales ne sont pas incompatibles. Elles doivent toutes être prises en charge. Moi, je suis un spécialiste du spirituel. Je laisse le reste aux médecins et aux thérapeutes.

— Vous venez de nous dire que vous aidiez les gens à choisir de ne pas être malades, fit remarquer D.D. Il me semble que c'est une manière de soigner.

— Mais ces gosses ne sont pas malades, contesta Lightfoot. Ils sont agressés par des énergies négatives et ont besoin d'un soutien spirituel.

— Ou de médicaments.

— La plupart des enfants que je vois ont déjà reçu de nombreuses prescriptions.

— Autrement dit, vous pensez qu'elles ne marchent pas.

— Exact.

— Vous le dites aux familles ?

— Quand elles posent la question.

— Je dirais, à vue de nez, que les médecins ne doivent pas apprécier.

— Je dirais, à vue de nez, que vous avez raison. »

D.D. le considéra. « Que conseillez-vous d'autre ? À part des "exercices spirituels" ?

230

— Une cure de désintox. Vous êtes dans la police : il vous intéressera peut-être d'apprendre qu'une étude a démontré que les détenus ont des niveaux de métaux lourds dans le sang nettement plus élevés que la moyenne nationale. On sait par exemple que de forts taux de mercure favorisent l'irritabilité et les accès de colère. Je conseille donc un programme nutritionnel sur sept jours pour faire baisser les taux de métaux lourds et réduire l'inflammation. Qui nourrit son corps nourrit son âme.

— "Qui nourrit son corps nourrit son âme", répéta D.D. Vous êtes le champion des petites phrases.

— J'anime aussi des ateliers, expliqua-t-il sans ciller. Là aussi : AndrewLightfoot.com… »

D.D. jeta un regard vers Alex. La chienne était toujours endormie dans ses bras, mais Alex avait pris l'expression neutre de l'enquêteur traversé par nombre d'idées en même temps.

« Et les Harrington, finit par demander D.D. en guettant une réaction sur le visage de Lightfoot. Que leur avez-vous prescrit ?

— Non », répondit-il fermement.

Il ne paraissait pas bouleversé ni angoissé. Juste sûr de lui.

« Comment ça, "non" ? demanda D.D. avec circonspection.

— Je ne pratique peut-être pas la médecine conventionnelle, mais ça ne m'empêche pas de respecter la vie privée de mes clients. Tout ce que vous voulez savoir sur un patient, il faut lui demander directement. »

D.D. décida de prendre des chemins détournés : « Si j'appelais Denise et Patrick Harrington maintenant, que je leur disais que nous sommes avec vous et que je leur demandais de vous autoriser, vous respecteriez leur volonté ?

— Il faudrait que je les appelle moi-même, répondit Lightfoot après un temps. Pour être sûr qu'il s'agit bien des mêmes Harrington. Mais, oui, s'ils m'autorisent à vous parler, je respecterai leur volonté.

— Appelez-les », souffla D.D.

Lightfoot se leva, se dirigea vers une commode chinoise ancienne à l'autre bout de la pièce, prit un téléphone sans fil, composa le numéro. D.D. regarda vers Alex, qui caressait les oreilles de Tibbie.

« Il ne sait pas, murmura-t-il.

— Ou alors il est bon comédien.

— Il est tout à fait charmant.

— Je suis sûre que ça marche pour lui.

— Et est-ce que ça marche sur toi ? » demanda Alex.

D.D. ne s'abaissa pas à répondre. Lightfoot revint en tendant le combiné d'un air désolé. « Ils n'ont pas l'air d'être chez eux.

— Exact, confirma D.D.

— Vous le saviez ?

— Oh, oui. »

Lightfoot ne souriait plus. « Commandant, je crois que cette conversation a assez duré. Que voulez-vous savoir ? »

D.D. n'y alla pas par quatre chemins : « Pourquoi vous avez aidé Ozzie Harrington à tuer sa famille. »

17

« "L'ange qui est en vous", mon cul », ronchonnait
D.D. vingt minutes plus tard. Ils avaient regagné leur
voiture et allaient quitter l'allée de Lightfoot. L'après-
midi était bien avancé. La pression sanguine de D.D.
était trop élevée, sa glycémie trop basse. Elle passa
une vitesse et s'engagea dans la circulation estivale
chargée en direction de Rockport.

« On va où ? » demanda Alex. Il avait baissé sa
vitre et, la main posée sur le rebord de la fenêtre, il se
cramponna lorsqu'elle prit le premier virage un chouïa
trop vite.

« Chez le marchand de caramels », répondit-elle
sans cesser d'accélérer en doublant le premier touriste
béat, puis le suivant. Si les gens voulaient regarder la
mer, ils n'avaient qu'à se garer pour se promener, nom
d'un chien.

« Ça me va », dit Alex.

Il fallut dix minutes à D.D. pour retrouver l'endroit
où elle se souvenait vaguement avoir été cinq ans plus
tôt, quand elle était sortie à Rockport avec un type.
Après quoi, elle dut faire le tour du pâté de maisons
une demi-douzaine de fois avant de trouver une place
qui faisait presque exactement la taille de sa voiture.

Alex eut l'air dubitatif. Elle se fit un point d'honneur de réussir son créneau du premier coup.

« "L'ange qui est en vous", mon cul », maugréa-t-elle de nouveau en ouvrant sa portière et en se dirigeant à grands pas vers le marchand de caramels/épicerie fine. Elle y acheta un sandwich chaud au fromage, une bouteille de thé glacé et deux kilos de caramels. « Pour la brigade, expliqua-t-elle d'un air pincé à Alex qui secouait la tête d'un air réprobateur. Tout le monde travaille dur. »

Lui-même s'acheta cinq cents grammes de caramel mou au chocolat blanc et à la praline, mais pas de sandwich. Apparemment, il était du genre à ne déjeuner qu'une fois par jour. Petit joueur.

Ils s'adjugèrent la dernière table libre, juste assez large pour que deux personnes s'y assoient pratiquement front contre front. Alex déballa son caramel et en dégusta lentement un morceau en y prenant grand plaisir. Ce qui ramena D.D. à de meilleurs sentiments. Mais dès que les épaules de D.D. se furent relâchées et qu'une moitié de sandwich fut avalée, il passa à l'offensive :

« Ton copain le chaman a touché un point sensible.

— Je t'en prie. Le type qui a roulé une pelle à la chienne pour lui dire au revoir est mal placé pour faire ce genre de remarque.

— C'est elle qui a commencé, se justifia Alex en se tâtant les lèvres d'un air gêné. D'ailleurs, Tibbie n'est pas suspecte de meurtre.

— Lightfoot non plus, d'après lui.

— Et d'après toi ?

— Je déteste cette affaire », grommela D.D., qui

234

laissa tomber le sandwich au fromage pour ouvrir son caramel. Chocolat, avec une épaisse marbrure au beurre de cacahuète. Voilà qui était mieux. « Sorcellerie, mon cul.

— Tu n'es pas une adepte des plans célestes ? »

D.D. lui lança un regard. Le choc aidant, ils avaient amené Lightfoot à leur donner au moins quelques détails sur la famille Harrington. D'après lui, il travaillait avec Ozzie depuis près d'un an. Après ses premières visites à la famille, il avait continué en tête à tête avec Ozzie pour lui enseigner des exercices simples de méditation, et notamment comment se concentrer sur la lumière qui était en lui et se forger un bouclier contre les énergies négatives.

Mais Lightfoot avait ajouté qu'il accomplissait son travail le plus efficace la nuit, chez lui, quand il se mettait dans un état de transe méditative et que, avec la permission des parents d'Ozzie, il rendait visite à toute la famille dans les « espaces interstitiels » où il pouvait travailler directement avec leurs esprits. Lors du premier de ces voyages, Lightfoot avait découvert qu'Ozzie était né d'un viol. Une grande partie de la colère du garçon remontait à sa conception et Lightfoot fit donc en sorte que l'esprit d'Ozzie rencontre l'esprit de son papa violeur pour « initier le processus de guérison ». Ozzie conservait également le traumatisme de la mort de sa mère. Lightfoot fit donc en sorte que l'esprit d'Ozzie rencontre l'esprit de sa mère pour qu'il entende de sa bouche qu'elle n'avait jamais voulu l'abandonner et qu'elle l'aimait tendrement.

Au bout de quatre semaines, le travail nocturne se traduisait par des progrès diurnes et Ozzie semblait plus calme. Au bout de deux mois, le garçon maîtrisait l'art de respirer par le ventre en visualisant sept anges qui le prenaient tour à tour dans leurs bras. Au bout de trois mois, il générait sa propre barrière de protection et ses parents commençaient à le sevrer de ses médicaments, avec l'accord du médecin d'Ozzie, leur avait assuré Lightfoot.

« Une âme très, très puissante, avait-il dit avec une apparente révérence. C'est magnifique de voir une âme comme celle-là se retrouver. »

D.D. avait soulevé la question du meurtre des écureuils du quartier par Ozzie.

« Une occasion d'apprentissage, lui avait expliqué Lightfoot. Personne ne guérit du jour au lendemain. Toute progression s'accompagne de régressions. »

Elle en avait conclu que ce type adorait ses petites phrases. Et que les mères dépassées et stressées devaient prendre tout ce qu'il racontait pour argent comptant. Un vrai télévangéliste des médecines alternatives.

« Je pense que Lightfoot croit en ce qu'il fait, dit D.D. à Alex. Et... je pense qu'un tel charisme et un tel physique forment un cocktail assez dangereux. Un homme fort. Des parents faibles. Mon détecteur de baratin a crevé le plafond. »

Alex se coupa un autre morceau de caramel. « Pourquoi ?

— Tu plaisantes ? Espaces interstitiels, guérisons spirituelles et anges qui vous prennent dans leurs bras. Ces gamins ont des pulsions violentes. Ils matraquent leur père, tirent sur leur mère, poignardent leurs frères et sœurs. Je pense qu'il leur faut peut-être plus que des exercices de respiration ventrale.

— Ça veut dire quoi, "plus" ? Tu te souviens de ce qu'a dit l'infirmière du service psychiatrique ? La médecine moderne non plus ne sait pas quoi faire de ces gosses. Pas assez de médicaments sur le marché, trop d'effets secondaires. Je ne sais pas. Je n'ai jamais médité de ma vie, mais si j'avais un gosse qui déraille et que les médecins me disaient qu'ils n'ont plus de solutions… C'est clair, je passerais un coup de fil à Lightfoot. Au moins, la méditation ne peut pas faire de mal à un enfant. Pareil pour les bouillons de légumes, les fruits bio ou les promenades nocturnes dans les espaces interstitiels. On ne peut pas reprocher aux parents d'essayer.

— C'est bien le danger », constata D.D.

Alex la regarda droit dans les yeux. « Tu ne crois à rien de tout ça ? Et son petit exposé sur les personnalités négatives et positives ? Je dois reconnaître que ma tante Jeanine pourrait conduire le président des Optimistes Associés au suicide. Cette femme est la sinistrose incarnée. Je veux bien croire qu'elle diffuse de l'énergie négative dans tout l'univers.

— Il y a un fossé entre le bonheur ou la tristesse naturelle des gens et le fait de surfer la nuit dans les stratosphères spirituelles.

— Je le crois, que les policiers sont un peu sorciers, continua Alex. Les bons, en tout cas.

— L'instinct, c'est de l'instinct, rien à voir avec la sorcellerie.

— Oh que si. Beaucoup de gens t'expliqueraient que l'instinct, c'est précisément de la sorcellerie.

— Et ils se tromperaient. L'instinct a partie liée avec l'évolution. C'est le b.-a.-ba du darwinisme. Les premiers qui repèrent les méchants vivent plus long-temps. Et finissent par engendrer une descendance douée d'instinct policier. »

Alex se pencha en avant, enleva du bout du doigt une tache de beurre de cacahuète au coin de la bouche de D.D. « Ton copain le chaman a touché un point sensible, répéta-t-il.

— Oh, la ferme », le rembarra D.D. N'empêche qu'il avait raison. Parce que si le secret du bonheur résidait dans le fait de retrouver le chérubin qui était en elle, elle n'était pas sortie de l'auberge.

« On dirait qu'on serait policiers, reprit-elle trois minutes plus tard. Il nous resterait, quoi, environ quatre heures avant que les journaux du soir annon-cent le meurtre d'une deuxième famille la nuit der-nière, ce qui nous en fait deux en l'espace de quarante-huit heures. Avec de la chance, vu la dis-tance géographique et la différence de niveau social, les journalistes supposeront qu'il s'agit d'une tra-gique coïncidence et feront des entrefilets sur la nécessité d'offrir un meilleur suivi social aux familles stressées en cette période de crise. Mais si on n'a pas de chance, le premier présentateur venu fera le lien entre les meurtres, proclamera qu'un tueur en série se promène en liberté dans tout Boston et il y aura une ruée sur les armes à feu, ce qui pro-voquera peut-être un pic de tirs accidentels sur de jeunes enfants. On parie ?

— Je crois que c'est de l'énergie négative, ça.

— Comment te dire ? Je joue avec ce que j'ai. »

Alex ouvrit la bouche, parut vouloir la contredire,

mais se tut. Silence. D.D. aurait voulu mieux comprendre cette parenthèse, mais non.

« La possibilité matérielle, dit-il sobrement en remballant le reste de son caramel. Lightfoot travaillait avec la famille Harrington depuis un an et avait manifestement sa confiance. S'il avait frappé à la porte pendant le dîner, ils l'auraient invité à entrer.

— Mais son travail auprès d'eux était presque terminé. Ozzie avait "progressé à pas de géant", toute la famille faisait "de meilleurs choix", tirait profit des "occasions d'apprentissage" et… c'était quoi, la dernière chose ?

— Ils "écoutaient leur vérité intérieure".

— C'est ça. Rien de tel que d'écouter sa vérité intérieure pour former une famille heureuse. » D.D. s'interrompit, repoussa son sandwich à moitié mangé, mais ne toucha pas au caramel. « On pourrait récupérer la photo de Lightfoot sur Internet et la montrer aux voisins. Histoire de confirmer qu'on ne l'a pas vu dans le coin depuis un moment. Après tout, AndrewLightfoot.com est inoubliable.

— Inoubliable, convint Alex. Donc la possibilité matérielle, il l'avait. Et le mobile ?

— Aucune idée. Je te laisse le choix des armes. Il avait une liaison avec la femme…

— Je ne le vois pas avec Denise.

— Il avait une liaison avec la fille.

— Intéressant.

— Les parents l'avaient découvert. Le détournement de mineur n'aurait pas fait une bonne publicité au grand éveillé. Lightfoot se devait de réagir et, connaissant le passé d'Ozzie, il a opté pour la tuerie familiale.

— Sauf qu'il n'a pas fait porter le chapeau à Ozzie, mais à Patrick.

— D'accord. Lightfoot est de toute évidence un as de la manipulation…

— "De toute évidence" ? »

D.D. fit la sourde oreille. « Donc il a travaillé Patrick au corps. Voilà un père qui se trouve dans une situation financière et émotionnelle difficile. Le gamin perturbé lui donne beaucoup de travail. La maison lui donne beaucoup de travail. Et voilà qu'il découvre que sa "gentille fille" danse la lambada avec le guérisseur. Il informe Andrew qu'il est au courant. Celui-ci retourne la situation et convainc Patrick que toutes ces "énergies négatives" sont en train de gagner et qu'il ferait mieux de capituler.

— Il le pousse à assassiner toute sa famille ?

— Pourquoi pas ? On classe l'affaire, Lifetime adapte ça pour la télé, je fais enfin l'amour. » D.D. s'interrompit. Elle n'aurait sans doute pas dû dire la fin de la phrase à voix haute.

« L'idée de faire l'amour, ça concerne Lightfoot ou moi ? demanda Alex.

— Dans ce scénario, Lightfoot est en prison, donc ça ne le concerne pas.

— Parfait. C'est parti pour une arrestation.

— Pas avant que tu aies résolu l'énigme suivante : l'assassinat des Laraquette-Solis. »

Alex hocha la tête, reprenant son sérieux. « Light-foot affirme ne pas les connaître et je dois dire que je ne les vois pas consulter un chaman.

— Ils s'y connaissaient en herbes, pourtant », dit D.D., découragée. Elle envisageait divers scénarios dans sa tête, ne progressait pas beaucoup. Elle commença à remballer son caramel. « Tu veux ? » proposa-t-elle à Alex en montrant la fin de son sandwich.

Après réflexion, il en prit quelques bouchées. Un geste qui parut intime à D.D. Regardez-les, assis coude à coude autour de cette toute petite table dans cette mignonne petite boutique dans cet adorable petit village, en train de partager un sandwich.

Elle se sentit à nouveau déconfite. Écartelée entre la vie qu'elle menait et la vie qu'elle aurait voulu mener. Ou, plus exactement, entre celle qu'elle était et celle qu'elle aurait voulu être.

« On est partis ? » demanda Alex après avoir fini le sandwich. D.D. acquiesça et il porta galamment son plateau à la poubelle. Elle remit son caramel dans le sac plastique et ajouta la boîte d'Alex par-dessus. Ils dirent au revoir au patron et, sortant dans la rue baignée de soleil, durent se faufiler parmi la foule des estivants.

« Prochaine étape ? » demanda Alex, prenant instinctivement la direction de l'océan. Au bout de la rue se devinait une langue d'eau bleue, attirante.

« Je ne sais pas, dit D.D. qui regardait l'eau au loin, écoutait les mouettes.

— On creuse la piste Lightfoot ?

— Sans doute. »

Mais le cœur n'y était pas du tout.

« C'est peut-être juste une coïncidence, ces deux crimes, dit Alex, comme s'il devinait son abattement.

— Je ne sais pas s'il existe un lien entre ces crimes, reconnut-elle. Je ne le sais pas, mais je le sens. »

À côté d'elle, Alex tressaillit. Il fallut une seconde supplémentaire à D.D. pour réaliser.

« Merde, je parle comme lui !

— Les flics sont un peu sorciers.

— Ça suffit, j'ai envie de rentrer chez moi prendre une douche.

— Ça me va. »

Elle secoua la tête et prit le chemin de la voiture. « On va au QG.

— Pas de douche ?

— Non. Je vais sortir un tableau blanc, on va se plonger dans les rapports et on va analyser encore et encore le moindre détail de cette affaire jusqu'à ce qu'on *sache* réellement quelque chose. Je t'en ficherais, de la sorcellerie. Tu sais ce qui fait que le monde tourne plus rond ? Le bon vieux travail à l'ancienne. »

18

Danielle

« Alors, comment ça se passe à l'UPEC ? » m'a demandé le docteur Frank.

Il était assis dans un fauteuil-confessionnal vert foncé avec un semis de petites étoiles dorées. J'étais assise en face de lui, non pas sur le proverbial divan, mais sur un deuxième fauteuil vert sombre étoilé. Entre nous, une table en cerisier avec un dictaphone et deux tasses en porcelaine : thé pour lui, café pour moi. On aurait dit une scène classique dans une pièce de théâtre : l'éminent psychiatre interrogeant son éminente patiente.

J'ai pris la jolie tasse avec son motif de roses et bu une gorgée avant de répondre. Le travail : c'était la question habituelle du docteur Frank pour détendre l'atmosphère. Comme je ne le voyais que deux ou trois fois par an, il fallait plus ou moins rompre la glace à chaque séance, et il avait compris depuis longtemps que je préférais parler des problèmes d'autres enfants plutôt que des miens.

« J'ai une nouvelle patiente », ai-je répondu en reposant le café. C'était du décaféiné, vraiment dégoûtant. Je ne savais pas pourquoi j'en acceptais encore une tasse, après toutes ces années. J'aurais pourtant dû savoir.

« Oui, m'a-t-il encouragée, le regard éternellement patient.

— Elle s'appelle Lucy. C'est une enfant sauvage. Fascinante, vraiment. Elle s'apaise en s'identifiant à un chat domestique. Elle joue avec sa nourriture, fait sa toilette, dort au soleil. Quand elle est chat, elle est relativement gérable. Mais si elle sort de son personnage, elle devient agressive, violente, enragée… » J'ai soulevé mes cheveux pour montrer une énorme égratignure dans mon cou et toute une série d'ecchymoses violacées. « Le résultat d'un affrontement hier soir. »

Le docteur Frank n'a rien dit. Dans notre relation, c'était moi qui parlais.

« On croyait qu'elle était complètement non verbale, ai-je continué, mais hier soir, elle m'a parlé. Et puis je l'ai surprise plusieurs fois à écouter les conversations du personnel. Cette expression dans son regard… je pense qu'il se passe beaucoup de choses dans sa tête que nous ignorons encore. En fait, je pense qu'elle possède peut-être beaucoup plus de compétences que nous ne le croyions.

— C'est votre patiente, vous dites ?

— Oui. Enfin, j'étais beaucoup dans le service ces derniers temps et, quand je suis de garde, je travaille en général avec les enfants non verbaux. Ma spécialité.

— Je vois. »

Encore une de ses réponses habituelles. J'avais parfois l'impression que j'aurais pu écrire nos dialogues à l'avance, ce qui expliquait sans doute pourquoi j'espaçais mes visites. J'aurais arrêté tout à fait sans tante Helen. Elle semblait avoir besoin que je voie un thérapeute, alors le docteur Frank et moi lui faisions ce plaisir.

Le docteur Frank ne me quittait pas des yeux. Je savais où il voulait en venir, mais je n'allais pas lui mâcher le travail. Après tout, dans notre relation, c'était lui qui posait les questions.

« Quand avez-vous quitté l'hôpital ? m'a-t-il demandé.

— Je suis arrivée chez moi vers trois heures du matin. »

Il a jeté un œil à sa montre. Il était dix heures. Dix heures par une belle matinée de samedi. J'aurais dû flâner dans les parcs le long de la Charles River au lieu d'être là.

« À quelle heure êtes-vous sortie du lit ce matin ?

— Pardon ?

— À quelle heure vous êtes-vous levée ? »

Mon genou commençait à tressauter. Je l'ai forcé à s'arrêter. « Je ne sais pas. Pas fait attention.

— Un petit-déjeuner ?

— Bien sûr.

— Qu'avez-vous mangé ?

— Je ne sais pas. Un bagel. Quelle importance ? »

Il m'a dévisagée avant de porter l'estocade : « À vous de me dire, Danielle. Quelle importance ? »

Mes deux genoux étaient maintenant agités de secousses. Les traîtres. « Très bien, me suis-je énervée. Quoi, je ne dors pas beaucoup. Rien de surprenant, n'est-ce pas ? Et, d'accord, j'ai sauté le petit-déjeuner et, oh, maintenant que vous le dites, le dîner d'hier soir. » Ce qui ne m'empêcherait pas ensuite de m'enfiler plusieurs verres coup sur coup. Rien de surprenant, là non plus.

Je lui ai lancé un regard noir, le mettant au défi de me dire que je n'avais pas le droit de me détruire.

« Des rêves ? a-t-il demandé sans se démonter.

— Mêmes conneries que d'habitude.

— Vous arrivez à sortir de la maison de vos parents ?

— Non. Rien de nouveau de ce côté-là.

— Vous avez essayé les somnifères ?

— Figurez-vous qu'ils me rendent encore plus grincheuse.

— D'accord. » Il a pris sa tasse, bu avec délicatesse une petite gorgée de thé et doucement reposé la tasse sur sa soucoupe. « Combien de jours encore ? »

Je le fusillais toujours du regard. Il connaissait la date anniversaire aussi bien que moi, ce con.

Il est resté imperturbable, le regard bleu et direct, la barbe blanche bien taillée, le costume gris clair plein de dignité, alors j'ai fini par lâcher avec hargne : « Deux.

— Deux jours, a-t-il répété. Et jusqu'à présent, votre stratégie pour tenir le coup a consisté en trop de travail, pas assez de sommeil, trop d'alcool, pas assez de nourriture. J'y suis à peu près ?

— N'oubliez pas le pèlerinage annuel sur les tombes avec tante Helen. Ça ne s'oublie pas.

— Avez-vous envie d'y aller, Danielle ? »

Comme je ne répondais pas, il a appuyé sur le bouton numéro deux : « Avez-vous envie de vous sentir

mieux ? Vous interrogez-vous sur vos propres compétences ou bien est-il toujours plus facile de vous
concentrer sur une de vos patientes, sur Lucy par
exemple ? »

Comme je refusais de répondre, il a joué le tiercé et
actionné la manette numéro trois : « Parlons de votre
vie amoureuse.

— Oh, taisez-vous. »

Et il l'a fait. C'était ma séance, après tout. Je menais
la barque. Je pouvais mentir autant que je le voulais.
Nier autant que je le voulais. Dissimuler autant que je
le voulais. Mes deux genoux s'étaient remis à tressauter et je me demandais pourquoi j'étais venue. J'aurais
dû rester chez moi. Je n'aurais plus jamais dû quitter
mon appartement.

Parce que lundi, ça ferait exactement vingt-cinq
ans. Vingt-cinq ans que ma mère était morte, que
mes frère et sœur étaient morts, que mon père était
mort et que je vivais pour témoigner de ce qui s'était
passé.

Sauf que je n'avais rien à dire. Un quart de siècle
plus tard, je n'étais pas devenue plus savante comme
par enchantement. Je ne savais pas pourquoi il avait
fallu que ma maman, Natalie et Johnny meurent. Je ne
savais pas pourquoi il avait fallu que ma première vie
s'achève et je ne savais pas pourquoi cette seconde vie
m'était encore si difficile.

« Vous avez vu cette affaire dans les journaux ? me
suis-je entendue demander. La famille assassinée jeudi
soir à Dorchester ? »

Le docteur Frank a fait signe que oui.

« Hier, deux enquêteurs sont venus dans le service

pour poser des questions. Un de nos patients était impliqué. Ses parents l'avaient fait sortir contre notre avis l'an dernier. Il se pourrait bien qu'on ait eu raison sur ce coup-là. »

Le docteur Frank avait l'habitude de mes sarcasmes.

Impossible de rester assise. J'étais trop à cran. J'avais encore rêvé la nuit précédente. Mon foutu père devant cette foutue chambre, cette connerie de flingue sur la tempe. Le sale lâche.

« Ce matin, on parlait aussi d'une autre famille. À Jamaica Plains. Mais c'est peut-être un trafic de drogue qui a dégénéré. Personne n'a l'air de savoir. Quatre enfants, du nourrisson à l'adolescent. Supprimés, comme ça. Si c'était un autre dealer, pourquoi le bébé ? Un bébé ne peut pas témoigner, il ne peut balancer personne. On penserait que le tireur aurait pu l'épargner.

» Cela dit, me suis-je entendue divaguer, peut-être que le bébé ne voulait pas être épargné. Peut-être qu'il avait entendu les coups de feu et qu'il s'était mis à pleurer. Peut-être qu'il savait déjà que sa mère et ses frère et sœur étaient morts. Peut-être qu'il voulait partir avec eux.

— Et le père du bébé ?

— On s'en fout.

— Son père ne manquait pas à ce bébé ?

— Non », ai-je répondu.

Même si sa tentative pour m'assimiler à ce bébé faisait tellement psychologie de comptoir que j'aurais plutôt dû lui rire au nez.

« Il n'y a pas de survivant, ai-je dit. Vous pensez qu'ils sont plus heureux comme ça ? Peut-être que le paradis existe. Peut-être que la mère et ses enfants y sont réunis. Et peut-être qu'au paradis les enfants n'ont pas à écouter des voix dans leur tête et que les parents n'ont pas à hurler pour se faire entendre. Peut-être qu'au paradis ils peuvent enfin profiter les uns des autres. Je trouve que ce n'est pas juste de la part de mon père de m'avoir refusé ça.

— Vous voulez rejoindre votre famille ? » m'a demandé posément le docteur Frank.

J'étais incapable de le regarder. « Non. Je ne veux pas. Et c'est encore plus merdique parce que j'en veux à mon père d'avoir tué ma famille et ensuite il faut que je prenne le contre-pied et que je lui sois reconnaissante de m'avoir épargnée.

— Vous n'avez pas à être reconnaissante.

— Mais si.

— Vous avez le droit de vivre, Danielle. Vous avez le droit d'être heureuse, de tomber amoureuse, de jouir de la vie. Ce n'est pas votre père qui vous a donné ça et vous ne lui devez rien.

— Mais si, il l'a fait.

— Peut-être que c'est votre mère, a suggéré le docteur Frank.

— Ma mère ? ai-je protesté. Qu'est-ce qu'elle a à à voir là-dedans ?

— Ou peut-être votre frère. »

Je le regardais sans comprendre.

« Ou peut-être votre sœur, Natalie, ou le shérif Wayne, ou votre tante Helen.

— Mais de quoi vous parlez ?

— Je dis simplement qu'il y a eu beaucoup de gens qui ont compté dans votre vie, et pourtant vous donnez tout pouvoir à votre père. Pourquoi faites-vous cela, à votre avis ?

— Il a pris la vie. Il a laissé la vie. Il s'est comporté comme Dieu, alors j'imagine que j'en fais un dieu.

— Dieu ne boit pas de bouteille de whisky, Danielle. Du moins, je l'espère. »

Je n'avais rien à ajouter, alors nous sommes restés un moment sans rien dire. Le docteur Frank a encore bu du thé. Je faisais les cent pas devant sa fenêtre du deuxième étage qui surplombait Beacon Street. Il y avait de l'animation dehors. Les rues grouillaient de touristes heureux et affairés. Peut-être qu'ils allaient flâner dans les jardins, s'offrir une promenade en bateau-cygne ou un tour en véhicule amphibie. Il y avait tant de choses à faire par une belle matinée du mois d'août.

Ces familles me paraissaient toujours gaies. Je me demandais si, vingt-cinq ans plus tôt, les voisins avaient pensé la même chose de nous.

« Croyez-vous que si vous êtes joyeuse, votre père aura gagné ? Que vous aurez une dette envers lui ?

— Je ne sais pas », ai-je répondu. Ce qui, naturellement, voulait dire que je savais.

« Vous voulez savoir pourquoi votre père ne vous a pas tuée, a constaté le docteur Frank. Vingt-cinq ans plus tard, on en revient toujours là : pourquoi votre père ne vous a-t-il pas supprimée, vous aussi ?

— Oui. »

Je me suis retournée, moins assurée, et j'ai regardé le docteur Frank. Cela ne lui ressemblait pas d'aller si directement au cœur de ma vie compliquée et merdique. Je ne savais pas trop comment interpréter ça.

« Peut-être que votre mère l'a appelé, a suggéré le docteur Frank. Peut-être qu'elle a dit son nom et que ça a détourné son attention. Peut-être qu'elle l'a supplié de vous épargner.

— Impossible. Elle est morte sur le coup, une balle dans la tête.

— Votre sœur, alors ; elle était plus près. Peut-être qu'elle l'a dissuadé.

— Il lui a tiré en plein visage, sur le seuil de sa chambre. Je ne pense pas qu'elle ait pu dire grand-chose après ça.

— Votre frère a survécu assez longtemps pour qu'on l'emmène à l'hôpital.

— Oui, Johnny a survécu une bonne vingtaine de minutes. Il a aussi voulu jouer les Superman et descendre les escaliers en vol plané. Colonne vertébrale brisée par une balle, cou fracturé par la chute. La seule chose qu'il a dû implorer, c'est une deuxième balle, et que mon père ne rate pas son coup cette fois-ci.

— Je vois que vous avez encore relu les rapports de police. »

J'en conservais une copie plastifiée dans un album. Le docteur Frank et tante Helen avaient découvert ça depuis des années.

« Est-ce que votre famille vous aimait ? » a insisté le docteur Frank. Il ne lâchait pas le morceau aujourd'hui. J'étais moins en terrain connu avec ce docteur-là et je me suis donc remise à marcher de long en large.

« Je ne sais pas.

— Vous ne savez pas ou vous ne *voulez* pas savoir ?

— Je… je ne sais pas.

— Les aimiez-vous ?

— Ma mère et mes frère et sœur, ai-je immédiatement répondu.

— Vraiment ? » Il a penché la tête sur le côté. La pose du psy par excellence. « Danielle, vous avez consacré énormément de temps et d'énergie à penser à leur mort. Si vous les aimez réellement, pourquoi ne pas investir un peu de temps et d'énergie à penser à leur vie ? C'est de ça qu'ils aimeraient que vous vous souveniez, vous ne croyez pas ?

— Mais je l'aimais, lui aussi, me suis-je entendue murmurer.

— Je sais.

— J'ai tellement essayé de lui faire plaisir.

— Je sais.

— Je me disais, ce soir-là, que si je faisais ce qu'il voulait, si je lui faisais juste plaisir, tout irait bien.

— Que voulait-il que vous fassiez, Danielle ? Vous êtes une adulte à présent, une infirmière compétente. Vous ne pensez pas que vous pourriez enfin le dire à voix haute ? »

Mais je ne pouvais pas. Je ne voulais pas. Il y a des choses sur lesquelles aucun enfant ne peut mettre des mots. Ils n'ont pas le vocabulaire pour dire ce qu'ils ont vécu. Dix cents si tu touches le pénis de papa. Vingt-cinq si tu le suces. Que pourrait dire une petite fille d'une chose pareille ?

Je travaillais maintenant auprès d'enfants de deux ou trois ans qui se gavaient de nourriture et la régurgitaient dans une tentative désespérée pour s'exprimer. Ils ne connaissaient pas le terme de « fellation » ; ils ne pouvaient que représenter ce terrible viol en se remplissant les joues de compote de pommes et en la recrachant pendant que leur mère les grondait de faire autant de cochonneries. Ces enfants étaient sincères dans leur désir de communiquer. C'était les adultes qui gâchaient tout.

« Elle ne m'a pas sauvée, ai-je dit d'une voix blanche. Elle ne s'est même pas sauvée elle-même.

— Qui ça, Danielle ?

— Ma mère. Elle m'a dit d'aller dans ma chambre. Que tout irait bien. Qu'elle allait s'occuper de tout.

— De quoi allait-elle s'occuper, Danielle ?

— Ils ont commencé à se disputer. Je les entendais crier depuis ma chambre. Il était soûl. Ça se sentait. Il était toujours soûl.

— Et ensuite ?

— Je ne veux pas aller au cimetière, cette année. Je ne vois pas l'intérêt.

— Que s'est-il passé ce soir-là, Danielle ? Vous êtes allée dans votre chambre. Que s'est-il passé ensuite ? Dites-moi ce qui s'est passé ensuite.

— Il les a tués, ai-je rétorqué. J'ai essayé de lui faire plaisir, mais il les a tués. Et ensuite il m'a chanté une chanson pour que je sache que tout était de ma faute.

— Vous n'avez pas tué votre famille, Danielle. Une petite fille de neuf ans ne peut pas empêcher un adulte d'agir. Vous devez certainement le comprendre à ce stade de votre vie. »

Je me suis contentée de hocher la tête parce que, même après toutes ces années, je ne me sentais pas de lui dire qu'au début de cette ultime soirée, c'était moi qui avais le pistolet de mon père.

Le docteur Frank a continué à me poser des questions. Je m'en suis tenue à des réponses classiques et nous avons continué notre tango. L'idée m'a traversé l'esprit que, de fait, lui et moi allions bientôt fêter nos noces d'argent. Je me suis demandé si je devrais lui offrir quelque chose. Une plaque, ou peut-être un beau cadre photo. Le docteur Frank était une des personnes avec lesquelles j'avais entretenu la plus longue relation. Je ne savais pas très bien ce qu'il fallait en penser.

À la fin de l'heure, il m'a de nouveau surprise en revenant aux questions directes du début de la séance : « Avez-vous le sentiment de réussir votre vie ?

— Pardon ?

— Avez-vous le sentiment de réussir votre vie ? Voyons, Danielle. Vous êtes une adulte, vous avez fait des études et vous menez une carrière admirable. Avez-vous le sentiment de réussir votre vie ? »

Cela demandait réflexion. « Je crois que j'ai joué un rôle positif dans la vie de beaucoup d'enfants, ai-je fini par répondre. J'en suis heureuse.

— Et ces séances ? Notre relation ? Est-ce qu'elles ont joué un rôle positif dans votre vie ?

— Je ne sais pas si je m'en serais sortie, autrement », ai-je répondu, ce qui était sans doute vrai, pas loin de la vérité, en tout cas.

Il a hoché la tête, apparemment satisfait. Il a remué quelques papiers. « Il faut que vous sachiez que je vais prendre ma retraite à la fin de l'année.

— Ah bon ? »

Il a souri, montré ses cheveux argentés. « Je me suis longtemps consacré à mon métier. Il est temps que je me consacre à mes passions, d'après ma femme. »

J'ai essayé d'imaginer une Mme Frank qui lui ordonnerait de raccrocher et j'ai souri à mon tour. « Félicitations, alors.

— Vous n'hésiterez pas à m'appeler au besoin, a-t-il dit d'un air grave.

— Merci. »

Nous savions tous les deux que je n'en ferais rien. Cette relation attendait son terme. La retraite du docteur Frank nous fournissait à tous les deux une sortie élégante.

« Danielle, m'a-t-il dit alors que je me levais, je m'inquiète pour vous. »

Cet aveu m'a étonnée et, l'espace d'un instant, j'ai vu qu'il n'en revenait pas. Il s'est repris sans tarder : « Je crois que nous serons d'accord sur le fait que vous n'avez pas encore correctement formulé certains aspects de votre histoire. »

Je n'ai rien répondu.

« J'ai un confrère que je vous recommanderais volontiers. Une femme. Vous seriez peut-être plus à l'aise avec une femme…

— Non, merci.

— Les tout prochains jours vont être difficiles.

— Je m'en sortirai. Je m'en sors toujours.

— Avez-vous envisagé de vous installer chez votre tante ?

— Elle a son propre deuil à faire.

— Vous vous réconfortez mutuellement.

— Pas en cette période de l'année. »

Il a soupiré, rendu les armes. « Je vous en prie, faites attention à l'alcool.

— Entendu. »

Le lendemain après-midi, je ferais attention en levant le coude, je ferais attention en sifflant mon verre.

« Et, Danielle, je suis sûr que vous avez déjà dû y penser, mais ce n'est peut-être pas une bonne idée de regarder les informations, cette semaine. Ces autres drames familiaux ne feront que compliquer une période déjà difficile pour vous. L'affaire de Dorchester, en particulier, qui implique un enfant que vous avez connu, retourne inutilement le couteau dans la plaie. Leur drame n'est pas le vôtre. Cette affaire n'a rien à voir avec vous. »

J'ai pris congé sans me donner la peine de le détromper. Pour chaque mot prononcé, tant d'autres restaient inexprimés.

L'histoire de ma vie.

19

La brigade des stups était bonne : à son retour, D.D. trouva sur son bureau tout un dossier sur Hermes Laraquette, alias Rastaman. Elle se dit qu'un Blanc qui se faisait appeler Rastaman ne chômait sans doute pas et Hermes ne la déçut pas : son casier contenait une longue liste de petits délits, notamment cambriolage, vol et possession de substance illicite avec intention de la revendre.

Heureusement pour Hermes, la justice pénale était débordée, ce qui avait permis à son avocat commis d'office de plaider l'abandon de la moitié des charges et d'obtenir un non-lieu pour l'autre moitié. Après quoi Hermes avait su se faire oublier jusqu'à ce que les services de l'Immigration lui remettent le grappin dessus.

Aux dires des voisins, Hermes s'était maqué avec Audi Solis, qui vivait déjà des allocations pour ses trois enfants nés de trois pères différents. Neuf mois plus tard, grâce aux bons offices d'Hermes, elle en était à quatre enfants de quatre pères différents. Le nom d'Hermes figurait sur l'acte de naissance de ViVi Bellasara Laraquette, née le 19 mars.

Date à laquelle Audi avait demandé des allocations pour sa petite dernière tandis qu'Hermes retournait à ce qu'il faisait le mieux : dealer du hasch.

La brigade des stups pensait qu'Hermes employait les services d'une population immigrée de plus en plus importante à Boston pour pratiquer ses activités d'import-export. Il vendait sa marchandise par ballots entiers, mais cela ne faisait toujours de lui que du menu fretin dans l'océan démonté du trafic de drogue. Étant donné que, manifestement, il consommait aussi, il avait peu de chances de prendre du galon dans un proche avenir.

Ce qui leur faisait donc : un petit trafiquant tué par balle sur le canapé ; une mère assistée poignardée dans la cuisine ; et quatre enfants morts répartis dans deux chambres.

D.D. reposa le dossier de la brigade des stups et passa au reste des comptes rendus, notamment des entretiens avec les enseignants et directeurs d'école des enfants.

« Ishy ou Rochelle ? » proposa-t-elle à Alex, qui avait pris le siège dans le coin et étudiait un croquis de la scène de crime comme s'il lisait dans le marc de café.

Il reposa le croquis. « Ishy. »

D.D. lui tendit le rapport préliminaire sur Ishy Rivers, dix-sept ans, le fils aîné, abattu de deux balles dans le couloir. Elle-même prit le rapport sur Rochelle LeBryant, onze ans, dont D.D. savait déjà qu'elle aimait la peinture rose et les livres de poche. Restaient deux pages sur Tika, quatre ans, abattue sur un tapis de chien, et un paragraphe sur Vivi, cinq mois, étouffée dans son berceau. Une vie si brève qu'elle ne remplissait même pas une page.

Ils lurent en silence, burent des cafés, tournèrent les pages. Alex finit le premier et attendit que D.D. termine. Lorsqu'elle posa le rapport de l'agent et reprit sa tasse, il se lança :

« Ishy Rivers. Pas de mandats, pas d'arrestations. Ne figure ni dans le fichier des délinquants juvéniles, ni dans celui des conducteurs, donc une vie pépère pour un ado. Deux agents ont interrogé les voisins, qui "savent rien à rien sur personne".

— Marrant, ils ont déclaré la même chose sur la petite sœur.

— Heureusement, la conseillère d'orientation du lycée en savait plus – même s'il faut signaler qu'Ishy n'était pas souvent en cours.

— Absentéiste ?

— Il aura été là cent trois jours pendant sa deuxième année, soit environ un jour sur deux. Ils l'avaient inscrit à des cours d'été pour rattraper le temps perdu, mais il ne s'est jamais présenté.

— Le lycée l'a signalé ? tiqua D.D.

– Il semblerait que le système scolaire ait laissé tomber Ishy à peu près en même temps qu'Ishy laissait tomber le système scolaire. D'après la conseillère d'orientation, il a été très tôt diagnostiqué comme présentant des troubles d'apprentissage multiples. Elle le décrit comme un garçon gentil, mais qui avait du mal à s'intégrer au groupe à cause de ses comportements obsessionnels compulsifs. Il faisait une fixette sur les cartes de crédit et demandait à tous ceux qu'il croisait quelles cartes ils avaient, quels étaient les numéros au

259

recto et au verso, et il se lançait souvent dans une énumération de tous les types de cartes jamais inventés, y compris les Black, Platine, Silver, Gold…

— Usurpation d'identité ?

— Elle pensait à un syndrome d'Asperger, souvent accompagné de TOC. Ishy refusait de marcher sur des fissures, par superstition, et il ne pouvait pas entrer dans la cafétéria ou le gymnase parce qu'il était terrifié à l'idée que les poutres lui tombent dessus. Un gentil garçon, avec ça. » Alex brandit le rapport. « Elle répète ça une petite dizaine de fois. Un gentil garçon qui avait des difficultés à l'école et qui ne recevait pas chez lui le soutien dont il aurait eu besoin pour s'en sortir. L'opinion officielle de la conseillère d'orientation : elle ne voit pas Ishy en train de commettre un meurtre, mais reconnaît que ses conduites obsessionnelles auraient pu pousser quelqu'un d'autre à la violence.

— Intéressant », dit D.D. Brandissant son rapport, elle ajouta à ce cocktail : « Rochelle LeBryant. Onze ans, devait entrer en cinquième le mois prochain. Ni arrestation, ni mandat. Ne figure pas non plus dans le fichier des mineurs ou des conducteurs. Si son grand frère était pressé de quitter l'école, la petite Rochelle était apparemment pressée d'y être. Sa prof de sixième indique qu'elle était d'une parfaite assiduité l'an dernier et qu'elle arrivait souvent une heure avant le début des cours. Elle s'installait discrètement dans le couloir pour lire, jusqu'à ce que sa prof la prenne en pitié et la laisse entrer dans la salle de classe.

» L'enseignante la décrit comme une élève calme, sérieuse et très brillante. Une enfant serviable et qui ne supportait pas de se tromper. Par chance, elle était suffisamment intelligente pour se tromper rarement (la prof s'extasie parce qu'elle lisait des livres facilement du niveau lycée).

» Rochelle ne parlait jamais de sa vie à la maison, mais sa garde-robe limitée, sa maigreur et son manque d'hygiène parlaient d'eux-mêmes. Sous le coup d'une inspiration, Mme Groves a mis des shampoings dans les toilettes et Rochelle a pris l'habitude de se laver les cheveux dans le lavabo tous les matins avant les cours. De temps en temps, Mme Groves laissait quelques vêtements propres, mais Rochelle refusait de les prendre. Elle semblait avoir beaucoup d'amour-propre. Des tentatives similaires pour lui donner de la nourriture échouèrent aussi, même si la gamine acceptait les livres. Elle les rendait toujours, mais refuser le prêt d'un livre était au-dessus de ses forces. »

D.D. reposa le rapport. « Mme Groves n'imagine pas Rochelle faisant du mal à qui que ce soit, mais elle n'avait rien de bon à dire sur les parents. "Peu impliqués", "peu intéressés", "peu aimants" : voilà quelques-uns de ses adjectifs préférés. À ses yeux, Rochelle s'élevait pour ainsi dire toute seule et ne s'en sortait pas trop mal, l'un dans l'autre.

— Fait chier, dit Alex.

— Tu l'as dit.

— Et les deux plus jeunes ?

— Pas encore scolarisées. Ce qui nous laisse les dépositions des voisins…

— Laisse-moi deviner : "Ils savent rien à rien sur personne."

— Comment tu le sais ?

— Je pense que les voisins étaient les premiers clients d'Hermes et que la plupart sont furax de ne pas avoir trouvé cette remise dans le jardin avant nous.

— Exact. Et maintenant ils sont tellement amers qu'ils ont du mal à coopérer avec les super flics qui, eux, l'ont trouvée. Tous des jaloux.

— La petite était couverte d'assez vilaines coupures, reprit doucement Alex. J'ai aussi vu des cicatrices. Sur les bras, les jambes, autour du visage.

— J'imagine que Phil va obtenir des infos des services de l'enfance. »

D.D. n'aimait pas non plus penser à l'enfant de quatre ans. Il y avait quelque chose de trop pitoyable dans ce pauvre corps plein de cicatrices recroquevillé sur un tapis de chien. Elle se pinça l'arête du nez comme si cela devait effacer l'image.

« Tu tiens le choc ? demanda Alex.

— Toujours.

— Je ne demande pas ça pour te vexer… »

D.D. le regarda. « Je suis bonne dans mon métier. » C'était important pour elle qu'il le sache.

« J'avais remarqué.

— Je n'ai pas besoin qu'un homme règle mes problèmes. Je n'ai pas besoin qu'un homme me sauve.

— J'avais remarqué. »

Elle fit la grimace. « Je hais cette connerie de biper. »

Il sourit. « J'adore travailler à l'école de police.

— Tu ne vas pas y renoncer pour cette vie de paillettes ? dit-elle en posant les mains sur leurs piles de notes et de rapports.

— Non. C'est sympa de faire un tour sur le terrain.

Mais pas besoin d'y vivre. Évidemment, ça me rend plus compréhensif devant l'emploi du temps délirant d'une collègue enquêtrice.

— Aucune régularité dans ce boulot, reconnut D.D.

— Les projets se font et se défont. Certains dîners pourraient être préparés et, à notre grand regret, refroidir.

— À notre très grand regret, confirma-t-elle.

— Je suis bon dans mon travail.

— J'avais remarqué.

— Je n'ai pas besoin qu'une femme me serve. Je n'ai pas besoin qu'une femme flatte mon ego.

— J'avais remarqué. » Un temps. Elle le regarda plus sérieusement. « Alors, qu'est-ce que tu veux ?

— Commençons par un dîner.

— Vraiment ? »

Elle ne voulait pas avoir l'air déçue.

« Mais je suis ouvert à toute proposition, s'empressa-t-il d'ajouter.

— Parce que j'ai vu cette pub… »

D.D. se rendit compte de ce qu'elle allait dire et s'interrompit, mortifiée.

Alex souriait. « "Frisson de plaisir, fièvre du désir" ? »

Elle se pencha vers lui. « Je meurs d'envie de savoir », avoua-t-elle.

Il se pencha vers elle. « Je meurs d'envie de me rendre utile. »

Ils poussèrent un soupir. Un grand soupir. Puis se redressèrent et se remirent au travail.

« Bon, reprit D.D. en s'éclaircissant la voix et en s'obligeant à avoir l'air sur le coup. Où on en était ?

On a un trafiquant de drogue, une mère assistée, un ado absentéiste, une pré-ado brillante et deux inconnues. Une vie sur le fil du rasoir. Une mère isolée avec ses enfants. Quelles sont les chances qu'Hermes ait trop fumé, qu'il ait essayé un nouveau produit et fait un carton sur sa famille ?

— Le couteau ne me plaît pas, fit remarquer Alex. S'il commence avec le couteau, il devrait finir avec le couteau.

— Peut-être que c'est sur un coup de tête qu'il a poignardé Audi. Ils se disputent dans la cuisine, il va trop loin. Ishy voit ça, il s'enfuit et Hermes comprend qu'il a intérêt à limiter les dégâts dare-dare. Il dégaine et fait un massacre.

— Ensuite, quand il se rend compte de ce qu'il a fait…

— Il décide d'en finir une fois pour toutes. Il étouffe son propre bébé, se couche sur le canapé et se brûle la cervelle.

— Tout faux. »

D.D. et Alex relevèrent brusquement la tête. Neil était sur le pas de la porte, si radieux que ses taches de rousseur rayonnaient sur son visage pâle. « J'ai du nouveau, tout frais de chez le légiste, annonça-t-il. Hermes n'a pas pris une balle. Enfin, si, d'accord, il a pris une balle. Mais ça ne compte pas parce que, à ce moment-là, il était déjà mort. Le coup du canapé, c'est une mise en scène. »

Il y avait des moments où D.D. n'aimait pas son travail. Le stress d'enchaîner les heures sans pause. La corvée d'éplucher des rapports d'enquête. Son foutu biper qui sonnait pile quand il ne fallait pas…

Mais ce moment n'était pas un de ceux-là. Alex, Neil et elle s'étaient approprié la salle de réunion pour pouvoir s'étaler et Neil marchait de long en large devant la table en parlant à toute vitesse.

« Hermes Laraquette a reçu des tirs de Taser en pleine poitrine. Deux décharges, d'après le légiste, vu les deux séries de brûlures. La plupart des gens seraient allés au tapis, mais s'en seraient remis. En revanche, comme le style de vie de Laraquette n'était pas franchement bon pour le cœur, lui ne s'en est jamais relevé.

— Le Taser l'a tué ? redemanda D.D.

— Le Taser a provoqué une crise cardiaque qui l'a laissé raide mort. »

D.D. se tenait devant le tableau blanc, marqueur à la main. Neil ayant confirmé la cause du décès, elle nota ce nouvel élément. « Une seconde : si on a employé un Taser pendant l'agression, où est le confetti ? »

Les Taser (armes interdites dans le Massachusetts) sont censés éjecter un confetti d'identification à chaque tir. On peut ensuite se servir du numéro de série inscrit sur le confetti pour retrouver le Taser – ceci pour compenser le fait que l'arme ne laisse pas de balles dont la police pourrait chercher l'origine. La question du confetti était un gigantesque et voltigeant merdier, pratiquement impossible à résoudre, surtout vu l'état de la maison des Laraquette.

« Je ne sais pas, répondit Neil, mais le légiste est convaincu que c'était un Taser. Les marques ne lui laissent aucun doute. »

D.D. fit la grimace, décida qu'elle reviendrait sur cette question. « Okay. Ça nous fait donc quatre moyens d'agression : Taser, pistolet, couteau, oreiller. Quoi d'autre chez le légiste ?

— Décès par arme blanche pour la femme, aucun doute. Un seul coup mortel. Aucune trace d'hésitation, indiqua Neil sans cesser de faire les cent pas.

— Comme chez les Harrington, remarqua D.D.

— Même taille de lame, précisa Neil. Autrement dit, dans les deux maisons, il y avait un jeu de couteaux et, lors des deux agressions, l'assassin a choisi la même taille de lame.

— La plus large, fit remarquer Alex avec prudence. Ce qui, quand on y réfléchit, est le choix le plus logique pour un meurtre.

— Exact, exact. »

Neil était songeur. Il s'arrêta sur ses pas le temps de mettre ses mains dans ses poches et de secouer sa petite monnaie.

« Est-ce que le légiste pourrait examiner le corps de Patrick Harrington ? demanda D.D. Pour voir s'il a aussi reçu des tirs de Taser ?

— La demande est déjà faite.

— Et ?

— Donne-lui deux jours. Entre les deux scènes de crime et les hécatombes habituelles en ville, les cadavres s'entassent.

— Le mois d'août, marmonna D.D. Ça ne chôme jamais à cette période. Et les enfants ? Le fils a été tué par balle.

— Oui. Pareil pour les filles de quatre et onze ans. On va avoir plus de mal avec le nourrisson. C'est plus compliqué de porter un jugement définitif sur une asphyxie. Disons que l'enfant ne présente aucun autre

266

problème physique apparent, donc c'était sans doute une suffocation. Le légiste a envoyé l'oreiller pour recherche d'empreintes génétiques. Possible qu'on puisse identifier la salive du bébé sur l'oreiller, et là ce serait un peu plus concluant.

— Combien de temps ? demanda D.D. en se préparant au pire.

— Trois à six mois.

— Putain.

— Arrête, tu m'excites. »

D.D. fit les gros yeux à Neil. D'accord, le rouquin efflanqué cherchait à donner le change sur ses orientations sexuelles, mais cela ne rendait aucun service à D.D. En revanche, Alex devrait surveiller ses arrières.

« Bon, qu'est-ce que ça nous dit ? » s'interrogea-t-elle, surfant sur la même vague d'adrénaline que Neil. Elle examina son tableau blanc, puis joua du marqueur : « Et d'une, ça sort Hermes de la colonne des assassins pour le mettre sans erreur possible dans la catégorie des victimes. Le type n'a quand même pas pu se suicider au Taser et ensuite se suicider par balle.

— Guet-apens », suggéra Alex.

Elle le regarda, approuva. « C'est ce que je pense.

— Estourbir Hermes, le mettre hors de combat et ensuite s'attaquer au reste de sa famille, continua Alex.

— Pourquoi il faudrait que ce soit Hermes en premier ? objecta Neil. On ne pourrait pas imaginer que quelqu'un ait agressé la famille et qu'Hermes se soit pointé à ce moment-là ?

— Si Hermes se pointe, pourquoi le Taser ? souligna Alex. Quand quelqu'un se pointe au milieu d'une fusillade, le meurtrier tire un coup de plus. Il ne pose pas le pistolet pour chercher une nouvelle arme dans ses poches.

— Exact, exact.

— Je crois qu'Hermes a été le premier, convint D.D. Le meurtrier a neutralisé la menace la plus évidente (le père) en le choquant à plusieurs reprises.

— Pas franchement infaillible comme méthode, expliqua Alex. Surtout avec un toxico sévère. J'ai vu des mecs choqués une demi-douzaine de fois qui gueulaient toujours comme des putois. »

D.D. se mordit la lèvre inférieure. Étudia la question. « Étant donné que les Taser sont interdits dans cet État, peut-être que notre meurtrier a un Taser vraiment, vraiment interdit. Autrement dit, tant qu'à acheter un Taser sur le marché noir, il en a pris un surpuissant. Pour l'armée et ainsi de suite. Peut-être avec des cartouches spéciales, ce qui expliquerait pourquoi il n'a laissé aucun confetti. Avec cent cinquante dollars, on se procure à peu près n'importe quoi sur le marché noir. Pourquoi pas un Taser surpuissant avec lequel on sera assuré de neutraliser son problème en silence et sans laisser de trace ? »

Plus elle y pensait, plus cette idée lui plaisait. « Cette puissance plus importante expliquerait aussi la crise cardiaque d'Hermes, continua-t-elle. Il n'a pas simplement pris un coup de Taser, il a carrément été électrocuté. » Elle jeta un œil vers Neil. « Il y aurait moyen que le légiste estime l'intensité de la décharge en examinant les brûlures sur le torse d'Hermes ?

— Aucune idée, mais je peux poser la question.

— Très bien. Reprenons où on en était. Nous savons qu'un Taser a été utilisé et qu'il était suffisamment puissant pour tuer au moins un homme. Nous dirons donc que ça faisait partie des plans du meurtrier : mettre le personnage du père hors de combat avec un Taser. Vient ensuite le deuxième adulte : la mère. Il la prend en embuscade avec un couteau dans la cuisine. Encore une arme silencieuse, peut-être par souci de rester discret aussi longtemps que possible. En revanche, une fois que quelqu'un l'a repéré…

— Ishy, dans le couloir, dit Alex.

— C'est ça. Maintenant le sujet doit agir vite. Ishy est en train de donner l'alerte, il y a deux autres enfants qui pourraient se précipiter chez les voisins. Le sujet doit mettre le couvercle là-dessus ou tout pourrait partir en vrille.

— Donc il attrape un pistolet…

— Pris à Hermes ? s'interrogea D.D.

— Pas déclaré, donc aucun moyen de savoir. Mais le sujet a un pistolet et il n'y va pas par quatre chemins. Il manque son premier tir sur Ishy, mais se rattrape avec le second. Ensuite, c'est la chambre des filles. *Boum. Boum.* Plus d'enfants. Il prend le couloir vers le dernier membre de la famille. »

D.D. acquiesça. « D'accord. Mais le dernier membre de la famille Laraquette est un bébé de cinq mois. Les nourrissons ne peuvent pas parler ni témoigner. Pourquoi le tuer ? »

Neil et Alex se turent un instant, pensifs.

« Il faut qu'il tue le bébé, finit par dire Alex, parce qu'il faut que ce soit toute la famille. C'est un scénario, vous vous souvenez ? La famille doit mourir et le père doit apparaître comme le coupable. Donc le bébé doit mourir. Ensuite il faut mettre Hermes sur le canapé et l'installer dans la pose adéquate. C'est le plan du meurtrier. Ce dont il a besoin.

— Pas un règlement de comptes, dit lentement D.D., parce que dans ce cas, le tireur aurait voulu que ce soit porté à son crédit. Il aurait voulu que ça se sache qu'il avait supprimé toute la famille de son rival, histoire de foutre les jetons aux autres dealers aux dents longues. Et puis il ne se serait pas embêté avec quatre armes différentes. Trop compliqué. Il ne s'agit pas d'une vengeance. Il s'agit de quelque chose qui touche le meurtrier de manière plus profonde, plus intime.

— Il rejoue quelque chose », murmura Alex.

D.D. fit la moue, mal à l'aise, sans trop savoir pourquoi. « La mort d'Hermes a tout fichu par terre. En théorie, il devait perdre conscience. Et ensuite, une fois le reste de la famille supprimé, l'assassin aurait pu revenir, l'installer sur le canapé, lui mettre le pistolet dans la main et accomplir le dernier acte de l'histoire. Sauf qu'Hermes a eu une crise cardiaque, ce qui s'écartait du scénario et nous fournissait notre premier indice. »

Alex eut une idée soudaine : « Hermes avait le pistolet sur lui.

— Qu'est-ce qui te fait dire ça ?

— Il faut que l'arme vienne de l'intérieur de la maison. Cela fait partie du dispositif habituel et, si on y réfléchit, ça colle. Chez les Harrington, le sujet se débarrasse de Patrick en premier. Disons pour le plaisir de parler qu'il l'assomme. Ensuite il se faufile dans la cuisine, attrape un couteau et se livre à son carnage. Pour finir, la mise en scène. Il déplace Patrick, localise le pistolet, accomplit le dernier acte.

— Patrick a survécu, rappela D.D.

— C'est le risque qu'on court avec un .22, mais l'arme était déclarée au nom de Patrick, tu te souviens ? Il ne possédait que ça et je suis sûr que si on demande à son voisin Dexter, il confirmera que Patrick, très soucieux de sécurité, avait une arme à feu dans une maison avec trois enfants. Je parie qu'il conservait le .22 dans un coffre-fort. L'assassin a donc dû attendre avant de pouvoir mettre la main dessus et s'en servir. Hermes, en revanche…

— Le portait sans doute coincé dans la ceinture de son jean, termina D.D. Une chance qu'il ne se soit pas explosé les roubignoles.

— Une chance qu'il ait mangé tellement de mauvaises graisses qu'il a eu une crise cardiaque.

— Donc il ne nous reste plus qu'à trouver un lien entre les Harrington et la famille Laraquette-Solis, conclut D.D. Et à comprendre pourquoi quelqu'un s'amuse à assassiner des familles entières. Ensuite, on le coince. De préférence à temps pour le journal de début de soirée. Des idées ? »

Elle regarda Alex, qui regarda Neil, qui la regarda.

« Les traces matérielles, finit par dire ce dernier en désespoir de cause. Cheveux, fibres, empreintes qui permettraient de rapprocher les deux scènes de crime.

— Examiner les P.V. de stationnement, suggéra Alex. Le sujet a dû faire des allers et retours et il faut reconnaître que c'est l'enfer de trouver à se garer en ville, surtout l'été.

« — Les empreintes de pas devant les fenêtres », reprit Neil, de plus en plus en train. « Le sujet a sans doute commencé par reconnaître les lieux. »

Au tour d'Alex : « Réinterroger les voisins. Pour réussir un coup aussi complexe, l'assassin avait forcément fait des repérages. Quelqu'un aurait-il remarqué une voiture qui faisait plusieurs fois le tour du pâté de maisons ? Ou un nouveau visage, un type qui se serait mis à effectuer des promenades matinales avant de disparaître ? Il fallait bien qu'il prenne ses renseignements d'une façon ou d'une autre. »

D.D. rédigea la liste, en ajoutant elle-même deux points : la balistique, au cas où les marques retrouvées sur les balles des deux scènes présenteraient une quelconque similitude, et le rapport du légiste sur Patrick Harrington. S'il avait des brûlures de Taser sur la poitrine, les scènes étaient liées. Aucun doute dans son esprit.

« Neil, dit-elle en martelant la dernière ligne, recontacte le légiste pour nous, tu veux ? Deux jours avant que Ben réexamine Patrick, c'est trop long. Il nous faut son rapport demain matin dernier carat, ne serait-ce qu'un premier avis. Mais c'est important, ça. Très important. »

Neil approuva et on frappa à la porte. Phil passa une tête.

« Je vous ai manqué ? demanda le troisième membre de l'équipe. Je vous ai cherchés dans tout l'immeuble. Pourquoi la salle de réunion ?

— On est plus au large, expliqua D.D. Neil nous a ramené une découverte de chez le légiste. Il s'avère qu'Hermes Laraquette a en fait été tué par un Taser et que le coup du suicide sur canapé n'était qu'une mise en scène. Maintenant, il ne nous reste plus qu'à faire le lien entre les scènes de crime pour prouver que nous cherchons un seul et même prédateur qui aime rejouer des tueries familiales. Pourquoi, qu'est-ce que tu as fait de ton après-midi ?

— Dis-moi que tu m'aimes.

— Plus qu'un cheeseburger à point, tu veux dire ?

— Carrément plus. J'ai trouvé le lien entre les Harrington et les Laraquette-Solis. Vous vous souvenez, la gamine de quatre ans qui avait des coupures sur tout le corps chez les Laraquette ? »

D.D. fit signe que oui ; ça ne s'oubliait pas facilement.

« Les services de l'enfance ont été alertés, la fille a été placée provisoirement et, devinez quoi ? ce n'était pas papa et maman qui lui infligeaient ces sévices. Elle se faisait ça toute seule. Une forme d'automutilation d'ordre compulsif, dépressif, anxieux, j'en passe. Bref, elle ne pouvait pas s'empêcher de se taillader la peau. Avec tout et n'importe quoi, depuis des brindilles acérées jusqu'à des trombones en passant par des anneaux de canette de Coca. Et puis, il y a neuf mois, Tika a mis la main sur un rasoir jetable et s'est entaillé le cou. Le temps que maman s'en aperçoive, elle était en sang. Maman l'a emmenée aux urgences, où on a diagnostiqué qu'elle représentait une menace imminente pour elle-même et... »

Phil marqua un temps, attendit le roulement de tambour.

D.D. comprit en même temps qu'il le disait à voix haute :

« Et la petite Tika a été admise à l'Unité pédiatrique d'évaluation clinique de Boston. Autrement dit, l'ancienne résidence secondaire d'Ozzie Harrington. »

20

Victoria

Suis-je une bonne mère ?

Dans les mois qui ont précédé la désintégration de notre mariage, Michael prétendait que mes travers empêchaient Evan de progresser. Je refusais de voir mon fils et ses difficultés de manière objective. Je refusais d'envisager qu'il serait peut-être dans son intérêt d'être avec quelqu'un d'autre (ou peut-être, plus précisément, ailleurs).

En croyant être la seule à pouvoir aider Evan, je commettais en fait le plus grand péché d'orgueil qui soit. J'étais arrogante, égocentrique, je faisais passer mes besoins de mère avant ceux de mon fils. Je ne tenais pas non plus compte de mon mari et de ma fille, je brisais la famille que j'étais censée choyer et protéger.

À entendre Michael, on aurait dit que j'étais entièrement responsable des crises de colère d'Evan, de sa violence et de son insomnie chroniques. Si seulement j'avais pu être une meilleure mère, Evan aurait été un meilleur enfant. De préférence un enfant enfermé dans un endroit où ses parents pourraient aller le voir quand ça leur conviendrait et où sa petite sœur pourrait oublier jusqu'à son existence.

Arrête de jouer les martyrs, répétait Michael. *Il ne s'agit pas de toi. Il s'agit de ce qui serait le mieux pour lui. On a les moyens, bon sang*, ajoutait-il, comme si Evan était un quelconque projet de rénovation qui serait réalisé à notre convenance pour peu que nous y mettions suffisamment d'argent.

Pour mémoire, placer un enfant en institution n'est pas facile. Il existe très peu d'établissements pour prise en charge de longue durée. Les bons ont des listes d'attente. Les mauvais sont un cran en dessous des prisons de haute sécurité où beaucoup des enfants comme Evan finiront un jour. Après l'épisode du pied-de-biche, le troisième médecin d'Evan a dit qu'il pourrait faire un petit miracle pour nous (il faut à peu près ça pour obtenir un placement immédiat). C'est comme une lettre de recommandation d'un ancien élève fortuné pour faire entrer votre enfant dans la bonne école privée. Sauf que c'est une demande d'un ponte de la pédopsychiatrie pour placer votre enfant en établissement spécialisé.

L'endroit qu'il recommandait avait été un monastère. Il était connu pour son austère simplicité et ses méthodes structurantes. Je l'ai visité un après-midi, à l'insu de Michael. Les chambres étaient petites et ne risquaient pas de vous stimuler de manière excessive. Les murs de pierre tellement épais qu'aucun éclairage artificiel ne diminuerait jamais la pénombre.

L'établissement encourageait discipline personnelle, travail et autonomie. Je me suis fait la réflexion qu'il avait une odeur de maison de retraite, d'endroit où l'on viendrait mourir. Je n'y voyais pas un petit garçon de sept ans. Je n'imaginais pas Evan, avec son sourire radieux et son rire communicatif, parcourir un jour ces couloirs lugubres.

Alors, je l'ai gardé à la maison avec moi. Et ce sont mon mari et ma fille qui sont partis.

Je ne sais pas si je suis une bonne mère. Evan n'est pas l'enfant que j'avais prévu d'avoir. Ce n'est pas la vie que j'avais rêvé de mener. Je me lève chaque matin et je fais de mon mieux. Il y a des jours où je donne trop. Et d'autres où je suis loin de donner assez.

Mais je ne suis pas une martyre.

Je le sais parce qu'à deux heures cet après-midi, je vais faire quelque chose qui n'est en aucun cas dans l'intérêt d'Evan.

Et je m'en contrefiche.

Je commence mes préparatifs à midi. D'abord, je fais pour Evan un sandwich beurre de cacahuète et confiture et je répands au milieu un comprimé de Valium broyé. Ne me demandez pas comment j'ai appris à faire ça. Ne me demandez pas à quelle pression une mère doit être soumise pour passer ses après-midi à broyer divers médicaments pour les mélanger à divers menus. À signaler qu'il faut quelque chose de sucré, confiture ou miel par exemple, pour camoufler l'amertume. Le fromage fondu… il m'a fallu des heures pour réussir à enlever complètement la tache de graisse sur ma baie vitrée.

Je sers le sandwich ainsi qu'une pomme coupée en tranches et un verre de lait sur la table basse. Evan en est tout ragaillardi. Prendre le déjeuner dans le salon signifie qu'il a le droit de manger devant la télé. C'est un plaisir rare, et Evan tourne déjà la page de ce qui reste de notre psychodrame de ce matin au parc.

Ensuite je mets sa chaîne favorite : la chaîne Histoire. Il est capable de regarder des récits d'événements historiques pendant des heures, depuis les documentaires sur Pompéi ou les soldats de terre cuite grandeur nature retrouvés dans le tombeau de l'empereur chinois, jusqu'à des images du *Titanic*. Ses livres préférés sont ceux de la série *La Cabane magique*, dans laquelle Jack et Annie voyagent dans le temps. Il adore aussi les ouvrages de non-fiction. Les biographies, les beaux-livres, les lithographies anciennes – tout cela le fascine.

Il tient ça de son père ; encore une chose que Michael ne saura jamais.

La chaîne Histoire diffuse un documentaire sur le creusement du tunnel sous la Manche. On y voit des images de grosses machines et d'hommes casqués couverts de boue. Evan prend la première moitié de son sandwich, fasciné.

Je passe dans l'entrée, où je jette un coup d'œil à la porte. Evan a su ouvrir le verrou dès l'âge de trois ans pour prendre la poudre d'escampette quand ça lui chantait. Les chaînettes de sûreté et les lourdes baies vitrées ne lui résistaient pas non plus. Résultat : ma porte s'orne aujourd'hui d'un verrou à double entrée. J'ai aussi changé les baies vitrées, de sorte que toute entrée ou sortie ne peut se faire que grâce à la clé que je porte autour du cou. S'il y avait un incendie et que je perdais ladite clé, Evan et moi serions brûlés vifs.

Mais au moins, il ne peut pas se sauver pendant que je suis sous la douche.

À l'étage, je me déshabille dans la grande salle de bains. Je prends un instant pour m'observer dans le miroir, même si je sais que je ne devrais pas. J'étais jolie autrefois. Le genre de blonde platine sur laquelle les gens se retournaient. J'ai compris très jeune le pouvoir que j'exerçais et j'en ai fait bon usage. Je vivais dans un mobile-home dont nous colmations les fissures avec du papier journal. Je voulais m'en sortir et mon physique m'en fournirait le moyen.

J'ai commencé à courir les concours de beauté et à gagner de modestes sommes d'argent que ma mère, jalouse, volait sur mon compte en banque. J'ai persévéré, jusqu'à décrocher une bourse pour l'université. C'est là que j'ai rencontré Michael. J'ai tout de suite su qu'il était exactement comme moi. Séduisant, ambitieux, prêt à tout. On nous avait suffisamment marché dessus comme ça, nous ne l'accepterions plus.

J'ai perdu ma virginité avec lui à vingt ans, même si ma mère me traitait de traînée depuis au moins six ans.

J'ai pleuré, ce soir-là. Dans les bras de Michael, je me sentais vraiment importante. Les concours de beauté ne décernaient que des titres. C'était Michael qui me donnait l'impression d'être une princesse.

Je n'ai plus le physique d'une reine de beauté. J'ai les traits tirés, la peau presque translucide et distendue sur mes côtes décharnées et mon pelvis proéminent. J'ai une énorme tache jaune et verte sur le côté gauche – je crois qu'Evan m'a poussée dans les escaliers. Des ecchymoses violettes plus récentes sur la jambe droite.

Des zébrures rouges sur l'avant-bras. J'ai l'air d'une vieille carne ; un instant, j'ai envie de pleurer.

Sur la beauté trop tôt fanée. La jeunesse trop vite envolée. Les rêves que je pensais réaliser.

Il y a des morceaux de soi...

Mais je voudrais les retrouver. Mon Dieu, il y a des moments où je voudrais juste les retrouver.

Quatorze heures. Tout ira mieux à quatorze heures. J'ouvre le robinet de la douche, j'entre sous le jet et je commence à me raser les jambes.

Je redescends pratiquement une heure plus tard, une éternité dans mon monde. J'ai pris le temps de me passer sur le corps ma lotion à la rose préférée. J'ai poli mes ongles, exfolié mes pieds au gant de luffa, mis un après-shampoing spécial sur mes cheveux. À défaut d'être plus jolie, je suis plus reluisante. C'est le mieux que je puisse faire.

Evan est affalé sur le canapé. La chaîne Histoire braille ; après le tunnel, ils ont enchaîné sur l'autoroute souterraine de Boston. Le sandwich a disparu. Evan a le regard vitreux. D'abord la dose de lorazépam ce matin et maintenant ça.

Je m'assois à côté de lui, je rebrousse ses cheveux blonds. Il sort suffisamment de sa léthargie pour me regarder.

« Jolie », dit-il d'une voix pâteuse, et je n'en reviens pas de voir que je peux sourire en même temps que je sens mon cœur se briser.

« Je t'aime.

— Fatigué, dit-il.

— Tu voudrais faire une sieste ?

— Télé ! brame-t-il, pas encore totalement dans les vapes.

— Après la télé, alors. »

Il s'écarte, le regard à nouveau rivé sur la petite boîte magique. Nous restons côte à côte ; mon fils s'enfonce toujours plus dans une torpeur médicamenteuse tandis que je tripote mon Wonderbra.

L'émission s'interrompt pour une page de publicité. Je regarde ma montre. Plus que dix minutes. Maintenant ou jamais. Je prends la télécommande, j'éteins la télé. J'attends qu'Evan rouspète, mais ça ne vient pas. La mâchoire pendante, il est à deux doigts de l'inconscience.

Il ne proteste pas lorsque je le prends par les épaules, que je l'aide à se lever et à monter les escaliers. Pour un enfant de huit ans, il paraît léger comme une plume contre moi. L'hyperactivité, nous a-t-on expliqué, son agitation perpétuelle. Il pourrait suivre le régime de Michael Phelps et maigrir quand même.

Dans sa chambre, je le mets au lit tout habillé. C'est sa deuxième sieste de la journée et je le paierai plus tard. Une longue nuit d'insomnie où mon fils évacuera son énervement en mettant la maison à sac.

Mais ça vaut le coup, me dis-je. Du moment que je peux avoir mon rendez-vous de 14 heures.

Je regarde ma montre. Trois minutes et quelques.

« Maman, marmonne mon fils.

— Oui, Evan ?

— T'aime.

— Moi aussi, je t'aime, chéri.

— Pardon.

— De quoi, chéri ?

— Pour ce matin. Je ne lui ai pas fait de mal. Je ne voulais pas. Je voulais juste… un ami. Personne ne m'aime. Même Papa. »

Je ne réponds rien, je lui caresse simplement la joue en regardant ses cils épais se fermer en papillotant. Je voudrais lui dire que tout ira bien. Je voudrais lui dire qu'on ira au parc une autre fois. Je voudrais lui dire qu'il se fera de nouveaux amis et que son père l'aime encore.

Au lieu de ça, je sors discrètement dans le couloir et j'enferme mon fils à clé dans sa chambre.

On sonne à la porte.

Un dernier coup de main nerveux dans mes cheveux et je descends.

Mon amant m'attend sur le seuil. Il est habillé décontracté, un tee-shirt blanc tendu sur son torse musclé. Ses cheveux mouillés bouclent sur sa nuque. Il sent le savon et le soleil et j'ai envie de prendre un instant pour le respirer. La jeunesse, la liberté, les jours d'insouciance.

Il a l'odeur de ce que j'ai perdu et, certains jours, c'est aussi pour ça que j'ai envie de lui.

« Je n'ai qu'une heure », annonce-t-il. Cela ne me surprend pas. Au début, il faisait durer. Nous partagions des préliminaires, des conversations sur l'oreiller, le bien-être qui suit l'acte sexuel. Et puis quelque chose a changé. Il est devenu moins charmeur, plus exigeant, et nos intermèdes sont devenus moins romantiques, plus contractuels.

Je le sens crispé. Il va encore être brutal, grossier même. La femme que j'étais autrefois l'aurait mis à la porte.

Aujourd'hui je lui ouvre en grand et le laisse rentrer chez moi.

« Evan ? » vérifie-t-il. Je dois au moins lui reconnaître ça. Nous nous sommes rencontrés à cause d'Evan. Il sera au moins sorti une bonne chose de tout ce gâchis, me disais-je avant. Je n'en suis plus aussi sûre.

« Il dort.

— Enfermé à clé ?

— Nous ne serons pas dérangés. »

Il me décoche un sourire qui me fait déjà de l'effet entre les cuisses. Il me conduit au salon, ses doigts calleux serrés sur mon poignet.

Au dernier moment, je regimbe. Je cherche, je voudrais…

« Et ma surprise ? m'entends-je demander.

— On n'est pas lundi, répond-il en me guidant vers le canapé.

— Deux jours. C'est bientôt.

— Impatiente ? »

Il me lance un regard de biais. À la fois séducteur et dangereux. Il y a des ombres dans son regard. Pourquoi ne l'avais-je jamais remarqué avant ? Ses yeux bleus, autrefois si limpides, sont aujourd'hui noirs comme la nuit. Le fantôme, me dis-je. Le fantôme ne me fichera donc jamais la paix ?

Alors je n'ai plus envie de penser. Je ne veux pas savoir.

Il m'attire vers le canapé, où quelques minutes plus tôt mon fils gisait dans un état semi-comateux. Sauf que maintenant c'est moi qui me couche à plat ventre sur le bras du canapé pendant que des mains d'homme soulèvent ma jupe, empaument mes fesses et descendent une braguette derrière moi.

Je sens le soleil d'août qui irradie de sa peau. Il m'emmène ailleurs, dans un monde où je suis encore jeune, où mon mari m'aime encore et où nous marchons main dans la main au Mexique en contemplant le coucher de soleil, persuadés que les plus beaux jours de notre vie ne font que commencer.

Les doigts d'un autre homme me tripotent, m'écartent, me préparent. Mon dos se cabre instinctivement vers lui.

Alors il me pénètre. Le premier coup de boutoir. Son grognement de satisfaction.

« Tu vas faire exactement ce que je te dirai », ordonne-t-il.

Je ferme les yeux et je m'abandonne.

21

Danielle

« Que faites-vous là ?

— Je travaille. Ça ne se voit pas ? ai-je répondu en poussant mon sac dans le casier.

— Vous n'êtes pas sur le planning, a insisté Karen, ma supérieure.

— Changement de dernière minute, ai-je répondu sur un ton égal. Genn voulait aller à un barbecue avec ses enfants, alors j'ai accepté de la remplacer. »

Karen a replacé ses lunettes à monture d'acier. Elle a croisé les bras sur la poitrine pour me faire savoir que j'allais devoir me battre.

« Vous vous êtes regardée dans le miroir, ces derniers temps ? Parce que, dans ce cas, je pense que nous savons toutes les deux pourquoi vous ne travaillerez pas ce soir. »

J'ai soutenu son regard, menton relevé, torse bombé. Moi aussi, je pouvais être têtue. Surtout ce soir.

Je m'étais endormie sur le canapé après ma séance chez le docteur Frank. J'avais de nouveau rêvé de mon père, sauf que, cette fois-ci, il ne se tenait pas sur le seuil. Cette fois-ci, il était dans ma chambre. Le docteur Frank avait raison : il y avait des choses que je n'avais jamais vraiment affrontées, des faits que je n'avais jamais révélés. Je les tenais à distance dans un coin de ma tête, bien tassés dans un petit placard dont je gardais la porte hermétiquement fermée. Sauf qu'une fois par an, ils parvenaient à s'échapper. Ils se glissaient sous la porte, se coulaient par le trou de la serrure et ensuite arpentaient avec aplomb les corridors obscurs de ma mémoire.

« *Ma petite Danny. Viens faire la fête...* »

En tant qu'infirmière, je savais que l'inconscient possède une volonté propre. Mais en tant que personne, je me demandais si c'était ce qu'on ressentait quand on perdait la raison. Mon cœur s'emballait même quand je restais assise sans bouger. Mes mains luttaient contre un tremblement même dans la chaleur du mois d'août.

Je ne pouvais pas rentrer chez moi ce soir. Je ne *pouvais* pas et ce service était à peu près tout ce qui me restait comme famille.

« Ça va aller », ai-je essayé, mais Karen ne marchait pas :

« Pour commencer, a-t-elle sèchement expliqué, vous avez été impliquée non pas dans un, mais dans deux incidents graves avec la même patiente. »

Je l'ai regardée sans comprendre. Il était bien possible que je sois devenue folle parce que je ne voyais pas de quoi elle voulait parler.

« Lucy, a-t-elle précisé en voyant ma tête. Elle s'est enfuie, hier. En quinze ans, je n'avais jamais vu d'enfant disparaître. L'hôpital exige qu'il y ait une enquête officielle, ce qui est bien légitime. Il est inadmissible qu'une enfant puisse franchir deux portes de sécurité sans qu'un seul infirmier ou éducateur s'en aperçoive. Dieu merci, nous avons encore eu de la chance qu'il ne soit rien arrivé de plus grave.

— Mais je l'ai retrouvée ! ai-je protesté. C'est moi qui ai deviné où elle était allée et qui l'ai ramenée.

— C'était justement vous qui étiez censée la surveiller. »

J'ai baissé la tête, dûment contrite.

« Et ensuite, j'ai cru comprendre qu'hier soir Lucy et vous vous étiez livrées à un petit combat de boxe. À voir votre visage, vous n'avez pas eu le dessus.

— J'ai affronté la situation…

— Vous n'étiez même pas de service, Danielle. Vous auriez dû être en train de rentrer chez vous, pas de vous précipiter au bout du couloir pour vous occuper d'un enfant !

— Lucy poussait des cris hystériques. Qu'est-ce que j'étais censée faire, me croiser les bras ? Il fallait la calmer et c'était moi qui avais le plus de chances d'y arriver.

— Danielle, une enfant vous a agressée physiquement ! Vous avez le visage couvert d'égratignures, des bleus dans le cou. Je ne suis pas inquiète pour Lucy : c'est vrai que vous l'avez calmée. Mais à quel prix pour vous. Il faut que nous en parlions en réunion de service. Sur le plan personnel, vous avez besoin d'un soutien physique et émotionnel. Au lieu de ça, vous faites comme si tout était normal. Ce n'est pas sain.

— Je vais très bien…

— Vous avez une tête de déterrée.

— Ça fait vingt-cinq ans, merde. Évidemment que j'ai une tête de déterrée ! »

J'ai entendu trop tard l'aveu qui m'avait échappé. J'ai essayé de me dominer. Mais j'étais hors d'haleine, mon cœur battait à cent à l'heure. J'aurais voulu fuir.

« Vous avez bu ?

— Non. »

Pas encore.

« Tant mieux. Je suis contente pour vous de l'entendre. Mais vous ne pouvez quand même pas travailler cette nuit.

— Il *faut* que je travaille cette nuit. Je peux me maîtriser. Je peux rester professionnelle. On sait toutes les deux que je suis bonne dans ce que je fais.

— Danielle, a-t-elle dit avec bienveillance, vous êtes excellente dans ce que vous faites… quand vous êtes à cent pour cent. Vous n'êtes pas à cent pour cent en ce moment et ces enfants ne méritent pas moins. »

Elle allait me renvoyer chez moi. Je n'arrivais pas à le croire. Karen allait laisser le service tourner en sous-effectif plutôt que de m'accepter.

« Je veux que vous alliez au rez-de-chaussée, m'a-t-elle dit avec autorité. Il faut que vous passiez un bilan médical, sinon pour vous, du moins pour notre assurance. Je vous donne cinq jours de congé. Reposez-vous. Voyez un de nos psychologues. Occupez-vous de vous. Ensuite vous pourrez revenir vous occuper de ces enfants. »

Je ne peux pas rentrer, je ne peux pas rentrer, je ne peux pas rentrer.

« Je vais descendre au rez-de-chaussée, ai-je dit. Je

vais me faire examiner. Et ensuite je pourrai revenir ? Si le médecin est d'accord…

— Danielle…

— Je vais l'aider. »

J'ai levé les yeux. Karen s'est retournée. Greg se tenait derrière elle. Nous ne l'avions pas entendu entrer, mais, à voir sa tête, il était évident qu'il écoutait depuis un moment.

Il avait belle allure. Des cheveux bruns encore légèrement humides après une douche. Une large carrure qui remplissait tout l'espace exigu, un sac de sport noir sur l'épaule.

« Elle peut travailler avec moi, a-t-il dit en regardant Karen. En binôme. Comme ça, on aura quelqu'un dans le service pour les médocs, mais tu n'auras pas à t'inquiéter de savoir Danielle seule. »

Je lui étais pitoyablement reconnaissante. Combien de fois avais-je rejeté cet homme ? Et pourtant il restait le meilleur ami que j'avais.

Karen semblait sur le point de protester, mais au dernier moment elle a hésité. Un cœur tendre battait sous ses dehors sévères. Dieu sait que, une fois par an, elle se montrait plus indulgente avec moi que je ne le méritais.

« D'abord le rez-de-chaussée, a-t-elle dit brusquement en me fixant du regard. Si un interne accepte de vous déclarer physiquement apte et que Greg a toujours envie de jouer les baby-sitters… »

J'ai frémi sous la raillerie. Elle me testait, pour voir jusqu'à quel point je maîtrisais mes émotions.

« D'abord l'examen, ai-je docilement accepté. Ensuite, je serai ravie de travailler avec Greg. On forme une bonne équipe. »

Je venais sans vergogne de lui lancer un sucre. Il a souri, fugitivement, mais ça ne s'est pas traduit dans son regard. Peut-être me connaissait-il mieux que je ne le croyais.

Cette question résolue, Karen passa à côté de Greg pour regagner le bureau de la direction. Il était près de minuit et elle devait encore liquider sa paperasse avant de rentrer chez elle ; on ne dort pas beaucoup quand on est surveillante.

Seule avec Greg, je me sentais de nouveau mal à l'aise. Il a ouvert un casier, enfourné son sac. Immobile, je l'observais. Je lui trouvais l'air fatigué. Un peu flapi sur les bords. Ou alors c'était moi.

« Merci », ai-je fini par dire.

Il ne m'a pas regardée. « La nuit ne fait que commencer. Ne me remercie pas encore. »

Les policiers sont arrivés à l'UPEC peu après une heure et demie du matin. Ils ont sonné à la porte – une, deux, trois fois. Ils pouvaient nous voir. Nous pouvions les voir. Et il fallait qu'ils attendent.

C'était le cirque dans le service. Jorge, qui dormait habituellement dans la même chambre que Benny, s'était réveillé très agité peu après minuit et demi. Ed l'avait pris à part pour lui lire un livre. Jorge avait tenu jusqu'au milieu de l'histoire avant de lui arracher le livre des mains et de le balancer dans le couloir, où il avait frappé Aimee à la tête. Celle-ci s'était réveillée en hurlant et, depuis ce moment-là, les autres enfants partaient dans tous les sens.

Pour l'heure, Aimee était recroquevillée sous une table en position fœtale, Jimmy et Benny faisaient la course autour des chaises et Sampson, neuf ans, posté devant la porte de la cuisine, réclamait à manger d'une voix stridente.

J'avais reçu le feu vert d'un interne juste à temps pour pourchasser la petite Becca, cinq ans, dans le couloir. Elle avait réussi à mettre la main sur un plateau de jeu replié avec lequel elle frappait quiconque avait le malheur de croiser son chemin. Greg essayait de décrocher Jorge de Ed, pendant que Cecille faisait barrage devant la chambre de Lucy parce que nous ne pouvions en aucun cas nous permettre que Lucy vienne compliquer la donne.

À mon troisième passage près de la réception, j'ai réussi à appuyer sur la commande électrique pour ouvrir aux policiers. J'ai repris le plateau de jeu à Becca à peu près au moment où ces derniers entraient dans le service. La blonde aux cheveux bouclés menait la charge, trois agents en costume sombre déployés en éventail derrière elle.

« J'ai un mandat », a commencé la responsable d'enquête.

Un livre a volé dans le couloir. Il faut reconnaître ça aux policiers de Boston : ils ont une bonne technique d'esquive.

« Mais qu'est-ce que…, a marmonné le commandant en réalisant enfin ce qui se passait.

— Je ne sais pas ce que vous voulez, mais ça va devoir attendre, les ai-je sèchement informés. Restez dos au mur. Ne touchez à rien. Oh, et faites attention : je crois que Jorge vient de s'échapper. »

De fait, le petit garçon au physique nerveux fonçait droit vers nous dans le couloir, tirant sur ses bras fins, ses yeux bleus exorbités. On aurait dit qu'il fuyait toutes les mauvaises choses qui lui étaient arrivées. Je connaissais cette sensation.

Je l'ai attrapé par la taille au passage et j'ai transformé son élan en une petite pirouette gracieuse que je pratiquais au moins une fois par semaine. « Alors, mon pote, y a le feu ? lui ai-je demandé comme si nous faisions ce genre de choses toutes les nuits à une heure du matin.

— Méchant monsieur, méchant monsieur, méchant monsieur ! hurlait-il.

— Tu as fait un cauchemar, *chiquito* ? Un truc pas banal, on dirait. Pourquoi tu ne viendrais pas avec moi, que je voie ce que je peux faire pour chasser tous ces méchants messieurs.

– *¡ Maldito, maldito, maldito !* » a-t-il ajouté pendant que je l'emmenais dans le couloir.

Ed et Greg m'ont lancé un regard de gratitude avant d'aller dans la salle commune où Aimee avait besoin d'aide et où Jimmy et Benny étaient remontés comme des pendules ; et puis il fallait aussi s'occuper de nourrir Sampson…

Dans la chambre de Jorge, j'ai allumé toutes les lumières et fait mine d'inspecter tous les recoins. J'ai même secoué ses couvertures pour lui prouver qu'il n'y avait pas de monstre caché dans son lit. Comme il n'était toujours pas convaincu, je suis passée au plan B et j'ai sorti un matelas dans le couloir pour préparer un couchage de fortune. Nous nous sommes allongés côte à côte et je lui ai montré les demi-globes argentés qui parsemaient le plafond en lui expliquant que leur surface réfléchissante lui permettrait de voir si des méchants messieurs arrivaient. « C'est comme un système de surveillance personnel, lui ai-je expliqué. Ça te protégera. »

Les épaules de Jorge ont fini par se détendre. Il s'est pelotonné contre moi et j'ai pris un livre de Dora. À la moitié de l'histoire, il avait les paupières lourdes. Le silence était retombé dans le couloir, la situation était revenue à la normale.

Ne restaient que les enquêteurs, bien voyants dans leur costume sombre. Greg s'est arrêté devant eux. Ils parlaient trop bas pour que j'entende. Greg a froncé les sourcils, secoué la tête, froncé de nouveau les sourcils. Pour finir, il m'a désignée et la blonde s'est retournée, l'air d'attendre.

Sous ses yeux, j'ai terminé le premier livre. Après quoi, je l'ai posé, j'en ai pris un deuxième et je l'ai ouvert.

Quoi qu'elle eût à dire, cela pouvait attendre, surtout que je n'avais pas envie de l'entendre.

« *Ma petite Danny* », chantait mon père dans ma tête. *Je sais, je sais, je sais.*

« Nous avons un mandat concernant tout document relatif à Oswald James Harrington », m'a expliqué le commandant D.D. Warren dix minutes plus tard, glaciale. « Nous avons également un mandat concernant toute information relative à Tika Rain Solis. Le capitaine Phil LeBlanc supervisera le transfert de toutes les archives. Le reste de l'équipe souhaite interroger le personnel. »

J'ai regardé le commandant Warren sans comprendre. Elle continuait à me tendre plusieurs documents d'apparence officielle. Je les ai pris. Ça ressemblait bel et bien à des mandats.

« Je… je vais devoir appeler Karen Rober, la surveillante.

— Faites.

— Vous êtes sûrs que ça ne peut pas attendre demain matin ? Nous travaillons en petit effectif la nuit et nous avons besoin de tout le monde.

— Je n'en doute pas. »

Elle n'a pas cillé et il m'est apparu que le commandant avait fait exprès de nous tomber dessus à une heure et demie du matin. À des horaires de bureau, elle aurait eu affaire à la direction, sans parler des services juridiques de l'hôpital. En revanche, avec une descente en pleine nuit…

« Vous allez devoir être patients », lui ai-je dit, au bout du rouleau. On ne m'avait jamais présenté de mandat. Que devait-on donner à un enquêteur ? Tout, d'après le mandat, mais qu'est-ce que ça voulait dire ? L'équipe n'était pas armée pour affronter ça. *Je* n'étais pas armée pour affronter ça.

Il fallait que j'aille voir Lucy. Elle ne s'était pas manifestée pendant la décompensation de Benny. Je me demandais si ça voulait dire qu'elle dormait maintenant roulée en boule dans un rayon de lune.

« Nous allons passer dans la salle de réunion, a déclaré le commandant Warren.

— La salle de réunion ?

— Vous savez, celle qu'on a utilisée la dernière fois.

— La salle de classe, vous voulez dire ?

— Peu importe. Ne vous inquiétez pas. On connaît le chemin. »

Elle est partie à grands pas dans le couloir et deux des enquêteurs se sont détachés à sa suite. Le quatrième est resté devant moi. Le milieu de la quarantaine, la taille un peu enrobée, un sourire penaud. Le bon flic, ai-je deviné. Quiconque travaillait avec le commandant Warren tenait forcément ce rôle.

« Capitaine Phil LeBlanc. Si vous me montrez où vous conservez vos archives, je pourrai me débrouiller. »

Pas crétine à ce point-là, j'ai ouvert la porte des locaux administratifs et cherché dans les armoires d'archivage les deux patients en question : Oswald James Harrington et Tika Rain Solis. J'ai sorti les dossiers, montré la photocopieuse au capitaine LeBlanc, et ensuite j'ai appelé Karen.

Elle était à moitié endormie, mais la nouvelle a eu vite fait de la réveiller. « J'arrive », a-t-elle dit – c'est-à-dire qu'elle ne serait pas là avant une heure, vu l'endroit où elle habitait.

« On a besoin d'un avocat ? Comment ça se passe ?

— Ne répondez pas aux questions auxquelles vous n'avez pas envie de répondre et conseillez au reste de l'équipe d'en faire autant. Débarquer à une heure et demie du matin. Les salauds.

— Je crois que le commandant Warren considérerait ça comme un compliment. »

Quand on parle du loup : Warren est apparue au bout du couloir.

« Nous aimerions commencer par vous. » C'était un ordre, pas un souhait.

« Sans blague », ai-je répondu dans ma barbe.

J'ai raccroché. En tant que plus haut placée dans la hiérarchie du service, j'allais devoir endosser cette

responsabilité et me montrer aimable avec les enquêteurs. C'était bien ma veine.

« D'accord.

— Tant mieux.

— Il faut juste que j'attrape un verre d'eau.

— J'attendrai.

— Mettez-vous à l'aise. »

Lui tournant le dos, je me suis dirigée vers la cuisine.
Mais au dernier moment, j'ai continué dans le couloir
jusqu'à la chambre de Lucy. J'ai jeté un œil à l'intérieur,
m'attendant à trouver Lucy endormie dans un coin.

Au lieu de quoi, elle dansait.

Elle se mouvait dans la pièce en cercles gracieux,
glissant d'un rayon de lune à l'autre. La marinière
chirurgicale trop grande ballonnait autour d'elle
lorsqu'elle tournoyait, bondissait par-dessus son matelas, virevoltait devant les fenêtres.

Elle était à nouveau chat et se déplaçait avec les
mouvements languissants d'un félin. Peut-être essayait-
elle d'attraper des rayons de lune entre ses pattes.
Peut-être aimait-elle simplement la sensation de valser. Elle s'est collée à la fenêtre, a posé ses mains à
plat sur la vitre. Alors, elle s'est immobilisée et j'ai su
qu'elle voyait mon reflet.

Était-elle en colère depuis notre dernier affrontement ? Craintive, méfiante ?

Elle s'est détournée de la vitre. Lentement, avec des
méandres et des pirouettes, elle s'est approchée de
moi. Alors que je me crispais, elle a tendu la main. Au
bout de ses doigts, elle tenait une petite pelote de fils
qu'elle avait fabriquée en amassant des fibres de
moquette. Un jouet pour chat artisanal.

J'ai hésité. Elle l'a de nouveau secouée.

J'ai accepté son présent et refermé ma main dessus pendant qu'elle s'éloignait gracieusement, ses longs membres pâles argentés sous le rayon de lune.

J'ai mis son cadeau de réconciliation dans ma poche et je suis retournée voir le commandant Warren.

À peine étais-je entrée dans la salle de classe que je m'apercevais que j'avais oublié mon eau. Je retourne à la cuisine chercher un verre et Greg m'y trouve. Benny et Jimmy ne se calment toujours pas. Je prépare des doses de Benadryl pour chacun. Greg emporte les médicaments et je retourne à la salle de classe, où le regard du commandant Warren m'indique que je n'ai toujours pas d'eau.

Je retourne à la cuisine ; cette fois-ci, je prends un verre et j'ouvre le robinet. L'autre enquêteur, LeBlanc, sort la tête des bureaux de l'administration : plus de papier dans la photocopieuse.

Je recharge la machine en jetant un œil aux documents qu'il a déjà copiés. Je propose d'emporter les photocopies dans la salle de classe, mais il refuse. Je hausse les épaules et, puisqu'il semble en avoir fini avec le dossier de Tika, j'emporte l'original pour pouvoir le consulter.

Je retourne à la salle de classe et, là, devant la porte, je m'aperçois que j'ai laissé mon verre d'eau à côté de la photocopieuse. Retour à la case Administration, j'attrape mon verre et je retourne à la salle de classe, les mains pleines.

Pendant que je m'asseyais, le commandant Warren a regardé sa montre. Elle était flanquée d'un enquêteur de chaque côté.

« Ça vous prend toujours un quart d'heure d'aller chercher un verre d'eau ?

— Parfois ça me prend vingt minutes. Ce soir, j'ai eu de la chance ; je n'ai été interrompue que quatre ou cinq fois. Ne vous en faites pas : quelqu'un va bientôt venir me demander quelque chose.

— Sacrée nuit », a commenté l'enquêteur à sa gauche.

Il était déjà là à la première visite : George Clooney dans le rôle d'un flic de Boston.

« Les fêtes d'anniversaire, ai-je expliqué. Ça fait toujours ça.

— Les fêtes d'anniversaire ?

— Priscilla vient d'avoir dix ans. On a célébré ça avec elle après le dîner. Les enfants ont fait des petits gâteaux individuels ; on a accroché des serpentins, distribué des chapeaux en papier. Les enfants étaient surexcités, ce qui, avec la population que nous accueillons, n'est pas sans conséquences.

— Alors pourquoi faire la fête ? » a objecté le commandant Warren.

Je l'aurais bien vue à la tête de la Gestapo. Elle aurait été parfaite.

« Parce que la plupart de ces enfants n'ont jamais été à une fête d'anniversaire. Ils sont trop pauvres, trop perturbés sur le plan émotionnel ou trop mal aimés pour avoir eu cette chance. Mais ça reste des enfants et tous les enfants devraient faire la fête.

— Et maintenant ils vont rester debout toute la nuit pour vous torturer et se torturer entre eux ? »

J'ai regardé les policiers droit dans les yeux. « Priscilla a des lésions cérébrales depuis qu'elle a été secouée quand elle était bébé ; ça limite ses compétences mathématiques. Mais ce soir, elle a compté dix bougies et les a toutes plantées dans un petit gâteau. Si je peux parler au nom de l'équipe, je dirais que ça nous est égal que les enfants passent le reste de la nuit à mettre le service sens dessus dessous. Ça valait le coup. »

Le commandant Warren m'a observée. J'étais incapable de savoir si mon discours l'avait touchée ou non. Cela dit, voilà une femme qui passait sa vie à retourner des cadavres pour examiner leur visage. Elle m'aurait sans doute battue au poker.

« Et Tika Solis ? Elle a eu une fête ?

— Je ne sais pas. »

J'ai voulu ouvrir le dossier. Le commandant Warren a tendu le bras pour le refermer brutalement.

« Non. Ce qui vous vient à l'esprit. Quel souvenir gardez-vous d'elle ?

— Aucun.

— Comment ça, *aucun* ?

— Aucun. Le nom ne me dit rien.

— Vous vous souveniez d'Ozzie Harrington, s'est-elle énervée.

— J'ai travaillé en séances individuelles avec Ozzie pendant plusieurs mois. Évidemment que je me souviens de lui.

— Mais pas de Tika ?

— Je ne revois même pas son visage. »

Le commandant continuait à me scruter, comme si je dissimulais quelque chose. « Elle aimait se taillader la peau. Ça vous rafraîchit la mémoire ?

— Il faudrait que vous soyez plus précise.

— Je vous en prie, une petite fille qui s'automutile. Ça ne vous a pas marquée ?

— Nous avons deux cas semblables en ce moment même, alors non.

— Deux ? »

Je lui ai repris le dossier. « Les enfants sont directs, commandant. Parfois, ils n'arrivent pas à verbaliser leurs émotions, mais cela ne veut pas dire qu'ils n'essaient pas de communiquer. Un enfant qui exècre le monde aura un comportement exécrable. Et un enfant qui souffre intérieurement extériorisera cette douleur en se tailladant les bras, les jambes, les poignets, pour vous montrer qu'il souffre.

— Tika avait trois ans quand elle a été admise ici. Pas franchement une ado qui ressassait les poèmes de Sylvia Plath, a objecté le commandant, sceptique.

— Trois ans ? »

Trois ans, c'était jeune pour jouer du couteau. Pas du jamais-vu, mais jeune. À mon tour d'être étonnée. « Quand a-t-elle été admise ? »

Le commandant ne me quittait pas des yeux. « À peu près à la même période qu'Ozzie Harrington. »

J'ai fouillé ma mémoire pour essayer de refaire le point sur tout un groupe d'enfants. La dynamique qui s'instaure entre eux a un impact majeur sur le milieu. Quels étaient les enfants que nous avions eus en même temps qu'Ozzie ? Quelle était la dynamique ? Nous avions eu tellement de travail depuis un an. De plus en plus d'enfants, chacun avec un dossier plus effrayant que le précédent… « Attendez une seconde. Une petite toute frêle ? Qui venait de Mattapan ? »

Le commandant Warren a lancé un coup d'œil vers George Clooney. « Ils habitaient Mattapan avant Jamaica Plains », a murmuré celui-ci. Le commandant a fait un signe de tête.

« D'accord, je me souviens. Mais je n'ai pas beaucoup travaillé avec elle. J'étais occupée avec Ozzie ; et puis Tika n'appréciait pas les femmes. Elle répondait mieux aux éducateurs masculins.

— Comment ça, "répondait" ?

— Elle cherchait une figure paternelle, très probablement. Elle n'en avait pas chez elle, alors elle voulait en trouver une ailleurs. Quand Greg ou Ed lui demandaient de faire quelque chose, elle le faisait. Quand Cecille ou moi lui parlions, ça lui passait à trois kilomètres au-dessus de la tête. Nous sommes une unité de soins intensifs : ce n'est pas notre rôle de changer ça, seulement de nous adapter. Donc elle a eu des éducateurs masculins.

— Autrement dit, elle travaillait surtout avec le prof de gym de tout à l'heure ?

— Le prof de gym... Greg ? Oui. Bon, vous permettez ? » ai-je dit en montrant le dossier. Le commandant m'a enfin laissée l'ouvrir. J'ai parcouru les annotations. De fait, la plupart étaient de la main de Greg, Ed ou Chester. Des éducateurs masculins. « Greg et Ed sont tous les deux là ce soir, ai-je observé. Ils pourront peut-être vous aider.

— Est-ce que Tika et Ozzie ont été en contact l'un avec l'autre ? a demandé le commandant.

— Certainement. Dans la salle commune, pendant les activités de groupe, ce genre de choses. »

Il y avait une évidence que j'aurais dû comprendre. Ozzie et Tika. Tika et Ozzie. Alors j'ai eu le déclic. Mes mains se sont immobilisées sur le dossier. J'ai regardé les trois enquêteurs avec de grands yeux horrifiés.

« Vous voulez dire… que Tika est morte ? » Et une seconde plus tard : « Oh, mon Dieu, Jamaica Plains. La famille qui a été assassinée hier soir à Jamaica Plains. C'était celle de *Tika* ? Deux enfants d'ici, deux familles… »

Je me refusais à mesurer les conséquences d'un tel rapprochement. Et alors j'ai compris cette façon qu'avaient les enquêteurs de me regarder. Pas comme une infirmière qui transmettait des informations sur deux patients, mais comme une suspecte. Le dénominateur commun entre deux familles qui avaient connu le même sort atroce.

Mon passé. Est-ce qu'ils connaissaient mon passé ? Parce que dans ce cas…

Je ne pouvais plus respirer. Des points blancs sont apparus devant mes yeux et j'ai de nouveau entendu la fichue voix de mon père : « *Ma petite Danny. Ooooh, ma petite Danny.* »

Tais-toi, tais-toi, tais-toi.

On a frappé à la porte. Je me suis forcée à me retourner, à me lever, à me conduire en professionnelle. Inspirer. Expirer. Compartimenter. Les infirmières sont douées pour ça et les infirmières en psychiatrie sont les meilleures. J'ai ouvert la porte.

Greg se trouvait de l'autre côté, les yeux effarés.

« Tu l'as vue ? a-t-il lâché.

— Qui ?

— Lucy. Bon sang, on a cherché partout. Lucy s'est volatilisée. »

22

Lucy

Doucement, doucement, doucement s'en va le jour.
Doucement, doucement, à pas de velours.
Ombres. Ombres respirent. Ombres bougent.
La rainette dit sa chanson de pluie et le lièvre fuit,
sans un bruit.
Ombres. Ombre dit : Suis-moi. D'accord.
Doucement, doucement, doucement s'en va le jour.
Doucement, doucement, à pas de velours.
Ombres. Courent dans le couloir, se faufilent par la
porte. Suis-moi, suis-moi. D'accord.
Dans le creux des nids, les oiseaux blottis se sont
endormis. Bonne nuit.
Ombres. Entraînent, tirent, bousculent, veulent.
D'accord, d'accord.
Doucement, doucement, doucement s'en va le jour.
Doucement, doucement, à pas de velours.

D.D. regardait Danielle avec une suspicion grandissante.
« Vous avez regardé au solarium ? demandait l'infirmière à l'éducateur prof de gym. Derrière les palmiers ?

— Premier endroit où on est allés.

— Et vous avez fait tout l'étage ? Dans les placards, derrière les armoires, sous les lavabos ?

— Oui.

— Et Lucy a disparu depuis combien de temps ?

— Vingt minutes.

— *Vingt minutes ?* Vous avez gardé ça pour vous pendant vingt minutes ?

— Hé, tu étais enfermée avec une brigade d'enquêteurs, et puis ce n'est pas comme si c'était la première fois qu'on cherchait un enfant. L'équipe s'y est mise. On a fait cet étage, le solarium et un rapide tour des halls de l'hôpital. Que dalle. Il serait temps de contacter la sécurité de la clinique, alors je suis là pour te dire ce qu'il faut que tu saches.

— On va vous aider », dit D.D.

Danielle et le prof de gym se retournèrent pour la dévisager sans aménité.

« On peut se débrouiller, répondit Danielle d'un air crispé.

— Ah oui ? Dans ce cas, où est l'enfant ? »

Danielle, les lèvres pincées, parut avoir envie de frapper quelque chose. D.D., de préférence. Celle-ci reprit, les mains écartées : « Il semblerait que vous ayez besoin de lancer des recherches (j'ai bon ?) et en même temps de faire tourner le service. Il vous faut des troupes. Et j'ai un scoop : nous sommes là, quatre agents qui ont tous l'habitude de chercher des disparus. Ne soyez pas idiote. Laissez-nous vous aider.

— C'est si gentiment proposé », grommela Danielle.

D.D. sourit. « Très bien », dit-elle vivement, prenant la situation en main. Phil arrivait dans le couloir, un monceau de documents à la main. Elle lui fit signe de venir et son équipe se rassembla autour de l'infirmière et de l'éducateur. « Qui cherchons-nous ? Signalement ?

— Petite fille de neuf ans, répondit Danielle. Mince, avec de longs cheveux bruns en broussaille autour du visage. Vue pour la dernière fois en marinière chirurgicale verte trop grande. Mais il se peut qu'elle soit toute nue. Elle a un problème avec les vêtements. »

D.D. haussa les sourcils. « Vous avez parlé du solarium. Ça veut dire qu'il lui est déjà arrivé de disparaître de la circulation ?

— Hier, confirma l'infirmière. Ce qui est très inhabituel, ajouta-t-elle. Nous avons deux doubles portes de sécurité. Jamais dans notre souvenir un enfant n'avait réussi à quitter l'étage de l'UPEC, encore moins deux fois en deux jours.

— Donc elle est assez douée.

— On dirait. »

Mais Danielle semblait de nouveau préoccupée. L'éducateur et elle échangèrent des regards inquiets et le radar policier de D.D. s'affola : il se passait manifestement quelque chose dans ce service. Étant donné que l'unité de pédopsychiatrie était à présent le dénominateur commun entre deux crimes odieux, D.D. et ses enquêteurs avaient l'intention de la fouiller de fond en comble ; chercher une enfant disparue était un excellent point de départ. Cela leur donnerait des prétextes pour fourrer leur nez dans tous les coins et recoins, histoire de voir ce qu'il y avait à voir. Sauver un enfant, jeter l'opprobre sur un service de psychiatrie : la nuit s'annonçait belle.

« Il va falloir qu'on regarde les images de la vidéo-surveillance, expliqua D.D.

— Nous n'avons pas de caméras.

— Vous n'avez pas de système de surveillance ? Dans un endroit pareil, avec ce genre d'enfants et Dieu sait quel genre de parents ? Voyons, des caméras de surveillance seraient une assurance même pour vous, maintenant qu'on fait des procès à tout bout de champ.

— Nous n'avons pas de caméras, répéta Danielle. Nous avons un système de contrôle : un membre du personnel est chargé de noter toutes les cinq minutes où se trouve chaque enfant et ce qu'il fait. Premièrement, ça nous permet de tous les garder à l'œil, donc, en théorie, ce genre d'incident ne se produit pas. Deuxièmement, ça nous laisse des traces écrites, donc, si dans six mois un enfant ou un parent nous accuse de comportements déplacés, nous pourrons vérifier que l'enfant était en fait localisé et en sécurité au moment en question. C'est un système qui a bien fonctionné pour nous.

— Jusqu'à ce soir.

— Jusqu'à Lucy, murmura l'infirmière, qui hésita avant d'ajouter : Lucy est une enfant sauvage. Elle n'a aucune connaissance de la vie en société, aucune conscience de sa propre humanité. Depuis qu'elle est arrivée, elle a adopté la personnalité d'un chat. Ça semble l'apaiser. Mais pour peu qu'on brise cette illusion, elle devient violente et imprévisible. »

L'infirmière souleva le rideau de ses cheveux bruns pour montrer son cou et une kyrielle d'ecchymoses violettes récentes.

« Je dirais qu'elle représente un danger pour elle-même et/ou pour les autres.

— Punaise, soupira D.D., qui sentit son euphorie retomber quelque peu.

— Si vous la retrouvez, continua Danielle en laissant retomber ses cheveux, ne vous approchez pas. C'est notre boulot de nous occuper d'elle et, croyez-moi, vous n'êtes pas qualifiés. Vous comprenez ?

— Nous ne sommes pas les derniers des abrutis », répondit D.D. – ce qui ne disait rien de son intention ou non de s'approcher de l'enfant. « Bon, on va se répartir par deux, fouiller chaque étage en commençant par celui du haut et demander à la sécurité d'en faire autant en commençant par le rez-de-chaussée.

— Je vais vous aider, dit Danielle, tendue.

— Moi aussi », dit à son tour le prof de gym. Il lança un regard à Danielle, la mine sombre. « Le binôme, tu te souviens ? »

Nouveau regard entre eux. Ils étaient plus que collègues, D.D. aurait misé son poste là-dessus.

« Notre surveillante, Karen, nous aidera aussi. Elle devrait être là d'ici (Danielle consulta sa montre) une vingtaine de minutes. »

D.D. acquiesça. « Je vais vous dire : c'est vous les pros. Alors, Danielle, je vous propose de faire équipe avec moi. Le prof de gym… ?

— Greg, indiqua-t-il.

— Greg, vous serez avec Neil. Phil et Alex formeront l'équipe numéro trois. On se prévient à la seconde où on la retrouve. D'autres conseils ?

— Pensez comme un chat, dit Danielle. Lucy est attirée par les endroits calmes avec de la lumière naturelle. Rayons de soleil, rayons de lune, ce genre de choses. Ou alors elle pourrait se rouler en boule dans un coin douillet : dans un placard, sous un bureau. Comme un chat. »

D.D. et Danielle allaient commencer par le service de psychiatrie, au dernier étage du bâtiment. Greg et Neil s'occuperaient du sixième, Alex et Phil du cinquième.

D.D. mit les dossiers photocopiés par Phil à l'abri dans un casier, puis partit avec Danielle explorer le service.

L'infirmière conduisit D.D. au bout du couloir, où une immense fenêtre livrait une vue éblouissante sur la ville illuminée. Elles passèrent devant une demi-douzaine d'enfants qui dormaient d'un sommeil agité sur des matelas, sous la surveillance d'un seul éducateur. Danielle le salua par son prénom. Ed l'informa qu'une autre éducatrice, Cecille, s'occupait d'Aimee, tandis que Tyrone avait emmené Jorge dans la salle télé.

D.D. eut l'impression qu'il y avait toujours de l'animation dans le service, même s'il était maintenant près de trois heures du matin.

Au bout du couloir, Danielle s'arrêta et lui montra les deux premières chambres. Danielle prit celle de droite, D.D. celle de gauche, et elles fouillèrent les pièces du couloir les unes après les autres à vitesse grand V. Aux yeux de D.D., chaque chambre était identique à la précédente, à l'exception d'une qui ne contenait qu'un simple matelas. C'était apparemment celle de l'enfant disparue, qui avait tendance à confondre les meubles avec des armes.

Elles finirent d'inspecter les dortoirs, puis les sanitaires, la cuisine fermée à clé et les locaux administratifs, fermés à clé. D.D. regarda sous chaque bureau et se surprit même à tirer le bac à papier de la photocopieuse.

« Penser comme un chat, disait-elle dans sa barbe. Penser comme un chat. »

D.D. n'avait jamais eu de chat. Pour tout dire, elle ne se serait même pas confié un poisson rouge. Elles passèrent en revue les bureaux, la salle commune, les salles de classe et la salle d'attente. Après quoi, elles discutèrent de possibilités qui demandaient un peu plus d'imagination : rejoindre les canalisations, passer au-dessus du faux plafond, sortir par une fenêtre.

Les fenêtres ne s'ouvraient pas, un enfant ne pouvait pas atteindre le plafond à près de trois mètres de haut et les bouches d'aération étaient trop petites pour qu'on puisse s'y glisser.

D.D. appela Neil. Greg et lui avaient fini le sixième étage et passaient au quatrième. Phil lui confirma qu'Alex et lui fouillaient encore le cinquième, donc Danielle et D.D. prirent l'ascenseur pour descendre continuer les recherches au troisième.

Les mouvements de l'infirmière étaient plus saccadés maintenant, son visage plus pâle. Cette femme s'inquiétait manifestement pour la fillette disparue et faisait tout son possible pour le dissimuler.

« Donc qu'est-ce qui se passe avec les enfants comme Lucy ? » demanda D.D. alors qu'elles se dirigeaient vers le bureau des infirmières. Seules deux d'entre elles étaient de garde à cette heure de la nuit et ni l'une ni l'autre n'avaient vu d'enfant égaré. Elles promirent d'ouvrir l'œil et retournèrent à leurs occupations pendant que D.D. et Danielle fouillaient les chambres des malades.

« Vous avez parlé d'une enfant sauvage, continua D.D. Qu'est-ce que ça veut dire ? Qu'avec assez de médicaments et de thérapie, le couguar féroce se métamorphosera en gentil minet ?

— Pas exactement. »

Danielle passa une tête dans la réserve de matériel médical. Aucune enfant de neuf ans n'y était cachée comme par magie. Elles continuèrent, pressant le pas, à la recherche de la cible suivante.

« Lucy a manqué la plupart des principaux stades de développement, expliqua Danielle. Une enfant de neuf ans a très peu de chances de rattraper un tel retard. Une fois, nous avons travaillé avec un enfant sauvage de trois ans. Quand il avait faim, il saccageait le frigidaire. Quand il avait soif, il buvait l'eau des toilettes. Quand il devait faire ses besoins, il trouvait un coin. Il a fallu une année d'apprentissage intensif pour obtenir qu'il reconnaisse son prénom, et une autre pour qu'il vienne quand on l'appelait. Ça, c'était à trois ans. Lucy en a neuf. Ces stades de développement ne sont plus des obstacles, ce sont des montagnes, et il faudrait qu'elle en gravisse des dizaines.

— Donc elle va rester avec vous jusqu'à ce qu'elle en vienne à bout ? »

Elles entrèrent prudemment dans une chambre sombre où un homme de forte corpulence relié à une dizaine de câbles et de tuyaux ronflait au milieu du lit. Elles cherchèrent à la lueur des témoins des machines,

310

regardèrent sous le lit, derrière le fauteuil, dans la cabine de douche.

Danielle secoua la tête. « Nous sommes une unité de soins intensifs, rappelez-vous. Lucy va avoir besoin d'une prise en charge à vie. Le seul endroit qui puisse s'occuper d'elle, c'est un hôpital de la confrérie des Shriners. Ils font un boulot extraordinaire et leur liste d'attente en témoigne. »

D.D. était mal à l'aise. Elle se sentait plus dans son élément avec des adultes criminels qu'avec des enfants détraqués, même si elle s'imaginait qu'en grandissant on passait d'une catégorie à l'autre. Elles sortirent de la chambre du ronfleur, entrèrent dans la suivante. Danielle s'occupa du fauteuil pendant que D.D. regardait sous le lit.

« Est-ce que tous les enfants sauvages s'enfuient ? demanda D.D. Un genre… d'appel de la nature ?

— Oh, ils sont farouches, un petit côté Tarzan, tout ça. Mais quand même, aucun enfant ne s'était jamais sauvé, encore moins deux fois.

— Qu'est-ce qui déclenchait des crises chez Lucy ?

— Je ne sais pas. Nous n'avons pas encore eu le temps de cerner de quelle façon elle éprouve le monde. »

Elles sortirent de la chambre du patient, entrèrent dans des sanitaires mixtes.

« "Cerner de quelle la façon elle éprouve le monde" ? répéta D.D.

— C'est bien ça dont il s'agit », répondit Danielle. Elle s'arrêta au milieu du couloir et regarda enfin D.D. dans les yeux. « Nous faisons le même travail, vous et moi. Vous vous mettez dans la tête d'un criminel pour attraper le criminel. Je me mets dans la tête d'une enfant sauvage de neuf ans pour communiquer avec elle. C'est pour ça que les parents craquent. Ils n'ont pas appris à penser comme un enfant autiste ou schizophrène ou hyperactif. Ils ne conçoivent pas que si Timmy refuse d'enfiler son manteau, ce n'est pas parce que c'est un petit emmerdeur, mais parce que le bruit de la fermeture éclair lui déchire les oreilles. Aimer et comprendre un enfant, ce n'est pas la même chose. Et, croyez-en une infirmière en pédopsychiatrie, l'amour ne suffit pas.

— Déprimant, dit D.D.

— Si je les guéris maintenant, vous n'aurez pas à les arrêter plus tard.

— Un peu moins déprimant, reconnut D.D. Bon, elle est où cette Lucy, à la fin ?

— On est bien d'accord, dit Danielle d'une voix lasse. Elle est où cette Lucy ? »

Doucement, doucement, doucement s'en va le jour. Doucement, doucement, à pas de velours.

« Tu vas faire ce que je te dis. »

La rainette dit sa chanson de pluie et le lièvre fuit, sans un bruit.

« Prends la corde. »

Doucement, doucement, doucement s'en va le jour. Doucement, doucement, à pas de velours.

« Monte sur la chaise. »

Dans le creux des nids, les oiseaux blottis se sont endormis. Bonne nuit.

« Maintenant, montre-moi si tu sais voler. »

Doucement, doucement, doucement s'en va le jour. Doucement, doucement, à pas de velours.

Le portable de D.D. sonna. Elle regarda le numéro, ouvrit l'appareil. « Quelles nouvelles ?

— Elle a été vue, répondit laconiquement Phil. En direction de la radiologie. Avec une corde, apparemment.

— Une corde ?

— Une corde. »

Voilà qui ne plaisait pas à D.D. Et à Danielle non plus, à voir son air atterré. « La radiologie, répéta D.D. On arrive. »

Elle referma le téléphone et reprit le couloir au pas de course avec Danielle. « Les ascenseurs sont trop lents, dit Danielle. Les escaliers. Par ici. »

L'infirmière ouvrit la porte d'un coup d'épaule et leurs pas résonnèrent dans les escaliers, *rat-a-tat-tat-tat*, D.D. sur les talons de Danielle lorsque celle-ci tournait sur les paliers. Elle poussa violemment la porte pour ressortir et elles débouchèrent dans un hall faiblement éclairé.

Cette partie de la clinique semblait paisible. Des chaises vides, des guichets déserts. Trois heures du matin. Pas de rendez-vous, juste une petite radio de temps à autre pour les urgences. De longs couloirs dépeuplés où une enfant pouvait se promener tout à loisir.

Elles entrèrent dans ce qui ressemblait à une salle d'attente. D.D. regarda autour d'elle, vit une demi-douzaine de portes fermées et pas grand-chose d'autre. Elle entendit un bruit de course et Alex et Phil arrivèrent en trombe.

« De quel côté ? Où ? » demanda D.D. Elle était sur le qui-vive, prête à passer à l'action.

« Penser comme un chat, penser comme un chat, marmonnait Danielle. Les salles d'imagerie ! Elles sont petites et sombres, parfois encore chaudes à cause des machines. » Elle montra quelques portes, dont chacune portait un numéro. « C'est parti. »

D.D. attrapa la poignée la plus proche pendant que les autres en faisaient autant. La première était fermée à clé ; elle passa à la seconde. Celle-ci s'ouvrit et D.D., se précipitant à l'intérieur, découvrit un cocon sombre. Elle alluma, vit qu'il y avait en réalité deux espaces distincts : un qui contenait une table et un autre plus petit, vitré, où le technicien devait sans doute se tenir pour faire fonctionner les appareils d'imagerie. Elle inspecta les deux pièces. Rien. Elle ressortit dans la salle d'attente. Phil sortait d'un des cabinets. Alex aussi, puis Danielle. Tous étaient bredouilles.

Nouveaux bruits de pas : Greg et Neil arrivaient par le couloir.

« D'autres pièces ? demanda D.D. à Danielle.

— Et comment, dit l'infirmière, l'air absent. Il y a un étage entier de pièces. C'est-à-dire : placards à balais, accueil, bureaux. Des pièces et des pièces et des pièces.

— D'accord. Ici, c'est le point de rassemblement. On se disperse en étoile à partir de là. Allez, on attaque. »

Ils se dépêchaient maintenant. Les pièces étaient petites, vite inspectées. Au bout de douze minutes, ils se retrouvèrent au point de rassemblement, échangeant des regards inquiets. L'étage était calme, rien d'autre que les menues secousses lointaines d'un grand bâtiment qui protestait dans son sommeil.

Phil fut le premier à prendre la parole : « Et maintenant ? Je vous jure qu'on a parlé à un gardien qui l'avait vue dans ce couloir. Elle devait bien aller quelque part. »

D.D. réfléchissait intensément. Cet étage semblait tout indiqué. Sombre, isolé, plein de recoins. Pour se cacher dans un hôpital, c'était l'idéal.

Et là…

Elle se retourna lentement vers la première pièce qu'elle avait essayée. La seule porte fermée à clé dans tout un étage de portes ouvertes. Et d'un seul coup, d'instinct, elle sut.

« Danielle, dit-elle posément. Il va nous falloir cette clé. »

Le gardien leur fournit le passe-partout. D.D. passa la première, déjà gantée, en prenant soin de ne toucher que le strict nécessaire.

La lourde porte en bois pivota. D.D. entra lentement, actionna l'interrupteur.

Le corps de la fillette était pendu au milieu de la pièce, la corde fixée à un crochet, une chaise de bureau à roulettes repoussée sur le côté. La marinière chirurgicale verte faisait un linceul autour de sa silhouette maigre et son corps se balançait légèrement, comme taquiné par le vent.

« Descendez-la, descendez-la, criait Danielle derrière D.D. Les secours, les secours ! Merde, appelle-les, Greg ! »

Mais Greg ne bougeait pas. Il était évident à ses yeux comme à ceux de D.D. que l'heure n'était plus aux soins médicaux. Pour s'en assurer, D.D. avança d'un pas, mit sa main autour de la cheville de la fillette. La peau de Lucy était froide au toucher, aucun pouls ne battait faiblement derrière la malléole.

D.D. recula, se tourna vers Neil : « Quand tu avertiras l'institut médico-légal, tu rappelleras à Ben qu'on veut le nœud de la corde intact. » Elle se tourna vers Danielle et Greg. « Vous deux, vous pouvez remonter à l'étage si vous le souhaitez. On prend la relève. »

Mais ni l'un ni l'autre ne voulut comprendre. Greg mit son bras autour des épaules de Danielle. Celle-ci se tourna insensiblement vers lui.

« On reste, dit l'infirmière d'une voix monocorde. C'est le devoir de l'unique survivant. Témoigner. Raconter ce qui s'est passé. »

23

Danielle

Six mois après l'enterrement, tante Helen m'a emmenée choisir des pierres tombales pour mes frère et sœur. Elle avait déjà pris du marbre rose pour ma mère, avec les inscriptions classiques, nom, dates de naissance et de décès. Mais le moment venu de choisir une stèle pour Natalie et Johnny, tante Helen n'avait pas pu le supporter. Elle était partie.

Si bien que ma sœur et mon frère ont reposé pendant six mois dans des tombes anonymes avant que ma tante décide qu'il était temps de faire le nécessaire. Je l'ai accompagnée. C'était toujours une occupation.

Le magasin était un endroit bizarre où l'on pouvait choisir des décorations de jardin, des fontaines ornementales et, bien sûr, des pierres tombales. Avec sa salopette en jean, le responsable donnait l'impression qu'il aurait été plus à l'aise à jardiner qu'à aider une femme en tailleur noir et sa nièce aux yeux caves à choisir des monuments funéraires pour deux enfants.

« Il aimait le base-ball, le garçon ? a-t-il fini par demander. Je pourrais graver une batte et une balle.

Peut-être aux couleurs des Red Sox. C'est très demandé, les Red Sox. »

Tante Helen a eu un petit rire. Grinçant.

Elle a fini par choisir deux angelots. Je les détestais. Des anges ? Pour mes nigauds de frère et sœur, qui s'amusaient à me tirer la langue et qui avaient toujours un coup d'avance à pince-mi et pince-moi ? Je les détestais.

Mais comme je ne disais rien à cette époque-là, j'ai laissé ma tante faire comme elle voulait. Ma mère avait une stèle de marbre rose. Mes frère et sœur sont devenus des anges. Peut-être qu'il y avait des arbres au paradis. Peut-être que Natalie sauvait des lapins.

Je ne savais pas. Mes parents ne m'avaient jamais emmenée à l'église et ma tante juriste d'entreprise les suivait dans cette voie agnostique.

Nous n'avons pas enterré mon père. Ma tante ne voulait en aucun cas qu'il repose près de sa sœur. Puisqu'il lui revenait de prendre ces dispositions, elle l'a fait incinérer et mettre dans une boîte en carton. Boîte qui s'est retrouvée dans la cave de sa résidence, où elle est restée pendant douze ans.

Je chipais parfois la clé dans son sac à main pour descendre rendre visite à mon père. J'aimais l'aspect de cette boîte. Ordinaire. Petite. Maniable. Étonnamment lourde, de sorte qu'après ma première visite, je n'ai plus essayé de la soulever. Je voulais que mon père reste comme ça, me souvenir de lui comme ça. Pas plus grand qu'une boîte de mouchoirs, facile à cacher.

Je pouvais me tenir menaçante devant cette boîte. Je pouvais la frapper. Lui donner des coups de pied. Lui hurler dessus à pleins poumons.

Jamais une boîte ne pourrait me faire de mal.

Le jour de mon vingt et unième anniversaire, je me suis soûlée, j'ai fait une descente dans la cave de ma tante et, dans un accès de rage, j'ai vidé la boîte dans une bouche d'égout. J'ai fait partir mon père dans les entrailles de Boston ; même en serrant bien les lèvres, j'en ai quand même inhalé des particules par le nez.

Tout de suite après, j'ai regretté mon geste.

La boîte en carton confinait mon père, le réduisait à une petite chose.

Désormais, je savais qu'il était dehors, qu'il flottait dans divers tuyaux, conduites et canalisations. Peut-être que les cendres absorbaient l'eau, qu'elles ne cessaient de prendre du volume et permettaient à mon père de se remettre à grandir, à rôder dans les bas-fonds obscurs de la ville. Jusqu'au jour où une main blanche surgirait pour écarter une bouche d'égout et où mon père serait libre.

La boîte en carton le confinait.

Désormais, pour tous les malheurs du monde, je ne pourrais m'en prendre qu'à moi-même.

« Je croyais qu'on s'était mis d'accord pour que vous la chaperonniez », faisait sèchement remarquer Karen à Greg. Il était plus de quatre heures du matin. Nous étions tous fatigués, blêmes, sous le choc. Karen était arrivée pile au bon moment pour apprendre la mort de Lucy. Elle était restée avec nous pendant que le légiste descendait doucement son corps dans son linceul vert sur le brancard qui l'attendait. Puis il avait emporté Lucy.

Un enfant est comme un flocon de neige. Première chose qu'on nous apprend en infirmerie pédiatrique. *Un enfant est comme un flocon de neige*. Chacun est unique et différent du précédent. En perdre un, c'est déjà trop, car il n'aura plus jamais son semblable.

La main gauche dans la poche, les doigts fermés sur le dernier cadeau de Lucy, je faisais indéfiniment rouler la petite pelote de fils.

« *Oh, ma petite Danny. Ma jolie, jolie petite Danny...* »

« Elle était avec la police, a protesté Greg avec raideur. J'ai pensé qu'elle était assez chaperonnée comme ça. Et puis il y avait du travail dans le service. Il se passait beaucoup de choses.

— J'ai l'impression !

— Mais enfin, Karen, vous ne pensez quand même pas...

— Peu importe ce que je pense. Dans ce genre de situations, les apparences comptent autant que la réalité. Le fait est qu'un membre du personnel et un enfant sont sortis de l'écran radar pendant au moins un quart d'heure. Vous étiez responsable des contrôles, Greg. Qu'est-ce que vous foutiez ?

— Mais j'ai contrôlé ! Cecille répondait de Lucy ; comme nous nous étions mis d'accord sur des intervalles de vingt minutes pour elle, j'ai laissé passer ce laps de temps avant de retourner contrôler. Quant à Danielle, elle était avec la police. Enfin, je croyais. »

Tous les regards étaient maintenant tournés vers moi. Je n'ai rien dit, juste fait rouler la pelote de fils entre mes doigts.

« *Oh, ma petite Danny. Ma jolie, jolie petite Danny...* »

« Vous avez dit que vous alliez chercher un verre d'eau, a répété Karen en s'adressant directement à moi. Avez-vous vu Lucy ce soir ? Est-ce que vous lui avez rendu visite à un moment donné ?

— J'ai vu Lucy. Elle dansait dans les rayons de lune. Elle était heureuse.

— Quand ?

— Avant que j'aille chercher de l'eau.

— Danielle, il faut que vous parliez. L'hôpital va ouvrir une enquête. L'État va ouvrir une enquête. Il faut que vous nous disiez ce qui s'est passé.

— J'ai vu Lucy. J'ai été chercher un verre d'eau. J'ai rencontré Greg pour lui parler de Jimmy et Benny. J'ai rechargé la photocopieuse. Rejoint les enquêteurs. Voilà ce que j'ai fait. Tout ce que j'ai fait.

— Ça ne prend pas vingt minutes, a fait remarquer le commandant Warren.

— Et pourtant si. » Je me suis tournée vers elle. « Vous aviez raison tout à l'heure : ce serait mieux qu'on ait des caméras. »

Le commandant Warren m'a demandé de l'accompagner pour un interrogatoire. J'ai refusé. Karen m'a informée que j'étais mise en congé d'office, avec prise d'effet immédiate, et que je ne devrais pas me présenter à mon poste avant que l'hôpital ne m'en donne l'autorisation. J'ai refusé.

Aucune importance, d'ailleurs. Tout le monde me posait des questions, mais personne n'écoutait mes réponses.

« Elle ne s'est pas tuée, ai-je dit, d'une voix plus forte, plus aiguë. Lucy n'aurait pas fait ça. Jamais. »

Greg et Karen se sont tus. Le commandant Warren m'a considérée avec un regain d'intérêt. « Qu'est-ce qui vous fait dire ça ?

— Je l'ai vue. Elle était heureuse. Elle était un chat. Du moment qu'elle était un chat, elle allait bien.

— Peut-être que quelqu'un a crevé sa bulle. Ou que l'illusion s'est dissipée. Vous avez dit qu'elle était instable, dangereusement imprévisible.

— Elle n'avait jamais montré aucun comportement suicidaire.

— C'est faux, a protesté Karen. Elle avait déjà manifesté un besoin d'automutilation et d'avilissement personnel. Le jour de son arrivée », a-t-elle expliqué en se tournant vers le commandant Warren, « Lucy s'est ouvert le bras et a fait des dessins au mur avec son sang. Cette enfant faisait des choses terribles parce qu'on lui avait fait des choses terribles. Je ne crois pas que nous puissions dire avec un quelconque degré de certitude de quoi elle était ou non capable.

— Elle ne s'est pas tuée ! » ai-je insisté. J'étais en colère à présent, et je me rendais compte à quel point j'avais besoin de cette rage. « Elle n'aurait pas fait ça. Quelqu'un l'a aidée à sortir. C'est la seule manière d'expliquer qu'elle ait pu franchir deux portes de sécurité. Quelqu'un l'a aidée. La première fois hier, peut-être à titre d'essai, et de nouveau cette nuit. Regardons les choses en face : le service était aux quatre cents coups, nous étions en sous-effectif et ensuite la police a débarqué. Avec tous ces sujets de distraction, l'occasion était idéale pour que quelqu'un s'en prenne à elle. Voilà ce qui s'est passé.

— Quelqu'un », a répété le commandant Warren sur un ton plein de sous-entendus, en me regardant.

« Je ne me suis absentée que cinq ou dix minutes…

— Dix-huit. Je l'ai noté.

— J'étais avec votre collègue pendant une partie de…

— Environ deux minutes, d'après lui.

— Ça ne laisse pas le temps de faire sortir un enfant en douce du service et d'aller en radiologie.

— Quelqu'un l'a fait, pourtant. Vous venez de le dire.

— Pas *moi*, quelqu'un, ai-je rétorqué. Quelqu'un d'autre, quelqu'un.

— Vraiment ? Il me semblait que Lucy n'avait confiance qu'en vous. Qui pourrait donc être ce "quelqu'un d'autre, quelqu'un" ? »

J'ai ouvert la bouche. Je l'ai refermée. Puis rouverte. Avant de renoncer. Si seulement je savais.

Lucy, qui dansait au clair de lune. Lucy, qui se balançait au bout d'une corde.

Et ensuite, sans prévenir : ma mère, une balle en plein front.

« *Je vais m'occuper de ça, Danny. Va te coucher. Je vais m'occuper de tout.* »

« *Oh, ma petite Danny. Ma jolie, jolie petite Danny…* »

« Vous avez besoin de vous asseoir ? » m'a demandé Karen avec sollicitude.

J'ai fait signe que non.

« Vous voulez un verre d'eau ? Greg, allez chercher un verre d'eau pour Danielle. » Karen a trouvé ma

323

main droite, serré mes doigts entre ses paumes. Mais je lui ai arraché ma main, que j'ai posée sur ma poitrine. Je ne voulais pas qu'on me touche, à cet instant. Je voulais ressentir cette rage, la laisser me submerger comme un fleuve.

« Tika et Ozzie, ai-je dit en regardant Karen. Demandez au commandant Warren ce qui s'est passé avec Tika et Ozzie. »

Celle-ci l'a mise au courant. Karen a blêmi.

« Mais… mais… ça n'a aucun sens, a-t-elle faiblement protesté. Nous ne pouvons pas être le point commun entre deux familles assassinées. Nous ne faisons pas de visites à domicile. Nous travaillons avec les enfants, mais nous ne savons pratiquement rien des familles. Où elles habitent, ce qu'elles font… ce n'est pas nous…

— Mais vous avez ces informations », a dit le commandant Warren.

C'était une affirmation, pas une question.

« Dans les dossiers, oui.

— Et est-ce que je n'ai pas vu dans le couloir une affiche sur votre volonté d'ouverture ? Comme quoi les parents peuvent à tout moment venir dans le service ?

— Les parents sont invités à venir voir leur enfant quand ils le veulent. Il ne s'ensuit pas que nous les connaissions à proprement parler. Le temps qu'ils passent dans le service ne représente qu'une infime fraction de leur vie, à supposer d'ailleurs qu'ils viennent. La plupart ne le font pas.

— Et les Harrington ? » a insisté le commandant Warren.

324

Karen a tripoté ses lunettes, qu'elle ne cessait de replacer sur son nez. « Les parents d'Ozzie, c'est ça ? La mère est venue plusieurs fois. Elle restait la nuit, au début, et ensuite elle venait une ou deux fois par semaine.

— Et le reste de la famille ?

— Je n'ai aucun souvenir d'eux. Ce qui est dommage. Apparemment, les parents ont l'impression qu'ils vont traumatiser la fratrie en l'emmenant dans une unité de soins intensifs, alors qu'en fait ça fait du bien à tous les enfants de se voir et de se confirmer que tout le monde va bien. »

Le commandant Warren a plissé les yeux. « Et la famille de Tika ? »

Karen a secoué la tête, perplexe. « Greg ? »

Celui-ci était de retour avec quatre verres d'eau sur un plateau. Il m'en a tendu un et un autre à Karen, avant d'en proposer au commandant Warren, qui a décliné.

« Tika ? a-t-il répété. Une petite fille, il y a environ un an ? Scarifications ?

— C'est elle, lui a confirmé Warren. J'ai cru comprendre que vous aviez travaillé avec elle. »

Il a acquiescé. « Mignonne comme tout. Elle avait un sacré sens de l'humour si on arrivait à la faire parler. Mais, oui, elle avait des problèmes d'estime de soi, de dépression, d'anxiété. Peut-être même qu'elle avait été victime d'abus sexuels, même si elle ne s'en est jamais ouverte.

— Comment était sa famille ? a demandé le commandant Warren.

— Jamais venue.

— Jamais ?

— Jamais. Le dossier de Tika parlait de "désenga-
gement" chez la mère. L'expérience ne nous a jamais
prouvé le contraire.

— Et nos archives donnent une adresse à Mattapan,
suis-je intervenue en me souvenant de l'échange entre
le commandant Warren et le sosie de George Clooney.
Nous n'avions aucune raison de savoir qu'ils avaient
déménagé ; nous n'avions plus à intervenir dans son
dossier.

— Pas trop difficile de se renseigner, a répondu le
commandant Warren avec un haussement d'épaules.

— Mais pourquoi ? Nous sommes des soignants.
Nous ne faisons pas de mal aux enfants. Nous les aidons.

— Allez dire ça à Lucy.

— *Allez vous faire foutre !*

— Dix-huit minutes, a riposté le commandant. Le
prof de gym vient de nous rapporter quatre verres
d'eau en trois fois moins de temps. Expliquez-moi ces
dix-huit minutes.

— Doucement », est intervenue Karen, directrice
jusqu'au bout des ongles. « On va tous respirer un bon
coup.

— Lucy ne serait pas allée comme ça dans une salle
de radiologie, ai-je insisté avec feu. Et où aurait-elle
trouvé la corde ?

— Vous l'avez dit, quelqu'un a dû l'aider.

— Lucy ne faisait confiance à personne. Elle avait
des compétences sociales limitées, des compétences
langagières limitées. Et puis zut, on ne sait même pas
si elle avait la dextérité nécessaire pour faire des
nœuds. Ce qui lui est arrivé lui a été infligé par
quelqu'un, pas par elle-même.

— Par quelqu'un en qui elle avait confiance », a répété le commandant en m'observant, moi, puis en regardant la petite pelote que j'avais dans la main gauche.

« Je ne me suis pas absentée aussi longtemps !

— Pendre une enfant attardée, ça peut aller vite.

— Commandant ! » a protesté Karen.

Et je me suis entendue dire : « Merde, mais *j'aimais* Lucy.

— Elle vous avait agressée.

— Ça n'avait rien de personnel…

— On croirait qu'elle a essayé de vous tordre le cou.

— Ça fait partie du travail !

— Est-ce que les autres membres de l'équipe ont des bleus ?

— Vous ne savez pas ce que c'est ici. Nous sommes le dernier recours de ces enfants. Si nous ne pouvons pas les aider, personne ne pourra.

— Vraiment ? Mais je me souviens maintenant, a dit le commandant, brusquement pensive. D'après vos propres dires, il n'y avait pas beaucoup d'espoir pour une enfant comme Lucy. Elle avait raté trop de stades de développement. Elle était condamnée à rester toute sa vie en institution. D'aucuns penseraient qu'il valait mieux qu'elle meure. »

Karen s'est étranglée.

Je me suis entendue hurler : « Taisez-vous. *Mais taisez-vous à la fin !* »

Lucy, qui dansait au clair de lune. Lucy, qui se balançait au bout d'une corde.

Ma mère, une balle en plein front.

« Je vais m'occuper de ça, Danny. Va te coucher. Je vais m'occuper de tout. »

« *Oh, ma petite Danny. Ma jolie, jolie petite Danny...* »

Mes jambes se sont dérobées sous moi. En fin de compte, la colère ne suffisait pas à éviter la souffrance. Lucy, qui n'avait jamais eu la moindre chance. Ma mère, que j'aimais si fort et qui pourtant ne m'avait pas sauvée. Natalie et Johnny, figés pour toujours sous forme d'anges de pierre.

Sang et poudre. Chants et hurlements. Amour et haine.

J'ai eu confusément conscience que Karen se penchait vers moi, qu'elle m'ordonnait de mettre ma tête entre mes genoux. Et puis sa voix, plus forte, qui s'adressait au commandant :

« Vous ne devriez pas la bousculer comme ça. Pas quand l'anniversaire de ce qui est arrivé à sa famille est si proche.

— Sa famille ?

— Vous allez l'arrêter ? »

La voix de Greg, en colère, protecteur.

« Vous pensez que je devrais ?

— Vous devriez partir, maintenant, a dit Karen. Vous avez fait assez de dégâts pour cette nuit.

— Deux familles en relation avec ce service sont mortes et une de vos patientes vient d'être retrouvée au bout d'une corde. Franchement, je pense que les dégâts ne font que commencer.

— On va s'en occuper », a dit Greg avec hargne.

Greg et Karen ont fait cercle autour de moi, formé un bouclier. Ma seconde famille, que j'avais sans doute aussi abominablement trahie que la première. J'ai serré les paupières en faisant le vœu que tout ça disparaisse.

Comme si elle lisait dans mes pensées, le commandant nous a avertis : « Demain à cette même heure, je saurai tout ce qu'il y a à savoir sur chacun de vous. Alors vous feriez mieux de vous habituer à mon charme torride, parce qu'à partir de maintenant, vous êtes à moi. »

24

Malgré les rodomontades de D.D., ses coéquipiers et elle partirent peu après cinq heures du matin. Tous les quatre étaient debout depuis trente-six heures. Vu le lieu où se trouvait la scène de crime et le nombre de personnes qu'ils allaient désormais devoir interroger, ils avaient devant eux plusieurs journées éreintantes. Autant prendre quatre ou cinq heures de sommeil avant de retourner dans les tranchées.

En tant que grand manitou des scènes de crime, Alex avait passé la nuit en radiologie. Malheureusement, la salle n'avait fourni qu'une maigre récolte d'indices matériels : pas de sang, pas de signes de lutte, pas d'éraflures, pas de traces de choc ni de débris inexpliqués. Ils avaient le nœud de pendu sur la corde et c'était à peu près tout.

Neil, qui avait arrêté de draguer le légiste le temps d'interroger tous les gardiens du bâtiment, avait rendu des résultats semblables : oui, un gardien avait aperçu une petite silhouette en blouse chirurgicale verte qui tournait à un coin. Oui, il avait remarqué qu'elle traînait une corde derrière elle. Oui, il avait bien trouvé ça bizarre. Non, il n'avait pas cherché plus loin ; il avait autre chose à faire.

Des caméras leur auraient rendu grand service, sauf que, comme Phil l'avait appris de la sécurité, l'hôpital s'en servait essentiellement pour les entrées et sorties du rez-de-chaussée, ainsi que pour la maternité. Le service de radiologie ne faisait pas partie des élus.

Ils se retrouvaient donc avec une scène de crime qui, quatre heures après les faits, pouvait toujours ne pas en être une.

D.D. fit le nécessaire pour qu'une nouvelle équipe de la brigade criminelle prenne la relève dans la recherche systématique de témoins. Elle obtint également de l'hôpital la présence vingt-quatre heures sur vingt-quatre d'un agent de sécurité affecté à l'unité psychiatrique. Ensuite elle parvint à descendre dans le hall de l'hôpital avant que ses épaules ne s'affaissent et qu'elle-même ne titube de fatigue.

Elle s'arrêta une minute dans l'escalier du parking et se pinça l'arête du nez en attendant que ça passe. Quoi que les gens puissent dire, la mort d'un enfant ne lui était jamais devenue plus supportable et, si cela devait changer, elle démissionnerait dans la minute. Manifestement, l'heure de la retraite n'avait pas encore sonné.

Quelle nuit de merde. Elle voulait rentrer chez elle, prendre une longue douche chaude et tomber comme une masse sur son lit.

Et voilà que son biper sonnait. Elle regarda le numéro. Ne vit pas qui cela pouvait être. Alors, vu l'heure matinale et par simple curiosité, elle composa le numéro sur son portable et rappela.

« Je m'inquiète pour vous. » Une voix d'homme résonna immédiatement à son oreille.

« Qui est à l'appareil ?

— Andrew Lightfoot.

— Comment avez-vous eu ce numéro ?

— Vous me l'avez donné, sur votre carte. »

D.D. se tut, fouilla dans ses archives mentales et se souvint lui avoir remis sa carte de visite à la fin de leur entretien. Procédure de routine – ça lui était déjà complètement sorti de l'esprit.

« Un peu tôt pour un coup de fil, vous ne trouvez pas ? »

Elle s'appuya contre le mur de la cage d'escalier et tourna toute son attention vers la conversation.

« Je savais que vous étiez debout. J'ai rêvé de vous. »

D.D. aurait eu plein de bonnes répliques à une telle phrase. Mais vu la nuit cauchemardesque qu'elle venait de passer et sa méfiance instinctive à l'égard de quiconque se proclamait gourou, elle s'abstint. « Pourquoi me téléphonez-vous, Lightfoot ?

— Je vous en prie, appelez-moi Andrew.

— Je vous en prie, dites-moi pourquoi vous téléphonez. »

Une hésitation. Que D.D. trouva intéressante.

« Il y a un problème, finit-il par répondre. Je ne sais pas comment vous expliquer. Du moins pas en des termes que vous comprendriez.

— Un dérèglement dans le tissu cosmique ? demanda-t-elle avec ironie.

— Exactement. »

Ben, ça alors. « Parlez, je vous écoute.

— Les énergies négatives s'accumulent. Quand je suis allé dans les espaces interstitiels cette nuit, j'ai trouvé des zones entières où bouillonnait une colère noire. J'ai senti un bourdonnement, comme une vibration extrêmement maléfique. La lumière avait fui. Je n'avais jamais vu autant d'ombres.

— Les énergies négatives sont en train de gagner la guerre ?

— Cette nuit, je dirais oui.

— Est-ce que c'était déjà arrivé ?

— Je n'avais jamais vu ça. Quand je conduis une méditation de groupe, je tombe parfois sur une force particulièrement malveillante. Mais la puissance collective du groupe, le pouvoir exponentiel de la lumière me permettent d'affronter cette énergie négative et de l'obliger à rentrer dans sa petite case insignifiante. Cette nuit... c'est comme si le contraire s'était produit. Les ténèbres appelaient les ténèbres. Se nourrissaient, grossissaient, se déchaînaient. Seul et sans préparation, je ne pouvais rien faire.

— Vous avez pris une raclée dans la stratosphère ?

— Je ne plaisanterais pas avec ça, D.D.

— Les énergies maléfiques ne sont pas de mon ressort. Qu'est-ce que vous attendez de moi, à la fin ? »

La voix d'Andrew changea. « Vous êtes fatiguée. Vous avez souffert, cette nuit. Je suis désolé. »

Elle se hérissa immédiatement. « Qu'est-ce que vous connaissez de mes souffrances ?

— Je suis guérisseur. Je les ressens. Votre aura, qui était lumineuse et blanche quand nous nous sommes rencontrés, a viré au bleu. Vous n'êtes pas dans votre élément avec le bleu. Vous êtes plus à l'aise avec le rouge, même si je préfère le blanc. »

D.D. se repinça l'arête du nez. « Pourquoi vous m'appelez, Andrew ?

— La menace est imminente.

— Le mal veut prendre le contrôle de l'univers.

— Le mal veut *toujours* prendre le contrôle de l'univers. Ce que je vous dis, c'est que, cette fois-ci, il est en train de gagner.

— Comment ça ?

— Je crois qu'il a un but. Ce but le rend puissant.

— Quel est ce but ?

— Il veut quelque chose.

— D'accord, dit-elle avec lassitude. Qu'est-ce qu'il veut ? »

La réponse n'arriva pas tout de suite. Peut-être Andrew était-il reparti dans les espaces interstitiels. Pendant ce silence, l'idée vint à D.D. de demander : « Comment va Tika ?

— Tika ? » répéta Andrew.

Bien répondu.

« Danielle Burton pensait que vous la connaissiez, dit D.D. à tout hasard. Vous savez, du service psychiatrique de Boston.

— Elle m'en veut.

— Tika ?

— Danielle. J'ai envie qu'elle guérisse plus qu'elle-même n'en a envie. C'est beaucoup de travail de pardonner. C'est plus facile pour elle de me haïr.

— Donc vous vous connaissez, tous les deux. Vous passez beaucoup de temps dans le service psychiatrique, Andrew ?

— Il ne faut pas en vouloir à Danielle, continua-t-il.

Sans les enfants, elle serait perdue. Sans leur amour, les ténèbres la consumeraient totalement.

— Pourquoi dites-vous ça ?

— À elle de raconter son histoire.

— Mais vous avez envie qu'elle guérisse. Dites-moi, je vous aiderai.

— Vous me prenez pour un imbécile ? » demanda-t-il brusquement avec, dans la voix, une irritation qu'elle n'y avait jamais entendue. « J'ai vécu dans votre monde, commandant Warren, je me suis colleté avec les meilleurs. Je reconnais une sceptique quand j'en vois une. Et je sais quand on essaie de m'entuber. Vous êtes flic. Les guérisons ne vous intéressent pas. Votre travail, c'est de juger. Et vous êtes extrêmement douée pour votre travail. »

Malgré elle, D.D. sentit qu'elle prenait la mouche. « Dites donc...

— Elle a mal, continua-t-il. Je sens que Danielle souffre et ça me touche parce qu'elle pourrait l'éviter. Mais tout le monde n'a pas envie de guérir. J'accepte son choix, de la même façon que j'accepte que vous ne me croyiez pas, jusqu'au moment où il sera trop tard.

— Trop tard ?

— La menace est imminente. Puissante. Elle a un but.

— Dites-moi ce que vous voulez, Andrew.

— Je veux que vous soyez prudente, commandant Warren. Les esprits ne veulent pas quelque chose. Ils veulent toujours *quelqu'un*. »

Andrew raccrocha. Apparemment, elle l'avait suffisamment énervé comme ça. Ce qui était aussi bien parce qu'il l'avait suffisamment embrouillée comme ça.

Énergies négatives, forces du mal, sombres présages.

D.D. repensa à la scène de cette nuit, le corps abandonné d'une petite fille de neuf ans qui se balançait au bout d'une corde. Et décida qu'elle n'avait pas besoin d'aller faire la police dans les espaces interstitiels. Elle avait déjà bien assez à faire ici-bas.

Elle finit de descendre les escaliers, poussa la lourde porte, traversa les lieux pratiquement vides et décida qu'aucun bruit au monde n'évoquait autant la solitude que les pas d'une personne seule qui résonnaient dans un parking désert.

Elle était fatiguée. Et, oui, elle avait de la peine. Lightfoot n'avait pas tort sur toute la ligne.

Elle contourna un large pilier et découvrit Alex Wilson en train de l'attendre à côté de sa voiture. Elle s'arrêta. Ils se toisèrent. Il avait des cernes sous les yeux, une ombre de barbe sur les joues. Des plis sur sa belle chemise blanche jadis impeccable.

« Tout à l'heure… je me trompais, dit D.D.

— Oui ?

— Il y a des jours où j'ai besoin qu'un homme s'occupe de moi. »

Il hocha la tête. « Aucun problème ; il y a des jours où j'ai besoin qu'une femme flatte mon ego.

— Tu as une sale tête.

— Ça me suffira comme compliment. Allez. Je te raccompagne chez toi. »

Elle le suivit à sa voiture ; elle récupérerait la sienne plus tard.

Il roula en silence pendant cinq minutes, ce qui permit à D.D. d'appuyer sa tête contre la vitre chaude et de fermer les yeux. Le matin viendrait. Peut-être était-il déjà là. Elle aurait pu ouvrir les yeux et chercher le soleil, mais elle n'était pas encore prête. Elle avait besoin de ce moment d'obscurité et de retenue, retirée en elle-même.

« Andrew Lightfoot a appelé, dit-elle peu après, les yeux toujours fermés.

— Qu'est-ce qu'il voulait ?

— M'avertir que ce serait bientôt le retour de la menace fantôme.

— Est-ce qu'elle sait faire les nœuds et est-ce qu'elle a une adresse ? »

D.D. ouvrit les yeux, se redressa. « Excellentes questions, si seulement j'avais pensé à les poser. » Elle soupira, se recala dans son siège. « J'ai glissé le nom de Tika Solis, mais il n'a pas mordu. En revanche, c'est clair qu'il connaît l'infirmière. Il nous a demandé de ne pas être trop durs avec elle. Guérir n'est pas à la portée de tout le monde.

— Pratique de dire ça pour un guérisseur. Comme ça, il peut doubler ses tarifs.

— Tu oublies que c'est un *don*… »

Alex sourit enfin. Il roulait vers North End. « Meurtre ou suicide ? demanda-t-il finalement.

— C'est toi, l'expert : dis-le-moi.

— Absence d'indices matériels.

— Ça, j'avais compris. La scène de crime ne donne rien, le gardien n'a rien vu. La mouise de tous les côtés.

— Non, je veux dire *absence* d'indices matériels. Du style : pas d'empreintes latentes. Ni la poignée de porte, ni la chaise de bureau, ni l'interrupteur ne portaient d'empreintes assez petites pour être celles d'une enfant de neuf ans. Compliqué, quand on y pense : elle aurait ouvert la porte, allumé la lumière, installé la chaise, le tout sans laisser la moindre empreinte digitale.

— Fait chier », dit D.D., et derrière ce seul mot se cachait une infinie fatigue.

Alex posa une main sur l'épaule de D.D. et l'étreignit. « Tu ne t'attendais pas à ça ce soir : le banal mandat de perquisition qui se transforme en enquête sur un cadavre.

— Non, je ne m'attendais pas à ça », reconnut D.D. Alex remit la main sur le volant ; elle en ressentit le manque. « Je ne… enfin… Zut, quoi. Je suis là, à dîner avec un type et, une heure après, je me retrouve dans une maison avec cinq cadavres. Et ça me conduit dans une autre maison avec six morts et ensuite dans un service psychiatrique où une enfant de neuf ans s'échappe et se pend alors même que nous sommes sur les lieux. Il y a combien de chances qu'une chose pareille arrive ?

— Tu dînais avec un type ?

— Rien de sérieux. On n'a même jamais dépassé le stade des hors-d'œuvre, lui assura-t-elle.

— Tu vas retenter le coup ?

— Non. Le prétendant numéro un a pour ainsi dire disparu dans le rétroviseur.

— Bon à savoir. Continue, je t'en prie.

— Donc on a cinq morts, plus six morts, plus une pendue. Il y a un lien entre eux. Forcément. C'est la seule chose qui paraisse logique, sauf qu'évidemment il n'y a aucune logique là-dedans. Comment on passe de deux tueries familiales à une enfant morte par pendaison ? »

Alex ne répondit pas, se contenta de retoucher l'épaule de D.D.

« Fait chier », répéta celle-ci en se tournant vers la fenêtre, où l'aube colorait le ciel.

Il allait falloir qu'elle commence à guetter chez ses coéquipiers l'apparition d'un éventuel syndrome d'épuisement, se dit-elle. Surtout chez Phil. Elle n'arrivait pas à imaginer ce que ça pouvait être de quitter de telles scènes pour aller mettre ses enfants au lit. Phil cesserait de parler, et ce serait le premier signe d'une défaillance.

Et elle ? Elle ne savait pas très bien quels étaient les signes chez elle. Elle avait l'impression de ne jamais dormir quand elle travaillait sur une affaire brûlante et d'être de mauvais poil le plus clair du temps. Peut-être qu'elle avait secrètement dépassé le stade de l'épuisement depuis des années et qu'aujourd'hui ça n'avait plus d'importance. Dieu sait qu'elle restait de longues périodes sans avoir le moindre contact avec un autre être humain. Pas d'étreintes, pas de câlins du matin, pas de bisous sur la joue. Elle n'avait pas de chien à promener ni de chat à caresser. Elle n'avait même pas de plante qui l'apaiserait avec ses jolies feuilles vertes.

Retrouvez l'ange qui est en vous, avait dit Andrew Lightfoot.

Ce con n'aurait pas tenu une journée à la criminelle.

« Je crois que Danielle Burton est la clé du mystère, murmura D.D. au bout d'un moment. L'infirmière a fait une petite crise pendant que je l'interrogeais, et sa chef et son petit copain, Greg le prof de gym, ont serré les rangs. Karen a laissé entendre qu'un "grand malheur" était arrivé à sa famille et que, ne serait-ce que par compassion, on devrait être gentils avec elle. Et ensuite Andrew Lightfoot a dit en substance la même chose.

— Le prof de gym est son petit copain ? demanda Alex avec intérêt.

— Pratiquement sûr et certain. En tout cas, c'est clair que ses sentiments vont au-delà du simple respect entre collègues. »

Alex lui sourit. « Exactement ce que je ressens pour toi. »

D.D. se mit à rire et se sentit enfin un peu plus légère.

« Je te le dis, ils sont ensemble et elle a un secret, reprit-elle.

— Et moi, je te dis… que je connais son secret.

— Pardon ?

— Il y a un paquet d'années, le père de Danielle a tué sa mère et ses frère et sœur. Un peu de chômage, beaucoup de whisky et il a abattu toute la famille, sauf elle.

— Comment tu as appris ça ?

— Un éducateur, Ed, m'a tout raconté. À quel point c'était triste pour Danielle de devoir affronter le drame de Lucy, surtout quand l'anniversaire de la mort de sa famille était si proche, etc.

— Tu es sûr qu'il n'y avait qu'une arme à feu ? Pas de couteau ? Et si son père avait aussi poignardé quelqu'un ?

— Il va falloir vérifier.

— Oh, ça, on va vérifier, dit D.D. en se renfonçant dans le siège passager. Intéressant. Intime. Ce n'est pas ce que tu disais après l'assassinat des Laraquette ? Que celui qui faisait ça suivait un scénario. Que ces meurtres touchaient quelque chose d'intime chez lui. Ou chez elle, selon le cas.

— Danielle a survécu au massacre perpétré par son père. Si elle rejouait un traumatisme du passé, est-ce qu'il ne faudrait pas qu'il y ait un survivant ?

— Eh, je ne suis qu'un modeste officier de police, pas un criminologue. Peut-être qu'elle n'accepte pas d'avoir survécu. Peut-être qu'elle est déterminée à parfaire le crime. Peut-être qu'elle est en réalité un homme très musclé, ce qui expliquerait qu'elle ait pu tuer Denise et Jacob Harrington, chacun d'un seul coup de couteau.

— Parfaitement logique, convint Alex.

— D'une manière ou d'une autre, tout nous ramène au service de soins intensifs, insista D.D. Et à l'intérieur du service, tout désigne Danielle Burton.

— Ça donne à réfléchir. »

Ils étaient presque dans le North End. Alex ralentit et D.D. sentit sa fatigue lui retomber dessus. Encore un retour solitaire dans son deux-pièces paradisiaque. Encore une nuit sans sommeil, suivie d'un autre matin en tête-à-tête avec son expresso. Il y avait vraiment trop longtemps qu'elle n'avait rien eu d'autre qu'une machine à café italienne pour lui donner le sourire.

« Tu sais qui aurait tout ce qu'il faut pour dézinguer une famille entière ? dit Alex. Le genre de personne qui a la taille, les muscles et la forme physique de son côté ? »

D.D. le regarda sans comprendre. « Qui ?

— Plusieurs éducateurs du service. En particulier, Greg le prof de gym. »

Alex se gara en double file au pied de la résidence de D.D. Celle-ci regarda le grand bâtiment en briques, coincé entre des dizaines d'autres bâtiments en briques vieux de deux cents ans. Puis elle regarda Alex.

« Tu veux monter ? » demanda-t-elle.

Il hésita. « Oui, j'en aurais envie. Mais je crois que je vais m'abstenir. Je pense que si on doit faire ça…

— *Quand* on fera ça, tu veux dire ?

— D'accord, *quand* on fera ça… je veux le faire bien. Je nous imagine avec des pâtes fraîches à la sauce tomate et un chianti à tomber par terre. Je nous imagine manger, discuter, rire et puis… et ensuite tout recommencer depuis le début. C'est l'avantage d'être plus vieux et plus sage : on sait que les bonnes choses valent la peine d'attendre.

— Ça fait longtemps que j'attends. Tu n'as pas idée. »

Il sourit. « Moi aussi, ça fait longtemps que j'attends. »

D.D. soupira, tourna à nouveau les yeux vers son immeuble. « Et si je disais : pas de jeux de mains ?

— Pas de jeux de mains ?

— Juste deux adultes consentants qui restent tout habillés.

— Ce serait différent. »

Elle poussa un soupir. « Je n'ai pas envie d'être seule, d'accord ? Et peut-être que toi non plus. Alors, on monte et on voit ensemble ce qu'on peut faire pour ne pas être seuls. Je garde ma chemise, tu gardes la tienne et on va tous les deux se coucher.

— Je pourrai te prendre dans mes bras ?

— J'espère bien.

— D'accord. Vendu.

— Vraiment ?

— Vraiment », dit Alex en se mettant en quête d'une place où se garer.

DIMANCHE

25

Victoria

« Toc, toc, toc.

— Qui est là ?

— Le chat qui coupe la parole.

— Le chat qui…

— MIAOU ! »

Je ris comme il se doit au moment où Evan m'interrompt. Le chat qui coupe la parole est sa blague toc-toc-toc préférée. Il la fait depuis trois ans et ne s'en lasse jamais. Ça ne me dérange pas. Je m'attendais à une longue nuit avec Evan, une nuit où il évacuerait son agitation et sa frustration après la surdose de médicaments d'hier. Au lieu de ça, il a dormi d'une traite jusqu'à six heures du matin, une des plus longues nuits qu'il ait jamais faites.

Il s'est réveillé étonnamment gai. Nous sommes allés faire une promenade à vélo dans le quartier et ensuite nous avons sorti la craie pour trottoir et dessiné une voiture de course élaborée qui crachait des flammes dans l'allée.

Après un petit en-cas de smoothies à la framboise en milieu de matinée, nous nous détendons maintenant à l'ombre dans le jardin ; les oiseaux pépient, les écureuils galopent et un chat du quartier rôde en guettant et les uns et les autres.

Voilà Evan quand il est charmant, Evan quand il est facétieux, l'Evan avec qui on a envie de faire le clown et de passer du temps. Voilà le fils auquel je ne peux pas renoncer.

« À ton tour », dit-il.

Je réfléchis une seconde. « Toc, toc, toc.

— Qui est là ?

— Cheveux.

— Cheveux qui ?

— Cheveux te faire un câlin. » Je me penche sur l'herbe et attrape Evan pour lui faire un énorme câlin. Il part d'une crise de fou rire et se tortille entre mes bras pour m'échapper.

« Tu vas me donner des maladies ! crie-t-il d'une voix suraiguë.

— Cheveux aussi te faire des bisous ! » grondé-je en le poursuivant à quatre pattes.

En cette saison, il y a plus de terre qu'autre chose dans le jardin, mais je traque bravement mon bonhomme sur la pelouse clairsemée. Evan détale, juste assez pour faire semblant de résister.

Notre couple est semblable à n'importe quelle relation toxique, me dis-je en pourchassant mon fils hilare dans tout le jardin. Après chaque explosion de violence vient l'éphémère euphorie de la réconciliation. Evan est penaud à cause de l'incident d'hier dans le parc. Je suis penaude d'avoir drogué mon enfant pour coucher avec un homme qui n'en veut qu'à mon corps. Alors aujourd'hui, Evan et moi nous montrons tous les deux exemplaires. Nous avons besoin de ces instants-là, sinon ni l'un ni l'autre ne tiendrait le coup.

Le fantôme gagnerait.

Nous courons un petit moment. Je rends les armes la première, rouge et essoufflée dans la moiteur oppressante. Evan semble avoir trop chaud, lui aussi, alors nous nous réfugions à l'intérieur pour une bonne bouffée d'air climatisé. J'installe Evan sur le canapé avec de l'eau et *Bob l'éponge*, puis je ressors sur la terrasse pour remplir la piscine gonflable. Ce serait une journée idéale pour aller à la plage. Mais je n'ai pas ce courage, ou peut-être que je ne veux tout simplement pas risquer de gâcher ce moment, alors je prépare la piscine. Evan va y ajouter une flotte de camions de pompiers et deux pistolets à eau surpuissants. Il va éclabousser et asperger. Je vais m'asseoir sur une chaise de jardin, les pieds dans l'eau fraîche, et jouir de ce répit.

Je finis tout juste de remplir la piscine quand on sonne à la porte. Je me fige, clouée par la surprise. On ne peut pas dire que nous recevions beaucoup de visites. Et il n'y a pas de livraisons le dimanche.

Evan est encore absorbé par les aventures de Bob l'éponge et de Patrick. Méfiante, je vais à la porte d'entrée et je regarde par le judas.

Michael.

Je suis obligée de me concentrer pour mettre la clé dans la serrure. Je dirige toute mon attention sur mes mains en les implorant de ne pas trembler et j'entrouvre la porte ; je me retrouve face à mon ex-mari, mais je le tiens à distance.

« Bonjour, Victoria », dit-il avec raideur. Il est habillé en décontracté chic. Bermuda kaki de chez

Brooks Brothers, chemise bien repassée à fines rayures vertes et jaunes. On dirait une photo sortie d'un magazine masculin : la haute finance athlétique en goguette.

« Chelsea va bien ? » C'est tout ce que je trouve à dire.

Il hoche la tête, se racle la gorge, passe d'une chaussure bateau sur l'autre. Il est nerveux. Je me souviens suffisamment de mon ex-mari pour reconnaître ces signes. Mais pourquoi ?

« J'ai réfléchi à ce que tu m'as dit, explique-t-il soudain. À propos d'Evan et du mariage.

— Qu'est-ce que j'ai dit ? réponds-je, hébétée.

— Evan manque à Chelsea. Elle trouve que ce n'est pas juste qu'elle soit au mariage et pas lui. Pour tout dire, elle refuse d'être demoiselle d'honneur s'il n'est pas invité. »

Michael rougit d'une façon charmante et, ce faisant, avoue qu'il a conscience de se faire manœuvrer par une enfant de six ans et de baisser pavillon. J'ai l'habitude de le voir furieux. Froid. Exaspéré. Je ne sais pas comment me comporter avec ce nouveau Michael.

Les mains écartées, il demande : « Je peux entrer, Victoria ? Voir Evan ? Discuter peut-être ? »

Je suis toujours en travers de la porte, lui barrant le chemin de notre ancien foyer. J'ai eu beau le supplier de voir son fils, maintenant qu'il est là je voudrais qu'il soit ailleurs. Son apparition soudaine va mettre Evan dans tous ses états, gâter notre belle matinée. J'ai aimé les quelques heures qui viennent de s'écouler. Je n'ai pas envie qu'elles se terminent.

Trop tard. J'entends des pas derrière moi : la curiosité naturelle d'Evan l'a attiré dans l'entrée. Je sais à quel moment il découvre son père parce que ses pas s'arrêtent. Je me retourne et je m'arme de courage pour affronter sa réaction, quelle qu'elle soit.

« Papa ? Papa. *Papa !* »

Evan traverse l'entrée en trombe. Il franchit la porte et se jette dans les bras de son père à la vitesse d'un petit éclair de huit ans. Michael vacille sous l'assaut inattendu, mais réussit à conserver son équilibre. Après quoi, Evan prend son père par les mains et danse tout autour de lui, le touche, le pousse, le tire, tout en répétant indéfiniment :

« PapaPapaPapaPapaPapaPapaPapaPapaPapa. »

Michael me lance un regard. Je hausse les épaules : on ne fait pas de surprises à un enfant comme Evan. Michael le sait pertinemment. Il devrait, du moins.

À sa décharge, il faut reconnaître qu'il commence par ne rien dire et attendre. Il laisse Evan bondir de tous les côtés, tourner, bousculer, sauter, hurler, se défouler. Puis, quand il semble que le premier moment d'euphorie soit passé, Michael lui donne une petite tape sur l'épaule et dit : « Hé, tu as grandi.

— Je suis très grand. Je suis IMMENSE.

— Et fort aussi.

— REGARDE MES MUSCLES ! » s'écrie Evan en prenant une pose de culturiste.

Je grimace. « Evan, dis-je aussi calmement que possible, je viens de remplir ta nouvelle piscine. Pourquoi tu ne la montrerais pas à ton père ? »

L'idée plaît beaucoup à Evan, qui rentre en sautillant sur la pointe des pieds (indice certain de son agitation) et court droit vers les baies vitrées. Mais dans l'état de surexcitation où il se trouve, il oublie de les ouvrir, rentre dans la vitre de plein fouet et retombe par terre, le nez éclaté giclant le sang. Il se relève tant bien que mal, la main droite sur son nez qui saigne, et tente à nouveau de traverser la paroi de verre. Cette fois-ci, il s'assomme au point de rester au tapis.

« La vache », dit Michael. Mais il ne bat pas en retraite dans l'allée. Au contraire, il entre dans la mêlée.

Nous reprenons nos anciennes habitudes, des rituels si ancrés qu'ils nous reviennent naturellement sans que ni l'un ni l'autre ne dise un mot. Moi, la mère maternante, je vais vers Evan, je lui prends la main et je lui murmure des paroles de réconfort tout en inspectant les dégâts. Michael, le père qui répare, déjà dans la cuisine, remplit un torchon avec de la glace et vient le poser sur le haut du nez d'Evan. Je revois l'époque où Michael faisait front commun avec moi pour s'occuper d'Evan, éduquer Chelsea, mener la lutte. Il s'est simplement lassé. Comment le lui reprocher ?

Evan ne pleure pas. Il est tellement emballé par le retour inattendu de son père chéri qu'il est inaccessible aux larmes. Ses émotions font tout le tour du système solaire, et il n'y a pas de larmes dans l'espace intersidéral. Juste des trous noirs partout.

Il faut qu'on l'emmène à sa piscine où il pourra évacuer à coups d'éclaboussures, de cabrioles et de cris cette tension qui crispe son corps frêle. Il redescendra de son orbite sans que personne ne soit blessé.

Michael aussi semble se souvenir de l'eau. Après avoir repoussé les cheveux d'Evan en arrière (encore une vieille habitude, un geste naturel de tendresse paternelle), il ouvre les baies et montre la piscine.

« Ça va, bonhomme ?

— Oui », répond Evan d'une voix pâteuse.

Il a probablement encore du sang dans la gorge. Du reste, il n'a pas fait deux pas sur la terrasse qu'il se retourne pour cracher un énorme mollard rouge sombre.

Ça ne me fait plus ni chaud ni froid. J'ai vu pire.

Michael l'emmène à la piscine. Evan met les pieds dans l'eau. Michael reprend le torchon plein de glace. Il tamponne sous le nez d'Evan, le débarbouille un peu. Evan va avoir un pif énorme. Mais là aussi, on a vu pire.

« Pistolet à eau ! » s'écrie Evan. Il prend le premier pistolet, le remplit avec l'eau de la piscine et met son père en joue. Je m'attends à ce que Michael proteste, fasse un geste pour protéger sa belle chemise bien repassée. Au lieu de ça, il attrape le deuxième pistolet et, pendant les dix minutes qui suivent, père et fils se déchaînent alors que je bats en retraite dans la maison pour observer à l'abri de la baie vitrée.

Peut-être que c'est thérapeutique. Peut-être que c'est exactement ce dont ils ont besoin. Parce qu'Evan est en train d'atterrir. Et que ses cris stridents passent lentement du hurlement à briser les vitres aux éclats de voix joyeux d'un petit garçon. Peut-être que tout va bien se passer en fin de compte. Peut-être que ça va être mon jour de chance.

Michael est trempé. Il rit, s'avoue vaincu. « C'est vrai que tu es devenu fort, dit-il à Evan. Écoute, je vais me mettre au soleil pour sécher. »

Evan hésite, craignant que son père ne parte, ne disparaisse à jamais. Mais voyant qu'il reste au bord de
la terrasse, à quelques pas, Evan se détend. Il se met
à jouer avec ses camions de pompiers et je sors
rejoindre Michael.

« Il est en train de se calmer, murmure Michael. Il
maîtrise mieux ses émotions que je ne croyais.

— Il y a des jours comme ça.

— Et les autres ?

— Je lui ai donné du lorazépam cinq fois cette
semaine. »

Michael me regarde. Pour une fois, il ne semble pas
distant ni en colère. Il semble fatigué. Peut-être qu'il
a l'air aussi fatigué que je me sens fatiguée. Ou peut-
être que je prends mes désirs pour des réalités. « Je ne
suis pas venu pour qu'on se dispute », commence-t-il ;
donc, naturellement, je me raidis. « Tu feras ce que tu
voudras. J'ai appris à l'accepter, Victoria. Que nous
soyons mariés ou non, tu es la mère d'Evan et tu feras
ce que tu penses être le mieux pour lui, quel que soit
mon avis sur le sujet.

— Le mieux pour lui, répété-je d'un air buté.

— Je comprends. Mais, Victoria, dit-il en écartant
les mains, dans ton propre intérêt... comment tu peux
continuer comme ça ? Pour chaque bon moment, il
doit y en avoir trois fois plus où tu t'arraches les cheveux. Tous les jours, ne penser qu'à retarder l'inévi-
table explosion et ensuite recoller les morceaux. Tu
n'as pas de temps pour toi. Tu n'as pas de temps pour
ta fille. Tu manques à Chelsea, tu sais. Un soir par
semaine avec sa maman, ce n'est pas ce dont une
petite fille de six ans a besoin.

— Je croyais que tu n'étais pas venu pour qu'on se dispute. »

Michael soupire, baisse les bras. « J'essaie de trouver un terrain d'entente. Dans l'intérêt de Chelsea. Dans l'intérêt d'Evan. Dans notre intérêt à tous.

— C'est-à-dire ?

— La thérapeute de Chelsea pense…

— Chelsea voit une thérapeute ? »

Michael semble perplexe. « Bien sûr qu'elle voit une thérapeute. C'était stipulé dans le jugement de divorce.

— Je ne pensais pas… je croyais que tu avais d'autres idées sur la question.

— Oh, nom d'un chien, Victoria, je ne suis pas le dernier des crétins. » Il a durci le ton. Tout de suite, Evan se met à nous observer depuis la piscine, tendu, comme prêt à entrer dans la bagarre. Quel parti prendrait-il ? Celui de son père ; aucun doute dans mon esprit.

Mais Michael lui fait signe que ce n'est rien. « Désolé, bonhomme. Je racontais juste une histoire de mon travail. Hé, je vois encore un camion de pompiers là-bas, sur la terrasse. Peut-être qu'il pourrait aider les autres pour les opérations de secours. »

Docile, Evan sort de la piscine en trottinant pour aller chercher le petit camion. Michael et moi reprenons notre conversation.

« La thérapeute, le docteur Curtin, voudrait que tu lui amènes Evan pour quelques séances, juste de quoi faire connaissance. Et quand Evan sera à l'aise avec elle et dans cet environnement, Chelsea pourra venir aussi. Evan et elle pourront se voir dans un cadre maîtrisé où on peut espérer qu'ils se sentiront tous les deux en sécurité. »

Je ne sais pas quoi répondre. « Quand ? Tous… tous les combien ?

— Il faudrait que ce soit le week-end puisque Chelsea va rentrer à l'école. Je pensais deux ou trois fois par mois ? Disons tous les quinze jours, une heure à chaque fois, pour voir comment ça se passe.

— Et si ça ne se passe pas bien ? Si Evan fait une crise ? »

Michael hausse les épaules, comme pour dire : que veux-tu que j'y fasse ?

« Ce ne serait pas juste de leur donner de faux espoirs, dis-je. De leur faire refaire connaissance pour rompre à nouveau la relation.

— Je suis d'accord. Avec un peu de chance, l'intervention d'une professionnelle comme le docteur Curtin nous aidera à surmonter les difficultés. Cela dit, avec le caractère instable d'Evan… On essaie ou on n'essaie pas, Victoria. Voilà l'alternative. »

Ça demande réflexion. Il a raison, naturellement. Il n'y a aucune garantie avec un enfant comme Evan. Nous sommes censés le mettre en situation de réussir, mais il y a des jours où je ne sais pas en quoi ça consiste.

« Sa sœur lui manque, dis-je finalement. Il la réclame pratiquement tous les jours. » Je regarde Michael. « Tu lui manques, toi aussi. »

Michael baisse les yeux. Il contemple ses chaussures. « Je serai aussi là une semaine sur deux.

— La chaîne Histoire est sa préférée, m'entends-je dire. Il sait pratiquement tout ce qu'il y a à savoir sur les Romains. Les dates, les empereurs, les grandes batailles. Il est intelligent, Michael. Incroyablement intelligent. Et il se sent excessivement seul.

— Je sais.

— Comment… comment tu as pu nous quitter ? Comment tu as pu arrêter de te battre pour lui comme ça ?

— Parce que Chelsea se sent seule, elle aussi. Elle est perturbée, traumatisée, complètement terrifiée à l'idée qu'un jour elle puisse se réveiller aussi violente et enragée que son frère. Ça fait beaucoup de choses à régler pour une petite fille, Victoria, et tant qu'elle continuait à vivre ici, ça ne pouvait pas se régler. Tout ne tournait qu'autour d'Evan. Chelsea aussi a besoin de nous. »

Il reste concret, terre à terre. Curieusement, ça rend son discours encore plus difficile à entendre.

« Qu'en pense Melinda ? » demandé-je, acerbe.

En entendant le nom de sa fiancée, Michael se crispe, mais ne recule pas. « Mes enfants sont ses enfants. Elle comprend ça.

— Alors tu vas recommencer de zéro. Une nouvelle petite famille. Elle est jeune ? Elle veut des enfants ? Est-ce que ça te fiche une trouille bleue ? »

Il me regarde posément. « Oui, elle veut des enfants. Et, oui, ça me fiche une trouille bleue.

— Ce n'est pas juste, murmuré-je.

— Non, Victoria, ce n'est pas juste. »

Il hésite. Un instant, je crois qu'il va en dire plus, me toucher la joue. Mais le moment passe.

Je ne peux plus le regarder. Je fixe le sol de la terrasse en priant pour ne pas pleurer. Il ne s'agit pas de moi. Il s'agit d'Evan. Qui va pouvoir revoir sa sœur. Qui va pouvoir revoir son père. D'Evan et de sa sœur qui vont retrouver une partie de leur famille.

« Je l'emmènerai à ce cabinet. Je collaborerai avec le docteur Curtin. Si ça signifie qu'Evan va pouvoir vous revoir, Chelsea et toi, je ferai ce que je peux.

— Merci.

— Merci à toi », dis-je, au nom d'Evan.

Et ensuite je ne dis plus rien parce que j'ai des sanglots dans la voix et que je ne veux rien dire de stupide, du genre : *Moi aussi, je me sens seule.* Ou, pire encore : *Je t'aime toujours.*

Michael s'approche d'Evan. Commence à lui dire au revoir. Evan ne le prend pas bien. Michael négocie un compromis : un dernier assaut au pistolet à eau et ensuite Evan pourra regarder une émission de la chaîne Histoire après son départ.

Ils reprennent leur affrontement. Je me réfugie à l'intérieur, dans la salle de bains du haut, où je m'asperge le visage et où je m'aperçois que j'ai des nœuds dans les cheveux, une chemise tachée par le sang d'Evan et de la terre sur les deux genoux. Peu importe. Michael et Melinda, Melinda et Michael – oh, le joli petit couple.

En bas, Michael et Evan rentrent dans le salon, trempés et le rose aux joues.

« Qu'est-ce que tu en dis ? demande Michael à Evan. Je pourrai revenir te voir ? »

Evan le regarde d'un air pensif. « Tu m'as abandonné.

— Je suis resté absent plus longtemps que je ne le pensais, répond Michael.

— Tu es parti.

— Je suis là maintenant.

— Mais tu es parti. »

Michael concède finalement : « Oui, bonhomme, je suis parti. Et tu m'as manqué tous les jours, j'ai eu de la peine tous les jours et je ne veux plus avoir de la peine comme ça. Alors je suis là…

— Par-ti, répète Evan sur deux notes.

— Revenu, corrige Michael. Je n'habite plus ici, Evan. Je ne peux pas rester, mais je pourrai revenir. »

Il cherche mon soutien du regard.

Je confirme : « Il pourra revenir, Evan. Tu verras. »

Evan n'a pas l'air de nous croire, mais il est aussi fatigué après les événements de la matinée. Il est disposé à se laisser amadouer par la télé, alors je mets la chaîne câblée et je raccompagne mon ex-mari à la porte.

Michael ne me dit pas au revoir ; il se retourne et dépose un petit baiser sur ma joue.

Je reste là longtemps après son départ, les doigts à cet endroit, comme si ça me permettait de garder Michael avec moi.

J'avais toujours cru que ça se passerait en pleine nuit. Evan hurlerait sur tous les tons. Je serais en train de fuir dans un couloir ou dans des escaliers. Peut-être que je trébucherais, ou peut-être que je serais juste trop lente. Je tomberais et mon fils, la bave aux lèvres, se jetterait sur moi.

Au lieu de ça, je suis assise à côté d'Evan sur le canapé. Plongé dans un profond coma télévisuel, il a les yeux rivés sur la télé, la mâchoire légèrement pendante. Je me détends, somnolente après tout ce grand air. Peut-être que je l'emmènerai manger une glace après ça. Peut-être qu'on pourrait tenter une sortie en public.

Je sens une piqûre. Une douleur au côté. En voulant la masser, je découvre le manche d'un couteau planté entre mes côtes. Mon fils le tient dans sa main. Et mon fils, mon fils magnifique, me regarde avec fureur.

« *Et tu, Brute ?* » dit-il, hargneux.

À ce moment-là, en scrutant ses yeux noirs comme des trous d'eau, je comprends. Pourquoi mon fils paraît si calme : parce qu'il n'y a plus de tumulte en lui. Evan s'est rendu au fantôme. Il a laissé le fantôme gagner.

Je contemple le couteau d'office. Je contemple mon sang, qui se répand sur le manche, sur ses doigts pâles et fins, sur le coussin beige du canapé. Et je sens la douleur à présent, incandescente, étourdissante. Je sens le sang qui se répand ailleurs, dans mon corps, depuis les organes vitaux qui viennent d'être perforés.

Je regarde le jour s'assombrir devant mes yeux, ses contours s'obscurcir.

Une si jolie journée, me dis-je. *Une si belle journée qui se termine comme ça.*

Je regarde mon fils. Et je fais ce que ferait n'importe quelle mère.

Je pose ma main sur sa main ensanglantée et je dis, avant que les ténèbres ne m'emportent : « Tout va bien, Evan. Tout va bien aller. Je t'aime. Je t'aimerai toujours. »

26

Danielle

J'étais en congé d'office. Inutile de rester à l'hôpital. J'aurais dû rentrer chez moi, prendre une douche, manger et dormir quarante-huit heures d'affilée. Au lieu de ça, évidemment, je me suis attardée dans le service.

J'ai traîné dans les bureaux, où j'ai accompli quelques tâches administratives de routine avant de rédiger, à contrecœur, le rapport sur les dernières heures de Lucy. J'ai fait un compte rendu minute par minute de tout ce qui s'était passé pendant mon service, depuis l'examen médical que j'avais passé au rez-de-chaussée jusqu'à la décompensation de Jorge. L'arrivée des enquêteurs. L'exécution du mandat, la transmission des dossiers, mon expédition en solitaire pour aller chercher le fameux verre d'eau et mon bref passage dans la chambre de Lucy. J'ai noté l'humeur de Lucy, sa valse féline dans les rayons de lune. Pour finir, j'ai indiqué que j'avais rempli la stupide photocopieuse, répondu aux questions des enquêteurs, puis, après que Greg nous avait prévenus, lancé notre battue désespérée à travers les couloirs de l'hôpital. Je ne cessais de me repasser le film, encore et encore et encore.

Ce ressassement ne rendait en rien la situation plus facile à accepter. Je n'arrivais pas à trouver l'état d'engourdissement censé succéder à ce genre de drame. Jamais auparavant nous n'avions perdu d'enfant. Nous avions eu quelques tentatives de suicide. Nous avions appris que d'autres avaient rencontré un sort tragique après leur départ. Mais jamais un enfant n'était mort alors qu'il se trouvait sous notre responsabilité. Je ne savais pas quoi faire pour soulager cette sensation d'oppression dans ma poitrine. Je n'avais pas pleuré depuis cette seule et unique semaine chez tante Helen, où j'avais compris que les larmes étaient superflues ou insuffisantes pour faire le deuil de toute une famille.

Donc j'ai rédigé mon rapport. Quand j'ai eu fini, j'ai pris la pelote de fils que Lucy m'avait confectionnée et je l'ai agrafée dans le coin en haut à droite.

Huit heures du matin. Les enfants étaient levés, le soleil entrait par les fenêtres et l'agent de sécurité affecté depuis peu au service montait la garde devant les portes.

Je suis descendue à la cafétéria de l'hôpital et j'ai attendu que Karen m'y retrouve.

Il était plus de neuf heures quand Karen est finalement arrivée. Elle est entrée dans la cafétéria et s'est dirigée droit vers moi. Ses lunettes métalliques étaient perchées sur le bout de son nez, ses cheveux gris cendré ramenés en arrière en une coiffure désordonnée : une administratrice qu'on avait tirée du lit et qui n'avait pas encore eu l'occasion d'y retourner. Elle marchait d'un pas vif, le regard droit. Toujours pro, ma chef. Elle dirigeait le service depuis au moins une douzaine d'années et je ne voyais pas qui aurait pu être meilleur à ce poste.

Elle a avancé la chaise en face de moi, posé la pile de dossiers qu'elle trimballait partout et repoussé ses lunettes d'un doigt. Elle a regardé le bagel que je n'avais pas touché, ma tasse de café. « Vous en voulez un autre ? » m'a-t-elle demandé en montrant la tasse.

J'ai décliné. Mon estomac n'aurait pas supporté davantage de caféine, et mes nerfs encore moins.

Elle est partie chercher à manger, a garni son plateau et m'a rejointe. Elle avait une banane, un muffin et une tasse de thé Lipton fumante. Elle faisait ça par gentillesse. Nous avions un coin-cuisine dans le service, où nous pouvions prendre très exactement le même repas gratuitement. Mais c'est comme ça quand on a rendez-vous dans une cafétéria : il faut rompre le pain ensemble, c'est la tradition.

Elle a épluché sa banane. J'ai réussi à avaler une bouchée de bagel. Et puis, n'y tenant plus, j'ai pris la parole la première :

« Vous savez que je ne lui ai pas fait de mal, n'est-ce pas ? Vous savez que jamais je n'aurais fait quoi que ce soit pour nuire à Lucy ou aucun autre enfant.

— Je ne le sais pas », a répondu Karen, et j'ai eu un haut-le-cœur. « Mais je le crois. Si on me demandait mon avis, je dirais que vous ne feriez jamais volontairement de mal à un enfant. »

J'ai hoché la tête, pleine d'une poignante gratitude pour ce témoignage de confiance. « Je ne sais pas ce qui s'est passé, ai-je murmuré.

— Moi non plus. En l'occurrence, nous allons devoir nous en remettre à la police.

— Qui va s'occuper d'elle ? » ai-je demandé.

Je voulais parler du corps de Lucy.

« Je ne sais pas. Ses parents adoptifs sont sous le coup d'une inculpation pour maltraitances ; elle est passée directement de chez eux à chez nous. Est-ce que l'État va réclamer le corps, organiser des funérailles ? C'est la première fois que je me retrouve dans une telle situation.

— On devrait s'en occuper, ai-je dit immédiatement. Ça donnera aux enfants l'occasion de lui dire au revoir.

— Danielle, Lucy n'a passé que quelques jours avec nous. Et elle ne s'est jamais mêlée aux autres enfants. Ils ne se sont toujours pas rendu compte qu'elle n'était plus là.

— Qu'est-ce que vous allez leur dire ?

— Vu le faible impact qu'elle a eu sur leur vie, très peu de choses. Nous répondrons à toutes leurs questions, naturellement, mais je ne suis pas persuadée qu'ils en poseront beaucoup. »

Cette remarque n'a fait que me déprimer davantage. Je me suis tassée sur ma chaise. « Je ne trouve pas ça normal, ai-je murmuré. C'était une enfant, une petite fille de neuf ans, et maintenant qu'elle est morte, elle ne manque à personne. Je ne trouve pas ça normal.

— À moi, elle me manque, a dit Karen sans sourciller. Et à vous aussi. »

J'avais les yeux brûlants. J'ai détourné le regard, fixé le sol en lino bleu.

« Rentrez chez vous, m'a dit Karen. Allez courir ou reposez-vous, hurlez ou méditez, faites ce qu'il faut pour vous rétablir. Vous êtes une infirmière exceptionnelle, Danielle. Et une femme bien. Cette histoire va passer. Vous allez vous remettre.

— Je veux travailler.

— Hors de question.

— J'ai besoin des enfants. C'est justement en m'occupant d'eux que je m'occupe de moi.

— Hors de question.

— J'observerai. Je ferai de la paperasse. Je ne serai dans les pattes de personne. Promis.

— Danielle, la police va revenir d'un instant à l'autre. Vous ne devriez pas être dans le service. Vous devriez être chez vous, en train d'appeler un bon avocat.

— Mais je n'ai pas… »

Karen m'a arrêtée d'une main. « Vous prêchez une convertie. Prenez soin de *vous*, Danielle. Vous êtes importante pour les enfants. Vous êtes importante pour nous tous. »

J'aurais préféré qu'elle ne dise pas des choses pareilles. Je me suis essuyé les yeux et j'ai fixé encore plus intensément le sol de la cafétéria.

« Nous allons avoir deux réunions de service, a fini par ajouter Karen. Quatorze heures pour l'équipe de jour ; vingt-trois heures pour l'équipe de nuit. Si vous voulez y assister, de manière non officielle, vous êtes la bienvenue. Il faut que nous établissions de nouvelles procédures pour que de tels incidents ne se reproduisent plus. Je suis aussi en train de mettre en place un soutien psychologique pour ceux qui en auraient besoin. Encore une chose à laquelle vous devriez réfléchir. »

J'ai hoché la tête. Elle m'avait donné un os à ronger. Je prenais.

À l'autre bout de la salle, j'ai vu Greg entrer dans la cafétéria et balayer les tables du regard. Il s'est dirigé vers moi, puis a hésité en voyant Karen. Mais celle-ci l'a aperçu à son tour. On aurait presque dit qu'elle l'attendait.

Elle a récupéré ses dossiers, posé son muffin par-dessus.

« Il faut que vous preniez soin de vous », a-t-elle réaffirmé avant de s'éloigner pendant que Greg arrivait. Il est venu droit vers moi. Il n'a pas fait mine d'aller chercher un petit-déjeuner ni de prendre une chaise. Il s'est planté devant moi.

« Allez, à la maison, a-t-il dit.

— Je ne supporte pas l'idée, ai-je répondu en toute franchise.

— Pas chez toi, Danielle. Chez moi. »

Alors j'y suis allée.

Il s'est avéré que Greg partageait un quatre-pièces avec deux autres types. Comme beaucoup d'appartements du coin, celui-ci était né de la division d'une ancienne belle demeure avec parquet, trois mètres de hauteur sous plafond et moulures rondes autour des spacieux bow-windows. L'endroit donnait une impression de légère décrépitude, comme une matriarche vieillissante à la charpente solide mais au teint défraîchi. J'ai fait une remarque sur les corniches du plafond. Greg a haussé les épaules. Apparemment, l'architecture n'était pas son truc.

Ses colocataires n'étaient pas là. Sans doute partis se promener au bord de la rivière, a-t-il marmonné. La journée était idéale pour flâner sur la Charles. Chaude, humide, vaporeuse. Il a mis les climatiseurs de fenêtre en marche tout en me faisant faire le tour du propriétaire. Ce qui n'a pas empêché que nous soyons tous les deux en nage avant d'arriver au bout du couloir.

Il a ouvert la dernière porte et montré l'intérieur de la pièce. « Ma piaule », a-t-il simplement indiqué.

Elle était plus en ordre que je ne l'aurais imaginé. Pas de serviettes ni de vêtements éparpillés par terre. Des meubles de base pour chambre d'étudiant. Un lit double, sans pied ni tête de lit. Une vieille commode en érable, légèrement de guingois et à laquelle il manquait un bouton. Un bureau en érable de la même époque, petit pour un homme de la taille de Greg et qui paraissait plus petit encore à côté d'un fauteuil de bureau noir.

Pas de posters. Pas de photos sur la commode. Il y avait de la peinture crème aux murs, des draps vert sombre sur le lit et des stores beiges devant les fenêtres ensoleillées. Point final. Cette chambre n'était qu'un pied-à-terre. Un endroit où dormir, pas où vivre.

J'ai regardé Greg en réalisant pour la première fois combien j'en savais peu sur lui.

« Pas de photo de la petite amie sur la table de chevet ?

— Pas de table de chevet. Pas de petite amie.

— De la famille ?

— J'ai une sœur en Pennsylvanie.

— Tu ne parles jamais d'elle.

— Tu ne demandes jamais. »

Un point pour lui. Je posais rarement des questions, à lui ou à quiconque. Quelle ironie du sort, quand on y pense. Toute l'histoire de ma vie me précédait où que j'aille ; je le lisais dans le regard des gens quand on me présentait finalement : *Oh, alors c'est elle dont le père a tué toute la famille...* Résultat, je ne m'enquiers pas des autres. Cela les inviterait à me poser des questions sur moi et il faudrait que je confirme les rumeurs qu'ils ont en tête.

« Tu la vois de temps en temps ? Ta sœur ?

— Pas dernièrement.

— Pourquoi ?

— Trop de travail, j'imagine. » Il a posé son sac de sport au pied du mur. Nous nous sommes regardés d'un air gêné, trop conscients de la présence du matelas dans le coin.

« Pas beaucoup de déco, ai-je fini par dire.

— Non.

— Tu ne comptes pas rester longtemps ?

— Je ne passe pas beaucoup de temps ici. J'ai deux boulots et je mets tous mes sous de côté pour acheter une maison un jour. Je veux un jardin avec une clôture, un chiot, une femme et deux virgule deux enfants. Voilà l'objectif. Ici, c'est seulement une étape. »

Je n'ai rien répondu. C'était un joli rêve. Qui lui allait bien. Il ne restait pas sans but dans la vie. C'était moi qui me trimballais ce genre de problème, pas lui.

Il s'est éclairci la voix. « Tu as soif ?

— Oui. »

Nous sommes retournés dans la cuisine. De la vaisselle s'empilait dans l'évier, le plan de travail aurait eu besoin d'un coup d'éponge. Greg a poussé un grognement de désapprobation, alors j'en ai déduit que ce désordre était l'œuvre de ses colocataires. Il ne s'en est pas occupé, cependant, et a ouvert le réfrigérateur d'un autre âge pour en sortir un Gatorade et un Coca Light. Il m'a tendu le Coca et a ouvert le Gatorade pour lui.

« Tu aurais du rhum ? » ai-je plaisanté en buvant la première gorgée fraîche.

Il m'a considérée une seconde, puis a attrapé une bouteille de Captain Morgan au-dessus du frigo. Et il me l'a tendue, comme par défi : à quel point avais-je envie de me détruire ?

Au bout de quelques instants, je lui ai rendu la bouteille, sans l'avoir ouverte. Il l'a reposée sur le frigo. J'ai fini mon Coca. Il a fini son Gatorade. Et nous avons recommencé à nous observer en chiens de faïence.

« Je vais prendre le canapé, a-t-il dit. Tu peux prendre la chambre. La clim devrait l'avoir rafraîchie maintenant. Je vais te chercher des draps propres.

— Tu m'as fait venir jusqu'ici pour dormir tout seul ? »

Il m'a répondu calmement : « Je ne suis pas ton père, Danielle. Je ne vais pas te sauter. »

Je l'ai frappé. Violemment, avant que l'un ou l'autre ne s'y attende. Il a pris le coup en pleine mâchoire. J'ai entendu mes phalanges craquer. Sa tête, en revanche, a à peine bougé. Alors je l'ai de nouveau frappé, cette fois-ci au ventre, qu'il avait dur comme du bois. Même pas un petit gémissement – connard de sportif.

Je me suis déchaînée, je l'ai giflé, je l'ai roué de coups désespérés. Je cognais ses flancs, son torse, ses épaules. Je frappais, encore, encore, encore. Et lui restait là, comme s'il était une statue de marbre et moi un pigeon qui battait des ailes à ses pieds.

« Je te déteste, je te déteste, je te déteste ! » me suis-je entendue hurler.

J'ai levé le genou pour porter le coup qui tue. In extremis, il a paré. Puis ses mains ont attrapé mes poignets et d'un seul geste il m'a repoussée jusqu'au fond de la cuisine. C'était moi maintenant qui étais sur la défensive, mon petit gabarit cloué au mur par son corps massif.

Il s'est penché vers moi, si près que je pouvais compter les perles de sueur qui parsemaient sa lèvre supérieure. Ses yeux étaient d'un brun profond. Chocolat, avec un anneau doré au milieu.

Il allait m'embrasser. Dans l'état d'agitation où je me trouvais, je n'arrivais pas à décider si j'allais lui rendre son baiser ou le mordre.

« Je ne vais pas te sauter, a-t-il répété.

— Salaud !

— Quand je vais te lâcher, tu vas arrêter de me frapper. Tu vas aller au bout du couloir, te mettre au lit et enfin dormir un peu. Pigé ?

— Connard !

— Tu te sens déjà mieux ? »

J'ai grondé. Il ne lâchait toujours pas mes poignets. Et là, d'un seul coup, nos corps si proches l'un de l'autre, je l'ai senti tout dur contre ma cuisse. Il avait envie de moi. Ça m'a donné un sentiment de puissance que je n'avais pas éprouvé depuis des jours. Je me suis mise à bouger contre lui, en roulant légèrement des hanches.

L'anneau doré autour de ses pupilles s'est contracté. Une autre perle de sueur s'est formée sur sa lèvre.

J'ai levé la jambe droite, je l'ai mise autour de sa hanche et j'ai brusquement poussé son pelvis vers le mien. Je me suis dit que sauter Greg le prof de gym serait peut-être la meilleure manière qui soit d'échapper à mes pensées.

Il a baissé la tête, ses lèvres en suspens juste au-dessus des miennes. J'ai de nouveau ondulé des hanches, jusqu'à sentir son érection exactement là où je la voulais. Je me suis mise à le caresser, lentement, doucement, en augmentant petit à petit la vitesse et la pression.

Il haletait. Moi aussi. Peut-être que nous n'allions pas bouger. Peut-être que nous allions faire ça tout habillés dans la cuisine. Ensuite, je prendrais du rhum. Je l'avalerais d'un trait avant de quitter cet appartement à la con et de rentrer chez moi toute seule.

Et là, pauvre de moi, j'ai revu Lucy, son petit corps pendu au plafond, et je me suis effondrée. Les larmes me sont montées aux yeux. J'ai eu envie de pleurer. J'en avais besoin. Mais cela n'aurait pas suffi. Cela ne pouvait pas suffire. Ma mère, Natalie, Johnny. Lucy.

J'ai de nouveau frappé Greg. Faiblement, cette fois-ci. Avec lassitude. Puis je me suis écroulée contre son corps qui me soutenait, le visage enfoui au creux de son cou salé.

Greg m'a prise dans ses bras. Il m'a portée jusqu'au bout du couloir. Il m'a mise au lit.

« Dors. »

Il a fermé la porte. J'étais plongée dans le noir, où je pouvais de nouveau sentir l'odeur de la poudre et du sang. Sauf que cette fois-ci, c'était moi qui tenais le pistolet, debout à côté du lit de ma mère.

« Tu disais que tu m'aiderais. Tu disais que tu l'obligerais à arrêter.

– Danielle...

– Tu disais que tu me croyais.

– Danielle... »

La porte d'entrée qui claque. La voix de mon père ivre qui résonne dans les escaliers. « Chérie, je suis rentré ! »

Et moi qui lève le pistolet.

« Danielle ! »

Sang et poudre. Chants et hurlements. Amour et haine.

L'histoire de ma vie.

J'ai rouvert les yeux d'un seul coup.

J'étais couchée sur le lit de Greg, recroquevillée dans l'obscurité fraîche, incapable de me rendormir.

Le téléphone sonnait. Le bruit, en provenance du salon, a fini par me tirer de cette léthargie qui suit les larmes. J'ai roulé jusqu'au bord du matelas, testé mes jambes et estimé qu'elles me porteraient.

J'ai ouvert la porte de la chambre et entendu la voix grave de Greg dans le salon.

« Ouais, je peux venir. À quelle heure arrive le gamin ? Quel protocole ? »

Le silence régnait pendant qu'il écoutait les réponses. Il parlait avec Karen. Un nouveau patient arrivait dans le service et, pour une raison ou une autre, Karen voulait que Greg soit présent pour les réjouissances.

Je suis entrée dans le salon et j'ai attendu qu'il me voie. Il avait les cheveux mouillés par la douche qu'il venait de prendre et portait une serviette bleu marine nouée à la taille, rien d'autre. J'ai regardé son torse très bronzé, sa musculature sculptée, et j'en suis restée la bouche sèche.

Je me suis réfugiée dans l'unique salle de bains et je me suis passé de l'eau froide sur le visage en essayant de reprendre mes repères. Greg était Greg. Greg avait toujours été Greg.

Mais je n'avais jamais réalisé à quoi il ressemblait quand il était nu.

J'ai attendu encore une minute, puis j'ai ouvert la porte de la salle de bains et trouvé Greg dans le couloir. Il avait passé un short et un polo blanc. C'était plus facile pour nous deux.

« C'était Karen, m'a-t-il expliqué. Écoute, il faut que j'aille au boulot. Tu peux rester, si tu veux. Mes colocataires rentreront sans doute tard.

— Quelle heure est-il ?

— Quatre heures de l'après-midi. »

J'ai ouvert de grands yeux. Peut-être que je m'étais assoupie en fin de compte.

« Qu'est-ce qui se passe ?

— Une admission. »

Il se dirigeait déjà vers le bout du couloir pour aller chercher son sac de sport. Je l'ai suivi.

« Pourquoi toi ?

— Le gamin a commis un acte de violence. Ça rassurerait Karen que je sois là.

— Qu'est-ce qu'il a fait ?

— Il a poignardé sa mère.

— Quand ça ?

— Ce matin, apparemment.

— La mère va bien ?

— Je ne sais pas.

— Il a quel âge ?

— Huit ans. Catatonique, d'après les urgentistes. L'état de choc, à tous les coups.

— Et quand ça se dissipera… »

La panique prendrait le relais et l'enfant explosif exploserait.

« On ne devrait pas s'ennuyer, cette nuit. » Greg a enfilé un jogging en nylon par-dessus son short, mis son sac sur son épaule et, en deux coups de cuillère à pot, il était prêt à partir.

Je l'ai regardé. Il m'a regardée. Un bleu à peine visible altérait le dessin de sa mâchoire. Je me suis avancée sans réfléchir. J'ai effleuré le bleu du bout des doigts et, sur la pointe des pieds, j'ai doucement embrassé la marque que j'avais laissée sur sa peau.

« Je suis désolée », ai-je dit – j'étais sincère.

« Danielle…, a-t-il dit d'une voix enrouée.

– Quoi ?

— Tout n'a pas toujours de rapport avec toi. Souviens-toi de ça, d'accord ? Tout n'a pas toujours de rapport avec toi.

— D'accord. »

J'ai de nouveau embrassé sa mâchoire. J'ai senti le

parfum de sa peau fraîchement lavée et je me suis écartée. Il est parti travailler.

Moi, il y avait d'autres choses dont il fallait que je m'occupe.

27

D.D. tenait sa cellule de crise : le lien désormais établi entre les Harrington et la famille Laraquette-Solis, via le service de pédopsychiatrie, puis la mort d'un autre enfant au sein de ce même service avaient réussi à retenir l'attention du commissaire divisionnaire. D'enquêtrice extrêmement paranoïaque, D.D. avait été promue au rang de sacrée petite maligne. Le fait que les médias n'aient pas manqué de déceler le potentiel sensationnel de ces deux tueries abominables en l'espace de deux jours avait aussi joué en sa faveur. La presse n'avait pas encore fait le rapprochement entre les meurtres, mais elle consacrait suffisamment de place aux deux tragédies pour que le commissaire comprenne l'opportunité de clore ces enquêtes sans tarder. D.D. eut donc la chance de se voir accorder dix enquêteurs pour l'affaire de l'hôpital.

Elle eut aussi la chance de se réveiller dans les bras d'un bel homme.

Comme son fichu biper était en train de sonner, ils partagèrent une demi-douzaine de beignets avec glaçage plutôt qu'une demi-douzaine d'étreintes sexuelles torrides, mais ça restait quand même sa meilleure matinée depuis des années.

Elle avait le sourire lorsque Alex la reconduisit au service psychiatrique, peut-être même qu'elle sifflotait quand ils traversèrent le hall pour prendre l'ascenseur jusqu'au septième. Ils sortirent devant les portes vitrées du service psychiatrique et tombèrent sur Andrew Lightfoot en pleine conversation avec l'agent de sécurité.

« Qu'est-ce que vous foutez là ? s'exclama D.D.

— Je travaille, dit-il. Vous ne sentez pas ça ? demanda-t-il en montrant son avant-bras couvert de chair de poule. Mauvaises ondes, murmura-t-il lorsqu'ils entrèrent dans le service. Vous feriez mieux de retrouver l'ange qui est en vous, commandant. Parce que, croyez-moi, la garce qui est en vous ne fait pas le poids à côté de ce qui se passe ici. »

D.D. et son équipe prirent leurs quartiers dans leur salle de classe préférée. Ils étaient armés de mandats de perquisition et savaient s'en servir. Dans les vingt-quatre heures à venir, D.D. prévoyait de recueillir les premières dépositions de toute l'équipe du service. De leur côté, au QG, Phil se renseignait sur les antécédents de chacun et Neil dressait la liste des autres membres du personnel de l'hôpital (médecins, thérapeutes, gardiens, personnel de cantine et autres chamans) qui fréquentaient régulièrement cet étage. Deux autres enquêteurs recevraient pour mission d'éplucher cette liste, de localiser chacun, de procéder à un premier interrogatoire et de vérifier les antécédents.

C'était la technique classique du mitraillage tous azimuts : pas de détail. Ça ne dérangeait pas D.D.

Elle était sur la piste d'un gros gibier et s'en réjouissait.

L'hôpital, cela va sans dire, avait dépêché son avocat pour superviser les opérations. Mais comme c'était un magnifique dimanche après-midi et que la plupart de ses associés de haut vol se promenaient sur leur yacht, une poulette en tailleur-pantalon Ann Taylor bleu marine avait tiré le mauvais numéro. Elle fit mine d'examiner les mandats de perquisition un par un, en prenant le temps de regarder chaque mot à la loupe, avant de rendre les documents avec un sec « c'est bon ».

Elle plaisait déjà à D.D. Le genre d'as du barreau qui présente bien mais qui n'a aucune expérience et dont un commandant de la criminelle ne ferait qu'une bouchée.

L'équipe de D.D. se mit au travail, s'installa pour conduire des interrogatoires et se prépara à faire de nouvelles photocopies des dossiers. Satisfaite de la marche des opérations, D.D. se mit en quête de leur première cible de choix : Andrew Lightfoot.

Elle le trouva dans la chambre de la petite morte. Le matelas solitaire était toujours au milieu de la pièce. Andrew était assis en tailleur devant lui, pieds nus, les yeux fermés, les mains sur les genoux, paumes vers le haut. Il bougeait les lèvres, mais aucun son ne sortait.

D.D. fit le tour jusqu'à se trouver face à lui. À l'instant où l'ombre de D.D. toucha son visage, Lightfoot ouvrit les yeux et la regarda. Il ne semblait pas surpris de sa présence soudaine et cela énerva suffisamment D.D. pour qu'elle entame les hostilités.

« Pourquoi vous ne nous avez pas dit que vous travailliez ici ?

— Ce n'est pas le cas. »

D.D. s'étonna, montra la pièce autour d'elle. « Et pourtant, vous êtes là. »

Lightfoot se leva dans un mouvement fluide. « Karen m'a demandé de venir. Le service est en crise, les énergies déséquilibrées. Elle m'a demandé de pratiquer un exercice de purification et d'intervenir auprès de son personnel. Alors me voilà.

— Karen, la surveillante ? Elle vous a engagé ?

— Tout le monde n'est pas sceptique comme vous. »

Il affichait un sourire patient.

Ce qui redoubla l'énervement de D.D. « Vous vous connaissez depuis combien de temps ?

— Deux ans.

— Relation personnelle ou professionnelle ?

— Professionnelle.

— Comment vous êtes-vous rencontrés ?

— Par l'intermédiaire d'une famille. Les parents m'avaient demandé d'intervenir auprès de leur enfant qui avait été admis ici. Karen a été impressionnée par les progrès de l'enfant. Elle m'a demandé de pratiquer quelques exercices de méditation et de stimulation des énergies avec son équipe. De temps en temps, elle recommande aussi mes services à d'autres familles.

— Elle vous aime bien ?

— Elle croit en ce que je fais.

— Vous êtes riche et séduisant. J'imagine que ça ne nuit pas.

— Vous me trouvez riche et séduisant ? demanda-t-il avec un nouveau sourire.

— Je vous trouve suffisant et arrogant », rétorqua D.D.

Le sourire de Lightfoot s'épanouit encore. « On ne se refait pas.

— Il vous est arrivé de sortir ensemble, Karen et vous ?

— C'est une relation strictement professionnelle, commandant. J'apporte mon aide, à elle et à son équipe. Elle recommande mes services.

— Est-ce qu'elle vous a recommandé aux Harrington ?

— Ce patient-là est arrivé par un autre biais.

— Quand avez-vous vu Ozzie pour la dernière fois ?

— Il y a trois mois.

— Et Tika ?

— Je ne connais pas cette enfant.

— Pourtant, vous savez que c'est une enfant », l'attaqua D.D.

Lightfoot la regarda sans se troubler. « Nous parlions d'enfants, donc j'en ai déduit que Tika était une enfant. Vous avez l'air en colère, commandant. Nous devrions sortir de cette chambre ; elle ne vous vaut rien. »

Sans lui laisser le temps de répondre, il se tourna vers la porte. La manœuvre força D.D. à le suivre, ce qui, tout bien considéré, la mit encore plus en colère.

« Nous allons passer dans la salle de classe…, commença-t-elle d'un air pincé.

— Voilà, c'est parfait », déclara Lightfoot comme

si elle n'avait rien dit. Il s'était immobilisé devant l'immense fenêtre du bout du couloir. « Ici, dans le rayon de soleil. Vous passez trop de temps sous les néons, commandant. Vous manquez de vitamine D. »

D.D. le regarda avec de grands yeux.

« Je suis guérisseur, expliqua tranquillement Light-foot. Ce n'est pas parce que vous n'y croyez pas que je vais changer de personnalité.

— Il vous est arrivé de travailler avec un enfant qui se tailladait ? demanda D.D.

— Qui s'automutilait, vous voulez dire ? Pas dernièrement.

— Karen vous a recommandé auprès d'une telle famille ?

— Non.

— Quelle est la dernière famille à laquelle elle vous ait recommandé ?

— Je ne me souviens pas bien, je ne garde pas ces choses-là en mémoire », dit Lightfoot.

Méfiante, D.D. l'observa un instant.

D'aussi près, elle voyait de profonds cernes sous ses yeux, une pâleur sous son bronzage. Apparemment, elle n'était pas la seule à manquer de vitamine D.

« Vous vous êtes couché tard hier soir ? »

Il hésita. « Je me couche tard depuis que vous êtes passés chez moi. J'avais prévu de prendre encore quelques jours de congé, mais ça ne se fera pas.

— Pourquoi ? »

Il se tourna vers la fenêtre, parut observer le soleil. D.D. fut interloquée de voir qu'il était parcouru de légers frissons et que ses bras nus étaient toujours couverts de chair de poule.

« J'ai passé les deux dernières soirées dans les espaces interstitiels, finit-il par répondre. Comme j'ai essayé de vous l'expliquer au téléphone, la menace est imminente. Je la sens. Vous connaissez l'expression "des ténèbres plus noires que la nuit" ? »

D.D. hocha la tête sans cesser de l'observer.

« Je n'avais jamais compris ce que ça voulait dire, mais maintenant je sais. Une menace terrible rôde là-bas dehors. À moins qu'elle ne soit ici maintenant. » Brusquement, Lightfoot posa ses doigts sur la joue de D.D.

Malgré elle, D.D. en eut le souffle coupé : les doigts de Lightfoot étaient comme de la neige carbonique sur sa peau ; si froids qu'ils la brûlaient presque. Elle recula instinctivement.

Le guérisseur hocha la tête. « Les énergies négatives provoquent une sensation de refroidissement intense. Mais je suis un guérisseur expérimenté et puissant. Je devrais donc pouvoir combattre ce froid. Je devrais pouvoir réchauffer mes mains. Mais depuis que je suis entré dans le service, je n'y arrive pas. Une menace terrible règne ici. Elle prend sa source dans la chambre de Lucy, mais se répand déjà dans tout l'étage. Une force froide, malveillante. Des ténèbres plus noires que la nuit. Lucy n'y a pas survécu. Et nous ne pourrions pas non plus, je pense. C'est pour ça que je vous ai demandé de quitter la pièce et de me rejoindre ici, au soleil.

— Parce qu'un Grand Méchant Loup céleste s'en est pris à Lucy ?

— Je suis fatigué, dit Lightfoot comme s'il était important que D.D. comprenne ça. J'ai dépensé d'énormes quantités d'énergie dans les espaces interstitiels toutes les nuits. Ensuite il a fallu que je m'occupe des exercices de guérison pendant la journée. Et maintenant j'essaie de purifier ce service de la corruption dont il est atteint. Je suis épuisé. Pas à mon maximum aujourd'hui. Je regrette de ne pas pouvoir en faire plus pour vous protéger.

— Comment ça ? demanda D.D. en regardant autour d'elle.

— Vous êtes en colère, continua Lightfoot. Vous êtes blessée. Si les circonstances étaient plus favorables, je vous aiderais à vous recentrer, à renforcer vos défenses. Mais pas cet après-midi.

— D'accord », dit D.D. d'une voix hésitante, avant d'essayer de remettre le guérisseur sur les rails : « Parlez-moi de Danielle Burton. Vous m'avez dit que sa souffrance vous interpellait.

— On dit toujours que les médecins font les pires patients. C'est pareil pour les infirmières en psychiatrie. Je connais Danielle depuis que je travaille dans le service. J'aimerais l'aider. Malheureusement, son scepticisme est à l'image du vôtre.

— Elle refuse de travailler avec vous ? »

Il haussa les épaules. « C'est pour ça que j'accepte de vous parler. Ce n'est pas une cliente et, dans son esprit, même pas une amie. Mais je m'inquiète pour elle.

— Pourquoi ?

— C'est une vieille âme », répondit-il d'un air plus lointain, comme s'il apercevait quelque chose que lui seul pouvait voir. « Depuis des siècles, elle revient dans ce plan d'existence et toujours elle cherche, sans jamais trouver. Elle attise sa haine, alors qu'on n'a que l'amour.

— Ça me rappelle une vieille chanson », dit D.D. Elle n'avait pas pu s'en empêcher. « Vous voulez parler de réincarnations ?

— Je parle d'un apprentissage par l'expérience. Son âme est attirée dans ce plan pour y apprendre ce qu'elle a besoin d'apprendre. Mais elle n'a pas compris la leçon. Et tant que ce ne sera pas le cas, elle sera vouée à la répétition. Malheureusement, d'autres âmes sont aussi concernées. Leur vie est inextricablement liée à la sienne et son incapacité à aller de l'avant les condamne toutes à un cycle de violence qui se répète indéfiniment. J'ai essayé de lui expliquer, mais...

— Son père ? suggéra D.D.

— Ce serait cohérent. »

D.D. plissa les yeux. Intéressant comme réponse, se dit-elle. Elle commençait à se rendre compte que, derrière le folklore de la sorcellerie, Lightfoot surveillait de près ses réponses.

Et d'un seul coup, elle comprit : « Vous voulez parler de Greg le prof de gym. Vous vous inquiétez de sa relation avec Danielle.

— Il demande. Elle refuse. Il a besoin. Elle rejette. Il cherche toujours l'amour. Elle choisit toujours la haine. Et ils tournent en rond, indéfiniment.

— Greg a l'air d'un gars sympa, objecta tranquillement D.D.

— Ils tournent en rond, indéfiniment », répéta Lightfoot, l'air à la fois fatigué et attristé.

D.D. l'observa un moment. Il ne fit aucune tentative pour rompre le silence et, au bout de quelques minutes, elle s'avoua vaincue.

« Ça vous manque, des fois ? demanda-t-elle.

— Quoi ?

— L'argent, la grosse cylindrée, le faste de votre ancienne vie ?

— Jamais.

— Ça devait vous procurer de bonnes doses d'adrénaline de lever des jolies filles, de gagner du fric à la pelle, d'écraser vos concurrents. Vous êtes passé de tout ça à ici ?

— Wall Street n'est qu'un terrain de jeu. Il n'y a pas de récompenses qui aient du sens, pas de conséquences importantes. Alors que là-bas…, dit Lightfoot en montrant la porte ouverte sur la chambre de Lucy, là-bas je me bats pour gagner. »

Comme pour faire la démonstration de ce qu'il disait, le guérisseur s'éloigna dans le couloir.

Il s'arrêta devant la pièce. D.D. le vit frissonner avant d'entrer.

Lightfoot étant retourné à ses opérations de purification spirituelle, D.D. fit un tour dans le service et découvrit la surveillante, Karen Rober, dans la salle commune avec un petit garçon qui se remettait de toutes ses émotions en écrasant des fruits dans un saladier. L'enfant leva les yeux à son arrivée et elle se souvint l'avoir vu le premier jour : un des trois gamins qui aimaient les petites voitures et courir en rond. Elle se creusa la mémoire pour retrouver son nom, mais fit chou blanc ; elle n'avait jamais été très douée avec les enfants.

« Vous voulez un smoothie aux fruits ? » demanda le garçon. Ses pieds se balançaient, ses épaules tanguaient. Il expliqua à toute allure sans reprendre son souffle : « Je peux faire banane fraise framboise myrtille peut-être raisin mais pas orange c'est trop dur à écraser. »

Il se remit à pilonner ses fruits avec sa cuillère en plastique, toujours en se balançant. D.D. commençait à savoir déchiffrer certains signes. D'abord, même si le garçon restait assis à la table, il était agité. Très agité. Une vraie grenade qui n'attendait que d'être dégoupillée.

Ensuite, il n'était pas le seul. Deux enfants en rollers se poussaient et se bousculaient dans le couloir, tandis qu'un troisième, assis sous une table, se frappait la tête contre le mur.

Comment est-ce qu'ils appelaient l'atmosphère du service déjà ? Le « milieu » ? D.D. n'était pas spécialiste, mais, même de son point de vue a elle, le milieu était louftingue aujourd'hui.

Karen avait repéré celui qui se frappait la tête. « Jamal, lui dit-elle avec autorité, ça suffit. Pourquoi tu ne viendrais pas avec Benny et moi ? Allez, Jamal. Benny va te faire un smoothie. Qu'est-ce que tu voudrais comme parfum ?

— *Mange, mange, mange, mange, mange* », psalmodia Benny en tendant sa première préparation à Karen.

L'infirmière la prit en le remerciant d'un sourire.

« *Mange, mange, mange, mange, mange.* »

Fascinée, D.D. vit Karen en avaler une bonne grosse cuillerée sans jamais se départir de son sourire. Benny applaudit avec jubilation. Jamal finit par sortir de sous l'autre table pour prendre part aux festivités.

En un clin d'œil, Karen l'installa avec de quoi participer à l'atelier fruits écrasés. Puis elle demanda à une collègue de la remplacer à la table et se libéra pour rejoindre D.D. dans le couloir.

« Je ne sais pas combien on vous paie, mais ce n'est pas assez », dit D.D. à Karen.

L'infirmière eut un faible sourire. « Croyez-moi, on m'a donné pire à manger.

— Mais vous avez avalé ça. Vous ne pouvez pas vous tirer d'un truc pareil en faisant semblant ?

— Vous avez des enfants, commandant ?

— Non.

— Eh bien, un jour, si vous en avez, vous comprendrez. »

Hautaine et cassante. Le défi stimula D.D. « Chez vous ou chez moi ? » demanda-t-elle en désignant d'une part les locaux de l'administration et d'autre part le bout du couloir, où son équipe avait pris ses quartiers. Karen leva un sourcil, certainement tentée de lui rappeler que, en tout état de cause, elle était partout chez elle. Mais, avec un soupir, elle finit par montrer ses bureaux administratifs. Elle trouva la clé dans le trousseau qu'elle portait autour du cou et ouvrit. D.D. lui emboîta le pas.

« Depuis combien de temps connaissez-vous Lightfoot ? » demanda D.D. alors qu'elles pénétraient dans le petit labyrinthe de pièces. Karen l'emmena dans une minuscule salle de repos où elles pouvaient s'asseoir à une table.

« Deux ans. »

Réponse concordante. « Comment l'avez-vous rencontré ?

— Par les parents d'un enfant hospitalisé ici. Leur fils s'amusait à attraper des grenouilles pour leur mettre des pétards dans la bouche et allumer la mèche. Il aimait aussi couvrir les murs de leur maison de dessins de sa mère trucidée par différentes méthodes. Incroyable les détails qu'il arrivait à rendre rien qu'avec des crayons rouges. »

Également concordant. « Quel âge avait l'enfant ? demanda D.D. par curiosité.

— Dix ans.

— Ça fait peur.

— J'ai vu pire. Mais les médicaments n'avaient aucun effet sur lui et ses parents étaient affolés. Alors ils ont fait appel à Andrew. Au début, j'étais sceptique, mais Andrew était calme, courtois, respectueux de notre personnel et des autres enfants. Et je dois dire qu'en moins de trois semaines, nous avons noté des progrès sensibles dans le comportement du garçon. Des incidents qui, avant, l'auraient mis dans une colère noire, étaient maintenant accueillis avec plus de tolérance. On voyait qu'il se crispait, mais ensuite il se mettait à marmonner : "Trouver la lumière ; sept anges qui me prennent dans leurs bras." Il se détendait, ce qui est une prouesse remarquable pour un enfant psychotique à ce point. Naturellement, j'ai commencé à poser des questions à Andrew sur son travail. Et beaucoup de nos médecins en ont fait autant.

— Qu'en pensent-ils ?

388

— La plupart n'y voient rien à redire. La médecine commence à découvrir le rôle de l'amour et du rire dans le processus de guérison. De là à admettre que la foi et la spiritualité peuvent aussi y contribuer, il n'y a qu'un pas.

— Les anges ont guéri un enfant perturbé ? »

Karen sourit. « Savez-vous tout ce qu'il y a à savoir sur l'univers ? Parce que, dans ce cas, vous êtes plus maligne que moi, commandant. »

D.D. lui jeta un regard mauvais. « Andrew s'est occupé de combien de vos patients ?

— Il faudrait lui poser la question. Je recommande rarement ses services moi-même ; la plupart du temps, ce sont d'autres parents qui le font.

— Il semblerait qu'il ait travaillé pour les Harrington. »

Karen ne répondit rien.

« Danielle a laissé entendre qu'il avait contrarié la prise en charge de leur fils en préconisant qu'il quitte l'hôpital avant que les médecins ne l'estiment prêt. »

Karen haussa les épaules. « On était dans la zone grise. Ozzie avait indéniablement fait des progrès. J'aurais aimé avoir plus de temps pour m'assurer que son récent changement de comportement était durable, mais ils jugeaient plus important de lui faire retrouver un environnement familial. Les deux arguments se tenaient. D'ailleurs, Ozzie n'est jamais revenu ici. Je suis donc amenée à en déduire que la méthode des Harrington a marché pour leur fils. Andrew a été efficace pour lui.

— Les Harrington ont été assassinés.

— Par le père, je croyais.

— Nous n'en sommes pas sûrs. »

Karen montra pour la première fois des signes d'hésitation ; ses mains retombèrent sur la table, elle clignait des yeux derrière ses verres à monture métallique. « Vous voulez dire… Ozzie ?

— C'est possible. »

Loin de défendre Ozzie, l'infirmière soupira. « Difficile de savoir avec ces enfants. Ce n'est pas par faiblesse qu'ils n'arrivent pas à se maîtriser. Ils présentent des différences physiologiques, des problèmes cérébraux, hormonaux, génétiques. Et nous avons si peu de solutions. Si peu d'outils à notre disposition.

— C'est là qu'intervient Lightfoot, le beau chevalier blanc qui promet de sauver des enfants en perdition tout en réduisant votre facture de médicaments. Tout pour plaire. »

Comme la surveillante ne répondait pas, D.D. poussa un cran plus loin : « Vous couchez avec lui ?

— Mon mari s'y opposerait.

— Peut-être qu'il l'ignore.

— Ma conscience s'y opposerait, dit Karen en secouant la tête. Je comprends que vous soyez sceptique au sujet d'Andrew. À bien des égards, son physique et son passé me laissaient plutôt méfiante. Mais quand on le voit avec les enfants… Il est vraiment tendre, d'une très grande patience. Il ne se contente pas de les relaxer, il leur apprend à se relaxer tout seuls. Je n'aurais jamais cru que je me retrouverais à promouvoir la purification des énergies en milieu hospitalier. Et pourtant, ses résultats m'inspirent le respect. »

D.D. se renfrogna, refusant de se laisser convaincre. « Parlons des autres membres de l'équipe. Danielle, par exemple ? Andrew est séduisant. Elle est jeune et jolie.

— Il faudrait lui poser la question.

— Elle est un peu déboussolée », fit remarquer D.D.

Karen ne mordit pas à l'hameçon.

« Faut dire, continua D.D. sur un ton badin, avec son père qui a assassiné toute sa famille sauf elle. C'est plutôt lourd à porter. Et maintenant elle s'occupe de tout un service d'enfants violents. On croirait que la tragédie lui est nécessaire. »

Dans un premier temps, Karen resta silencieuse. Puis : « Dans la police, vous ne voyez pas des collègues qui descendent d'une longue lignée de policiers ? Les fils, les filles, les nièces, les neveux d'autres policiers ?

— Si.

— C'est pareil dans notre métier. Si on veut creuser, la plupart de nos employés ont des histoires à vous briser le cœur. Ils n'ont pas connu le bonheur dans leurs jeunes années et cela les incite à protéger chez d'autres l'enfance qu'ils n'ont jamais eue. Vu sous cet angle, Danielle n'est pas une exception dans le service. Plutôt la règle.

— Vraiment ? Quelle est l'histoire de Greg ?

— Greg ? » Ce nom semblait particulièrement la surprendre. « Je ne suis pas sûre qu'il en ait une. Il n'est pas du genre à parler de sa vie personnelle.

— Depuis combien de temps travaille-t-il ici ?

— Cinq ans.

— Des plaintes ? Des difficultés ?

— Pas la moindre, assura Karen. Il est calme, consciencieux, épatant avec les enfants. Apprécié à la fois des adultes et des enfants, ce qui n'est pas le cas de tous les membres de l'équipe.

— Les adultes ?

— Les parents. Certains chez nous... » Karen hésita. « Certains font ce métier parce qu'ils ont un excellent contact avec les enfants. Malheureusement, ce sens du contact ne s'étend pas toujours aux adultes. »

D.D. médita cette idée. Greg le prof de gym était beau. Musclé, sportif. Elle était prête à parier que certaines adultes avaient un contact... privilégié avec lui.

« Quelles sont les conditions requises pour être éducateur ? demanda-t-elle en sortant son carnet à spirale pour prendre des notes. Faut-il passer un brevet particulier, obtenir un agrément ? » Que pourrait-elle demander à Phil de vérifier dans le passé de Greg ?

La surveillante secouait la tête. « Naturellement, nos infirmières possèdent des diplômes et un agrément. La seule chose qu'on demande aux éducateurs, c'est un niveau bac et beaucoup d'énergie et de créativité avec les enfants.

— Vous voulez rire. La majorité de votre équipe se compose d'éducateurs et vous êtes en train de me dire qu'ils ne reçoivent aucune formation particulière ? »

Karen la regarda en face. « Commandant, quel module d'enseignement théorique pourrait préparer quelqu'un aux enfants que nous avons ici ? »

Un point pour elle. « Greg a de la famille ? demanda D.D. d'un air sombre.

— Il n'en parle pas.

— Une petite amie ?

— Je ne sais pas.

— Donc il n'a d'yeux que pour Danielle, conclut D.D.

— Je ne me mêle pas de la vie privée de mon personnel, répondit Karen avec froideur.

— Ah bon ? Parce que tout le monde ne parle que de ça. Greg dit oui. Danielle dit non. Et le manège continue. Ça flirte beaucoup sur le temps de travail, on dirait. Vous ne pouvez pas approuver.

— Je n'ai jamais vu ni l'un ni l'autre se comporter autrement que de manière professionnelle.

— Vous devriez peut-être sortir plus souvent de vos bureaux. »

La surveillante lui jeta un regard noir.

D.D. attendit un instant, puis décida qu'elle en avait assez de tourner autour du pot et alla droit au but : « Vous ne trouvez pas bizarre que deux familles en relation avec ce service aient été assassinées à peu près jour pour jour à la date où la famille d'une de vos employés a été assassinée ?

— C'est bizarre…, commença Karen.

— Et ensuite, la coupa D.D., une fillette a été retrouvée pendue hier soir et elle aussi se trouvait en relation avec cette même infirmière dont la famille a été assassinée il y a presque exactement vingt-cinq ans. Encore une coïncidence ?

— Ça arrive.

— Vraiment ? Combien d'enfants avez-vous retrouvés pendus dans l'hôpital ? Combien de vos anciens patients ont été assassinés ? »

Karen ne répondit plus rien. Elle semblait aussi fatiguée que Lightfoot. Après un soupir, elle prit une pile de dossiers sur la table, en sortit un relevé de présence et regarda D.D.

« Quand les Harrington ont-ils été tués ? demanda-t-elle. Mercredi ? Jeudi ?

— Jeudi soir. »

L'infirmière consulta le relevé. « Danielle travaillait, ce soir-là. En fait, elle a enchaîné deux gardes, la nuit du jeudi et la journée du vendredi.

— Quels sont les horaires de nuit ?

— Dix-neuf heures/sept heures du matin. »

D.D. médita cette idée. Les Harrington étaient sans doute morts à peu près à l'heure du dîner. Vu le temps nécessaire pour anéantir toute une famille, effacer les traces, venir de Dorchester à Cambridge… « À quelle heure a-t-elle commencé son service ?

— Elle est arrivée à six heures et demie et s'est préparée à prendre son poste.

— Et vendredi soir ? »

Karen se mordit les lèvres. « Officiellement, Danielle a fini sa journée à dix-neuf heures, mais elle est restée dans le service, elle a fait une réunion de synthèse avec moi et elle a complété des dossiers jusqu'à onze heures passées. C'est là qu'elle a eu un affrontement avec Lucy qui faisait une crise violente.

— Les bleus dans le cou de Danielle, se souvint D.D.

— Exactement. Donc même si elle n'était pas de

garde, elle était là et je l'ai noté, conformément au règlement de l'hôpital. »

Au tour de D.D. de pincer les lèvres. Autrement dit, Danielle avait un alibi à la fois pour le meurtre des Harrington et pour celui des Laraquette-Solis.

« Elle travaillait hier soir au moment de la disparition de Lucy, remarqua D.D.

— Exact.

— Bon, vous allez peut-être me trouver débile, mais vous me dites qu'elle a travaillé dans la nuit de jeudi à vendredi, la journée du vendredi (en s'attardant jusqu'à plus de onze heures du soir) et qu'elle était de retour pour la nuit du samedi. Ça fait beaucoup d'heures en peu de temps.

— Notre personnel cherche souvent à regrouper ses gardes et à les enchaîner pour optimiser ses journées de repos. Trois jours de travail, cinq jours de liberté, ce genre d'arrangements. »

D.D. regarda l'administratrice avec de grands yeux.

« Danielle a aussi beaucoup de mal à décrocher, concéda Karen. Surtout à cette période de l'année.

— Qui d'autre connaît son passé ?

— Tout le monde.

— Tout le monde ?

— Son histoire sort du lot, même ici où on voit beaucoup de drames. La plupart des parents finissent aussi par apprendre ce qui lui est arrivé. Les bavardages, la rumeur. On ne changera pas les gens.

— Et Greg, le prof de gym ? Est-ce qu'il travaillait jeudi soir ? Ou vendredi ? »

Nouvelle lecture du planning. « Pas jeudi soir. Vendredi, il a fait la journée. Sept heures/dix-neuf heures. Et puis bien sûr il travaillait hier soir, quand Lucy… » L'infirmière ne termina pas sa phrase.

D.D. digéra l'information. Ainsi donc Danielle avait un alibi pour les meurtres des Harrington et des Laraquette-Solis, mais pas Greg. Bon à savoir. Elle reprit son ton badin : « Alors qui sera le prochain, à votre avis ?

— Pardon ? »

D.D. haussa les épaules. « Les Harrington ont été assassinés jeudi soir. La famille Laraquette-Solis vendredi soir. Lucy a été pendue samedi soir. » D.D. consulta sa montre. « Il sera bientôt cinq heures du soir. J'imagine qu'on a, quoi, une, deux, trois heures devant nous avant le début des animations du dimanche soir. Un autre enfant ici ? Une autre famille dehors ? Le compte à rebours est lancé. Faites vos jeux. »

Karen la regardait avec effarement.

« Vous croyez que je suis ici pour m'amuser ? reprit D.D. Vous croyez que je n'ai rien de mieux à faire que de terroriser le valeureux personnel d'un service de pédopsychiatrie ? Des familles sont en train de *mourir*. Des enfants sont *assassinés*. Alors maintenant dites-moi ce qui se passe pour que mon équipe puisse enrayer la mécanique. Cinq heures, Karen. Ne me demandez pas qui sera mort à six. »

Et là, presque comme si quelqu'un avait entendu ce qu'elle disait, un premier cri retentit à l'extérieur des locaux administratifs. Puis un deuxième, un troisième. Des plaintes stridentes et affolées qui se mêlèrent bientôt en un chœur de hurlements terrifiés.

« La salle commune », s'exclama Karen. Déjà debout, elle attrapait ses clés autour de son cou et se ruait vers la porte.

Sur ses talons, D.D. distinguait maintenant des mots : « Le diable ! hurlaient les enfants. *Diablo. Está aquí. Está aquí.* Le diable est ici. »

28

Victoria

Je rêve de plages lointaines. De sable blanc soyeux qui s'enfonce sous mes pieds. De vagues turquoise qui vont et viennent sur le rivage. D'un soleil orangé qui réchauffe mon visage levé.

Je rêve que je marche avec mon mari, main dans la main.

Nos enfants courent devant, rient ensemble joyeusement. Les boucles dorées d'Evan ressortent sous le soleil radieux, la tête de Chelsea et sa chevelure sombre penchées à côté de la sienne. Ils creusent un trou avec un bâton, juste hors d'atteinte du va-et-vient de l'océan.

Et là Evan pousse négligemment sa sœur dans le trou. Le sable s'éboule et engloutit Chelsea d'une gorgée goulue. Le rire aux lèvres, Evan revient vers nous en courant. C'est alors que je m'aperçois que ce n'est pas un bâton qu'il tient à la main, mais une longue lame affilée. Il la pointe vers son père, prend de la vitesse, et le fantôme danse dans ses yeux tandis qu'il court sur la plage opalescente.

« Tu es à moi, me dit-il en transperçant son père. Tu seras toujours à moi. »

Et il s'avance, armé de l'épée sanglante…

Je me réveille au son d'un bip étrange. Ce bruit aigu me fait mal aux oreilles. Je serre les paupières comme si cela devait l'assourdir. Comme ce n'est pas le cas, je rouvre les yeux et prends conscience d'un grand nombre de choses à la fois.

Je suis dans une chambre d'hôpital. J'ai une douleur pratiquement insoutenable au côté. Je suis entourée de moniteurs, et différents câbles et tuyaux sont reliés à ma main gauche. J'ai chaud. Je suis désorientée. Je n'ai aucune idée de ce qui m'est arrivé.

Puis je découvre enfin Michael endormi dans un fauteuil à côté de mon lit.

Alors que je le regarde avec stupéfaction, il sort lentement de sa torpeur, jette un regard vers moi et s'aperçoit avec surprise que je suis réveillée.

« Victoria ? dit-il d'une voix rauque.

— Evan ? » demandé-je, paniquée.

Tout de suite, le visage de Michael grimace convulsivement. Il se lève ; il porte encore le bermuda kaki et la chemise Brooks Brothers qu'il avait chez moi. J'en suis encore plus désorientée. Quel jour sommesnous ? Que m'est-il arrivé ?

« Comment tu te sens ? » demande Michael en s'approchant du lit et en regardant les moniteurs comme s'il savait les lire.

Je déglutis une fois, deux fois, trois fois. « J'ai… soif.

— Je vais appeler une infirmière. »

J'approuve. Il appuie sur un bouton. « Evan ? tenté-je de nouveau.

— Il va bien.

— Chelsea ?

— Elle est à la maison. Avec Melinda. De quoi tu te souviens ? »

Je secoue la tête. Je ne me souvenais pas. Mais là, ça me revient. Assise dans le canapé à côté de mon enfant ivre de soleil. Un peu somnolente. Cette brusque douleur au côté…

Ma main descend vers mes côtes. De fait, mon flanc droit est recouvert d'un pansement de gaze. Pas besoin de le toucher pour sentir la douleur, la plaie rouge et enflée. Mon fils m'a poignardée.

« Le couteau a transpercé le foie, explique Michael comme s'il lisait dans mes pensées. Si les secours ne t'avaient pas transférée ici à temps pour une intervention d'urgence, tu serais morte.

— Evan ? demandé-je une troisième fois.

— Tu comprends ce que je te dis, Victoria ? Tu serais *morte*. »

Une infirmière arrive. Elle entre d'un air affairé, prend mon poignet, vérifie mon pouls, même si un encombrant appareil en plastique au bout de mon doigt doit lui donner l'information. « Comment vous sentez-vous ? demande-t-elle en consultant les moniteurs.

— J'ai soif.

— Je peux vous apporter de la glace pilée. Si vous ne la vomissez pas, on pourra essayer l'eau. On fait comme ça ? »

J'acquiesce. Elle sort et revient bientôt avec un demi-bol de glace. J'en prends des petits morceaux avec parcimonie, car je m'aperçois que je suis de plus en plus barbouillée. Les anesthésies ne m'ont jamais réussi. Ces petits morceaux de glace sont sans doute ce que je peux faire de mieux.

« Le médecin passera bientôt vous voir », dit l'infirmière. Puis elle s'en va et Michael et moi nous retrouvons en tête à tête.

« Merci d'être venu », réussis-je à articuler. Je ne sais pas quoi dire d'autre.

« Il fallait bien que quelqu'un vienne. C'était moi ou ta mère. »

Nous savons tous les deux ce qu'il veut dire. Ma mère m'aurait débranchée. Je ne suis pas sa fille à ses yeux. Plutôt une rivale. Autrefois, du moins. Il y a si longtemps qu'elle n'est pas venue nous voir, moi ou ses petits-enfants, qu'elle n'a aucune idée de ma déchéance.

« Evan ? insisté-je.

— Evan va bien.

— Il ne voulait pas… »

Michael m'arrête d'une main. Je ne l'ai jamais vu aussi en colère. « Tu sais pourquoi je suis parti ? m'agresse-t-il. Tu sais pourquoi j'ai pris Chelsea et je me suis tiré de chez nous ? »

Je fais signe que non. Sa colère m'effraie.

« Parce que je me disais que ce n'était qu'une question de temps avant que je sois obligé de tuer mon fils pour protéger ma femme et ma fille. Et c'est peut-être débile, mais je ne voulais pas tuer Evan. Merde, moi aussi, je l'aime, Victoria. Moi aussi, je l'ai *toujours* aimé. »

Je ne sais pas quoi dire.

« Tu sais ce que tu lui as fait ? » continue-t-il, et sa voix tremble sous la violence de ses émotions. « Il a huit ans et maintenant il va devoir affronter le fait qu'il a poignardé sa mère. Qu'il a failli te tuer. Ce n'est qu'un enfant, bon sang. Comment est-ce qu'il est censé gérer ça ? Avec tout ce qui se passe déjà dans son cerveau détraqué, comment est-ce qu'il est censé réagir à un truc pareil ? »

Je ne sais pas quoi dire.

« On m'a appelé et, au ton de l'infirmière… j'ai cru que tu étais morte. J'ai foncé ici en croyant pendant tout le chemin que tu étais morte. Qu'Evan t'avait assassinée. Et quand je suis arrivé aux urgences, la police avait un milliard de questions, les médecins avaient un milliard de questions. Je n'ai même pas pu te voir ; on t'avait déjà emmenée au bloc en quatrième vitesse. Et Evan était enchaîné à un lit d'hôpital. On lui avait mis les menottes et tout. Mon fils. Mon petit garçon… »

La voix de Michael se brise. Il se détourne de moi, s'approche du mur et le contemple un moment.

« Il a fallu que j'appelle Darren », reprend-il enfin. Darren est un vieux copain de fac devenu juriste. « Il a fallu que je consulte un avocat pour Evan. Voilà où on en est, Victoria.

— Il ne voulait pas… », essayé-je de nouveau.

Michael se retourne d'un seul coup. « *Tais-toi*. Par pitié. Ça m'est égal que tu sois blessée. Ça m'est égal que tu aies failli mourir. Je voudrais te faire encore plus mal, Victoria. Je voudrais te filer des claques jusqu'à ce que tu comprennes une fois pour toutes que ton déni est en train de détruire notre fils. Evan *voulait* te faire du mal. Il a intentionnellement volé ce fichu couteau dans l'égouttoir. Il l'a ingénieusement glissé à l'intérieur du tissu sous le canapé, là où tu ne le trouverais pas. Et il l'a soigneusement retiré quand l'occasion s'est présentée rien que pour pouvoir te le planter entre les côtes.

— Comment tu sais tout ça ? Comment est-ce que tu pourrais savoir une chose pareille ?

— Parce qu'il me l'a dit. »

Je le regarde avec des yeux ronds, bouche bée, incrédule.

« Il est brisé. Il a répondu à mes questions comme un automate. Il n'y a aucune lumière dans son regard. Il t'a poignardée, mais il s'est brisé lui-même. Et je ne sais pas si nous pourrons le récupérer. Tu es sûre que ça valait mieux qu'un établissement spécialisé, Vic ? »

L'amertume de ses paroles me blesse, comme c'est bien son intention. Je prends de plein fouet la violence de son sentiment d'impuissance. Sa colère rentrée pour toutes ces fois où je n'ai pas tenu compte de son avis, où je l'ai exclu de l'éducation d'Evan parce que je n'étais pas d'accord avec ses solutions, où je n'ai pas su renoncer à ma conception de ce qu'il y avait de mieux pour mon enfant. Je suis la mère maternante. Michael, le père qui répare. Nous étions dès le début voués à l'échec.

« Est-ce que… est-ce qu'ils ont arrêté Evan ? » demandé-je en me déplaçant un peu sur le lit pour trouver une meilleure position. Je me sens nauséeuse, mais c'est peut-être la conversation autant que le contrecoup de l'anesthésie.

« Je suis certain que le mandat d'arrêt arrivera tôt ou tard. Mais pour le moment, vu la fragilité de son état mental, il est hospitalisé. »

Je le regarde sans comprendre. « Où ça ?

— Ici même. Il se trouve que cette clinique possède une unité de pédopsychiatrie fermée au septième étage. Evan y a été admis. »

Mes yeux s'agrandissent. Une fois encore, Michael lève la main. « Je ne veux rien entendre. J'ai demandé à Darren de ressortir notre jugement de divorce. J'ai encore un droit de garde sur Evan et, vu ton état physique et émotionnel, je te traînerai au tribunal s'il le faut pour demander la garde exclusive. Notre fils vient de faire un épisode psychotique. Il est là-haut et il y restera.

— Ce n'est qu'un enfant…

— C'est bien pour ça qu'il est dans une unité pédiatrique. Et, puisque tu le demandes si gentiment, c'est un excellent service de soins intensifs. Chaudement recommandé, considéré comme très en pointe dans le traitement des enfants atteints de troubles mentaux. Tu pourras aller le voir quand tu voudras, à supposer que tu te rétablisses suffisamment pour sortir de ton lit.

— Salaud.

— J'aurais dû devenir un salaud plus tôt, dit-il, impassible. On aurait peut-être pu éviter ça.

— Je ne suis pas une mauvaise mère », murmuré-je au bout d'un moment.

Ça paraît bête à dire, alors que je viens de me faire poignarder par mon propre enfant.

Mais Michael paraît comprendre. Son visage se décrispe, la tension quitte peu à peu ses épaules. Il soupire, se frotte le front. Soupire à nouveau. « Non, tu n'es pas une mauvaise mère, Vic. Et je ne suis pas un mauvais père, et Evan, quand il est Evan, n'est pas un mauvais gamin. N'empêche qu'on en est là.

— Qu'est-ce qui va se passer ?

— Je ne sais pas.

— Je ne porterai pas plainte, dis-je d'un air de défi. Sans moi, ils ne peuvent pas l'arrêter, n'est-ce pas ? » Mon estomac se soulève. Je vais vomir.

Mais Michael n'est pas d'accord : « Ce n'est pas si simple, Vic. Il t'a donné un coup de couteau et il l'a avoué à la police. Les agents vont préparer des déclarations sous serment. Et le procureur pourra s'en servir pour demander un mandat d'arrêt. Darren pense que le juge acceptera sans doute qu'Evan soit provisoirement placé en établissement psychiatrique plutôt qu'en centre pour jeunes délinquants. C'est la première étape. Ensuite, on va laisser la procédure suivre lentement son cours et se concentrer sur les moyens d'améliorer la santé mentale d'Evan. Si on arrive à démontrer qu'il est stabilisé, il se peut que le juge soit plus clément. C'est envisageable. Mais ça va prendre du temps, Vic. Du temps pour lui, du temps pour toi, du temps pour le système judiciaire. On en a pour un moment. »

La perspective me fait horreur. Evan dans une unité fermée. Mon fils de huit ans placé en établissement spécialisé pour une durée indéterminée.

À mon tour de détourner le regard, de contempler les murs blancs.

Il y a tellement de choses que je voudrais dire à mon fils. Que je l'aime. Que je crois toujours en lui. Je ne suis pas dans le déni. J'ai vu les ténèbres dans ses yeux. Mais j'ai aussi vu la lumière. J'ai vu tous ces moments où Evan arrivait à être Evan et je ne les aurais ratés pour rien au monde.

Une idée me vient. Intriguée, je tourne la tête vers mon mari. « Tu as dit que j'avais eu de la chance que les secours m'aient conduite à temps à l'hôpital. Mais comment ils ont su ? Qui les a prévenus ? »

Michael met les mains dans ses poches. « Evan, répond-il finalement. Il a fait le 911, dit à l'opérateur qu'il avait donné un coup de couteau à sa mère. Il a expliqué que tu saignais et que tu avais besoin d'aide.

— Il a voulu me sauver.

— Peut-être. Peut-être pas. L'opérateur lui a demandé ce qui s'était passé. Tu sais ce qu'il a répondu ? »

Je secoue la tête, perplexe.

« Il a dit que c'était le diable qui l'avait poussé à faire ça. Et que l'ambulance ferait bien de venir vite parce que le diable n'en avait pas encore fini. »

29

Danielle

Quand tante Hélène m'a ouvert, j'ai tout de suite vu ses yeux rougis. Elle a voulu dissimuler ses larmes en s'essuyant les joues, en passant sa main dans ses cheveux courts. Ses joues étaient toujours humides, son visage congestionné. Elle a vu que j'avais vu et, Dieu merci pour toutes les deux, nous avons renoncé à jouer la comédie. Elle m'a fait signe d'entrer.

Elle avait quitté son appartement en centre-ville depuis des années et vivait désormais dans un lotissement plus moderne en lisière de la ville. Moins d'entretien, à présent qu'elle abordait cette période de la vie où on réduit la voilure. Elle n'exerçait plus comme juriste et travaillait maintenant trente heures par semaine dans une association qui militait pour un renforcement du droit et des financements en faveur de l'enfance maltraitée ou en danger. Ce travail, expliquait-elle, lui plaisait précisément parce qu'il représentait un virage à cent quatre-vingts degrés par rapport à sa précédente carrière. Elle était passée de la défense des nantis au combat pour les droits de l'enfant.

On aurait cru que ça nous ferait plus de points communs, des sujets de conversation tout trouvés pour les quelques soirées par mois où nous dînions ensemble. Mais en fait, ni l'une ni l'autre ne parlait jamais boulot. Cela tenait peut-être à la nature de notre métier : il faut laisser le travail au bureau, sinon on devient fou.

« Café ? m'a-t-elle proposé en me conduisant dans la cuisine exiguë mais luxueusement aménagée.

— Whisky », ai-je répondu.

Malheureusement, elle a cru que je plaisantais et nous a servi deux verres d'eau. Ça ne m'a pas paru assez corsé pour ce que j'avais à faire.

Elle a emporté les verres dans une autre pièce, petite mais somptueusement décorée. Parquet rutilant, manteau de cheminée peint en blanc, plafond voûté. Le salon ouvrait sur une véranda grillagée qui dominait des marais. Plus tôt dans la saison, nous nous installions dans cette véranda pour observer les hérons. Mais en cette fin de mois d'août, l'atmosphère était trop moite.

Nous nous sommes assises sur le canapé d'angle. J'ai bu mon eau et senti sur mes joues la caresse de l'air que le ventilateur de plafond venait de rafraîchir. Tante Helen n'a pas pris la parole immédiatement. Ses mains tremblaient autour de son verre. Elle fuyait mon regard, fixait le sol des yeux.

Cette période de l'année la touchait toujours plus durement que moi. Peut-être parce qu'elle s'autorisait à avoir du chagrin, à ouvrir les vannes une semaine par an. Elle pleurait, enrageait, relâchait la pression. Et ensuite elle ramassait les morceaux et reprenait le cours de sa vie.

Je ne pouvais pas faire ça. Je n'avais jamais pu. Je ne voulais pas ouvrir les vannes, de peur de ne plus jamais pouvoir les refermer. Et puis, malgré le passage des années, je restais dominée par la colère. Une rage enracinée au tréfonds de moi-même. D'où le fait que je venais rarement voir ma tante aux alentours de la date anniversaire. C'était trop pénible de la regarder sangloter alors que j'avais envie de tout casser chez elle.

Ma visite d'aujourd'hui l'avait sans doute surprise. Elle faisait tourner son verre d'eau entre ses doigts en attendant que je parle.

« Ça va ? » ai-je fini par demander. Question stupide.

« Tu sais », a-t-elle répondu avec un petit haussement d'épaules. Finement répondu. Pour savoir, je savais.

Je me suis raclé la gorge et j'ai regardé dehors par les vitres ensoleillées. Subitement, mes yeux se sont mis à piquer et j'ai dû lutter contre une émotion qui me prenait à la gorge.

« Il s'est passé quelque chose », ai-je enfin réussi à dire.

Elle a arrêté de tripoter son verre d'eau et m'a observée. D'un seul coup, je me suis retrouvée face aux yeux bleus de ma mère. J'étais sur le seuil de sa chambre, le pistolet de mon père caché dans mon dos, et j'essayais de trouver le courage de dire ce qu'il fallait que je dise.

« Il m'a fait du mal, me suis-je entendue murmurer.
— Danielle ? »

La voix de ma tante, la voix de ma mère. Indissociables, ces deux femmes, qui toutes les deux avaient prétendu m'aimer.

Je me suis passé la langue sur les lèvres et forcée à continuer. « Mon père. Les soirs où il buvait beaucoup… quelquefois il venait dans ma chambre en pleine nuit.

— Oh, Danielle.

— Il disait que si je faisais ce qu'il voulait, il ne serait plus obligé de boire autant. Qu'il serait heureux. Que notre famille serait heureuse.

— Oh, Danielle.

— J'ai essayé, au début. Je me disais que si seulement je le rendais heureux, je n'aurais plus à entendre ma mère pleurer la nuit. Les choses s'arrangeraient. Tout irait bien. »

Ma tante ne disait rien, elle se contentait de me regarder avec les yeux bleus tristes de ma mère.

« Mais la situation a empiré. Et il s'est mis à boire davantage, à venir plus souvent. Je ne pouvais pas. Je ne supportais pas. Ce soir-là, je suis allée dans la chambre de maman. Pour lui dire ce qu'il faisait. Et j'avais pris son pistolet avec moi.

— Tu as menacé Jenny ? s'est étonnée ma tante. Tu allais tuer ta mère ?

— Non, j'ai menacé mon père. J'ai dit à maman que si elle ne l'obligeait pas à arrêter, j'allais le tuer. C'était mon plan. Pas mal pour une enfant, hein ?

— Oh, Danielle. Qu'est-ce qui s'est passé ?

— Il est rentré à la maison pendant qu'on parlait. Il avait bu, il criait nos noms. Nous l'avons écouté monter les escaliers. Maman a exigé que je lui donne le pistolet. Elle a dit qu'elle allait s'occuper de tout.

Qu'elle allait m'aider. Elle a promis. Il suffisait que je lui donne le pistolet.

— Qu'est-ce que tu as fait ?

— Je lui ai rendu le pistolet de mon père. Et ensuite je me suis sauvée au bout du couloir et je me suis cachée sous les couvertures dans ma chambre. Je ne suis pas ressortie avant… que tout soit terminé. »

Ma tante a pris une inspiration tremblante, expiré. Elle a posé son verre d'eau sur la table basse et s'est levée pour faire quelques pas vers la fenêtre. Elle n'était pas du genre à ne pas tenir en place. Ses mouvements me déconcertaient, m'incitaient à l'observer attentivement. Elle refusait de me regarder, les yeux tournés vers les marais blanchis par le soleil, où les oiseaux étaient forcément plus réconfortants que notre conversation.

« Tu penses que c'est de ta faute, ce que ton père a fait, a-t-elle dit doucement.

— J'étais une enfant. Ça ne peut pas être de ma faute. »

Elle s'est retournée vers moi avec un pâle sourire. La première larme a roulé sur sa joue. Elle l'a essuyée, puis a croisé les bras sur sa poitrine. « Le docteur Frank t'a bien dressée.

— Il pouvait, avec ce que tu le payais.

— Moi aussi, tu me détestes, Danielle ? Est-ce que les échecs de ma sœur sont forcément les miens ?

— Est-ce que tu *savais* ? Tu as tellement tenu à ce que je suive une thérapie pendant toutes ces années… Est-ce que maman t'avait dit ce qu'il faisait ? »

Lentement, tante Helen a secoué la tête. Puis elle s'est reprise et une deuxième larme a roulé, deuxième larme essuyée. « Je ne savais pas qu'il abusait de toi. Je le soupçonnais. Le docteur Frank le soupçonnait. Mais, Danielle, tout ce qui se passait dans ta famille n'avait pas forcément de rapport avec toi.

— Je l'ai dénoncé. J'ai essayé de faire en sorte que ça s'arrête et tout le monde est mort. Ma mère, Johnny, Natalie. Si je n'avais rien dit... si j'avais simplement continué à essayer de le rendre heureux.

— Ton père était un connard égocentrique. Personne ne pouvait le rendre heureux. Ni Jenny, ni ses enfants, ni toutes les deuxièmes chances que lui a données le shérif Wayne. Ne te mets pas ça sur le dos.

— Ce n'était pas juste, surtout pour Natalie et Johnny. Je peux détester ma mère. Il y a des soirs où je la déteste. Elle est restée avec lui. Pire, elle m'a repris le pistolet. Si elle m'avait laissée mettre mon plan à exécution... Alors, quand je suis au fond du trou, je me dis que maman n'a eu que ce qu'elle méritait. Mais Natalie et Johnny... » Ma voix s'est brisée. Je me suis levée et j'ai marché de long en large. « Ils sont morts parce qu'ils avaient passé une tête dans le couloir. Et moi j'ai survécu parce que j'avais trop la trouille pour sortir de mon lit. Ce n'est pas juste, et les années qui passent n'y changent rien.

— Danielle, je ne sais pas exactement ce qui est arrivé cette nuit-là. Je ne peux pas te dire qui a fait quoi à qui et je ne te raconterai pas qu'il y a quoi que soit de juste là-dedans. Mais tu te trompes sur ta mère. Elle était à bout. La veille du jour où ton père... a fait ce qu'il a fait, Jenny m'avait appelée. Elle voulait le nom d'un bon avocat spécialisé dans le divorce. Elle avait l'intention de mettre ton père dehors. Elle était à bout.

— C'est-à-dire ? »

Ma tante a hésité, puis semblé prendre une décision. « Elle avait rencontré quelqu'un. Un homme bien, m'a-t-elle dit. Un homme bien qui était prêt à l'aider. Elle avait juste quelques dispositions à prendre. Et ensuite elle allait demander le divorce à ton père. »

J'en restai muette de stupeur.

« Il se peut, a continué tante Helen, que ta mère n'ait jamais fait part de tes accusations à ton père. Peut-être qu'après avoir entendu ce que tu avais à dire, elle était suffisamment en colère pour le mettre dehors ce soir-là. Elle lui a dit qu'elle voulait divorcer. Et lui... »

J'imaginais la scène. Le pistolet, que j'avais apporté dans la chambre, posé sur la table de chevet de ma mère. Ma mère, qui crie à mon ivrogne de père de foutre le camp. Mon père, pris au dépourvu, furieux de la rébellion soudaine de ma mère, qui voit son pistolet, s'en empare...

Natalie, qui se demande ce que c'est que ce bruit. Johnny, intrigué par cette violente détonation au bout du couloir.

Je les aimais. Toutes ces années après, je les aimais encore. Si j'avais su à l'époque qu'il me faudrait choisir entre les abus sexuels de mon père et l'amour de ma famille, j'aurais choisi ma famille. Je les aurais choisis, eux.

« Danielle, ce n'est pas de ta faute.

— Oh, putain. Ça fait vingt-cinq ans. Quand est-ce que tout le monde va arrêter de me dire ça ?

— Quand est-ce que tu vas commencer à le croire ?

— Nous étions une famille. Chaque action de l'un provoquait la réaction d'un autre. S'il ne s'était pas mis à boire, si elle n'avait pas voulu le quitter, si je n'avais pas trouvé son foutu pistolet. Nous aurions aussi bien pu être une rangée de dominos. J'ai apporté le pistolet dans la chambre de mes parents. J'ai dit à ma mère ce qu'il faisait. J'ai fait basculer le premier domino et ensuite nous sommes tous tombés.

— C'est ton père le coupable ! a rétorqué ma tante.

— D'avoir tué ta sœur ? ai-je rétorqué à mon tour. Ou de t'avoir collé son enfant sur les bras ? »

Ma tante a traversé la petite pièce en trois enjambées pour me gifler. La brûlure de ce coup m'a abasourdie. Je l'ai regardée, estomaquée par sa colère.

« Je *t'interdis* de parler de toi-même de cette façon ! Je t'en supplie, Danielle. Je t'ai aimée depuis le jour de ta naissance. Autant que j'aimais Jenny, et Natalie et Johnny. Je vous aurais tous recueillis. Si j'avais eu le choix, j'aurais rempli mon stupide appartement jusqu'au plafond avec vous tous. Mais Jenny avait un plan. Et comme j'étais une bonne grande sœur, j'ai écouté son plan et je lui ai fait confiance pour mener sa barque. C'est comme ça qu'on fait dans une famille. Ses échecs ne sont pas mes échecs, et ce ne sont pas non plus les tiens. La vie est dégueulasse. Ton père était un salaud. Alors pleure, bon sang. Évacue tout ça en hurlant un bon coup, Danielle. Et ensuite autorise-toi à aller mieux. C'est ce qu'aurait voulu ta mère. Et c'est aussi ce qu'auraient voulu Natalie et Johnny. »

Et aussi vite qu'elle m'avait giflée, elle m'a prise

dans ses bras et serrée bien fort. Je ne me suis pas écartée. Je ne pouvais que m'abandonner à elle, ma tante, ma mère. Tout se brouillait tellement au fil du temps.

« Je t'aime, murmurait ma tante contre ma joue. Mon Dieu, Danielle, tu es la meilleure chose qui me soit jamais arrivée, même quand tu me brises le cœur.

— Je voudrais qu'ils reviennent.

— Je sais, chérie.

— Je n'arrive plus à les imaginer. Je ne vois que toi.

— Tu n'as pas besoin de les voir, Danielle. Il suffit que tu les sentes dans ton cœur.

— Je ne peux pas. C'est trop douloureux. Vingt-cinq ans après, ça fait *mal*.

— Alors ressens cette douleur. Personne n'a jamais dit que la famille ne faisait pas souffrir. »

Mais je ne pouvais pas. Je ne voulais pas. Au lieu de ça, j'étais de nouveau dans la chambre, je remettais le pistolet à ma mère. Je faisais confiance à la femme qui avait les yeux de ma tante pour tout arranger.

« *Va te coucher, chérie*, avait-elle murmuré. *Vite. Avant qu'il te voie. Je vais m'occuper de tout. Je te promets.* »

Ma mère qui a pris le pistolet. Ma mère qui l'a posé avec précaution sur la table de chevet. Où le réveil indiquait…

Je me suis figée. J'ai fait une pause dans ma tête, je suis revenue en arrière. Ma mère, qui a posé le pistolet devant son réveil à affichage digital dont les chiffres rouges indiquaient 22 : 23. Moi qui ai filé dans le couloir vers mon lit, où j'ai tiré les couvertures sur ma tête et fait abstraction du reste.

22 h 23. J'avais parlé à ma mère à 22 h 23.

Mais d'après le rapport de police, ma famille n'était morte qu'à plus d'une heure du matin, au moins deux heures et demie plus tard.

Je me suis écartée de ma tante. « Il faut que j'y aille.

— Danielle…

— Ça va. Enfin, non, mais tu as raison : un jour, ça ira. Je t'aime, tante Helen. Même quand je te mène la vie dure, je sais que j'ai de la chance de t'avoir.

— Demain, m'a-t-elle dit en me tenant toujours par les mains, on ira ensemble.

— Demain », ai-je accepté.

Puis je lui ai repris mes mains et je me suis dirigée vers la porte avec une seule hâte : sortir de chez elle.

Une fois dans l'allée, j'ai couru vers ma voiture en composant déjà un numéro sur mon portable. Après toutes ces années, je ne connaissais pas son numéro personnel, alors je suis allée au plus simple et j'ai appelé le bureau du shérif. Et à la seconde où ça a décroché : « Je cherche à joindre le shérif Wayne. Je m'appelle Danielle Burton et je dois lui parler de toute urgence. »

30

Du sang. D.D. en vit d'abord dans la salle commune. Des éclaboussures sur une table, des mouchetures sur le mur voisin, puis une traînée sur la moquette du couloir.

« Nom d'un chien », soupira-t-elle. Elle s'était trompée : ils n'avaient pas jusqu'à six heures du soir. Le malfaisant avait déjà frappé, pendant qu'elle faisait la causette dans les quartiers administratifs. Merde.

« Les enfants, s'écria tout de suite Karen. Où sont les enfants ? »

À ce moment-là, un nouveau cri de rage, strident, retentit au bout du couloir : « *Non, non, non. Va-t'en. Je te tuerai. Je te CRÈVERAI LES YEUX !* »

D.D. et Karen se ruèrent vers le bruit et parcoururent une partie du couloir avant de s'arrêter net. Elles venaient de passer des sanitaires sur leur droite. La porte était ouverte et une grande fille avec d'immenses yeux noirs et des cheveux bruns tristes se tenait devant le lavabo, une paire de ciseaux à la main, dégoulinante de sang. Devant la porte, un éducateur d'un certain âge, les bras écartés comme pour empêcher la fillette de s'échapper.

« *T'avise pas de me toucher ! Je t'écrabouillerai les*

couilles. Je t'arracherai la bite ! » Les hurlements continuaient au bout du couloir. D.D. secoua la tête, perdue. Elle entendait un jeune garçon très, très énervé, et ce qu'elle voyait, c'était une jeune fille couverte de sang. Qu'est-ce que c'était que ce bordel ?

« Allez, Aimee, ronronnait l'éducateur alors que D.D. et Karen approchaient. C'est le moment de rendre les ciseaux. Tout va bien. Respire un grand coup et pose les ciseaux. On peut surmonter ça, hein ? Toi et moi, quelques-uns de tes albums de coloriage préférés… »

« *JE BOIRAI TON SANG !* » rugissait le garçon, plus loin dans le couloir.

Aimee leva le bras gauche et, posément, se laboura l'avant-bras avec la lame des ciseaux. Une fine ligne rouge s'épanouit sur sa peau. Elle l'observa avec une fascination intense. Ses deux bras, ses joues, sa gorge dénudée étaient couverts d'autres lignes. Sa peau ressemblait à un patchwork aux coutures de sang.

Violent fracas au bout du couloir. Un lourd objet en bois jeté contre un mur. « *ME TOUCHE PAS ME TOUCHE PAS ME TOUCHE PAS !* »

Aimee sursauta en direction du bruit et s'entailla aussitôt la clavicule.

« Reprenez les ciseaux, merde, ordonna D.D. Qu'est-ce que vous attendez ? »

Mais Karen posa une main apaisante sur son épaule.

« Ed ? demanda la surveillante à mi-voix.

— Ce n'est pas Aimee qui a commencé, répondit-il. Je ne sais pas très bien ce qui s'est passé. Le nouveau est arrivé. Greg l'escortait dans le service et d'un seul coup Benny a traversé toute la salle commune pour se jeter contre un mur. Ça a fait disjoncter Jimmy, qui s'est mis à balancer des chaises et là c'est parti dans tous les sens. J'ai voulu raccompagner Jamal dans sa chambre. Cecille avait pris Jimmy dans ses bras, Greg essayait de mettre le nouveau aux abris. Andrew est sorti voir ce qu'il pouvait faire et Jorge lui a filé une beigne dans l'œil. »

« *NON NON NON NON NOOOON !* »

« Jorge ? » Karen était abasourdie. « A frappé *Andrew ?*

— Un bon crochet du droit. Qui aurait cru ? Heureusement, Lightfoot a un bon jeu de jambes. Il a emmené Jorge pour travailler avec lui. Je suis revenu après m'être occupé de Jamal et voilà que je découvre que notre chère Aimee a profité de l'agitation pour faire main basse sur des ciseaux.

— Mais comment ? Les fournitures pour travaux manuels sont sous clé. »

Ed quitta Aimee des yeux le temps de lancer un regard exaspéré à sa supérieure. « J'ai un scoop pour vous, Karen : on n'est pas franchement au mieux de notre forme. Le service est un peu sur la tangente, et ça, c'était *avant* que Benny essaie de franchir le mur de placo. »

« *CONNARD CONNARD CONNARD. JE T'ARRACHERAI LES OREILLES. JE T'ÉCRASERAI LA CERVELLE. J'EN FERAI DE LA BOUILLIE. UN SMOOTHIE À LA CERVELLE ET À LA BANANE. MIAM MIAM.* »

« Oh, non. » D.D. venait de comprendre qui hurlait : Benny. Le petit garçon aux yeux sombres qui aimait écraser des fruits, jouer aux petites voitures et faire des bruits d'avion. Elle vit à son air résigné que la surveillante le savait déjà, qu'elle l'avait compris bien avant D.D. Une journée comme les autres.

Ed reporta son attention vers Aimee, dont les yeux sombres se voilèrent lorsqu'elle fit glisser les ciseaux ouverts sur une veine de son cou.

« Hé, Aimee, dit alors Ed d'une voix plus ferme pour forcer l'attention de la fillette. Je sais que tu nous as demandé de ne pas te toucher pendant tes crises. Tu veux qu'on te parle. Mais là, on s'approche du moment où il ne sera plus question de parler. Quelles sont les règles du service ? On se traite et on traite les autres avec respect. Tu ne te montres aucun respect. Tu te fais du mal et tu ne tiens pas compte de mes ordres. Tu as jusqu'à dix, Aimee. Après je viens te chercher. »

Encore de la casse. De nouveaux cris ; pas Benny, mais un autre enfant : l'agitation se propageait de chambre en chambre. Aimee leva sereinement la main gauche et s'entailla la paume. Elle examina la plaie, en ajouta une deuxième.

« Arrêtez-la », souffla D.D. d'une voix pressante à l'oreille de Karen. Elle brûlait d'intervenir. « J'attrape la fille, vous attrapez les ciseaux. Allez ! »

Karen agrippa l'avant-bras de D.D. et ne lâcha plus. « La plupart des coupures sont superficielles et guériront. Mais si on trahit la confiance d'un enfant, on fiche en l'air des mois de travail…

— Elle met sa peau en charpie…

— Cinq, six, sept…, comptait Ed.

— Non, non, non, pleurait un autre enfant dans le couloir. Je ne veux pas ! Tu peux pas m'obliger, CONNARD DE MES DEUX !

420

— Chut, chut, chut…

— ¡ *Diablo, diablo, diablo !* »

D.D. n'y tenait plus. Il fallait qu'elle se jette sur Aimee pour reprendre les ciseaux. Il fallait qu'elle fonce au bout du couloir pour plaquer cet enragé de Benny au sol. Tous ces endroits où il fallait être, toutes ces choses à faire. Encore des hurlements. De nouveaux cris. Une fille aux yeux sombres qui s'envoyait en l'air avec des ciseaux…

« Huit, neuf, dix », termina Ed.

L'éducateur se redressa de toute sa hauteur, avança d'un pas déterminé. Aimee leva les ciseaux. Elle les brandit bien haut, juste au-dessus de son cœur, et à cet instant D.D. sut exactement ce que la fillette allait faire.

Elle commença à crier : « *Stop !* » S'élança.

La main blanche d'Aimee descendit en un éclair, des ciseaux ensanglantés fendirent les airs…

« JE VOUS AURAI TOUS. JE VOUS TUERAI TOUS JUSQU'AU DERNIER. ATTENDEZ VOIR ATTENDEZ VOIR ATTENDEZ VOIR. JE ME VENGERAI… »

Ed attrapa le poignet d'Aimee, puis le grand gaillard lui tordit le bras dans le dos aussi rapidement et efficacement que n'importe quel policier. La fillette ne poussa qu'un seul cri. Les ciseaux tombèrent avec fracas sur le carrelage. Aimee s'effondra en avant, sans plus aucune velléité de résistance.

« Je vais chercher des pansements », dit Karen.

Pendant qu'au bout du couloir éclatait une nouvelle salve de hurlements.

Il fallut une heure pour ramener le service à la normale. On donna des médicaments aux enfants ; on les calma avec de la musique ; on les soudoya avec des Game Boy ; on les apaisa dans de petits coins tranquilles avec d'interminables histoires. D.D. faisait les cent pas. Exclus du champ de bataille, traités comme les intrus inexpérimentés qu'ils étaient, son équipe d'enquêteurs et elle tournaient comme des lions en cage du côté des salles de classe ; ils essayaient de lire des dossiers, mais bondissaient sur leur siège chaque fois qu'un cri ou autre bruit de casse ou de chute résonnait dans le service.

D.D. ne tenait pas assise. Alex non plus. Ils marchaient de long en large au bout du couloir, dans le même état d'agitation que les enfants.

« Les énergies négatives », dit Alex. Les mains enfoncées dans les poches, il remuait nerveusement sa petite monnaie.

« Je t'en foutrais.

— Tu apportes de l'eau à mon moulin.

— Je t'en foutrais quand même.

— Et l'ange qui est en toi ?

— Je vais t'étrangler à mains nues.

— Là encore, un point pour le chaman. La dernière fois que j'ai ressenti d'aussi mauvaises ondes, c'était à Souza-Baranowski. » Le centre pénitentiaire Souza-Baranowski était la prison de haute sécurité du Massachusetts.

« C'est ce qui arrive dans ces établissements, dit D.D. Il y en a un qui pète un câble, et tout le monde pète un câble.

— La circulation des énergies négatives, glissa ironiquement Alex.

— Sérieusement, je vais t'étrangler.

— Ou alors on pourrait trouver un placard à balais et faire l'amour. »

D.D. s'arrêta net. Cligna plusieurs fois des yeux. Elle n'en revenait pas de cette subite envie de faire exactement ce qu'il disait. De lui arracher sa chemise. D'enfoncer les doigts dans ses épaules. De le chevaucher comme…

Son visage avait dû la trahir parce que les yeux d'Alex s'assombrirent. « J'aimerais bien m'attribuer le mérite de la tête que tu fais, mais je crois que c'est un deuxième bon point pour le chaman. Au milieu du négatif, nous sommes attirés par le positif. Chaque action appelle une réaction d'égale intensité.

— Chaque acte destructeur appelle un acte créateur équivalent ?

— Bingo. Dans un placard à balais.

— Vendu. »

À moins que. Les portes du service s'ouvrirent et Danielle Burton entra dans la salle commune. Elle vit le sang et se figea ; à l'instant même, Andrew Lightfoot apparaissait dans le couloir.

D.D. fit signe à Alex et ils reculèrent discrètement pour profiter du spectacle.

« Qu'est-ce qui s'est passé ? demanda Danielle. Qui est blessé ? C'est grave ?

— Aimee a mis la main sur une paire de ciseaux », expliqua Lightfoot en s'avançant vers l'infirmière brune. Il s'arrêta tout près de Danielle et prit une longue gorgée de sa bouteille d'eau. Il regardait Danielle d'un air absorbé. Elle s'écarta ostensiblement.

« Est-ce qu'Aimee va bien ? demanda-t-elle en refusant de croiser le regard de Lightfoot.

— Pas trop mal, murmura le guérisseur en laissant retomber sa bouteille le long de sa cuisse. Le milieu a traversé une phase critique, les enfants explosaient les uns après les autres comme des pétards. J'aimerais pouvoir dire que c'était autant d'occasions d'apprentissage, mais je n'en suis pas certain. Les énergies ici... sont absolument nocives. Toxiques. Ça fait des heures que j'essaie de purifier la chambre de la petite fille. Je n'avance pas. Je suis trop épuisé pour une corruption aussi profonde.

— Tu travaillais dans la chambre de Lucy ? demanda Danielle avec brusquerie.

— À la demande de Karen.

— Tu ne la connaissais pas.

— J'ai rencontré son âme dans les espaces interstitiels. Elle m'a demandé de te remercier.

— Arrête. »

Danielle s'éloigna, posa son sac sur une des tables. C'est alors qu'elle remarqua D.D. et Alex, au bout du couloir des salles de classe. « Vous n'avez pas du travail ? leur demanda-t-elle.

— On travaille, là », répondit D.D.

Ni elle ni Alex ne bougèrent.

« Comment tu te sens, Danielle ? demanda Lightfoot.

— Parfaitement bien.

— C'est pas beau de mentir.

— C'est pas beau de faire comme si tu me connaissais mieux que moi.

— Si tu as le sentiment que je suis allé trop loin, je

te présente mes excuses. Ce n'est jamais mon intention de te mettre mal à l'aise. »

Lightfoot se rapprocha de Danielle et mit une main dans la poche de son pantalon blanc en lin pendant que l'autre faisait rebondir sa bouteille d'eau contre sa jambe.

Quoiqu'il ait affirmé ne porter à Danielle qu'un intérêt strictement professionnel, D.D. trouvait qu'il la regardait d'une façon terriblement indiscrète. Comme s'il voulait s'approcher encore de la jeune infirmière, goûter le parfum de sa peau.

Danielle, en revanche, ne répondait de toute évidence pas à ses sentiments. Elle se dirigea vers des placards, les ouvrit avec sa clé et entreprit d'en sortir des produits ménagers. Elle enfila des gants en plastique et attrapa une bombe de désinfectant.

« Nettoie ou fiche le camp, dit-elle à Lightfoot. Tu as le choix. » Elle se tourna vers D.D. et Alex : « Ça vaut aussi pour vous deux. C'est un service psychiatrique en activité ici, pas du théâtre de boulevard. Rendez-vous utiles ou allez voir ailleurs. »

D.D. se tourna vers Alex. Celui-ci fit signe qu'il était d'accord et ils vinrent dans la salle commune prendre des produits ménagers. Ce n'était pas cher payé.

Andrew était apparemment du même avis. Il s'empara d'un rouleau d'essuie-tout. « Ton père a *besoin* de te parler…, commença-t-il en se retournant vers Danielle.

— Ça ne m'intéresse pas.

— La haine est une énergie négative, Danielle. Rejeter ton père ne fait du mal qu'à toi-même.

— Arrête ça. On a déjà eu cette conversation. Tes élucubrations, c'est ton problème. Je ne marche pas là-dedans. Bon sang, tu n'as pas fait suffisamment de dégâts avec Ozzie ? »

Lightfoot s'assombrit. D.D. tendit l'oreille.

« Ozzie avait fait des progrès remarquables, dit le guérisseur. Toute sa famille était en voie de devenir plus centrée et aimante…

— Toute sa famille est morte.

— Je ne sais pas ce qui s'est passé, mais je suis sûr que ce n'était pas de la faute d'Ozzie.

— Tu es sûr ? Comment ? L'âme d'Ozzie te l'a dit dans les espaces interstitiels ? »

Bonne question, songea D.D.

« Malheureusement, les âmes viennent dans ce plan pour faire l'expérience du monde corporel, mais après leur départ, elles montrent peu d'intérêt pour les réalités physiques qu'elles y ont rencontrées. L'âme d'Ozzie n'est pas obsédée par sa mort charnelle et il est donc passé au champ d'expérience suivant. Et c'est très bien comme ça.

— Vraiment ? railla Danielle en nettoyant la table la plus proche. Donc Ozzie, un petit garçon sauvagement assassiné, a déjà tourné la page, mais mon père a encore envie de papoter au bout de vingt-cinq ans.

— L'âme de ton père n'a pas terminé ce qu'elle avait à faire. La leçon n'est pas apprise. L'expérience reste inachevée.

— Et Lucy ?

— J'ai rêvé d'elle hier soir. Elle dansait parmi les rayons de lune de mon esprit. J'ai su tout de suite que c'était quelqu'un d'exceptionnel, un être doué d'une lumière et d'un amour incroyables. Elle m'a dit qu'elle t'aimait. Et elle m'a demandé de t'aider. Elle s'inquiète pour toi, elle sent cette tristesse dans ton cœur.

— Ah oui ? Et elle t'a dit qui l'avait tuée, aussi ? Ou bien est-ce que c'est un sujet trop terre à terre pour ton esprit supérieur ? »

D.D. regarda Lightfoot avec curiosité. Encore une excellente question.

« La mort n'est qu'un passage », commença Lightfoot et, de l'autre côté de la table par rapport à D.D., Danielle leva les yeux au ciel. D.D. se surprit à apprécier l'infirmière plus qu'elle n'aurait dû.

Lightfoot resta inébranlable : « Le service traverse une phase critique. Il faut que tu trouves le pardon en toi, Danielle. Il faut que tu ouvres ton cœur à l'amour. Libère-toi de ton passé, sinon les forces obscures l'emporteront.

— Et maintenant un message de notre sponsor, dit Danielle d'un air moqueur. Bonjour, je-loue-une-âme.com ? Mon petit copain a un faible pour les aspics, est-ce que je pourrais vous emprunter Cléopâtre pour vendredi soir ?

— Je ne plaisante pas, dit Andrew avec raideur.

— Moi non plus.

— Il possède un pouvoir incroyable, Danielle.

— Qui ?

— À toi de me le dire. »

Lightfoot regarda l'infirmière en face. Celle-ci soutint son regard. Puis, lentement mais sûrement, posa ses ustensiles de ménage.

« Si tu veux aider quelqu'un, Andrew, tu prends une chambre, n'importe laquelle. Les enfants ont besoin de toi. Pas moi.

— Ça va mal et ça va encore empirer.

— Alors va faire une petite séance de vaudou. Tu le dis toi-même : la vie est faite de choix et je ne te choisis pas. »

Lightfoot pinça les lèvres. Une lueur ténébreuse passa dans son regard. Il tourna le dos et partit d'un air hautain dans le couloir. Au moment où il atteignait la chambre de Lucy, il regarda une dernière fois Danielle par-dessus son épaule. Puis il disparut dans la pièce.

D.D. respira ; elle ne s'était même pas rendu compte qu'elle était en apnée.

« J'ai comme l'impression que vous n'êtes pas fan de la sorcellerie, dit-elle.

— Pas franchement. » L'infirmière reprit ses ustensiles de ménage. « Malheureusement, Andrew n'a pas tort à cent pour cent. » Elle commença à nettoyer un mur ensanglanté. « Il y a carrément un truc qui ne tourne pas rond ici. »

31

Danielle

« C'est pour moi que vous êtes revenue ? » m'a demandé le commandant quelques minutes plus tard. Nous avions fini le ménage et nous rapprochions de petites tables pour former un rectangle en vue de la réunion de service. L'autre enquêteur, le sosie de George Clooney, avait pris le relais pour le nettoyage des taches de sang sur la moquette. Ça l'occupait, tout en lui permettant de rester à portée de voix. Elle a continué : « Parce que j'adorerais discuter avec vous.

— Je suis là pour la réunion de service, ai-je répondu d'un air pincé en insérant la dernière table. Karen m'a donné l'autorisation d'y assister.

— Vous allez parler de la date anniversaire, Danielle ? Vous vous souvenez qu'il y a vingt-cinq ans votre père a descendu toute votre famille ? »

Elle me cherchait. J'avais beau le savoir, j'étais quand même obligée de prendre sur moi pour ne pas céder à la provocation. J'ai aperçu quelques mouchetures de sang sur la fenêtre au bout de la salle, alors je suis allée chercher le produit pour vitres et je m'y suis remise.

Pendant vingt-cinq ans, j'avais trouvé que je ne m'en sortais pas trop mal. J'avais réussi mes études. J'avais décroché un boulot que j'adorais et, trois cent soixante jours par an, j'étais plutôt solide. Je ne me repassais pas indéfiniment les événements d'une certaine nuit. Je n'exhumais pas de vieilles photos de famille. Je ne repensais pas à cette infecte odeur de whisky dans l'haleine de mon père et je ne faisais pas une fixette sur le poids d'un 9 millimètres dans la main d'une enfant.

Je m'occupais de mes gamins. Et je prenais bien soin de ne pas regarder en arrière.

Jusqu'à cette fichue semaine, une fois par an.

Je me sentais submergée par ma famille, ces derniers temps. Ébouillantée par des souvenirs que je mettais un point d'honneur à oublier. Et voilà que j'étais emportée par un flot de nouvelles informations. Ma mère voulait quitter mon père ? Elle avait rencontré un « gars bien » ? Et si mon père les avait tous massacrés à cause de sa liaison plutôt que de ma rébellion ?

Je ne savais pas et, pour la première fois, j'avais désespérément envie de parler de mon passé avec quelqu'un. Je m'étais tournée vers le shérif Wayne ; je voulais lui demander à quelle heure exacte il était arrivé chez moi ce soir-là. Était-il possible qu'il se soit réellement écoulé deux heures et demie entre ma conversation avec ma mère et le premier coup de feu de mon père ?

L'agent d'accueil de la police m'avait informée que le shérif Wayne était décédé depuis deux ans. Mort dans son sommeil. Je n'arrivais pas à le croire. Le shérif Wayne était censé vivre éternellement. Il me devait ça.

Désormais, il n'y avait plus que tante Helen et moi pour se souvenir du sourire de ma mère, des gloussements de ma sœur, du sourire niais de mon frère. Ça ne suffisait pas. Il me fallait plus de gens. Il me fallait plus d'informations.

« Parlez-nous de Lightfoot, m'encouragea D.D., derrière moi. Je rêve ou il a un sacré béguin pour vous ? »

J'ai arrêté de frotter les fenêtres et je me suis retournée pour regarder l'enquêtrice en face. « Andrew et moi ne sommes pas et n'avons jamais été *ensemble*. Nous avons eu un seul et unique rendez-vous, qu'il a passé à me cuisiner sur mon père. Je suis peut-être démodée, mais je ne trouve pas spécialement excitant de parler de mon parent homicide. Ça a été le début et la fin de notre relation "personnelle".

— Il ne s'intéresse qu'à votre père ?

— D'après ce que j'ai compris, je représente une sorte de défi céleste. Si Andrew obtient que je pardonne à mon père et que j'ouvre mon cœur à la lumière, hé, ça voudra dire qu'il est capable de convertir n'importe qui. Un point pour l'équipe des gentils.

— Mais vous ne voulez pas pardonner à votre père.

— Non. Le détester me convient très bien. Pas besoin de retrouvailles collectives dans les stratosphères de l'ésotérisme. »

D.D. a eu l'air étonnée. « C'est ça, le projet de Lightfoot ? Organiser une "rencontre" dans les espaces interstitiels ?

— C'est l'idée générale. Si vous voulez des détails, il faut lui demander à lui, pas à moi. Je ne suis pas cliente de sa came.

— Est-ce que Greg a eu plus de chance ? »

La transition s'était faite tellement en douceur que j'ai failli répondre sans réfléchir. Je me suis retenue au dernier moment. « Greg et moi sommes amis.

— Des amis, et plus à l'occasion ?

— On ne peut pas dire.

— Des amis qui sortent boire un verre ? Des amis qui s'ouvrent leur cœur ?

— Des amis, qui partagent une pizza de temps en temps. Ce travail est usant. On est trop vidés pour sortir après le boulot.

— Vous êtes partie avec Greg aujourd'hui, a répondu l'enquêtrice d'une voix égale. Et vous aviez l'air plutôt à l'aise. »

La remarque m'a prise au dépourvu. Mais évidemment, la police interrogeait tout le monde dans l'hôpital et ce n'était pas comme si Greg et moi étions partis en catimini au milieu de la nuit. Un paquet de gens pouvaient nous avoir vus partir ensemble et l'avoir signalé.

« Greg m'a raccompagnée, ai-je reconnu. Il est très attentionné.

— Il vous a reconduite chez vous ?

— Il m'a conduite chez lui.

— Plutôt intime, là encore.

— Nous avons parlé. Il sait que cette période de l'année est difficile pour moi.

— Ça doit être agréable de pleurer sur son épaule », a observé le commandant.

Ça a été plus fort que moi : « Il est un peu jeune pour vous, vous ne trouvez pas ?

— Aïe ! » a dit le commandant, manifestement amusée de ce coup de griffe. « Il paraît que Greg vous court après depuis des années. Il a fini par franchir la ligne d'arrivée, Danielle ? »

Je n'ai même pas daigné répondre. D'autant plus que je n'avais aucune envie de repenser à ma matinée avec Greg. Des années que je le repoussais. Et voilà que le jour où j'allais enfin chez lui, il me rejetait.

« Écoutez, me suis-je impatientée, je ne vois personne. Je m'occupe des enfants et je laisse ma vie personnelle de côté. Ça s'arrête là.

— Je ne pense pas.

— Comment ça ? »

D.D. a penché la tête, m'a dévisagée avec curiosité. « Deux familles liées à ce service ont été assassinées presque vingt-cinq ans jour pour jour après la fusillade qui a anéanti votre famille. Et hier soir, l'enfant dont vous vous occupiez le plus étroitement est morte par pendaison. Vous croyez toujours que ça n'a rien à voir avec vous ? »

J'ai senti mon cœur s'emballer, mon visage blêmir. « Mais… mon passé est derrière moi. Ma famille a disparu. Qui pourrait encore me vouloir du mal ?

— Bonne question, a-t-elle dit d'un air songeur. Qui pourrait encore vous vouloir du mal ? »

Je n'avais pas de réponse à lui donner. Tout ça ne pouvait pas être lié à moi. *Je n'avais pas le pistolet, cette fois-ci*, avais-je envie de lâcher. *Je vous jure, je n'avais pas le pistolet*.

« Il faut que je consulte un dossier », ai-je marmonné avant de quitter précipitamment la salle commune. Je ne pouvais plus rester en face des policiers. Je ne voulais pas qu'ils lisent mon sentiment d'horreur sur mon visage. Je ne voulais pas qu'ils interprètent mal mes remords.

Un quart d'heure plus tard, le personnel se rassemblait dans la salle commune. Il était près de vingt-trois heures trente, tout le monde était en retard. Rien de surprenant, avec les derniers événements. L'ambiance était encore électrique dans le service. Jamais dans mon souvenir nous n'avions traversé autant d'épisodes critiques les uns à la suite des autres. Jamais dans mon souvenir nous n'avions tous été aussi fébriles que les enfants.

J'étais encore dans les quartiers administratifs, d'où je regardais par la fenêtre d'observation. Les policiers s'étaient enfin éclipsés. J'aurais pu rejoindre les éducateurs à la table, mais d'un seul coup je me sentais gênée. Le commandant m'avait mis des idées dans la tête – comme quoi tout était peut-être de ma faute, comme quoi j'étais peut-être responsable de la mort de Lucy.

Je me suis rendu compte que j'attendais Greg. J'attendais sa présence rassurante.

Cinq minutes s'étant encore écoulées sans qu'il arrive, je suis partie à sa recherche.

En remontant le couloir, je suis passée devant des enfants endormis dans divers recoins, des chambres plongées dans le noir et d'autres où c'était les grandes illuminations. Je ne voyais pas Greg, mais j'ai entendu sa voix grave si reconnaissable dans la dernière chambre à droite.

J'ai jeté un œil. Greg était assis par terre, jambes tendues ; il ne m'avait pas remarquée, concentré qu'il était sur un petit garçon aux cheveux dorés tout recroquevillé sur lui-même. Greg lui caressait la tête et parlait d'un ton léger pour l'encourager à se dénouer. Mais l'enfant ne voulait rien savoir.

Le nouveau patient, ai-je deviné. Celui qui avait poignardé sa mère le matin. Il était replié sur lui-même, comme pour s'isoler du monde. Ce n'était pas possible qu'une chose pareille lui arrive. Cette chambre inconnue, ce lieu inconnu, ces gens inconnus qui n'arrêtaient pas de lui parler.

« Maman, a-t-il murmuré. Je veux ma maman. »

Mon cœur s'est serré. Cela avait été les premiers mots de tant d'enfants au fil des années. Même des gamins que leur mère rouait de coups.

« Je sais, lui a assuré Greg.

— Emmène-moi à la maison.

— Je ne peux pas, bonhomme.

— Tu pourrais rester avec moi. Comme on a déjà fait. »

Je me suis figée. *Comme ils avaient déjà fait ?* J'ai discrètement reculé pour sortir de leur champ de vision.

« Il va falloir que tu restes ici un moment, bonhomme. On va travailler avec toi pour t'apprendre à te calmer, à maîtriser ces colères que tu fais, jusqu'à ce que tu te sentes plus fort, mieux dans ta peau. Ne t'inquiète pas. C'est chouette ici. On va bien s'occuper de toi.

— Maman. »

Greg n'a pas répondu.

« Je lui ai fait du mal, a murmuré l'enfant. J'avais le couteau. Il fallait que je m'en serve. Obligé, obligé. »

Il disait ça avec mélancolie. Greg a continué à se taire, laissé le silence travailler pour lui.

« Je suis un méchant, méchant garçon », a repris l'enfant, si bas que je l'entendais à peine. « Personne n'aime les garçons aussi méchants que moi.

— Tu as appelé les secours. C'était drôlement bien pensé, Evan. Un bon réflexe.

— Le sang est poisseux. Chaud. Je ne savais pas qu'elle saignerait comme ça. Je crois que j'ai abîmé le canapé. » D'un seul coup, il a fondu en larmes. « Greg, tu crois que maman va me détester ? Appelle-la, il faut que tu l'appelles. Dis-lui que je suis désolé. C'était un accident. Je ne savais pas qu'elle saignerait comme ça. *Je ne savais pas !* »

Sa voix s'élevait dangereusement, son agitation allait croissant. Je suis entrée d'un pas résolu dans la chambre au moment où Greg disait : « Evan, je veux que tu prennes une grande inspiration…

— *J'ai abîmé le canapé !*

— Evan…

— *Je veux rentrer chez moi, chez moi, chez moi. Je serai gentil, cette fois-ci. Promis, je serai gentil. Plus de couteaux. Mais laisse-moi rentrer chez moi chez moi chez moi chez moi.* »

Il a roulé loin de Greg et s'est rué vers la porte. Je l'ai arrêté in extremis en écartant les bras. Il a rebondi sur moi comme une balle en caoutchouc et percuté le

436

mur d'à côté. Au lieu de faire une seconde tentative d'évasion, il s'est tapé la tête contre le placo et un cri de frustration lui a échappé .

Benadryl ? ai-je suggéré sans bruit à Greg.

Il m'a fait signe que non. « Réaction paradoxale. Va chercher le lorazépam. »

Je suis partie en courant dans le couloir pendant que Greg insistait de sa voix grave et ferme : « Evan. Écoute-moi, bonhomme. Regarde-moi, bonhomme. Evan… »

Le temps que je revienne, du sang dégoulinait sur le nez d'Evan à cause d'une coupure qu'il avait au front et Greg brandissait son portable pour capter son attention. « Evan. Evan, regarde-moi. On va appeler ta maman. On va l'appeler tout de suite. D'accord ? Mais regarde-moi, Evan. Regarde ce que je fais. » Greg composait un numéro sur son téléphone. Evan a arrêté de se taper la tête le temps de regarder, et son corps tremblait sous l'effort qu'il faisait pour rester immobile. Les yeux rougis, le regard vitreux, les joues pâles, les poings crispés, le gamin était dans un état second. La plupart des enfants ont besoin de quelques jours pour se remettre de la surcharge émotive que représente un épisode psychotique. Evan, en revanche, semblait déjà prêt pour le deuxième round.

De nouveau cette sensation, un courant d'air froid, comme un nuage noir qui passe devant le soleil. J'ai regretté d'être venue ce soir. Il y avait quelque chose qui n'allait pas. Encore pire que la veille, quand nous avions retrouvé le corps de Lucy pendu au plafond…

Un standardiste avait décroché à l'autre bout du fil. « Victoria Oliver », a demandé Greg.

Evan a entamé une danse, une lueur farouche dans ses yeux bleus, et le sang qui gouttait au bout de son nez maculait sa chemise à rayures bleues. « Maman, maman, maman, maman, maman.

— Prends ton médicament, a dit Greg au moment où une voix féminine résonnait dans le combiné. Victoria ?

— Oui ?

— Médicaments, Evan. »

Evan s'est brusquement retourné vers moi et a failli me faire tomber en arrière. Je lui ai abandonné le gobelet en papier. Il a gobé le lorazépam et s'est remis à danser en regardant le téléphone de Greg.

« Victoria, a répété Greg en calant le téléphone contre son oreille. C'est Greg. Je suis avec Evan. Je me disais… Il a besoin d'entendre que tu vas bien. Et je me disais que ça te ferait plaisir de savoir qu'il va bien. Tout roule, ici. »

Je n'ai pas pu entendre la réponse. Evan virevoltait, tel un derviche tourneur, cheveux blonds, chemise bleue et sang rouge.

Un souffle d'air glacial, qui tourbillonnait le long de ma colonne vertébrale, bruissait sur mes bras…

« Le service de pédopsychiatrie est au septième, expliquait Greg. Oui, c'est une unité fermée. Soins intensifs. C'est un bon établissement, Vic ; ça va aller. »

Vic ? Comment Greg avait-il su où joindre la mère d'Evan ? Ou qu'elle prendrait son appel ? Contacter un parent qui vient d'être poignardé par son enfant n'est pas ce qu'il y a de plus intelligent à faire. Sauf si l'on sait que le parent est prêt à répondre à un tel appel et qu'il est assez solide dans sa tête pour l'affronter. Sauf si l'on connaît le parent…

J'avais froid. Très froid. J'étais prise de tremblements incontrôlables.

Greg, au téléphone : « Est-ce que tu peux… tu es partante ? Juste une seconde. Je ne pense pas qu'il en supportera beaucoup… Non, il faut que tu prennes soin de toi. Nous, on va s'occuper de lui. Victoria… Vic… Fais-moi confiance sur ce coup-là. Evan a besoin de toi en bonne santé. Voilà ce dont ton fils a besoin.

— Maman, maman, maman, maman », geignait Evan sans cesser de tourner.

Greg lui a tendu le téléphone. « Une phrase, Evan. Écoute la voix de ta maman. Dis-toi qu'elle va bien. Dis-lui que tu vas bien. Et ce sera fini. »

Evan s'empara du téléphone. Il le colla à son oreille. Il sourit, radieuse seconde de soulagement, en reprenant contact avec sa mère. Sa posture se détendit, il reposa les pieds par terre.

Et là, avant que je puisse faire un geste, avant que Greg puisse lui arracher le combiné :

« La prochaine fois, je t'aurai, salope, a menacé Evan. La prochaine fois, je te charcuterai le cœur ! »

Il a lancé le téléphone par terre et s'est jeté contre le mur pour se taper violemment la tête.

« Oh, Evan », a dit Greg avec lassitude.

Je suis partie en courant chercher une autre dose de lorazépam.

Victoria

Toc, toc, toc.
Qui est là ?
Evan
Evan qui ?
Evan, le petit garçon qui t'aime.
Toc, toc, toc.
Qui est là ?
Evan.
Evan qui ?
Evan, le petit garçon qui veut te tuer.
Toc, toc, toc. Qui est là ? Michael, ton mari qui va
en épouser une autre.
Toc, toc, toc. Qui est là ? Chelsea, ta fille qui croit
que tu ne l'aimes plus.
Toc, toc, toc. Toc, toc, toc.

Allongée sur mon lit d'hôpital, j'observe la courbe
verte de mon moniteur cardiaque. Des bruits résonnent
dans l'étage surpeuplé. Des infirmières occupées, des
patients grincheux, des machines qui pépient. Je
regarde fixement l'austère peinture blanche du mur le
plus proche. La rambarde argentée du lit, réfléchis-

sante comme un miroir. Le lourd téléphone noir qui pèse sur la couverture et sur mes jambes. Puis je me remets à observer le moniteur en m'étonnant qu'un cœur brisé puisse continuer à battre si longtemps.

J'ai mal au côté. Le pansement blanc est moucheté de sang rouge. Une douleur intense me brûle au-dedans. Peut-être qu'une infection est déjà en train de se développer. Elle va corrompre mon sang, provoquer la défaillance de mes organes vitaux. Je vais mourir dans cette chambre et je n'aurai plus jamais à rentrer chez moi.

Toc, toc, toc.

Qui est là ?

Evan, le petit garçon qui t'aime.

Toc, toc, toc.

Qui est là ?

Evan, le petit garçon qui veut te tuer.

Toc, toc, toc.

Et alors, ça me vient. Confusément au début, mais la certitude ne fait que grandir. Je ne veux pas vivre comme ça. Je ne veux pas être cette personne-là. Je ne veux pas mener cette existence. Il faut que je change de méthode, d'attitude. Il faut que j'évolue, même si ça doit me tuer, parce que Dieu sait que je suis déjà en train de crever de l'intérieur.

Je pense au sable l'été. Je me souviens de la première fois où j'ai tenu mes deux enfants dans mes bras. Et je me souviens du visage de Michael le jour où il m'a quittée.

Tous ces rêves qui ne se sont jamais réalisés. Tout cet amour que j'ai donné, sans jamais de retour.

Toc, toc, toc.

441

Qui est là ?

Victoria.

Victoria qui ?

Ah, c'est la question à un million de dollars, non ? Victoria qui ?

Il faut que je sorte d'ici. Et d'un seul coup, sans aucun doute possible, je sais ce que je vais faire.

33

Méditer se révéla un exercice compliqué, ce qui expliquait certainement pourquoi D.D. ne s'y livrait jamais. S'installer dans une position confortable était toute une opération ; la plupart des employés du service décidèrent de s'asseoir par terre, les pros dans des positions du lotus plus ou moins fantaisistes, les moins convertis négligemment affalés dos au mur.

Il semblait important d'avoir de l'espace ; les gens choisissaient des endroits où ils pourraient s'isoler. Même Greg et Danielle, arrivés en retard, n'étaient pas restés ensemble. Greg s'était mis dans le couloir, tandis que Danielle s'est placée à proximité de D.D.

La jeune infirmière jeta un regard vers la policière. Ouvrit la bouche comme pour dire quelque chose. Puis se ravisa brusquement. Elle ferma les yeux et se tourna vers le centre de la salle commune, où Lightfoot dirigeait la méditation d'une voix sourde et mélodieuse.

Le chaman était assis sur une table, une bouteille de thé vert glacé à portée de main, un poignet sur chaque genou, les doigts vers le haut.

Il parlait d'une voix ferme, avec des inflexions marquées. D.D. lui trouvait toujours l'air fatigué. Cela dit, il était plus de minuit. Son équipe et elle étaient tout aussi claqués, ce qui faisait de cette séance un amusant divertissement de fin de soirée.

Karen, la surveillante, était la plus proche des locaux administratifs. Elle avait retiré ses lunettes pour l'occasion. Une armoire à glace (répondant au nom de Ed, croyait D.D.) était assise non loin d'elle. La jeune éducatrice aux cheveux noirs et courts (Sissy ? Cecille ?) se trouvait à la gauche de Ed. Venaient ensuite trois autres éducateurs et une autre infirmière, Janet. Le seul à ne pas participer était Tyrone, chargé des contrôles : toutes les cinq minutes, il devait noter où se trouvait chaque enfant ou membre du personnel soignant. Étant donné qu'enfants et soignants étaient calmes pour le moment, cette tâche lui permettait de rester au milieu du couloir, face à D.D. Elle se fit la réflexion qu'ils étaient comme deux serre-livres – les seules personnes debout quand tout le monde était couché.

La bande au grand complet, se dit-elle, très curieuse de savoir ce qui allait se passer.

« J'inspire lentement, les guidait Lightfoot. Je sens que j'aspire l'air profondément dans mes poumons, je le fais entrer par mes doigts de pieds, je le fais monter dans tout mon corps, et toutes mes cellules se contractent, chaque pore de mon corps inspire lentement un afflux d'oxygène frais. J'inspire encore, sur un temps long, un, deux, trois, quatre, cinq, six, sept. Et j'expire. Je pousse l'air sur un temps plus court, un, deux, trois, quatre, cinq… »

D.D., adossée au mur, bras croisés sur la poitrine, s'aperçut que le rythme de sa respiration se calquait sur la cadence hypnotique imprimée par Lightfoot. Elle se reprit, se força à une brève expiration et eut un vertige.

Alex était parti chercher des pizzas. La cellule de crise avait encore une longue nuit devant elle ; entre le début de soirée mouvementé des enfants et maintenant la « réunion de synthèse », les enquêteurs n'avaient pas encore eu la possibilité d'interroger le personnel. Karen avait promis de commencer à leur envoyer des éducateurs un par un dès la fin de la séance de Lightfoot. À supposer naturellement que le service reste sous contrôle. Vu la nouvelle salve de cris et de coups que D.D. avait entendue à peine dix minutes plus tôt, elle n'était pas exagérément optimiste.

Il allait falloir que Lightfoot se montre à la hauteur de ses prétentions ou alors elle ne voyait pas comment les enfants ou le personnel allaient survivre à cette nuit.

Lightfoot transpirait. D.D. voyait des perles d'humidité se former sur sa lèvre supérieure. Alors qu'il leur demandait de respirer lentement et régulièrement, sa propre poitrine était animée de mouvements rapides et une main tremblait sur son genou.

La violence de son effort pour conjurer toutes ces énergies négatives ? Pour trouver la lumière au milieu des ténèbres ?

Seigneur, voilà qu'elle se mettait à parler comme lui.

« Je veux me libérer de mes tensions », dit Lightfoot d'une voix forcée. En face de lui, Karen ouvrit un œil et regarda le guérisseur d'un air inquiet.

« Je me concentre sur mes doigts de pieds. Je sens la tension en dessous de chaque pied. Les petits muscles contractés le long de la plante du pied, les tendons qui montent sur le talon. Les tout petits muscles qui s'accrochent à chaque doigt de pied, qui les enfoncent dans la moquette. Je prends cette tension. Je la relâche, je la repousse. Je sens mes doigts de pieds se déplier et mes pieds reposent, détendus, sur la moquette. Mes talons sont bien souples, chaque pied détendu. Je sens la lumière, mes pieds qui se réchauffent, une clarté blanche qui grandit sous mon talon. Je me concentre dessus. Je sens qu'elle se diffuse, monte à mes chevilles, à mes mollets, au creux de mes genoux. »

La lumière blanche avait du chemin à faire. Beaucoup de muscles à détendre. Beaucoup de parties du corps à illuminer. D.D. voyait un peu partout dans la pièce des soignants s'adonner à l'exercice. Même Danielle semblait plus reposée, le front plus lisse, ses poignets fins mollement posés sur ses genoux.

Lightfoot, en revanche, avait une sale tête. Il transpirait abondamment et des taches sombres fleurissaient sur sa chemise Armani jaune pâle. Il profitait de la petite pause entre chaque groupe de muscles illuminé pour s'envoyer discrètement un grand coup de thé glacé. Il demandait maintenant au groupe de détendre l'estomac et la bouteille de thé glacé était pratiquement vide. D.D. avait l'impression que le guérisseur n'allait pas tenir le coup. Pouvait-on demander un temps mort, une petite pause en pleine séance de méditation ? Ou bien est-ce que ça rompait le charme, comme de jeter un œil à son biper pendant qu'on fait l'amour ?

Sous ses yeux, il grimaça. Se frotta la poitrine. Grimaça de nouveau. Un muscle de son épaule gauche exécuta une curieuse petite danse et se relâcha. Lightfoot prit une autre gorgée, serra fort les paupières et sembla rasséréné.

« Je me concentre sur la lumière. La clarté chaude de la lumière, de l'amour. Je la sens qui gonfle ma cage thoracique, qui emplit mes poumons. Et je la pousse vers le haut. Je la pousse dans les cavités de mon cœur. L'amour est dans mon cœur. L'amour palpite dans mes veines, il repousse les énergies négatives, il remplit mes bras et mes jambes d'une grande apesanteur. La lumière est amour. L'amour est lumière. J'en suis inondé. Je le sens qui bat dans ma poitrine. Je le sens qui palpite sous ma peau. Mes bras ont envie de se lever d'eux-mêmes. Ils sont illuminés d'amour, légers comme l'air grâce à cette joie. »

Et de fait, aux quatre coins de la pièce, plusieurs paires de bras se levèrent. Pas ceux de Danielle, nota D.D. Ni ceux de Karen. La surveillante avait renoncé à méditer pour observer Lightfoot.

« Chaleur, proférait-il. Amour. Lumière. Feu. Joie. Je me défais de tout jugement. Je comprends que je suis responsable de tout acte charnel et je me pardonne mes péchés. Je pardonne aux autres. Je suis un être de lumière. J'en appelle à cette lumière. J'en appelle à l'amour dans cette pièce... » Un spasme soudain crispa son visage, découvrit ses dents. Il réprima cette grimace, persévéra : « Je recherche l'amour de mes amis, de mes compagnons, de mes collègues... » Sa voix se brisa à nouveau. Ses deux épaules tressaillirent, son bras gauche rebondit sur son genou. Puis ses yeux s'ouvrirent d'un seul coup et, abandonnant tout faux-semblant, il leva une main pour abriter son visage de la lumière des plafonniers.

Cette rupture de rythme attira l'attention des uns et des autres. Danielle ouvrit les yeux. Greg aussi. Ils observaient Lightfoot, indécis.

Karen, déjà debout, remettait ses lunettes sur son nez. « Andrew ? » demanda-t-elle alors que le corps de celui-ci était secoué d'un nouveau spasme.

D.D. s'écarta du mur : il se passait décidément quelque chose d'anormal.

Lightfoot leva la tête vers le plafond, ferma les yeux et se contracta, comme s'il livrait une sorte de combat intérieur.

« J'en appelle à la LUMIÈRE ! tonna-t-il. Je suis un être d'AMOUR. Je suis rempli de JOIE, de PAIX et de FÉLICITÉ. Je me libère du négatif. Je renonce à tout jugement. Je sens l'amour de mes amis et de ceux qui m'entourent. Leur AMOUR me donne la force d'ÉCARTER les ténèbres de ce bâtiment. Il n'y aura rien de NÉGATIF. Pas de colère, pas de DOULEUR. Nous sommes unis dans cette lumière, nous remplissons cette pièce d'AMOUR, nous la gardons pleine d'AMOUR. J'en appelle à LA LUMIÈRE, LA LUMIÈRE, LA LUMIÈRE… »

Sa voix qui montait se brisa. Il se prit le visage entre les mains. Et dans la seconde qui suivit, le guérisseur bascula en avant sur la table et dégringola au sol, où il fut pris de violentes convulsions.

« *La lumière, la lumière !* hurlait-il. *Mes yeux brûlent, mes yeux, mes yeux !*

— ACR ! vociféra Karen en se précipitant vers

l'homme à terre. Appelez le rez-de-chaussée. Un cha-riot de réa, *vite !* »

Déjà agenouillée à côté de Lightfoot, elle essayait d'immobiliser sa tête entre ses mains alors qu'il battait des bras et des jambes, qu'il la frappait.

« Bâtonnet ! » demanda Karen en s'efforçant de lui ouvrir une paupière, de contrôler ses constantes vitales.

« *Me touchez pas me touchez pas me touchez pas. Ça brûle...* »

Les soignants sortirent enfin de leur paralysie. Les infirmières, Danielle et Janet, filèrent tout droit cher-cher le matériel médical. Greg attrapa un téléphone pendant que les autres éducateurs écartaient les tables pour faire de la place. Le cou et le dos de Lightfoot se cambraient, ses muscles roulaient avec rigidité sous la gaine de sa peau bronzée. Karen réussit enfin à ouvrir sa paupière. Son œil n'était pas révulsé comme s'y attendait D.D. Au contraire, Lightfoot regardait Karen droit dans les yeux, parfaitement conscient.

« *La lumière* », gémit-il. Elle lâcha sa paupière. Il gémit à nouveau, de soulagement cette fois-ci.

Danielle et Janet étaient revenues avec les fourni-tures. Karen prit un bâtonnet d'esquimau et le planta dans la bouche de Lightfoot, qui voulut immédiate-ment recracher. « *Me touchez pas !* »

« Serviette », ordonna Karen en le faisant basculer sur le côté. « Vite, sur les yeux. Cecille, éteignez les plafonniers. On peut travailler à la lumière du cou-loir. »

Cecille obéit et plongea la salle commune dans la pénombre pendant qu'Ed fonçait dans le couloir chercher une serviette. À l'instant où les lumières du plafond s'éteignirent, Lightfoot parut se détendre.

« *Mal. Peux pas arrêter*, marmonnait-il. En moi. Je sens. Froid, froid, froid. Amer… brûle. Dois lutter. Lumière blanche, lumière blanche, lumière blanche. Fatigué. Si fatigué… dois trouver… la lumière. »

Ed revint avec une pile de serviettes. Ils en plièrent une et la posèrent sur le haut du visage de Lightfoot pour lui protéger les yeux. D.D. en prit une deuxième et parvint, non sans mal, à arracher les doigts de Lightfoot du poignet de Karen pour qu'il les referme sur une serviette roulée.

« Parlez-moi, Andrew, demanda Karen d'une voix forte. Restez avec nous. Où avez-vous mal ?

— Jambes… bras… dos… corps… muscles, mal, mal, mal. » Il se contorsionna sur le sol. « Trop de bruit. Trop de lumière. Stop, stop, stop, stop…

— La lumière vous fait mal ? interrogea Karen.

— Brûle… les yeux.

— Et le bruit ? intervint D.D.

— Ahhhahhh », gémit-il en portant une main à son oreille.

Les portes s'ouvrirent à toute volée. Deux urgentistes entrèrent au pas de charge, guidés par l'agent de sécurité. Un regard vers la silhouette convulsée de Lightfoot et ils piquèrent droit sur lui.

« Symptômes ? demanda le premier à Karen.

— Ça a commencé il y a trois minutes. Convulsions, hypersensibilité à la lumière et au bruit. Pas de perte de connaissance. Conscient de son état.

— Pouls ?

— Deux cent dix. »

450

Le médecin s'étonna. Il y avait de quoi, pensa D.D. : avec un pouls pareil, Lightfoot aurait dû être en train de gravir l'Everest au pas de course.

« Il a déjà fait des crises ? demanda l'urgentiste en essayant de contrôler les constantes vitales.

— On ne sait pas », répondit Karen, mais Lightfoot intervint : « Non. Pas de crises. Spasmes. Spasmes… musculaires… »

L'urgentiste regarda le visage de Lightfoot sous sa serviette, puis de nouveau Karen, qui haussa les épaules.

« Les ténèbres…, geignit Lightfoot. Je suis envahi de ténèbres. Froid, si froid… ça brûle…

— Hallucinations », murmura l'urgentiste.

Il se releva, fit signe à son coéquipier. Ils s'apprêtèrent à entrer en action.

« Une seconde », les interpella D.D. Un cas dont elle avait eu connaissance. L'étrange lucidité de Lightfoot au milieu de ce qui ressemblait à une crise d'épilepsie. Elle s'approcha de la table et flaira sa bouteille de thé glacé. Rien. Elle toucha le goulot du bout du doigt, là où restait une goutte. Elle le porta prudemment à sa bouche et, avec une grimace pour se donner du courage, tira la langue. Cela avait un goût…

De thé. De plante. De citron. Et en dessous, un léger arrière-goût amer.

« Il faut faire analyser ça tout de suite, dit-elle au médecin, mais je dirais que c'est de la strychnine.

— De la mort-aux-rats ? demanda Greg depuis le couloir.

— Dans sa bouteille ? » sourcilla Karen.

Ils se regardèrent les uns les autres, puis regardèrent le corps de Lightfoot, agité de secousses.

« Les symptômes correspondent, fit remarquer D.D. à l'urgentiste. Hypersensibilité, spasmes musculaires, lucidité initiale…

— Oui. Maintenant que vous le dites… Bon, ben, autant se magner alors, parce que l'étape suivante, c'est l'arrêt respiratoire. Allez, mon vieux. Restez avec nous. Tant qu'à se faire empoisonner, le mieux, c'est encore à l'hôpital. »

Avec l'aide des éducateurs, ils installèrent Lightfoot sur le chariot et sortirent du service en courant vers les ascenseurs.

La cabine arriva avec un *ding*. Les portes s'ouvrirent et Alex sortit avec une tour de boîtes de pizza fumantes. Il regarda les médecins, le corps de Lightfoot sanglé sur le brancard, le personnel en état de choc, qui tous le dévisageaient.

« Qu'est-ce qui est arrivé au guérisseur ?

— En voilà une bonne question », répondit D.D.

Karen et ses petits copains étaient peut-être des as de la médecine, mais ce n'était quand même pas pour rien que D.D. touchait un gros chèque en fin de mois.

« Où Lightfoot a-t-il pris la bouteille ? demanda-t-elle à l'instant où les urgentistes disparaissaient dans l'ascenseur.

— Je ne sais pas. Je pense… j'imagine qu'il est venu avec. » Karen observa son personnel, qui tournait en rond dans la salle commune mal éclairée, donnait des coups de pied dans les serviettes, regardait fixement les meubles déplacés à la hâte. Plusieurs se frottaient les bras comme pour lutter contre le froid.

« Sûre qu'il n'y a pas de thé glacé dans la cuisine ?

— Non. Nous ne le stockons pas là.

— La cafétéria du rez-de-chaussée ? »

Karen secoua la tête d'un air hésitant. Danielle prit la parole : « Le thé que buvait Andrew, la marque Koala, est un de ces produits bio cent pour cent naturels pour sauver la planète. Je ne crois pas qu'on en vende par ici.

— C'est déjà ça de gagné », grommela D.D. Fermer la cafétéria d'un hôpital et appeler le centre antipoison ne faisait pas partie des choses qu'elle avait envie de faire en priorité là tout de suite. « Est-ce que Lightfoot est arrivé avec quelque chose, une boîte à sandwichs, un porte-documents ? » D.D. eut l'image fugace d'une lanière en cuir marron sur l'épaule d'Andrew lorsque Alex et elle l'avaient vu pour la première fois devant les ascenseurs. « Peut-être une besace, dit-elle d'un air songeur. Je la veux. »

Karen la conduisit docilement dans les locaux administratifs, où Lightfoot avait déposé une sacoche en cuir marron. D.D. l'ouvrit prestement et y trouva un yaourt à la grecque et un sachet de graines de tournesol. Elle prit ces denrées pour les faire analyser et retourna dans la salle commune, où elle s'aperçut que chacun observait ses collègues avec inquiétude en guettant les symptômes d'une crise imminente.

« Quelqu'un d'autre a pris du thé glacé ? » demanda-t-elle.

Un à un, ils firent signe que non.

« Qui a mangé ici ce soir ? »

Quatre personnes levèrent lentement la main. D.D. remarqua que Greg et Danielle n'en faisaient pas partie.

« À quelle heure ? »

Les éducateurs avaient pris leur service à dix-neuf heures et fait des pauses casse-croûte entre vingt et une heures et vingt et une heures trente.

« Bonne nouvelle, les rassura D.D. La strychnine est un des poisons dont l'action est le plus rapide ; les symptômes apparaissent dans les cinq minutes qui suivent l'ingestion, donc si vous êtes debout maintenant, il y a des chances que ce soit encore le cas tout à l'heure. Ce temps d'action correspond à ce qu'on a vu ce soir : Lightfoot a ouvert sa bouteille, pris quelques gorgées, commencé la méditation, bu encore un peu et au bout de, je dirais, huit minutes…

— Il a été pris de violentes convulsions », compléta Karen d'une voix éteinte.

Tout le monde regarda la table sur laquelle Lightfoot s'était assis.

« La strychnine n'a pas d'odeur, expliqua D.D. aux soignants angoissés, mais un goût amer. Donc si vous tombez sur quelque chose qui a un goût bizarre, mettez-le tout de suite de côté. Je vais appeler le labo pour qu'ils envoient quelqu'un analyser l'eau et tout ce qui se trouve dans la cuisine, mais ça va prendre un moment. Quand est-ce que les enfants sont censés manger ?

— Pas avant le petit-déjeuner, mais certains prennent un en-cas au milieu de la nuit », répondit Karen.

D.D. réfléchit. « Tenez-vous-en à des aliments et boissons préemballés. Barres de céréales, ce genre de choses. Du moment que l'emballage est intact, il ne devrait pas y avoir de problème. Ça vous paraît cohérent ? »

Tout le monde hocha la tête sans mot dire.

« Bon. Qui a vu Lightfoot avec la bouteille ? »

La fille aux cheveux courts leva la main. Cecille. « Euh, j'ai été une des premières à m'asseoir. Andrew n'était pas encore là, mais la bouteille se trouvait déjà sur la table, comme s'il venait de l'ouvrir et qu'il était parti chercher quelque chose. Ou jeter le bouchon.

— Le bouchon ! » approuva D.D. en allant à la poubelle.

Pile sur le dessus, une capsule blanche estampillée Koala Iced Tea. D.D. enfila des gants et la récupéra. Une capsule métallique, pour fermer une bouteille en verre. Pas le genre d'emballage dont on pouvait facilement frelater le contenu – avec une seringue, par exemple. Non. Capsule enlevée. Poison versé.

Cela dit, il était possible que le produit ait été empoisonné au stade de l'entrepôt, dans le cadre d'une vaste opération terroriste. Ou que le petit roquet de Lightfoot, pris d'un désir de vengeance, ait corsé le thé de son maître à domicile.

Mais D.D. était prête à parier que la boisson caractéristique de Lightfoot avait été trafiquée pendant qu'elle se trouvait à la vue de tous dans la salle commune.

« Combien de temps s'est-il absenté ? demanda-t-elle à Cecille.

— Je ne sais pas. Pas longtemps. Quelques minutes. Cinq, peut-être. Les gens arrivaient. Je ne faisais pas vraiment attention. »

D.D. regarda autour d'elle. Un à un, tous baissèrent les yeux.

« J'étais avec un enfant », expliqua Greg à mi-voix. Il jeta un regard vers Danielle : « Elle était avec moi. Nous sommes arrivés en retard. »

On fournissait des alibis. Voilà qui plaisait à D.D. Et dire qu'on avait cru que le « milieu » était déjà perturbé avant…

« Je ne comprends pas, dit Karen. Pourquoi empoisonner Andrew ? Enfin, toute cette histoire… Ça n'a aucun sens.

— Bonne question, dit D.D. Peut-être parce que vous l'aviez fait venir pour rétablir la situation dans le service. Ramener le calme. Si on suit cette logique, peut-être que quelqu'un n'a pas envie que le calme revienne. Cette personne veut que vous soyez tous sur les nerfs, à cran, en train de courir après des enfants qui explosent dans tous les sens. Lightfoot est empoisonné. Vous êtes tous angoissés comme jamais. Mission accomplie. »

Karen en restait bouché bée. « C'est de la folie furieuse.

— Douze morts et un blessé. Tous en relation avec ce service. Vous avez raison : on ne peut pas trouver franchement pire comme folie furieuse.

— Ça suffit ! Nous ne sommes pas ce genre de personnes…

— Quel genre de personnes ? s'enquit D.D. avec intérêt.

— Des assassins. Des anges de la mort.

— Des soignants qui se persuadent que leurs patients, en l'occurrence des enfants perturbés, seraient mieux dans l'autre monde ? » explicita D.D.

Karen lui jeta un regard noir. « Mon équipe et moi-même, nous faisons tout pour guérir ces enfants. Pas leur faire du mal !

— Les gens changent.

— Non ! s'emporta Karen. Vous ne comprenez pas. Nous sommes un service de pédopsychiatrie. Nous sommes aussi soudés que tout service d'urgence. Et nous réussissons précisément parce que nous nous connaissons par cœur et que nous avons une confiance aveugle les uns dans les autres. Si n'importe lequel de mes collègues me donnait une boisson maintenant, je me fierais à lui et je boirais sans hésiter. »

D.D. attendit de voir si quelqu'un prendrait Karen au mot. Personne ne broncha.

« Ça prouve peut-être seulement que c'est vous la coupable, dit D.D.

— J'ai été la première à lui porter secours !

— Peut-être parce que vous saviez déjà qu'il allait se produire un incident grave.

— Comment osez-vous ! Je suis infirmière…

— Ouais, ouais, ouais, l'interrompit D.D. Vous l'avez déjà dit. Reste que quelqu'un a mis du poison dans le thé glacé de Lightfoot et je dirais que ce quelqu'un se trouve ici même – sauf à croire que les énergies négatives ont vu d'un seul coup des mains leur pousser. »

Personne ne pipa mot, ce que D.D. considéra comme un accord tacite. Elle continua vivement : « Bon, j'ai comme l'impression que la situation s'aggrave au lieu de s'arranger ici. Ce qui veut dire qu'il est temps pour mon équipe d'en mettre un bon coup avec la vôtre, et que personne ne sera autorisé à quitter cet étage avant d'avoir personnellement reçu le feu vert de quelqu'un de chez moi. Pas de petit tour à la cafétéria. Pas de pause-cigarette de cinq minutes. On s'est compris ? Alors c'est parti, mon kiki. Et notre premier candidat sera… » D.D. regarda autour d'elle et repéra une cible de choix : « Le prof de gym, vous me suivez. »

34

Greg n'avait pas l'air enchanté. Les yeux rivés sur la moquette, le grand gaillard remontait le couloir qui menait au centre de commandement improvisé en traînant les pieds dans ses baskets montantes. D.D. en était toute chose : ça faisait toujours plaisir de voir qu'elle ne perdait pas la main.

Dans la salle de classe, Alex avait disposé les pizzas sur une table. L'estomac de D.D. se manifesta lorsqu'elle sentit l'odeur du fromage fondu, de la pâte fraîche et du poivron. Il y avait peut-être quelque chose de paradoxal à s'empiffrer alors qu'ils venaient d'assister à un empoisonnement, mais D.D. crevait la dalle. Alex et plusieurs autres avaient déjà attaqué et mâchaient avec entrain. Ils regardèrent avec intérêt D.D. refermer la porte derrière elle et aller droit aux pizzas. Elle trouva la plus généreusement garnie et en fit glisser deux parts pleines de fromage sur une assiette en carton.

« Vous en voulez ? » demanda-t-elle à Greg.

Il n'en voulait pas.

« Soda, eau, thé glacé ? »

Il lui lança un regard. « Non. Merci.

— Je parierais que la nourriture est plus sûre ici que là-bas.

— Je suis avec Karen sur ce coup-là, répondit-il avec raideur.

— On serre les rangs dans l'adversité ?

— Vous ne pouvez pas comprendre.

— Non, bien sûr. Les flics. Qu'est-ce qu'on pourrait bien savoir de l'importance du travail d'équipe ? »

La porte de la salle de classe s'ouvrit. Danielle entra.

« Pas votre tour, mistinguette, l'informa D.D., la bouche pleine de pizza. Retournez jouer avec vos petits camarades.

— Je ne peux pas. Je suis en congé, pas vrai ? Je ne peux pas rester là-bas, alors Karen m'a dit de venir ici.

— Vous avez envie de parler ? Parfait. Alex va vous emmener dans la salle d'à côté. Alex », dit D.D. en faisant signe à ce dernier.

« Non, dit Danielle.

— Si.

— Non. »

D.D. fit les gros yeux, posa son assiette en carton et s'approcha de Danielle. Jusqu'à se trouver nez à nez avec l'infirmière. Question taille, D.D. ne la dépassait que de quelques centimètres, mais elle savait en tirer parti. « C'est une soirée privée. Ouste.

— Non.

— Mais c'est quoi, votre problème ? »

L'infirmière s'agitait nerveusement. « Vous. Lui, ajouta-t-elle avec un signe de tête vers Greg. Tout ce service à la con. Vous croyez que vous avez besoin de réponses ? J'en ai encore plus besoin. Donc il faut qu'il parle. »

D.D. fit brusquement volte-face et fusilla Greg du regard : « Vous savez à quoi elle fait allusion ? »

Il fit signe que non.

« Si, tu sais, dit Danielle en regardant toujours D.D. Je t'ai entendu avec le gamin. Tu connaissais Evan. Avant qu'il arrive dans le service. Comment c'est possible, Greg ? Tu le connaissais, et tu ne nous as rien dit ?

— Danielle…

— Mais merde, putain ! explosa Danielle. Deux familles sont mortes, Greg. Plus Lucy. Et maintenant Lightfoot est hospitalisé. Il en faut encore combien, Greg ? Il se passe quelque chose de terrible. Quelqu'un s'en prend à nos enfants. Il faut que tu parles. Comment tu connaissais Evan ? »

D.D. posa ses mains sur ses hanches. « Vous feriez aussi bien de vous confesser, mon petit pote, parce qu'aucun de nous ne vous laissera sortir de cette pièce avant. »

Greg restait figé, les lèvres pincées, le visage impénétrable. Il regarda longuement Danielle. Elle soutint son regard.

« Je connaissais les familles, déclara-t-il d'un seul coup. Toutes les familles. En dehors du service. Je suis le chaînon manquant. »

« J'ai commencé à faire de l'aide à domicile il y a quelques années », expliquait Greg cinq minutes plus tard. Il était assis à la table, Danielle à ses côtés, D.D. et Alex en face de lui. Malgré son refus initial, Danielle et lui étaient tous les deux armés de canettes de soda, qu'ils avaient ouvertes eux-mêmes et goûtées avec prudence.

461

« Au début, je ne travaillais que pour une famille.
Je les avais rencontrés ici ; leur fille de quatre ans
souffrait de schizophrénie. Ils me disaient à quel point
c'était difficile de se changer les idées, de sortir en
amoureux, d'aller se promener, de faire des courses.
Aucune de leurs deux familles n'était en capacité de
s'occuper de Maria et il y avait une liste d'attente pour
l'aide spécialisée. J'étais désolé, surtout pour la
maman. On voyait qu'elle perdait les pédales. Alors
j'ai proposé de garder Maria pendant que ses parents
sortiraient un soir.

» Je n'ai pas accepté d'argent. » Il dit cela davantage à Danielle qu'à D.D. ou Alex. « J'ai fait ça pour
leur rendre service. Ça semblait un bon geste. »

Danielle hocha la tête, tendue, encore circonspecte.

« Seulement ils m'ont rappelé. Ils auraient bien eu
besoin d'un peu plus d'aide et ils étaient prêts à
payer. Trente dollars de l'heure. Plus que ce que je
gagne ici.

— Trente dollars de l'heure ? s'étonna D.D.

— Il y a une pénurie d'intervenants à domicile,
expliqua Danielle en regardant D.D. plutôt que Greg.
Pas assez de formations, pas assez de personnel qualifié pour ce travail. Comme les familles qui ont des
enfants à problèmes ne peuvent pas franchement faire
appel aux ados du quartier, elles se retrouvent prises
en otage. Elles ont le boulot le plus éprouvant de la
planète et ne peuvent jamais prendre un jour de congé.
Donc ceux qui en ont les moyens…

— Paient bien, conclut D.D.

— Très bien, reconnut Greg, avec une certaine gêne
cette fois-ci. Et comme elles sont en contact avec

d'autres familles qui ont des enfants à problèmes, il suffit qu'elles se donnent le mot…

— Pour que vous vous retrouviez avec un petit boulot d'aide à domicile plutôt lucratif. Mais pourquoi en faire un secret ?

— Ce serait considéré comme un manquement au règlement. Une sorte de conflit d'intérêts. Je suis déjà payé pour m'occuper des enfants ici. Si on traite par ailleurs avec les parents…

— On est cumulard ? suggéra D.D.

— C'est plutôt… Je pense que, dans le passé, certains éducateurs ont pu se montrer agressifs. Comme s'ils voulaient profiter de la faiblesse de parents dépassés pour obtenir du travail. Donc certaines règles ont été posées.

— Vous n'êtes pas censés intervenir auprès des familles en dehors du service, traduisit D.D.

— Exactement.

— Mais vous le faites. Depuis des années. »

Greg rougit, baissa les yeux. « Je vous jure que je ne les ai jamais sollicitées. Ce sont elles qui m'appellent, pas l'inverse. Je ne profiterais jamais de leur faiblesse. Ça non.

— Alors pourquoi violez-vous les règles ? demanda D.D. Vous voulez vous faire passer pour un type bien, mais manifestement vous n'êtes pas complètement réglo.

— L'argent, répondit-il à mi-voix, sans regarder Danielle. J'ai besoin d'argent.

— Vous en avez besoin ? Ou vous en avez *envie* ?

— Besoin.

— Pourquoi ?

— Pour ma sœur.

— N'hésitez pas à rentrer dans les détails.

— Elle est placée en foyer spécialisé. À vie. Et l'hôpital que l'État est prêt à financer tient plus de la prison que de la clinique psychiatrique. C'est ma sœur. Je ne peux pas la laisser là-bas.

— Donc vous lui avez trouvé un autre endroit ?

— Un établissement privé. Mais ça coûte plus cher. L'État en paye une partie. Je comble la différence. À hauteur de vingt mille dollars par an.

— *Vingt mille dollars ?* répéta D.D., éberluée.

— C'est le marché qui veut ça. L'offre et la demande. Dans le domaine de la santé mentale, nous n'avons pas assez d'offre et la demande augmente tous les ans. Parlez-en à Karen, à l'occasion. Autrefois, on ne voyait qu'une poignée d'enfants réellement psychotiques en une année. Maintenant, on en voit autant en l'espace d'un mois. Nous ne savons absolument pas quoi faire avec ces enfants ; comment les parents pourraient-ils savoir ?

— Et vos parents ? Ils ne peuvent pas aider, pour votre sœur ?

— Non.

— Là encore, n'hésitez pas à rentrer dans les détails. »

Mais Greg le prof de gym fut pris d'un soudain accès de mutisme. Les yeux rivés sur la table, il en tripotait le bord biseauté.

« Hé, Danielle, dit D.D. au bout d'une minute. Allez faire un tour.

— Non, protesta Greg. Elle reste.

— Alors parlez. »

Il soupira, parut peser le pour et le contre. « Mes parents sont morts, lâcha-t-il d'un seul coup.

— Quand ça ?

— Il y a dix-huit ans. »

D.D. fit le calcul. « Vous aviez quoi ? Douze ans ?

— Quatorze.

— Bon. Vos parents meurent. Restent donc vous-même, quatorze ans, et votre sœur handicapée mentale, qui est quoi, plus jeune, plus âgée ?

— Plus âgée. Seize ans.

— Elle s'est occupée de vous ?

— Elle ne pouvait pas.

— Parce qu'elle était handicapée mentale.

— Non. » Il leva les yeux, soupira de nouveau, sembla se résoudre à avouer : « Parce qu'elle était en état d'arrestation pour le meurtre de mes parents. Elle les avait empoisonnés. Avec de la strychnine. »

« Écoutez, je ne connais pas tous les détails, expliqua Greg. J'étais jeune et ma sœur… je ne sais pas. J'ai entendu beaucoup de versions au fil du temps. Au procès, son avocat a plaidé la légitime défense. Comme quoi mon père avait abusé d'elle, ma mère n'était pas intervenue et donc, que Sally les avait tués pour s'en sortir. Ensuite elle a fait une dépression nerveuse. Les experts ont diagnostiqué une dépression aiguë et un grave trouble de la personnalité. L'avocat a soutenu que le trouble de la personnalité était le résultat des abus dont elle avait été victime ; c'est devenu un vrai sac de nœuds. Pour finir, le parquet a accepté de renoncer aux poursuites si ma sœur était placée en établissement. Mes grands-parents nous servaient de tuteurs à l'époque. Ils ont convaincu ma sœur d'accepter le compromis et ça a été fini. Ma sœur a bouclé ses valises et nous avons tous fait comme si de rien n'était.

— Ça se passait où ? demanda D.D. en prenant des notes.

— Pittsburgh.

— Comment votre sœur s'était-elle procuré de la strychnine ?

— Je ne sais pas.

— Comment l'a-t-elle administrée ?

— Je ne sais pas. J'étais en week-end scout quand tout est arrivé. »

D.D. le lorgna d'un air sceptique. « Je veux dates, lieu et au moins deux témoins qui pourront confirmer. »

Greg déclina dates, lieu et noms de deux anciens chefs scouts. Manifestement, ce n'était pas la première fois qu'on lui demandait ça.

« Vous croyez que votre père abusait de votre sœur ?

— Je n'ai jamais vu aucun signe d'abus sexuels.

— Donc votre sœur voulait peut-être simplement supprimer vos parents ?

— Je n'ai jamais vu aucun signe de violence.

— Bon, on prend quelle hypothèse, Greg ? A ou B ? Toute l'histoire de votre famille se résume à cette alternative : père maltraitant ou sœur homicide. Ne nous faites pas croire que vous ne vous êtes jamais posé la question.

— Je me la pose tout le temps, confirma-t-il. Mais je n'ai toujours pas de réponse. Bienvenue dans le monde de la maladie mentale.

« — Mais vous vous brisez les reins (et vous brisez quelques règles au passage) pour offrir un meilleur hébergement à votre sœur. Ça doit bien vouloir dire quelque chose. »

Greg se tut un instant. Lorsqu'il reprit la parole, il ne regardait pas D.D., mais Danielle. « Il y a des réponses que je n'aurai jamais à propos de ma famille. Mais ça n'a peut-être pas d'importance. Ma sœur a tué mon père soit parce qu'il commettait des actes graves, soit parce qu'elle souffrait d'une maladie grave. Dans un cas comme dans l'autre, ce n'était pas de sa faute. Dans un cas comme dans l'autre, elle est la seule famille qui me reste. »

Danielle ne dit rien. Elle avait toujours le visage fermé, le dos raide. Manifestement, l'infirmière n'était pas du genre indulgent.

« Vos grands-parents ? demanda D.D.

— Morts il y a plusieurs années. L'assassinat, le procès, l'internement de ma sœur… ça les a minés. Ils ne s'en sont jamais remis.

— Donc, vous êtes seul au monde et vous travaillez ici. Ensuite vous décidez de mettre votre sœur dans un meilleur hôpital, ce qui signifie qu'il vous faut plus d'argent. Beaucoup plus d'argent. Bonne nouvelle : le monde est peuplé de parents aux abois et dépassés par leurs enfants déséquilibrés, donc les occasions de se faire de l'argent ne manquent pas. Vous acceptez le premier boulot d'aide à domicile et ensuite ?

— Ils parlent de moi à une autre famille, puis une autre. Et parfois, au sein du service, il arrivait que ça vienne dans la conversation.

— Autrement dit, il arrivait que vous profitiez de parents vulnérables.

— Non, protesta Greg avec véhémence. Ils posent quelquefois la question. C'est un enchaînement logique. Je suis là, j'ai les compétences pour intervenir auprès de leur enfant et eux, ils ont besoin d'aide. Ils demandent, je leur réponds.

— C'est vrai qu'ils demandent, confirma posément Danielle. J'ai même entendu des parents harceler Karen pour qu'elle libère du personnel pour faire du baby-sitting. Les parents ne savent plus où trouver des solutions.

— Ça a commencé comment avec les Harrington ? demanda D.D.

— Je les avais connus dans le service. Ozzie était un enfant très actif et, bon, ça ne me pose pas de problème, vous voyez. On peut jouer à la bagarre, se courir après, sans que je perde le contrôle de la situation. C'est mon métier. Et c'était ce que voulaient Denise et Patrick Harrington. Donc on a convenu que j'irais une matinée par semaine (en fonction de mon planning ici) pour emmener Ozzie jouer. On allait au parc, quelquefois faire du vélo. Une activité physique. Ils avaient du temps pour eux, Ozzie se défoulait. Tout le monde y trouvait son compte.

— Quand est-ce que ça a commencé, quand est-ce que ça s'est terminé ? »

Greg réfléchit. « En septembre de l'année dernière. Je ne pourrais pas vous donner une date précise. Pas longtemps après qu'Ozzie est sorti de l'hôpital. Ça a duré neuf mois et ensuite Patrick a perdu son emploi et ils n'avaient plus les moyens de s'offrir de l'aide à domicile.

— Comment vous avez réagi ?

— Comment ça ?

— Quand ils vous ont renvoyé, s'impatienta D.D. Comment vous avez réagi ?

— Renvoyé ? Ils n'avaient plus d'argent. Ce n'était pas de leur faute. Franchement, j'étais désolé pour eux. Leur vie était déjà compliquée. Mais c'était des gens bien. Et Ozzie avait fait beaucoup de progrès à ce moment-là. Je me suis dit qu'ils allaient s'en sortir.

— Qu'est-ce que vous entendez par "Ozzie avait fait beaucoup de progrès" ?

— Vous savez, avec Andrew. »

D.D. pencha la tête sur le côté. Observa Danielle et Greg. « C'est vrai. Les Harrington avaient recours aux services à la fois du prof de gym et du guérisseur. D'autres prestataires ? » demanda-t-elle en regardant Danielle.

Mais celle-ci secoua la tête. « Je suis infirmière. Même pour un baby-sitting, je serais trop chère pour vous. »

Mais Greg avait viré au rouge pivoine.

D.D. se pencha en avant, ne le lâcha pas du regard. « Allez, crachez le morceau. C'est bon pour l'âme de se confesser.

— Il… enfin, ce n'était peut-être pas un hasard si les Harrington nous faisaient travailler tous les deux.

— Vraiment ? Racontez-moi ça. »

Danielle, les yeux écarquillés, le regardait aussi, avec l'air effaré de quelqu'un qui voit un train lui foncer dessus.

« Andrew a découvert que je faisais de l'aide à domicile. Une famille qui m'employait l'avait aussi engagé par coïncidence. Il en a tiré des conclusions. »

D.D. leva un sourcil. Comme ça, Lightfoot connaissait le secret du bel éducateur. Voilà ce que valaient les grands discours de Karen qui prétendait tout savoir de son personnel.

« Et donc, hum… » Greg ferma les yeux, poussa un soupir. « Andrew a suggéré que quand je travaillais pour une famille, surtout une famille aisée, je pourrais recommander ses services. S'ils finissaient par l'engager, il me refilait un petit quelque chose. Une sorte de commission.

— Un petit billet, vous voulez dire. Encore de l'argent.

— Cinquante dollars, en général.

— Voyez-vous ça, dit D.D. d'un air songeur avant de se tourner vers Alex. Et Lightfoot qui nous disait qu'il faisait profiter de ses dons gratuitement.

— C'est ça, ironisa Greg. Pour la modique somme de cent dollars de l'heure.

— Quelqu'un d'autre sur le coup ? demanda D.D.

— C'est-à-dire ?

— D'autres éducateurs qui feraient de l'aide à domicile en sous-main ? D'autres thérapeutes qui vous auraient demandé de les recommander ?

— Pas que je sache. Cela dit, ce n'est pas vraiment un sujet qu'on peut aborder dans le service. Peut-être que d'autres travaillent à l'extérieur. Peut-être pas. Il faudrait leur poser la question. »

Alex intervint : « Une seconde. D'abord les Harrington vous paient trente dollars de l'heure pour emmener Ozzie au parc. Ensuite ils paient Lightfoot cent dollars de l'heure pour une thérapie. Ils n'avaient pas ce genre de moyens.

— Ils présentaient la note aux services sociaux, qui subventionnent en général quelques heures d'aide à domicile par mois. Donc, les services sociaux finançaient la moitié de mes heures et les Harrington payaient la différence. Pour Andrew, je ne sais pas, mais je parie qu'ils faisaient passer ça pour du "suivi psychiatrique". J'ai vu un papier une fois, sur la table de la cuisine. On n'aurait pas dit la note d'honoraires d'un guérisseur spirituel, plutôt celle d'un praticien hospitalier. Andrew avait mis des titres après son nom et tout. J'imagine que c'était sa manière de filouter le système pour des gens comme les Harrington.

— Des gens comme les Harrington peut-être, dit Alex, toujours pas convaincu, mais la famille de Tika ? Ils n'auraient jamais eu de quoi payer ne serait-ce qu'une partie de votre facture.

— Non, c'est vrai, reconnut Greg. D'ailleurs ils ne l'ont pas fait. J'ai vu Tika quatre fois. Même topo : j'avais noué un lien avec elle ici, j'avais l'impression qu'elle progressait. Quand elle est rentrée chez elle, le père m'a demandé si je pourrais passer de temps en temps. La mère allait avoir un bébé, ça lui ferait du bien de souffler un peu et ainsi de suite.

» Donc je suis passé. La première fois que j'ai mis les pieds chez eux, j'ai failli rendre mon déjeuner. Le père était dans les vapes sur le canapé, manifestement défoncé, et les chevilles de la mère étaient tellement enflées par la grossesse qu'elle ne pouvait pas sortir de son lit. Je lui ai surélevé les pieds, je lui ai apporté de l'eau et j'ai emmené tous les enfants au parc. Pendant quatre heures. Quand je suis rentré, le père avait l'air d'avoir repris ses esprits. Il s'est confondu en remerciements et m'a proposé un petit sachet en guise de dédommagement.

— Il t'a payé avec de la drogue ? » demanda Danielle d'un air sévère.

Greg lui lança un regard. « J'ai refusé.

— Oh, bien. Monsieur a quand même des principes. »

Il rougit et reporta son attention vers les policiers. « J'ai refusé la drogue, répéta-t-il avec gravité. Machin-chose m'a dit qu'il me paierait la semaine suivante. J'ai failli refuser, mais à ce moment-là Tika a couru vers moi, m'a fait un énorme câlin et… je ne sais pas. Cette maison. Je savais que j'étais dans la merde, mais parfois… c'est dur de tourner le dos.

— Alors qu'est-ce que vous avez fait ? le relança D.D.

— J'ai joué les bonnes poires encore trois semaines. J'arrivais, j'emmenais tous les enfants au parc, je ne recevais jamais un sou. Et, soit dit en passant, tout n'est pas toujours une question d'argent. Si j'avais pensé que je pourrais aider Tika… tant pis, j'aurais continué. Mais quoi, cette famille… Son beau-père… C'est le genre de personnes qu'on apprend rapidement à éviter. Ça ne les intéresse pas d'aller mieux. Ils *veulent* que vous vous occupiez d'eux. Ils *veulent* que vous fassiez tout le boulot. Donc tout ce qu'on peut faire ne sera jamais suffisant et tout ce qu'on peut faire ne changera jamais rien. Il faut partir avant d'être saigné à blanc. C'est aussi simple que ça.

« — Et Lightfoot ? Vous lui avez recommandé cette famille ?

— Je lui ai recommandé de passer au large, répondit Greg avec ironie.

— Et il l'a fait ? »

Greg hésita. « Je ne pense pas.

— Qu'est-ce qui vous fait dire ça ?

— Il semblait… intéressé par cette famille. Bon, les parents étaient des cas, mais les enfants… Ishy, l'aîné, souffrait manifestement d'une forme d'autisme, mais c'était un très, très gentil garçon. Ensuite il y avait Rochelle, qui était carrément brillante. Et Tika… Tika était… compliquée. Très sensible, presque intuitive. Andrew avait l'air fasciné par eux tous, mais en particulier par Tika. Quatre vieilles âmes, il m'a dit un jour. Quatre vieilles âmes prisonnières d'un abîme corporel.

— Quatre ? s'étonna Alex.

— Le bébé, expliqua Greg. Apparemment, Andrew l'avait déjà rencontré dans les sphères célestes.

— Sans blague ? demanda D.D.

— Oui. Il savait même que c'était une fille. Je ne pige pas, mais des fois… Andrew savait des choses. Et c'est vrai que ça lui arrivait de travailler gratuitement ; il pouvait se le permettre. Donc, s'il avait envie de s'occuper de la famille de Tika…, dit Greg en haussant les épaules.

— Il l'a fait ? insista D.D.

— Je ne sais pas. On ne passe pas non plus nos week-ends ensemble. »

D.D. échangea un regard avec Alex. Elle devinait à quoi il pensait. Lightfoot leur avait menti en affirmant ne pas connaître Tika Solis. Il avait également omis de signaler qu'il fraudait le système de santé en facturant des services pour lesquels il n'était pas qualifié. Ce qui conduisait D.D. à se demander quels autres secrets leur avait cachés le guérisseur.

Elle se retourna vers Greg. « Jaloux ? Je veux dire, d'un côté il y a vous, avec votre passé tragique, votre sœur handicapée mentale, qui travaillez comme un fou pour joindre les deux bouts. Et de l'autre côté, il y a Lightfoot. Beau gosse, la vie de rêve, la maison sur la plage. Comment vous pourriez rivaliser avec un type comme lui ?

— Rivaliser ?

— Mais oui. Il vous refile cinquante dollars quand vous lui trouvez du travail, mais on sait tous qu'il vous donnerait encore bien davantage si vous lui cédiez votre petite amie.

— *Pardon ?* s'écria Danielle.

— Je vous en prie. Cette façon qu'a Lightfoot de vous reluquer, se moqua D.D. Comme si vous étiez un dessert qu'il aurait envie de gober.

— Il ne s'intéresse qu'à l'histoire de ma famille…

— C'est faux. »

Greg cette fois, cassant.

Danielle se tourna vers lui. « Qu'est-ce que tu racontes ?

— Il te veut. Depuis toujours. N'importe qui le devinerait en voyant sa façon de te regarder. Ce qui m'échappe, c'est pourquoi tu ne veux pas de lui.

— Parce que c'est un connard ? suggéra Danielle.

— Un connard qui a du fric.

— Tu as vraiment un problème, répliqua-t-elle, des flammes dans les yeux.

– On en a tous.

— Écoute, j'ai dîné une fois avec Andrew et ça m'a suffi. Comme si j'étais un objet que les mecs pouvaient s'acheter ou se revendre.

— Tu n'as jamais dîné avec moi, riposta Greg. Combien de fois je t'ai invitée ? Dix ? Vingt ? Trente fois ? Pour reprendre tes propres termes, tu as eu plus de considération pour ce "connard" que pour moi. »

Danielle rougit. Elle se laissa glisser sur sa chaise, regarda ailleurs. « Mais toi, je t'apprécie vraiment, dit-elle tout bas. C'est toute la différence.

— Les connards décrochent un dîner. Les gars sympas rien du tout.

— Tu l'as dit, on a tous nos problèmes.

— Bon, maintenant que je suis un connard qui soutire de l'argent à des parents désespérés, est-ce que ça veut dire que je peux t'inviter à dîner ?

— *Excusez-moi*, intervint D.D. Je suis navrée de m'immiscer, mais laissez tomber le dîner : la prochaine destination du prof de gym, c'est la prison. Vous connaissiez toutes les familles. Vous avez eu la possibilité matérielle de pendre Lucy et d'empoisonner Lightfoot. Manifestement, vous êtes aussi au fait des usages les plus meurtriers de la strychnine et vous avez déjà connu le familicide…

— Pas à proprement parler, l'interrompit Greg. Il y a des antécédents de *parricide* dans ma famille. Ma sœur a tué mes parents. Ce n'est pas un familicide.

— Il a raison », dit Alex.

D.D. lui lança un regard noir.

« Et j'ai un alibi, ajouta Greg. Jeudi soir, les Harrington, c'est ça ? Je travaillais, je surveillais Evan Oliver, le garçon qu'on nous a amené cet après-midi.

— Une petite minute, dit Alex en se penchant en avant. Le garçon qui a été admis aujourd'hui. C'est celui qui a poignardé sa mère, c'est ça ?

— Evan Oliver, oui. Je travaille pour sa mère une fois par semaine.

— Vous avez rencontré la famille à l'extérieur du service ? »

Greg acquiesça.

« Et Lightfoot ? Il s'occupait aussi de ce garçon ?

— Il se peut que je l'aie recommandé. Il se peut qu'il m'ait donné cinquante dollars. »

Alex se rassit en arrière. Regarda D.D. Regarda Greg. « Vous avez l'expérience des armes à feu, Greg ?

— Pas franchement.

— Des Taser ?

— Hein ? Voyons, regardez-moi : je n'ai pas besoin d'accessoires.

— Même pas d'un oreiller, pour étouffer un bébé par exemple ?

— Hein ? »

Greg avait l'air horrifié.

D.D. se tourna vers Alex : « Qu'est-ce que tu penses ?

— J'aimerais bien poser quelques questions à notre copain le guérisseur. Notamment pour savoir pourquoi il a menti en disant qu'il ne connaissait pas la famille Laraquette-Solis, à quel moment il a décidé de commencer à facturer ses "dons" et quel genre d'alibis il aurait pour jeudi et vendredi soir.

— Dans ce cas, c'est une bonne chose qu'on sache où le trouver », dit D.D. en reculant sa chaise. Alex en fit autant. « Vous deux, dit-elle à Danielle et Greg, pas bouger. Si vous avez de la chance, à mon retour je déciderai ne pas vous mettre en état d'arrestation. Mais je ne vous promets rien. »

Elle leur lança un sourire carnassier. Et se remit en chasse avec Alex.

LUNDI

35

Victoria

Un bruit de chariot dans le couloir me réveille. Mes yeux s'ouvrent d'un seul coup. Prise d'une violente et irrépressible nausée, je me tourne sur le côté droit pour vomir.

Le malaise passe et je me retrouve toute désorientée et secouée. Lentement, je me recouche sur le dos. Je regarde le plafond vierge de ma chambre d'hôpital et je m'accorde un instant pour prendre mes repères.

Jouer avec mon fils. Parler avec mon ex-mari. Et ensuite… ça.

Est-ce que je devrais pleurer ? J'en ai envie. Quand votre enfant vous poignarde, pleurer est sans doute la réaction normale. Mais je n'arrive pas à faire monter la moindre larme. Je me sens dépouillée, vidée. Pendant des années, j'ai livré une guerre. Et là, en trente secondes, je l'ai perdue.

Désormais, plus moyen de revenir en arrière. C'est une réalité nouvelle. Mon fils est un criminel et je suis sa première victime.

Au moins, ce n'était pas Chelsea, me dis-je, et à ce moment-là je pleure, de petits sanglots de soulagement étouffés, parce que Michael n'est pas le seul à avoir passé des années terrifié à l'idée de devoir un jour faire du mal à son fils pour sauver sa fille. Au moins, on n'en est pas arrivés là. Au moins.

Alors je revois Evan, ses yeux bleu vif et son rire communicatif lorsque nous nous poursuivions dans le jardin, et mes pleurs redoublent.

Quand je regarderai Evan, je saurai toujours ce qu'il a fait. Et lui aussi, quand il me regardera, il saura toujours ce qu'il a fait.

Impossible de revenir en arrière. Pas moyen.

De nouveau, cette idée brûlante, obsédante : il faut que je sorte d'ici. Je ne peux plus être cette personne. Je ne peux pas mener cette vie. Ça fait trop mal.

Je m'assois. Le mouvement provoque une douleur aiguë, fulgurante, dans mon côté droit. Le souffle coupé, je vacille, mais je me ressaisis. Après tout ce que j'ai vécu, je ne vais quand même pas me laisser impressionner par quelque chose d'aussi dérisoire que la douleur physique. Je serre les dents et je me force à me lever.

Mes jambes flageolent. J'attrape la rambarde métallique du lit et je m'y accroche.

Quand j'ai enfin la conviction que je ne vais pas m'effondrer, je tourne mon attention vers la rangée de machines. Je commence par éteindre le moniteur cardiaque et détache le capteur plastique de mon doigt. Ensuite j'enlève l'adhésif qui maintient la perfusion sur le dos de ma main et je retire l'aiguille en douceur. Une goutte de sang perle sur ma peau pâle. Je l'essuie et m'exhorte à ne plus saigner.

J'avance prudemment, cinq pas dans la pièce ; je ne

vais jamais y arriver. À chaque inspiration, on croirait que mes entrailles sont fouettées par des tessons de verre. Je suis étourdie, endolorie. Il faut que je m'allonge. Je pourrai réessayer demain. Mais quand je me retourne vers le lit, je ne peux pas m'y résoudre. Peut-être que je suis folle. Peut-être qu'Evan n'est pas le seul à avoir craqué ce matin. Mais je ne peux pas revenir en arrière. Je ne veux pas.

Merde, après les huit années que je viens de passer, j'ai bien le droit de faire au moins une dépression nerveuse.

Une meilleure contention, me dis-je. Un bandage autour de ma cage thoracique pour soutenir mon côté affaibli.

La bonne nouvelle, c'est que j'ai passé des années à réparer dans mon coin les dégâts provoqués par les crises d'Evan. J'ai remis des phalanges en place, refermé des coupures profondes avec de la colle cutanée (j'avais vu ça sur Discovery Channel) et bandé des côtes cassées. Donnez-moi un peu de matériel et je fais un médecin tout à fait convenable.

Justement, je suis dans une clinique.

Je sors à petits pas dans le couloir en tenant fermé l'arrière de ma chemise d'hôpital. L'horloge murale indique qu'il est plus de minuit. Dimanche est terminé. Lundi a officiellement commencé. J'essaie de puiser des forces dans cette idée. Une journée toute neuve. Mais, debout au milieu de ce couloir trop éclairé, je me sens surtout perdue et seule.

Le service est calme, le bureau des infirmières désert. Je continue à avancer. Quatre portes plus loin, contre le mur, je trouve un chariot avec du matériel de première urgence. J'attrape discrètement une bande de gaze et une boîte d'épingles de sûreté, je retourne d'un pas traînant dans ma chambre et referme la porte derrière moi. Il faut que je me repose. J'ai la tête qui tourne. Je croque quelques copeaux de glace et remonte dans mon lit. Mes lèvres me font mal. Je croque encore de la glace ; et là, c'est plus fort que moi, je m'endors.

Quand je me réveille, l'horloge me dit que deux heures se sont écoulées. Quelqu'un a mis une couverture sur moi et il y a un petit sac de voyage sur la chaise. Michael, sans doute. Je sens une douleur dans ma poitrine, comme si mon ex-mari venait à nouveau de me quitter. Folle. Je suis en train de devenir folle.

Ça m'est égal.

J'ai toujours le matériel de premiers secours dans les mains. Cette découverte me réconforte, me rend ma détermination. Je sors du lit ; mes jambes paraissent plus solides cette fois-ci et ma respiration reste régulière.

Je retire ma fine chemise d'hôpital pour examiner mon pansement au côté. Des petits points sombres, couleur rouille. Du sang séché. Pas frais. Ça ira.

Je m'applique à entourer ma cage thoracique de gaze, en serrant bien à chaque tour, jusqu'à ce que la constriction m'oblige à étirer le dos et à respirer par petites inspirations superficielles. Pour finir, je fixe le bandage, qui immobilise mes côtes et atténue la douleur.

Ensuite je fouille dans le sac de voyage. Michael y a jeté les affaires classiques : jogging, sous-vêtements, chaussettes, tongs, articles de toilette. J'éprouve un sentiment de déjà-vu, et ensuite ça me revient : le sac contient les mêmes objets que celui que j'avais préparé pour la naissance de Chelsea et celui que j'avais prévu de préparer pour la naissance d'Evan si le travail n'avait pas commencé prématurément.

Je perds de nouveau mes moyens. J'ai envie de toucher chaque objet comme si c'était un talisman de la vie à laquelle je ne peux pas renoncer, de la femme que j'espérais être. Je vais rester assise là. Pleurer comme une imbécile avec mon pantalon de jogging sur les genoux.

Cet apitoiement sur moi-même me dégoûte. J'en ai marre de pleurer. Marre d'aimer un homme qui m'a quittée. Et marre de materner un enfant qui m'a planté un couteau entre les côtes et qui m'a ensuite appelée pour me dire que la prochaine fois il ne me raterait pas.

La vie que je pensais vivre est terminée. C'est le moment de prendre un nouveau départ, de devenir une nouvelle femme. Une femme qui se promène sur des plages de sable blanc en longue jupe paysanne violette, un verre de margarita givré au sel à la main. Peut-être que je vais rencontrer un jeune et beau surfer. On fera l'amour sous les palmiers et on se mettra du sable à plein d'endroits intéressants. Je regarderai le soleil se lever en écoutant les cris des mouettes. Je ne penserai qu'à moi-même et à ce que j'ai envie de faire à chaque instant de chaque journée. Et j'aimerai ça.

J'ai perdu la tête.

Et puis merde. Je m'habille.

Ça me fait un mal de chien. Je me sers de cette douleur pour affermir ma détermination. Sous-vêtements.

Pantalon de jogging. Tee-shirt. Tongs. Je me brosse les dents et je me peigne. Vaste monde, me voilà.

Je transpire. Mon côté me brûle. Je bois l'eau qu'a laissée la glace en fondant dans la tasse.

Je n'ai pas d'argent, pas de passeport, pas toute ma tête. Pas exactement la recette du succès.

D'ailleurs je me souviens maintenant que je n'ai jamais vraiment aimé le soleil. Je prends trop facilement des coups de soleil, surtout sur le haut du crâne. Je n'ai pas envie d'une margarita. Je n'ai même pas envie d'un surfer.

En fait, j'ai surtout envie de revoir Evan.

Au septième, ils ont dit. Peut-être que je pourrais monter discrètement, le regarder dormir…

Je vais lui dire que je l'aime, lui chuchoter à son oreille, comme je le faisais toutes les nuits quand il était bébé.

Je vais toucher une boucle blonde, cet épi têtu au-dessus de son œil droit. Sa douceur sous mes doigts me rappellera toutes les fois où Evan m'a fait un câlin, où Evan m'a embrassée, où Evan m'a dit qu'il m'aimait.

Jusqu'à la Lune et retour…

Je n'ai pas envie de fuir. J'ai juste envie de prendre mon fils dans mes bras. J'ai envie qu'on soit de nouveau bien.

Septième étage. Pas si loin. Pas si difficile. Un petit voyage en ascenseur pour retrouver Evan.

J'entrouvre la porte, jette un œil dans le couloir. La voie est libre. Je m'élance, clopine vers ma liberté.

Je passe devant le bureau des infirmières, j'ai parcouru la moitié du couloir, puis les trois quarts du

486

chemin. Presque arrivée aux ascenseurs. Si près. Encore huit mètres. Cinq. Trois. Encore deux pas et je pourrai appuyer…

« Victoria ? »

La voix derrière moi me stoppe net. Je me retourne à contrecœur, avec le sentiment d'être condamnée. *Je ne peux pas revenir en arrière*, me dis-je, éperdue. J'ai besoin de mon fils. J'ai besoin de ma liberté. J'ai besoin d'autre chose que cette incroyable douleur dans ma poitrine.

« Victoria ? » répète mon amant. L'inquiétude se lit sur son visage. « Qu'est-ce que tu fais debout ? Tu ne devrais pas te lever.

— Je me sens beaucoup mieux, merci.

— Victoria, je crois que ton côté… »

Je baisse les yeux. Devinez quoi ? Je saigne.

Il me propose son bras. « Allez, suis-moi.

— Non.

— Victoria ?

— Il faut que je monte. Retrouver Evan. Je t'en prie. Je t'en prie, aide-moi. »

Je m'aperçois alors qu'il tient un gros appareil noir dans ses mains. On dirait un pistolet, mais pas tout à fait. « Qu'est-ce que c'est ? » demandé-je.

Il regarde autour de lui. Toujours pas d'infirmières en vue. « Un truc très efficace », dit-il.

Il le pointe sur moi. Je ressens une brusque secousse électrique et…

36

D.D. et Alex dédaignèrent les ascenseurs au profit des escaliers. Ils avaient besoin de se dégourdir les jambes et la cage d'escalier déserte était idéale pour discuter.

« Qu'est-ce que tu en penses ? demanda D.D. à Alex lorsque la lourde porte coupe-feu se referma derrière eux.

— Du prof de gym ?

— D'eux tous. On a l'infirmière Danielle, dont le passé familial coïncide avec les crimes et qui avait par ailleurs des liens personnels à la fois avec Lucy et Lightfoot.

— Lightfoot ?

— Il avait des sentiments pour elle, même si l'inverse n'était pas vrai. »

Alex médita cette idée pendant qu'ils descendaient la première volée de marches. « Autrement dit, si quelqu'un voulait s'en prendre à elle, le mode opératoire des deux premiers crimes et les cibles des deux derniers trouveraient leur logique.

— Ce qui désigne là encore le prof de gym, qui a un mobile.

— Dépit amoureux.

— Exactement. Il est à genoux devant Danielle depuis des années, mais il ne peut même pas obtenir un dîner alors qu'elle accepte une invitation de Lightfoot. Il a la possibilité matérielle de commettre les crimes : il connaît les Harrington, il connaît la famille Laraquette-Solis ; il était de garde la nuit où Lucy a disparu et il travaillait ce soir au moment où quelqu'un a corsé la boisson de Lightfoot.

— Il prétend avoir un alibi pour le meurtre des Harrington.

— Un alibi difficile à vérifier étant donné que la mère a été poignardée et que l'enfant est un déséquilibré.

— Une agression manquée ? demanda Alex d'un air songeur.

— Qu'est-ce que tu veux dire ?

— L'enfant a poignardé sa mère. Ça ressemble un peu à nos deux premières scènes de crime. »

D.D. n'était pas d'accord. « Trop petite famille. Juste la mère et l'enfant. Pas de figure paternelle, or, dans les deux premières agressions, la figure paternelle était importante. C'était le père qui devait être mis en scène pour que les crimes retombent sur lui.

— Les pères sont malfaisants.

— En tout cas, ceux qui tuent leur famille. »

Alex sembla se ranger à cette idée. « Le problème, c'est que Lightfoot connaissait aussi les familles. Donc maintenant on a deux suspects à considérer. Qui nous ont tous les deux menti.

— Lightfoot nous a dit qu'il ne connaissait pas Tika Solis, alors qu'il la connaissait.

— Et Greg nous a dit qu'il n'avait jamais rencontré la famille de Tika, alors qu'il l'avait rencontrée.

— En fait, précisa D.D., Greg n'a jamais dit qu'il n'avait pas rencontré la famille. Il a juste dit qu'elle ne venait pas dans le service. »

Alex lui lança un regard. « Tu le dédouanes parce qu'il a joué sur les mots ? Tu me rappelleras de porter plus souvent des tee-shirts moulants et de prendre une voix bien grave. »

D.D. leva les yeux au ciel. « Ne me fais pas dire ce que je n'ai pas dit : le prof de gym est toujours le suspect le plus logique. Après tout, Lightfoot ne travaillait pas le soir où Lucy a été pendue. Et puis il y a la question de son empoisonnement. »

Alex acquiesça. « Je me demande quand même, dit-il alors qu'ils franchissaient le palier du quatrième. Au début, on n'avait pas de lien entre les familles et maintenant on en a de toutes sortes : le service, un éducateur/aide à domicile et le guérisseur du coin. Ça incite à se demander qui il y aurait d'autre que nous ne connaissons pas encore. Les enfants malades mentaux vivent apparemment dans un petit monde fermé. Alors peut-être qu'il y a d'autres spécialistes : un psychiatre, un thérapeute, une aide à domicile, une infirmière ?

— Donc il faudrait qu'on vérifie avec Phil et Neil. Phil fait les recherches sur les familles et Neil dresse la liste de tous les employés qui viennent régulièrement dans le service. On croise ces informations…

— Et on voit ce qui tombe. »

L'idée plaisait à D.D. Comme il leur restait deux étages à descendre, elle fit chauffer le portable.

Phil décrocha à la première sonnerie. Il avait l'air

fatigué et affamé. Apparemment, les troupes restées au QG n'avaient pas encore trouvé le temps d'aller chercher des pizzas. D'un autre côté, le commissariat central n'avait pas eu à affronter une horde de gamins qui menaçaient de vous arracher les yeux. On ne peut pas gagner sur tous les tableaux.

Jusque-là, Phil avait consulté les sources d'information classiques : fichier des conducteurs, relevés de carrière et diverses banques de données policières. Après avoir passé à la moulinette la liste des employés fournie par Karen, Phil était en mesure d'indiquer que personne n'était sous le coup d'un mandat ni n'avait été arrêté dans le passé. Ed, l'éducateur baraqué, aimait la vitesse et Danielle avait quelques amendes de stationnement impayées. En revanche, strictement rien à reprocher à Greg. D.D. informa Phil du passé familial sordide de l'éducateur. Phil promit de creuser davantage dans les antécédents de Greg et de sa sœur.

« Mais d'après ce que tu dis, Sally était mineure et l'affaire n'est jamais passée en jugement, donc je ne suis pas sûr de ce que je vais trouver dans les archives, prévint Phil.

— Commençons par vérifier que Sally existe, que ses parents ont bien été empoisonnés à la strychnine et que sa résidence actuelle coûte à Greg vingt mille dollars de rallonge par an.

— Ça, je peux faire. »

D.D. l'entendait presque se frotter les mains à l'autre bout du fil. Rien ne lui plaisait tant qu'une bonne recherche de données.

« Tu as des nouvelles de Neil ? Comment il s'en

sort avec la liste des autres employés de l'hôpital, des fournisseurs, etc. ? demanda D.D.

— Il m'a transmis une première liste de gardiens, employés de cantine, livreurs et fournisseurs il y a une heure. Je suis toujours dessus, mais il y a un nom qui sort déjà du lot : celui du guérisseur, Andrew Lightfoot. J'imagine que ce n'est pas son vrai nom parce qu'il n'est pas dans les fichiers. »

D.D. regarda Alex et se souvint. « Il nous a dit la première fois qu'on l'a vu qu'il avait repris le nom d'un ancêtre. C'était plus vendeur.

— Eh bien, si tu veux des révélations, file-moi de meilleurs tuyaux.

— Ça marche. » D.D. referma son téléphone et se tourna vers Alex. « Encore des questions à poser à Lightfoot, expliqua-t-elle. À commencer par son vrai nom de famille. »

Ce qui n'aurait pas dû être trop difficile, sauf que lorsqu'ils arrivèrent au service de médecine générale, Lightfoot avait disparu.

37

Danielle

« Pourquoi tu ne m'as rien dit ? ai-je demandé à Greg.

— Pourquoi tu ne m'as jamais posé la question ? »

Nous étions assis tout à côté l'un de l'autre à la table d'interrogatoire, parqués dans la salle de classe sous le regard attentif d'un enquêteur. Notre gardien-nounou mangeait de la pizza en lisant des dossiers à l'autre bout de la pièce. Cela nous donnait une illusion d'intimité, même s'il avait sans doute l'ouïe fine et notait la moindre de nos phrases.

« J'aurais compris », ai-je dit. Même moi, je me rendais compte de mon agressivité. Les secrets de Greg me mettaient en colère. C'était moi qui avais un lourd passé. Lui était censé être un livre ouvert. Et maintenant, il me fallait affronter le fait que Greg avait lui aussi un passé tragique et qu'il était quand même plus équilibré que moi.

Greg m'a regardée pensivement. « Pourquoi ?

— Comment peux-tu poser cette question ? L'histoire de ta famille, l'histoire de ma famille. Tu aurais pu me parler de ta sœur. J'aurais compris !

— Pourquoi ? a-t-il répété. De là à prétendre savoir ce que tu ressens, de là à ce que tu prétendes savoir ce que je ressens… Il n'y a pas quelqu'un qui a écrit : "Toutes les familles heureuses se ressemblent, mais les familles malheureuses le sont chacune à leur façon" ?

— *Anna Karénine*. La seule phrase du livre que je connaisse. Mais quand même… » Je me suis rassise en arrière, les mains dans les poches, toujours boudeuse. « La plupart des gens savent qui étaient leurs proches ou *comment* étaient leurs proches. Mais pas nous. Notre histoire familiale reste un point d'interrogation. Est-ce que ton père était mauvais à ce point, ou ta sœur malade à ce point ? Est-ce que mon père était mauvais ou bien est-ce que l'alcool l'a rendu malade ? Nous ne savons pas. Nous ne saurons jamais. Et c'est vraiment la merde de ne pas savoir ce genre de choses.

— Mes parents me manquent, a repris Greg au bout d'un moment. Mon père était un bon père pour moi. Ma mère était une bonne mère. J'aimerais qu'ils puissent me voir aujourd'hui. J'aimerais qu'ils sachent qu'au moins un de leurs enfants a bien mené sa barque. »

J'ai hoché la tête. Moi aussi, je me disais ça, les rares fois où je m'autorisais à penser à ma famille. Est-ce que ma mère serait fière de moi ? Est-ce que Natalie et Johnny approuveraient mon travail auprès d'enfants perturbés ? Peut-être qu'ils m'auraient applaudie le jour où j'ai décroché mon diplôme d'infirmière. Et peut-être que le jour où j'ai obtenu mes premiers succès avec un enfant perturbé, ils auraient aimé que je leur raconte des anecdotes sur mon travail.

J'aurais dû accepter ce dîner avec Greg. C'est quelqu'un de bien. Le bon garçon avec qui l'héroïne ne sort pas parce que la plupart des filles, y compris moi, sont idiotes pour ces choses-là.

« Je ne veux pas que tu sois désolée pour moi, a-t-il dit d'une voix sombre. Je n'ai pas besoin de ta pitié.

— Ce n'était pas à ça que je pensais.

— Tu vois, regarde les enfants ici. La plupart n'ont pas de père. La plupart n'ont absolument personne qui s'occupe vraiment d'eux. C'est la vie. Si nous attendons d'eux qu'ils surmontent cette épreuve, nous le pouvons aussi.

— Tu devrais venir chez moi. Dans deux semaines. J'aurai retrouvé mes esprits. Les choses se seront tassées. Je te ferai à dîner. »

Greg a cligné des yeux. S'est arrêté. A encore cligné des yeux. « Chez toi ?

— Je n'ai pas de colocataires. Et on a quelque chose à terminer. »

Ses lèvres ont formé un *Oh* silencieux. Ça m'a réconfortée. Mais alors il a plissé les yeux et m'a observée intensément.

« Tu crois vraiment que tu auras retrouvé tes esprits ? Tu crois vraiment que les choses se seront tassées ?

— J'espère.

— Pourquoi tu ne lâches pas prise, Danielle ? Il s'est passé des dizaines d'années et, si je te parle strictement en ami, à chaque anniversaire, tu vas plus mal au lieu d'aller mieux. Est-ce que c'est parce que tu poses trop de questions ou pas assez ?

— Je ne sais pas. Peut-être… » J'ai soupiré. Notre nounou semblait encore occupée. Oh, puis zut. J'ai

rapproché ma tête de celle de Greg et j'ai murmuré :
« Pendant très longtemps, je n'ai posé aucune question. J'étais en colère et contente de rester comme ça. Mais cette fois-ci… j'ai commencé à repenser à cette nuit. À me souvenir. C'était moi qui avais apporté le pistolet dans la chambre de mes parents. J'en avais marre. Mon père… faisait des choses. Je voulais que ça s'arrête. Ma mère m'a obligée à lui donner le pistolet. Elle m'a dit qu'elle allait s'occuper de tout. Elle me l'a promis.

» Ce dont je me souviens ensuite, c'est mon père sur le seuil de la porte, qui se fait sauter la cervelle. J'ai toujours cru que c'était de ma faute. Je m'étais confiée à ma mère. Elle l'avait répété à mon père. Il avait été pris de folie furieuse. C'était forcément de ma faute, non ? Mais aujourd'hui… je ne sais plus. D'après ma tante, ils avaient des problèmes de couple, des choses qui n'avaient rien à voir avec moi. Et je jurerais que le réveil indiquait 22 : 23 quand j'ai quitté la chambre de mes parents. La police n'est arrivée qu'à une heure du matin. Deux heures et demie plus tard. Que s'est-il passé ? Mes parents se sont disputés ? Ma mère a avoué qu'elle avait une liaison, elle a voulu le jeter dehors ? C'est long, deux heures et demie. Deux heures et demie… »

J'ai secoué la tête, perdue. « J'ai toujours cru que la question centrale de ma vie, c'était de savoir si mon père m'avait épargnée parce qu'il m'aimait trop ou parce qu'il me détestait trop. Aujourd'hui, je me demande si toute ma vie ne se résume pas à deux heures et demie pendant lesquelles j'étais cachée sous mes couvertures.

— Danielle…

— Souviens-toi de notre accord : pas de pitié.

— Et un dîner dans deux semaines.

— Oui, un dîner dans deux semaines. Sans colocataires. »

Il m'a adressé un grand sourire qui a soulagé cette
sensation d'oppression dans ma poitrine, m'a donné
envie d'effleurer le bleu que j'avais laissé sur sa
mâchoire.

« Je n'ai pas trop le profil petite amie, lui ai-je rappelé avec une certaine tension dans la voix. Je vais
essayer. Il est temps de pardonner. D'oublier. Mais
c'est un territoire inconnu pour moi. Je suis plus douée
pour la colère.

— Danielle…

— Ma famille est morte. Je suis toujours en vie. Il
faut que je commence à faire quelque chose de cette
situation.

— Tu as fini ?

— Oui.

— Danielle, ça fait combien de temps qu'on se
connaît ?

— Des années.

— Cinq, pour être précis. Je ne t'invite à sortir avec
moi que depuis deux ans. Tu as le droit d'être en
colère, Danielle. J'en ai vu d'autres. Et tu as le droit
d'être triste, c'est quelque chose que je peux comprendre. Et si tu as envie d'apprendre à pardonner et
à oublier, je me ferai aussi un plaisir de t'aider. Peut-
être même que ça m'apprendra quelque chose. Mais tu
n'as pas à changer, Danielle. Pas pour moi.

— Tu es courageux. »

Il a souri. « Non, mais je suis solide. C'est comme ça. Et la solidité, ce n'est pas glamour et ça ne convient pas à toutes les filles. Mais j'espère que ça te suffira.

— Je ne suis jamais sortie avec quelqu'un de solide. Ce sera glamour, pour moi.

— Deux semaines, donc… » Greg s'est interrompu. Il s'est redressé sur sa chaise, a humé l'air. « Tu sens de la fumée ? »

J'ai flairé à mon tour. Au début, je n'ai senti qu'une odeur de fromage et de pepperoni, mais ensuite.. « Oui, tu as raison. »

D'un seul coup, l'alarme incendie a déchiré l'air. Je me suis bouché les oreilles, j'ai reculé ma chaise.

Greg se levait déjà, l'enquêteur aussi.

« Vous deux, on ne bouge pas… », a commencé ce dernier.

Greg lui a coupé la parole : « Pas moyen. Après ce qui s'est passé en début de soirée, la plupart des enfants ont reçu de fortes doses de médicaments. Ils ne sortiront pas sur leurs deux jambes. Il va falloir les porter. »

Greg s'est approché de la porte, a posé la main dessus. « Froide au toucher », a-t-il indiqué avant de l'ouvrir à toute volée. Des arabesques de fumée flottaient dans le couloir et nous entendions des bruits de course rapide.

Clairement pas un exercice d'évacuation. Greg et moi avons regardé le policier. Il nous a regardés.

« Le premier gamin que vous voyez, lui ai-je dit, vous le prenez sous le bras et vous descendez par les escaliers. Quatorze gamins et on vous rejoint. »

Karen menait la charge. Nous l'avons trouvée postée devant les portes du service, liste de présence à la main, ses lunettes de travers sur le bout de son nez. Je ne voyais toujours pas l'origine de la fumée et je ne sentais aucune chaleur, mais le couloir était nettement embrumé et la fumée s'enroulait autour des pieds de Karen qui énumérait les noms des enfants d'une voix ferme et tendue.

Non loin, Ed s'apprêtait à évacuer le premier groupe, un trio groggy que Cecille guidait dans le couloir. Elle les faisait marcher en file indienne, une main sur l'épaule de l'enfant qui les précédait, comme nous leur avions appris à le faire. Les enfants, encore en pyjama, avançaient d'un pas hésitant, trop fatigués pour faire autre chose que ce qu'on leur disait.

Une porte s'est alors ouverte et Jorge et Benny ont déboulé en trombe. Ils ont foncé sur le trio et projeté Aimee au sol avant d'aller sauter sur les canapés, mains sur les oreilles, l'un et l'autre braillant plus fort que l'alarme elle-même.

« Vous, vous me ramenez Benny et Jorge, a ordonné Karen à Greg. Et vous, a-t-elle dit avec un coup d'œil vers moi, vous allez prendre…

— Evan, l'a interrompue Greg. Le nouveau. On lui a donné double dose de lorazépam il y a deux heures. Il est défoncé à mort.

— D'accord, a dit Karen en pointant le nom d'Evan et en se retournant vers moi. Vous allez chercher Evan. Vous, Greg, vous êtes toujours chargé des ouistitis. »

Greg est allé chercher Benny et Jorge qui sautaient dans tous les sens. Je suis partie en courant dans le couloir.

Je suis passée devant deux portes ouvertes, où de petits visages me regardaient avec de grands yeux. J'avais envie de m'occuper personnellement de chacun de ces enfants. Mais ce n'était pas une bonne idée. Il fallait s'en tenir au plan.

« En file indienne, dans le couloir. Ed va venir vous chercher », leur ai-je dit sans me détourner de ma mission.

La fumée était plus épaisse au bout du couloir et me piquait les yeux. Je me suis mise à tousser, une main devant la bouche, en entrant dans la chambre d'Evan. Malgré le bruit, le gamin était complètement dans les vapes, roulé en boule, une couverture sur la tête.

Je l'ai pris par les épaules, je l'ai secoué violemment. Rien.

La fumée m'a encore fait tousser. J'ai retiré la couverture d'un coup sec, donné de petites claques à Evan. Toujours rien.

Encore de la fumée. Mes yeux me brûlaient. Ma gorge se serrait.

Et merde. J'ai glissé mes mains sous ses épaules et je l'ai redressé en position assise. Sa tête a roulé en arrière contre mon bras, bouche ouverte. J'ai plié les jambes, compté jusqu'à trois et je l'ai soulevé, comme un énorme bébé.

J'ai reculé en titubant, les dents serrées. Alors que j'allais tomber en arrière, j'ai retrouvé mon équilibre et je me suis stabilisée en replaçant le poids mort qu'était Evan dans mes bras. Il n'était pas trop lourd, mais il avait une silhouette longiligne malcommode, avec ses bras et ses jambes maigres qui ballottaient de tous les côtés.

Comme ma toux redoublait, j'ai mis un bras autour de ses épaules, l'autre autour de ses hanches, et je suis sortie tant bien que mal dans le couloir.

Il y faisait de plus en plus sombre, c'était de plus en plus difficile de voir, de respirer.

J'ai trébuché, failli tomber. J'ai rattrapé Evan in extremis par la ceinture du pyjama et j'ai foncé. Des chambres vides s'ouvraient de part et d'autre. Une, deux, trois, quatre, cinq.

L'équipe avait bien bossé. J'ai passé la salle commune et je suis arrivée devant Karen.

« Evan, a-t-elle annoncé triomphalement en cochant son nom. On est tout bons. Dans les escaliers, Danielle. Je vais fermer la marche. »

L'alarme incendie hurlait toujours. Karen m'a tenu la porte ouverte. Il n'y avait pas de fumée dans le vestibule, ce qui m'a permis de respirer plus profondément en me dirigeant vers la sortie de secours. Evan me paraissait plus lourd maintenant. Mes bras brûlaient. Le bas de mon dos aussi. Il fallait que je fasse du sport. De la musculation. Quelque chose.

J'ai réussi à ouvrir la porte coupe-feu. Une volée de marches à la fois. De l'aide m'attendait en bas.

J'ai franchi le palier du sixième en m'appuyant d'une épaule contre le mur. Au-dessus de moi, j'ai entendu la porte coupe-feu se refermer en claquant : Karen, qui commençait sa descente.

C'est lourd, un enfant de huit ans. Le sixième étage. Puis le cinquième. Un pied, puis l'autre.

J'ai réussi à descendre jusqu'au palier du deuxième, et je faisais une pause pour reprendre mon souffle lorsque la porte s'est ouverte d'un coup sec. J'ai cligné des yeux devant ce brusque afflux de lumière.

Andrew Lightfoot est entré dans la cage d'escalier.

« Parfait, a-t-il dit. Ça me facilite les choses.

— Andrew ? Tu ne devrais pas être en train de te remettre après… »

Je n'ai jamais terminé. Andrew s'est avancé vers moi, deux filins noirs ont fendu les airs et j'ai ressenti un énorme choc dans la poitrine.

Evan est tombé par terre. Et moi aussi.

38

Lorsque les camions de pompiers déboulèrent devant l'entrée de la polyclinique Kirkland, D.D. et Alex jouaient déjà des coudes depuis plusieurs minutes dans une foule grandissante de soignants débordés et de patients désorientés. Il y avait des infirmières qui montraient le chemin à des fauteuils roulants équipés de bouteilles d'oxygène, des internes qui guidaient des lits d'hôpital où étaient couchés des patients, et des agents de sécurité qui s'efforçaient de dégager les sorties. Les portes vitrées s'ouvraient. Un flot de gens sortait. Des pompiers entraient au pas de course. Les alarmes hurlaient toujours.

Toute cette séquence laissait D.D. perplexe. D'abord Andrew Lightfoot avait été empoisonné. Ensuite, d'après une infirmière à bout de nerfs, il avait sauté du brancard et quitté les urgences sur ses deux jambes. Une heure plus tard, les alarmes incendie retentissaient et l'hôpital tout entier était évacué.

Est-ce que ça pouvait relever du hasard ?

Debout dans le parking, les mains sur les oreilles, D.D. observait le bâtiment de huit étages et ne voyait aucune flamme. Mais de la fumée s'échappait bel et

bien des sorties de toit. Un feu à l'intérieur des murs ?
Un problème électrique ?

Elle se tourna vers Alex. « C'est du vrai ou du
chiqué ? lui demanda-t-elle par-dessus le vacarme.

— La fumée a l'air bien réelle.

— Et s'il y a de la fumée… »

Merde, elle sentait qu'il y avait un truc qui clochait.
Elle se mit en quête d'un pompier.

Le premier qu'elle repéra était à côté d'un camion
et parlait dans un talkie-walkie. Il n'eut pas l'air trop
ravi d'être dérangé par une civile, mais se montra sensible à sa plaque de police.

« Quelle est la situation ? demanda-t-elle en criant
pour se faire entendre.

— On signale de la fumée au septième. Ça a l'air
de venir du système de ventilation.

— Des flammes ?

— Pas de chaleur, dit le pompier d'un air dubitatif.
En général, ça veut dire qu'on a un feu couvant
quelque part dans les murs. Intérêt à faire gaffe à la
façon dont on ventile, sinon on pourrait provoquer une
sacrée explosion de fumées. On a des gars aux quatre
coins du bâtiment, mais on ne trouve toujours pas
l'origine.

— Le local technique ?

— On cherche l'accès.

— Merci. Tenez-nous au courant. »

D.D. retourna vers Alex. « Mon sixième sens est en
alerte, marmonna-t-elle.

— Le mien aussi.

— Ouais, les flics sont un peu sorciers. Connard de
Lightfoot. Il en veut à l'unité psy. Il a bricolé un truc,

504

fait en sorte de provoquer l'évacuation. La question, c'est pourquoi et est-ce qu'il a obtenu ce qu'il voulait ?

— Où sont les enfants ? » demanda Alex en scrutant la foule sur le parking.

Des patients alités, des patients debout et des patients cloués dans leur fauteuil roulant. Pas d'enfants.

Un infirmier passa en courant. D.D. l'attrapa par le bras et l'obligea à s'arrêter.

« Hé, police de Boston ! cria-t-elle. Il faut que je sache : les enfants du service d'évaluation du septième. Où est-ce qu'ils sortent quand vous faites un exercice ? »

L'infirmier cligna des yeux, manifestement pris entre plusieurs tâches. Puis il montra le côté de l'immense bâtiment et dit à toute vitesse en s'élançant vers le patient suivant : « Ils évacuent là-bas, sur l'aire de jeux. »

Alex et elle jouèrent des coudes dans la foule compacte pour rejoindre l'autre côté de la clinique.

« C'est Lightfoot, marmonnait D.D., les mains de nouveau sur les oreilles. Je le sais. Mais pourquoi lui ? Et comment ?

— Il nous faut son nom, dit Alex. C'est le problème. Nous ne savons même pas qui c'est.

— Quelqu'un le sait.

— Le prof de gym.

— En fait, je pensais à Danielle. »

Lorsque D.D. et Alex eurent contourné le bâtiment et gagné une pelouse, ils découvrirent quatorze enfants blottis les uns contre les autres et sept adultes à cran. Ici, on entendait moins le bruit des alarmes. En revanche, on entendait mieux les braillements des enfants. D.D. se dirigea vers la surveillante, Karen, mais Greg leur sauta dessus le premier.

« Où est Danielle ? demanda-t-il, crispé.

— C'est drôle, on allait vous poser la même question.

— Karen l'a envoyée chercher Evan. Depuis, je ne l'ai pas revue. »

Ils se tournèrent vers Karen, qui ne comprenait pas. « Mais elle a bien ramené Evan. Je les ai cochés sur ma liste ; ils ont pris l'escalier juste devant moi.

— Vous les avez vus entrer dans la cage d'escalier ? précisa D.D.

— Oui. J'ai attrapé quelques derniers trucs au vol et je suis descendue. Je les entendais devant moi. Du moins, je pensais que c'était eux.

— Danielle et un enfant ?

— Le petit Oliver. Evan. Il a été admis aujourd'hui…

— Une seconde, dit D.D. en se retournant d'un seul coup vers Greg. C'est ce même Evan que vous connaissiez ? Vous travailliez pour sa maman, qui a été poignardée aujourd'hui ? »

Greg hocha la tête.

« Et Lightfoot les connaissait aussi, c'est ça ?

— Il m'a versé une commission.

— Pardon ? intervint Karen. Vous travaillez pour une famille ? Une commission ? »

Greg fit la grimace, mit les mains dans les poches. « Quand les choses se seront calmées, il faudra que je vous avoue certaines choses. »

506

Karen ouvrit la bouche comme pour exiger des explications sur-le-champ, mais D.D. agitait déjà la main. « Ouais, ouais, ouais, et c'est bon pour l'âme de se confesser. Mais prenons les choses dans l'ordre : je veux Danielle. Je veux Evan. Et je veux Lightfoot. Quelqu'un a-t-il une quelconque idée de l'endroit où ils pourraient être ? »

Elle regarda la surveillante d'un œil noir, puis Greg, puis l'équipe tout entière.

Un à un, ils firent signe que non.

« Elle est la cible, murmura Alex à l'oreille de D.D. Lightfoot a fait ça pour l'atteindre. Mais pourquoi ? Et où ? »

D.D. le regarda, l'air sombre. « Et combien de temps lui reste-t-il ? »

39

Victoria

Je me réveille en sursaut, la bouche ouverte comme pour crier. Je reste immobile un instant et j'essaie de me repérer. Mon cœur bat à cent à l'heure. J'ai mal au côté. Je me sens hébétée, comme si je sortais d'un terrible rêve.

Petit à petit, je me rends compte que je suis dans mon propre lit. Les fenêtres donnent sur la nuit, l'affichage lumineux de mon réveil indique quatre heures et quart. Je commence à me détendre, mais à ce moment-là je réalise que je ne sens ni mes bras ni mes jambes.

Reprise de panique, je tente de m'asseoir.

Et je comprends immédiatement le problème. J'ai les mains ligotées dans le dos. Les jambes ligotées aux chevilles. Je suis ficelée comme une dinde de Noël. Pourtant je suis chez moi, dans mon propre lit…

Ça me revient. Mon réveil à l'hôpital. Mon désir têtu de voir Evan dans le service pédiatrique du septième.

J'étais arrivée jusqu'aux ascenseurs. Je me rappelle

avoir tendu la main vers le bouton. Je me rappelle avoir pensé que j'allais y arriver.

Et là Andrew a surgi. Sa présence m'a déconcertée. Nous n'entretenions pas ce genre de relations. Il se servait de mon corps à des fins sexuelles et je le laissais faire. Et, mis à part le petit intermède de samedi, il refusait de me voir. Il avait quelque chose à préparer, disait-il. Une surprise pour le lundi.

J'y songe : on est lundi, aujourd'hui.

Et quand j'ai rencontré Andrew devant les ascenseurs, il m'a envoyé une sorte de décharge électrique. Une douleur insoutenable, fulgurante. Et puis…

Mon amant m'a délibérément mise hors d'état d'agir, et maintenant je me retrouve là, seule dans le noir.

J'entends un gémissement, qui monte du rez-de-chaussée.

Non, pas seule.

Michael est là, lui aussi.

Mais pourquoi donc ?

D'un seul coup, je me souviens de deux affaires récentes dans les journaux : deux familles, toutes les deux avec des enfants perturbés, assassinées dans leur propre maison.

Il nous manque Evan, je le comprends maintenant. Andrew va ramener Evan. Et la tuerie va commencer.

Je me tords furieusement les mains dans mes liens en plastique. Tant pis pour ma douleur au côté. Tant pis pour ma douleur à la tête. Il faut que je sorte de là. Il faut que je nous sorte tous de là. Michael, Evan. Quelle terrible, terrible erreur j'ai commise.

Mais avant que j'aie eu le temps de commencer, tout s'arrête. J'entends la porte d'entrée s'ouvrir. J'entends des pas au rez-de-chaussée.

« Chérie, dit Andrew d'une voix charmeuse, je suis rentré. »

40

Danielle

Merde, ma tête. Ça a été ma première pensée. Ensuite j'ai pris conscience d'une douleur lancinante dans les bras, de crampes dans l'épaule droite. Il fallait que je bouge, que je m'étire, que je m'assoie…

J'étais ligotée.

J'en suis restée frappée de stupeur. Je me suis figée en essayant de comprendre ce qui avait bien pu se passer. Je portais Evan, je descendais les escaliers. Une porte s'est ouverte. Andrew est entré.

Ce connard m'avait filé un coup de Taser. L'idée était si révoltante que j'ai de nouveau essayé de m'asseoir et que je me suis aussitôt assommée contre une surface métallique. Alors que je me laissais retomber, mon attention s'est portée sur le roulement des pneus sur la chaussée, l'odeur des gaz d'échappement, la chaleur étouffante d'un lieu confiné, et une nouvelle pièce du puzzle s'est mise en place.

Ce connard m'avait filé un coup de Taser et balancée dans le coffre de sa voiture.

Salopard. Il avait dû simuler toute la scène de l'empoisonnement. Il avait ainsi obtenu son bon de sortie du service et ensuite il s'était volatilisé dans l'hôpital avant de revenir par-derrière pour… mettre le feu à la clinique ? Attaquer le service ?

Evan. Oh, mon Dieu. Qu'était devenu Evan ?

Je me suis démenée avec l'énergie du désespoir et j'ai roulé d'un côté, de l'autre, dans l'obscurité du coffre. J'ai rencontré quelque chose qui ressemblait à une boîte à outils métallique, puis un sac de voyage mou. Mais pas d'Evan.

Peut-être qu'il allait bien. Karen était derrière moi. Elle avait dû le trouver, le mettre en sécurité.

Cette idée m'a réconfortée. Je me suis relâchée, tout en remuant les doigts et les orteils ; j'entendais le ronron de la chaussée sous moi et je sentais le poids du couvercle du coffre au-dessus. J'avais envie de vomir. Mais je me suis obligée à respirer un grand coup et j'ai rassemblé tous mes moyens pour mettre au point le meilleur plan d'attaque possible.

Je n'avais pas peur. J'aurais peut-être dû. Mais j'étais surtout très énervée.

Je m'étais cachée une fois dans ma vie. J'avais confié ma sécurité à une autre et je m'étais enfouie sous les couvertures. Et nous savions tous ce que ça avait donné.

Cette fois-ci, je me jurais bien de me battre comme une furie.

La voiture a ralenti. Je l'ai sentie perdre de la vitesse et s'arrêter. Quelques secondes plus tard, le moteur était coupé ; nous étions arrivés à destination. Ma tête me lançait plus violemment. Les gaz d'échappement m'avaient donné la nausée et mon épaule droite était bloquée dans une position douloureuse. Malgré mes efforts, j'avais perdu toute sensation dans les doigts et les pieds depuis dix bons kilomètres.

Je me suis tendue, rassemblant toutes mes forces pour Dieu sait quoi. Andrew allait venir à l'arrière de la voiture. Ouvrir le coffre. Et moi, j'allais… lui sauter à la gorge ? Hurler au meurtre ? J'étais ligotée et bâillonnée. Je ne pouvais pas bouger. Pas crier. Je n'avais pas de portable. Pas d'arme. J'étais condamnée.

Une portière s'est ouverte. Puis refermée. Une autre portière s'est ouverte, peut-être une portière passager. Andrew sortait quelque chose de la voiture.

Mon corps était tendu à en hurler. J'ai serré fort les paupières, alors que j'étais déjà perdue dans le noir.

Des bruits de pas, qui se rapprochaient. Il fallait que je fasse quelque chose. *Réfléchir.*

Il n'y avait rien que je puisse faire. J'étais piégée, impuissante.

Je ne me sentais plus courageuse. Je revoyais ma sœur, abattue dans le couloir. Je me souvenais de mon frère et de sa course désespérée vers les escaliers. Et j'avais envie de pleurer sur eux. J'avais envie de pleurer sur nous tous parce que j'étais à peu près certaine que, après cette nuit, il n'y aurait pas de survivants.

Les pas se sont éloignés. De longues secondes se sont écoulées sans que rien ne se passe. Je me suis détendue, petit à petit. *Réfléchir, réfléchir, réfléchir.*

D.D. Warren et Greg avaient tous les deux l'air persuadés qu'Andrew avait des sentiments pour moi. Est-ce que je pourrais m'en servir ? Est-ce que je pourrais le convaincre que, moi aussi, je l'aimais bien ? Si je pouvais l'enjôler, le persuader de desserrer mes liens et ainsi me donner une occasion de me sauver...

Les pas de nouveau, de plus en plus forts. Et, avant que je ne sois prête, le coffre s'est ouvert. Andrew est apparu au-dessus de moi, enveloppé de nuit. Je ne voyais pas son visage, mais je sentais son regard sur moi.

« Est-ce que tu comprends ? » m'a-t-il demandé.

Déroutée, j'ai secoué la tête ; le bâillon de coton irritait mes lèvres.

« Ça va venir. Il est temps que tu affrontes ton passé, Danielle. J'ai essayé de te le dire, mais tu ne m'as pas écouté. À situation extrême, mesures extrêmes. Donc nous voilà. Vingt-cinq ans plus tard. Même jour. Le moment de voir les choses autrement. »

Il m'a attrapée par les épaules et forcée à me lever. J'ai crié à travers le bâillon lorsque mes terminaisons nerveuses privées de sang sont revenues à la vie dans la douleur. Le son a été étouffé et le cri a rebondi dans ma gorge où il s'est bien vite éteint. Andrew a poussé un grognement de satisfaction.

« Il faut que tu ouvres tes sens », a-t-il prêché en passant ses mains sous mes bras pour me sortir du coffre comme un poids mort. « Défais-toi de tes jugements. Écoute avec ton cœur, souviens-toi avec ton esprit. Il te trouvera. Il cherche à entrer en contact avec toi depuis des années. »

Il m'a posée sur le trottoir. *Cours*, ordonnait mon cerveau alors même que mes jambes flanchaient et que je m'affaissais contre mon ravisseur. Andrew était musclé. Je me suis souvenue qu'il m'avait dit pouvoir courir dix kilomètres dans le sable mou. Il m'a donc

514

hissée sans difficulté sur son épaule. J'ai essayé de ruer dans les brancards, mais mes mouvements n'avaient aucune force.

Une fois que j'ai été en place, Andrew s'est dirigé à pas lourds vers une grande maison que je ne connaissais pas. Il a poussé la porte et il est entré dans le vestibule plongé dans l'obscurité.

« Chérie, je suis rentré », a-t-il annoncé.

Et à l'étage, j'ai entendu une femme éclater en sanglots.

La mémoire est une drôle de chose. Toute ma vie avait tourné autour d'un épisode dont, jusqu'à présent, j'avais cru qu'il n'avait guère duré plus de quarante minutes. Dans ma mémoire, mon père tenait le pistolet. Dans ma mémoire, mon père se tirait une balle au lieu de me tuer. Dans ma mémoire.

Andrew m'a enlevé mon bâillon. J'ai voulu crier, mais il m'a posé un doigt sur la bouche.

« Chut, n'oublie pas Evan, sa mère et son père. Je suis sûr que tu aimerais sauver au moins une famille. »

J'ai refermé la bouche et regardé Andrew. Nous étions à l'étage, dans une chambre rose à froufrous qui appartenait manifestement à une petite fille. Comme je ne la voyais nulle part et que le lit était fait, j'espérais qu'elle n'était plus dans les parages ou que peut-être le décor de cette chambre avait été tout spécialement conçu pour moi. Je n'en étais pas sûre et cette ignorance me scellait les lèvres.

J'ai observé Andrew, comme une souris acculée par un chat, qui guette désespérément une possibilité de fuite.

« Qu'est-ce que ça veut dire ? » ai-je demandé. J'avais la bouche cotonneuse à cause du bâillon. Je n'arrivais pas à produire assez de salive pour articuler correctement. Je me suis passé la langue sur les lèvres, mais ça n'a rien changé.

Andrew a posé la lampe torche entre nous. Je m'en serais emparée pour lui fracasser le crâne si je n'avais pas eu les mains encore attachées dans le dos. Il m'avait libéré les chevilles pour que nous puissions tous les deux nous asseoir par terre en tailleur. Je tournais le dos à tout un mur de fenêtres noires. Il se trouvait entre moi et la porte.

Je n'entendais plus pleurer. Un calme sinistre s'était abattu sur la maison et ce silence m'effrayait davantage que les bruits ne l'avaient fait. Il arrivait malheur dans des endroits aussi feutrés.

« Evan est une vieille âme », a commencé Andrew.

Ça ressemblait à Andrew tel que je le connaissais, alors j'ai acquiescé.

« Il est trop sensible, saturé par les énergies négatives de ce monde. D'autres âmes plus cruelles hantent ses rêves. Elles s'infiltrent dans sa conscience à l'état d'éveil. Elles le poussent à mal agir, par exemple à tuer sa propre mère. C'est une vie épouvantable, pour un si jeune garçon, de livrer une guerre que personne d'autre ne voit. »

J'avais déjà eu droit à ce discours, alors j'ai de nouveau acquiescé.

« Il n'est pas le seul, Danielle. D'autres âmes sont captives d'un horrible abîme. Elles ne peuvent ni revenir dans ce monde pour y connaître de nouvelles expériences, ni voyager vers un autre plan. Elles sont piégées dans le trou noir des expériences inachevées. C'est l'enfer que nous ont décrit des écrivains tels que Dante. Une existence tout à fait effroyable, Danielle, car elle ne connaît pas de fin. De vieilles âmes délicates, piégées pour l'éternité. »

Je ne savais pas du tout de quoi il parlait, mais j'ai encore hoché la tête. Plus de bâillon. Plus de liens aux chevilles. Si seulement il me détachait les mains, j'aurais peut-être une chance de remporter la partie.

« Les gens ont peur de la mort. Ils sont prisonniers de conceptions primitives du paradis et de l'enfer. Mais c'est supposer que nous n'existons que dans une seule dimension. Une fois qu'on accepte l'idée que les âmes peuvent passer d'un des nombreux plans d'existence spirituelle à un autre, on comprend la vérité essentielle de notre existence. La mort physique n'est rien, un simple clignement sur l'écran radar d'une âme. Ozzie et ses parents : ils n'ont pas disparu ; ils sont juste partis vers le prochain champ d'expérience. Ishy, Rochelle, Tika et la petite Vivi – eux non plus, ils n'ont pas été anéantis, simplement libérés d'une existence charnelle malheureuse.

— C'est toi qui as tué les Harrington et les Laraquette ? me suis-je exclamée avec horreur.

— Je leur ai permis de passer dans le plan d'existence suivant, a corrigé Andrew.

— Oh, mon Dieu. Et Lucy aussi ?

— Je t'ai déjà expliqué qu'elle était plus heureuse maintenant. Tu sais ce qui lui était arrivé ici. Tu peux certainement comprendre que c'est mieux pour elle de poursuivre son voyage.

— Tu l'as *pendue* ?

— Elle a vu clair en moi, lu dans mon cœur. Une âme puissante, celle-là. Alors j'ai attendu qu'il soit tard et qu'il y ait peu de personnel dans le service. Ensuite je l'ai simplement fait sortir. Elle m'a suivi de son plein gré. Je te le répète, elle est beaucoup plus heureuse…

— Espèce de pauvre taré ! l'ai-je interrompu avec virulence. Tu n'avais aucun droit ! Peut-être que Lucy t'a suivi hors du service, mais qu'est-ce qui s'est passé quand vous êtes entrés dans la salle de radiologie ? Quand tu as fait le nœud à la corde ? Tu l'as assassinée. Tu as bafoué le choix qu'elle avait fait de vivre dans ce plan d'existence. Comment as-tu osé ! »

Andrew me regardait d'un œil noir. « Tu ne m'écoutes pas…

— Tu n'as même pas été empoisonné, hein ? » l'ai-je de nouveau coupé, tellement énervée que j'en oubliais toute prudence. « C'était juste une petite comédie pour pouvoir sortir du service. Tu n'es qu'un imposteur. Je le savais !

— Silence !

— Je t'emmerde ! »

D'un seul coup, Andrew n'a plus été assis en face de moi. D'un seul coup, il était au-dessus de moi, son visage à quelques centimètres du mien, et la fureur de son regard menaçait de me clouer au sol. Je voulais qu'il soit fou. Je voulais voir une lueur fanatique briller dans ses yeux. Au lieu de ça, la détermination qui se lisait sur son visage m'effrayait jusqu'au tréfonds de moi-même.

« Tu vas croire. Tu vas explorer les espaces interstitiels, tu vas ouvrir ton esprit et ouvrir ton cœur.

Sinon tu mourras et tout le monde dans cette maison avec toi. Est-ce que j'ai ton attention maintenant, Danielle ? Est-ce que tu *m'écoutes ?* »

Muette, j'ai acquiescé. Ses yeux bleus étaient incandescents. Un feu brûlait en lui. La foi, me suis-je dit. Une foi délirante.

Quand il a repris la parole, c'était d'une voix nette et précise : « J'ai caché un pistolet dans cette maison. Il contient quatre balles. Je sais où il se trouve et la personne qui a tué ta famille sait où il se trouve. On va faire une petite course. Celui qui arrive au pistolet le premier aura le droit de s'en servir. Pour que ce soit équitable, je vais te laisser dix minutes d'avance. Tu peux perdre du temps à chercher un téléphone, si ça te chante. La ligne a été coupée, et l'électricité aussi. J'ajoute que cette maison a été aménagée par la mère d'Evan pour l'empêcher de sortir vingt-quatre heures sur vingt-quatre. Les verrous sont à double entrée et il n'y a qu'une seule clé qui les ouvre. » Il a soulevé une chaîne autour de son cou pour me montrer la clé.

« Enfin, avant que tu en viennes à briser des vitres ou autres bêtises de ce genre, comprends bien que tu serais en train d'abandonner Evan ; sa mère, Victoria ; et son père, Michael, qui a été assez aimable pour passer à l'hôpital. Quand les dix minutes se seront écoulées, je les abattrai. Je doute que tu puisses casser une vitre, courir chez les voisins et revenir avec de l'aide avant la fin des dix minutes, d'autant que tu auras les mains liées pendant toute notre petite course. Reste dans le déni et il y aura des morts. Affronte ton passé, ouvre ton cœur et tu auras une chance raisonnable.

C'est toi qui m'as obligé à faire ça, Danielle. Mais j'essaie de me montrer équitable.

— Tu veux… tu espères que je vais retrouver l'âme de mon père dans les espaces interstitiels et lui demander où tu as caché le pistolet ? Je suis censée… lui parler ? »

Andrew a penché la tête sur le côté. « De quoi as-tu le plus peur, Danielle ? Qu'il ne propose pas de te sauver ? Ou qu'il le propose ?

— Tu es fou.

— Explication qui te permet de persister dans le déni. Laisse-moi te donner un indice : Qui t'a sauvée cette nuit-là, Danielle ?

— Le shérif Wayne.

— Comment était-il arrivé là ? Tu n'étais jamais sortie de ta chambre et ta maison se trouvait à des kilomètres du plus proche voisin. Qui avait entendu les coups de feu ? Qui avait appelé les secours ? »

Je l'ai regardé d'un air hébété, sans comprendre.

Andrew a soupiré, secoué la tête et s'est relevé. « Tu te focalises trop sur le monde corporel, Danielle. Tu te détestes parce que tu n'as pas sauvé la vie de ta famille. Moi, je veux que tu te battes pour leurs âmes. Tu ne connais pas la vérité sur cette soirée. Tu refuses de voir ce que tu es incapable d'accepter. Et en faisant ça, tu les damnes tous, surtout mon père.

— Ton père ? »

Je n'en revenais pas.

« Le respectable shérif Wayne. Une vieille âme piégée dans l'abîme. Voilà le véritable enfer, Danielle. Ce que nous devrions tous avoir la sagesse de craindre. »

Il a regardé sa montre. « Dix minutes. Tu peux affronter ton passé ou tu peux perdre ton avenir. Tu peux sauver l'âme de mon père ou bien je me servirai des quatre balles. Je commencerai par la mère. C'est en général comme ça qu'on fait. Ensuite Evan. Ensuite son père. Je te garderai pour la fin, c'est l'ordre que tu connais le mieux. Dis-moi, Danielle, combien de familles es-tu prête à perdre ? »

Andrew a disparu dans les ténèbres du couloir. Je suis restée figée, trop assommée pour bouger. Et là, j'ai entendu un nouveau bruit, dans la chambre d'à côté.

« Maman ? murmurait Evan d'une voix éraillée par la peur. *Maman ?* »

Andrew était fou, me suis-je dit, et nous allions tous mourir.

41

Phil était un génie. Depuis son portable, D.D. lui avait communiqué les dernières informations sur Andrew Lightfoot, qui venait, semblait-il, d'enlever Danielle et Evan. Il leur fallait le nom de famille et les antécédents d'Andrew, vite.

Phil avait réagi en croisant l'adresse de Lightfoot avec les fichiers de l'organisme d'accréditation des traders. Étant donné que Lightfoot avait été banquier d'affaires, le bon sens voulait qu'il ait maintenu son accréditation, ne serait-ce que pour gérer son propre portefeuille.

Et de fait, la banque de données avait craché le nom d'Andrew Ficke, fils de Wayne et Sheila Ficke. Sheila était domiciliée à Newburyport, non loin de son fils. Wayne, ancien shérif, était mort depuis deux ans.

D.D. appela Sheila, expliqua à son interlocutrice abasourdie que son fils secondait actuellement la police de Boston dans le cadre d'une enquête urgente et qu'ils avaient besoin de le localiser immédiatement. Une liste des adresses connues, s'il vous plaît ?

Au final, Andrew possédait une villa en bord de mer, un yacht et un appartement à New York. Si les âmes pouvaient réellement choisir leurs expériences, D.D. se réincarnerait en guérisseur New Age.

Elle ne pensait pas qu'Andrew serait allé jusqu'à New York avec une femme kidnappée. La villa en bord de mer : trop évident. Le yacht : plus intéressant ; pas de risque d'être dérangé au large. D.D. allait demander à la police du coin de surveiller les quais et aux gardes-côtes de contrôler les mouvements dans le port.

« Désolée de vous avoir appelée à une heure pareille », dit D.D., qui ne voulait pas que son interlocutrice s'inquiète et tente de joindre Andrew. « Nous avons tout ce qu'il nous faut, maintenant. Merci encore.

— C'est quel genre d'affaire ? demanda Sheila.

— Pardon ?

— Vous avez dit qu'Andrew vous aidait dans une affaire. Laquelle ? Si vous avez le droit d'en parler, bien sûr. »

D.D. faillit refuser. Mais finalement : « Il nous assiste dans l'enquête sur deux tueries familiales. Vous en avez peut-être entendu parler aux informations.

— Ça, c'est bien Andrew. Ces affaires-là le fascinent depuis celle dont s'était occupé son père.

— Son père ?

— Bien avant votre époque. En 85, à l'époque où Wayne était encore shérif : un de ses anciens adjoints s'était soûlé et avait abattu toute sa famille avant de retourner l'arme contre lui. Il n'y avait que la petite fille qui avait survécu. Danielle Burton. Quelle nuit épouvantable. Wayne avait fabriqué un album sur l'affaire, avec des coupures de presse etc. Jusqu'à sa mort, je le voyais le consulter. Je crois qu'il continuait à chercher ce qu'il aurait pu faire autrement, les signes d'alerte qu'il aurait dû voir, les mesures qu'il aurait dû prendre et qui auraient épargné cette malheureuse famille.

— Où se trouve cet album ? demanda immédiatement D.D.

— Andrew l'a pris. Mon mari était arrivé le premier sur les lieux et avait sorti la petite de la maison. Beaucoup de journaux l'ont présenté comme un héros. Je ne suis pas sûre que Wayne était d'accord, mais les articles sont flatteurs et c'est agréable pour un fils de lire ce genre de récits sur son père.

— Est-ce que Wayne parlait de cette nuit-là ? De ce qui s'était passé précisément ?

— Non, ce n'était pas un bavard. Il avait fait l'album. Je crois que c'était sa thérapie.

— Et Andrew ? Est-ce qu'il interrogeait votre mari sur cette affaire ?

— Il lui posait des questions de temps en temps. Mais quand mon mari a pris sa retraite, il a tourné la page et il s'est mis à la pêche. Ça lui réussissait plutôt. »

D.D. mit un terme à la communication et se tourna vers Alex.

« Andrew Lightfoot est le fils du shérif qui a enquêté sur la fusillade dont a été victime la famille de Danielle il y a vingt-cinq ans, expliqua-t-elle avec animation. Voilà qui ne peut pas être un hasard.

— Son père est allé sur les lieux du crime ?

— Son père a été considéré comme un héros pour s'être jeté au milieu du massacre et avoir sauvé Danielle. »

Alex cilla, marqua une pause, et une excitation semblable à celle de D.D. se lut sur son visage. « Donc… Andrew Lightfoot a un rapport avec le passé de Danielle et avec son présent. A un lien familial avec une tuerie historique. A une relation personnelle avec deux familles qui viennent d'être assassinées. Merde. Il rejoue la scène !

— Il rejoue la scène ?

— Les familles Harrington et Laraquette-Solis. Il les a mises en scène pour qu'elles ressemblent à celle de Danielle.

— Mais pourquoi ? demanda D.D. en passant une main impatiente dans ses cheveux. C'est la question à un million de dollars et nous n'avons toujours pas le début d'une réponse.

— Aucune idée… Attends, dit soudain Alex en attrapant le bras de D.D. On est trop bêtes. Le garçon, Evan. Est-ce que sa mère n'a pas été admise à l'hôpital aujourd'hui avec une plaie par arme blanche ?

— Je crois.

— Où est-elle maintenant ?

— Quelque part sur le parking avec tous les autres patients, je suppose. »

Ils se retournèrent vers l'hôpital. Les camions de pompiers étaient toujours sur site, de même que de nombreux agents en uniforme. Un cordon de sécurité maintenait désormais les patients, le personnel et les curieux à bonne distance du bâtiment, dans lequel il ne semblait pas se passer grand-chose. Pas de fumée.

Pas de flammes jaillissantes. L'incendie, s'il y en avait eu un, semblait maîtrisé.

« Ne faisons pas de suppositions, dit Alex en lâchant le bras de D.D. Il faut qu'on la retrouve et qu'on l'interroge sur Lightfoot.

— On ne sait pas à quoi elle ressemble.

— Greg le sait. »

Le personnel et les enfants du service psychiatrique étaient toujours regroupés près d'un bosquet où ils attendaient qu'on leur donne le signal de rentrer dans l'hôpital. La plupart des enfants étaient maintenant bien réveillés et cherchaient les problèmes.

Greg lança un bref regard vers Alex et D.D. qui s'approchaient. Après quoi, il cria à Jorge de descendre de cet arbre, ordonna à Jimmy de lâcher ce bâton et fit un tour sur lui-même pour rattraper par l'épaule un Benny qui prenait la tangente.

« On a besoin de vous pour retrouver la mère d'Evan, l'informa brièvement Alex.

— Tout de suite ? »

Greg leva un bras, Benny suspendu à son biceps. Jorge et Jimmy fonçaient vers eux, bras tendus pour imiter des avions.

« *Vroum, vroum, vroum !* » criaient-ils.

« Tout de suite, répondit Alex en élevant la voix. Les victimes sont des familles, pas vrai ? Des familles entières. Alors si Evan a disparu…

— Où se trouve sa famille ? termina Greg.

— Exactement. »

Benny lâcha le biceps de Greg et rejoignit ses vrombissants amis qui slalomaient au milieu des buissons. Le regard de Greg passa des enfants aux enquêteurs et vice-versa. Il était clairement pris entre deux feux.

« Oh, puis zut », dit D.D., qui ferma les yeux et prit son courage à deux mains. « Je vais surveiller les enfants. Vous, vous partez avec Alex retrouver la mère d'Evan. »

Greg eut l'air étonné. « Vous êtes sûre ?

— Certaine, répondit-elle en jetant un regard dubitatif vers les enfants qui galopaient. Mais dépêchez-vous. Je ne plaisante pas. Par pitié pour nous tous, *courez !* »

42

Danielle

Ça dure combien de temps dix minutes ? Quand on est enfant, dix minutes, c'est une éternité. Quand on va à l'école, ça devient un cinquième de cours. Et quand on a les mains liées et qu'on avance en titubant dans une maison plongée dans le noir…

J'étais dans le couloir et j'attendais que mes yeux s'habituent à l'obscurité. La nuit avait été interminable et l'aube poussait ses premiers tentacules dans le ciel. Encore une demi-heure et la maison serait inondée de lumière. À supposer que l'un de nous soit encore là pour le voir.

Evan était dans la chambre à côté de celle de la petite fille ; je l'entendais marmonner nerveusement un flot de paroles inintelligibles. Il y avait apparemment quatre chambres à cet étage. Sans doute une chambre de fille, une chambre de garçon, une chambre d'amis et la grande chambre. La disposition classique dans ce style de maison.

Ne sachant pas où était Andrew, je me suis collée dos au mur par précaution et j'ai glissé vers la chambre dont j'espérais que ce serait la suite parentale. Il fallait que je trouve les parents d'Evan. S'ils étaient conscients, peut-être qu'à nous trois…

Comment le shérif Wayne était-il arrivé chez moi ? Je ne lui avais pas posé la question le soir où je l'avais invité dans mon appartement. Il était shérif. Évidemment qu'il s'était pointé sur une scène de crime. L'idée ne m'était jamais venue de m'interroger sur sa présence.

Mais notre maison était isolée, à des kilomètres du plus proche voisin, et je n'avais pas appelé les secours.

Ma mère ? Ma sœur, mon frère ?

Il y avait une explication logique. Il y en a toujours une.

J'ai entendu des sanglots. Je suis entrée dans la pièce suivante et j'ai découvert une grande chambre plongée dans la pénombre et dominée par des meubles imposants. J'ai distingué un lit-bateau king-size, puis je me suis rendu compte qu'il y avait une femme sur ce lit et qu'elle pleurait.

« Bonjour ? » ai-je chuchoté.

Elle s'est tue. « Qui est là ? » Sa voix était aussi étouffée que la mienne, prudente.

« Vous êtes la maman d'Evan ? » ai-je demandé en me rapprochant tout doucement. Mes yeux passaient furtivement d'un point à un autre de la pièce, remarquaient le miroir sur pied, une cachette idéale pour Andrew. À moins qu'il ne soit planqué derrière cet arbuste décoratif, ou dans la salle de bains, dans la penderie.

« Andrew n'est pas là, a chuchoté la femme, comme si elle lisait dans mes pensées. Je suis Victoria.

— Danielle. »

Je me suis vite rapprochée du lit et elle a roulé vers

le bord. Un rapide examen a révélé que ses mains et ses pieds étaient attachés par des liens de serrage en plastique. Ces liens étaient trop épais pour que l'une de nous puisse libérer l'autre en tirant dessus. Il nous fallait un outil. Un couteau, des ciseaux, une clé.

« Qu'est-ce qu'il vous veut ? ai-je demandé en essayant de réfléchir à la suite des opérations.

— Je ne sais pas bien. Je l'ai engagé pour qu'il aide Evan et ensuite nous sommes devenus amants. Mais ce n'était pas une liaison passionnée. Je ne pense pas qu'il m'aurait kidnappée pour cette raison.

— Il vous a kidnappée ?

— À l'hôpital.

— Moi aussi.

— Vous avez été sa maîtresse ? m'a-t-elle demandé.

— Je n'ai même pas tenu un dîner entier avec lui. Apparemment, je suis celle qui a envoyé l'âme de son père en enfer. Il nous faut des ciseaux.

— Dans la salle de bains. Tiroir du haut, à droite du lavabo. »

Je lui ai tiré mon chapeau. Victoria résistait bien à la pression. Cela dit, vu les antécédents d'Evan, elle avait eu de l'entraînement.

« Je reviens, ai-je promis.

— Merci », a-t-elle murmuré, et sa gratitude m'a redonné de l'assurance.

Je n'étais pas seule. Elle n'était pas seule. Ensemble, nous allions prendre Evan, nous échapper de cette maison et prévenir la police.

J'ai trouvé le tiroir dans la salle de bains, je l'ai ouvert et j'ai maladroitement cherché les ciseaux, les deux mains attachées dans le dos.

Alors, une voix a soudain retenti dans toute la maison : *« Oh, ma petite Danny. Ma jolie, jolie petite Danny ! »*

J'ai lâché les ciseaux et battu en retraite contre le mur. La voix a de nouveau retenti, assez fort pour me pilonner le crâne, et avec des échos tels que je ne pouvais pas localiser la source. Un mégaphone, me suis-je dit. Quelque part dans la maison. Andrew se servait d'un mégaphone et c'était sa manière perverse de m'encourager pendant son compte à rebours de dix minutes.

« Oh, ma petite Danny. Ma jolie, jolie petite Danny ! a-t-il encore chanté. Comment est-ce que je connais cette chanson, Danielle ? Comment est-ce que je sais que ce sont les derniers mots que t'a adressés ton père ? »

Parce que je l'avais raconté à la police, me suis-je dit avec rancœur en m'écartant du mur de la salle de bains. Je l'avais raconté au shérif Wayne.

Ma mère l'avait appelé. Je me suis figée en réalisant cela. Ma mère avait appelé le shérif Wayne. J'entendais sa voix, un lointain souvenir, qui parlait au téléphone :

« J'ai besoin de toi, Wayne. Je n'y arrive plus. Il est soûl, incontrôlable. Et Danielle est venue dans ma chambre, ce soir. Tu ne croiras jamais ce que m'a dit ma petite fille. Il faut que ce soit ce soir. Je t'en prie, Wayne. Je t'aime. Je t'en prie. »

Combien de temps restait-il ? Sept, huit minutes ?

Je suis retournée au tiroir et j'ai enfin localisé les ciseaux métalliques lorsqu'ils m'ont piqué le doigt. La douleur m'a fait du bien. Elle m'a remis les idées en place, focalisée sur ce que j'avais à faire dans l'immédiat.

Je suis retournée au lit à pas de loup.

« De quoi il parle ? a soufflé Victoria.

— De la nuit où mes parents sont morts. Mon père a abattu tout le monde. Et ensuite le père d'Andrew, le shérif, m'a retrouvée.

— Votre père a abattu tout le monde sauf vous ?

— L'histoire de ma vie », ai-je dit.

Mais Andrew avait bien travaillé parce que je me demandais déjà : *à moins que ?*

Victoria s'est couchée sur le ventre et m'a tendu ses poignets liés. J'ai passé mes doigts engourdis dans les anneaux des ciseaux.

« Andrew a caché un pistolet », ai-je expliqué à Victoria tout en essayant de repérer ses poignets alors que je lui tournais le dos et que ma propre mobilité était réduite. « Si je retrouve le pistolet la première, je gagne. S'il le trouve en premier, il nous tue. Je suis censée rendre visite à l'âme de mon père dans la stratosphère et lui demander où est le pistolet. Tant que j'y serai, il faudra que je sauve l'âme du shérif Wayne. Malheureusement, je ne crois pas aux espaces interstitiels, même si je suis à peu près certaine qu'Andrew est fou à lier. »

J'ai fini par trouver les mains de Victoria. Je lui ai donné deux coups de ciseaux accidentels, et à moi-même trois ou quatre. Mes doigts étaient glissants de sang. J'ai entendu Victoria pousser un gémissement de douleur. À l'instant même où je croyais que j'allais hurler de frustration, j'ai senti les lames des ciseaux coulisser autour du lien en plastique. J'ai serré les anneaux, cisaillé d'avant en arrière, d'avant en arrière... Le lien a cédé d'un coup sec. L'une de nous était libre.

Combien de temps encore ? Six minutes ?

« *Oh, ma petite Danny. Ma jolie, jolie petite Danny !* » a-t-il de nouveau chanté, une voix de géant qui fredonnait dans le couloir.

Le ton n'était pas du tout le bon. Trop réjoui. Mon père n'avait pas chanté comme ça.

Alors qu'il se tenait dans la lumière du couloir et que sa main avait levé le pistolet. Alors qu'il l'avait pointé sur moi, pointé sur *moi*...

« *Oh, ma petite Danny. Ma jolie, jolie petite Danny !*

— *Pose ce pistolet. Joe. Wayne. Arrêtez ça. Pas comme ça. Ce n'était pas ce que je voulais.* »

J'avais mal à la tête. J'éprouvais de nouveau cette sensation : comme si ma famille était juste à côté de moi. Si je me concentrais suffisamment, je pourrais les voir, peut-être même les toucher.

J'ai laissé tomber les ciseaux sur le lit. Victoria s'est assise en secouant ses mains. Puis elle a coupé mes liens, ainsi que ceux de ses chevilles.

Nous étions côte à côte, deux femmes armées d'une paire de ciseaux dans une grande chambre sombre.

« Evan », a-t-elle dit.

J'ai entendu Evan, qui marmonnait toujours de manière incompréhensible dans une autre chambre. Et j'ai jeté un œil au réveil. Plus que trois minutes, à peu de chose près.

« Evan ne peut pas nous aider, lui ai-je dit.

— Il ne peut pas m'aider », a-t-elle convenu. Avant d'ajouter après un temps de silence : « Mais je pense qu'il peut vous aider. »

43

Victoria

Je me souviens d'un reportage que Michael et moi avions vu un jour au journal télévisé : deux hommes avec des lunettes s'étaient introduits par effraction dans une maison des beaux quartiers de Boston et avaient tué toute la famille avant de prendre la fuite avec une boîte à bijoux. Evan avait neuf mois. En tant que jeune maman, j'avais été effarée d'une telle violence, secouée par la cruauté et l'injustice de ce drame.

Michael s'était tourné vers moi pendant la pub : « Le jour où il arrive quelque chose dans cette maison, tu prends Evan et tu sors, m'avait-il dit. Tu ne t'occupes pas de moi. Tu sauves Evan. »

Et voilà que je me retrouve assiégée dans ma propre maison et que l'inconnue que je viens de rencontrer va trouver mon fils pendant que je cherche Michael.

Le temps presse et je n'ai pas l'impression que nous ayons tellement de choix. Andrew n'a pas menti à Danielle : ma maison est une forteresse, dont chaque détail a été pensé pour empêcher un enfant perturbé de sortir.

Le téléphone est coupé, l'électricité aussi. Je n'ai aucune idée de ce qu'est devenu mon portable et mon petit ordinateur se trouve au rez-de-chaussée, dans le salon. Nous sommes coupés du monde et, d'après Danielle, Andrew est armé.

Il va bientôt ouvrir le feu, je le sais, et je ne peux pas laisser Michael être sa première cible. J'ai besoin de lui. Même si c'est aujourd'hui un cadre propre sur lui, Michael a grandi à la dure. Il sait encaisser et rendre coup pour coup. Il fera peut-être le poids contre Andrew, plus en tout cas que deux femmes et un petit garçon de huit ans.

Danielle part vers la chambre d'Evan. Je file vers les escaliers, en serrant les ciseaux comme une arme dans mon poing.

Je n'entends plus Andrew. Pas de voix qui retentit dans le couloir. Ce silence est déstabilisant. Que fait Andrew ? Où se cache-t-il ? Que complote-t-il encore ?

J'ai les mains qui tremblent. J'ai envie de m'arrêter, de me rouler en boule comme un petit animal surpris en terrain découvert par un oiseau de proie.

Je ne le ferai pas. Ma maison, mon enfant, mon ex-mari. Je nous ai mis dans ce mauvais pas. Je nous en sortirai.

L'avantage de jouer à domicile : j'ai passé des années à apprendre comment emprunter ces escaliers sans réveiller Evan en pleine nuit. Je connais chaque marche qui craque, chaque latte qui couine. Malheureusement, les nouvelles sont moins bonnes du côté de ma blessure. Je suis pratiquement sûre que je saigne et, sous la douleur, je sens une démangeaison brûlante.

Une infection, très certainement. Je serre les dents et persévère.

Arrivée sur la dernière marche, je m'arrête pour prendre mes repères. L'aube illumine les carreaux de verre à côté de la porte. Je distingue tout juste les coins de l'entrée, l'espace vide derrière le ficus, l'arcade qui mène à la cuisine. Pas d'Andrew. Je m'éloigne furtivement des escaliers en me tenant au mur, le cœur battant de plus en plus vite.

J'entends un gémissement dans le séjour. *Michael.* Je voudrais me précipiter à ses côtés. Je me force à avancer à petits pas comptés, en tendant l'oreille. Ce silence me terrifie.

C'est alors que j'entends un bruissement au bout du couloir. Ça vient peut-être des toilettes du bas ou du bureau qui donne sur la rue. Je me jette dans le séjour et m'accroupis à côté du meuble télé. De là, je vois le canapé. Michael est couché par terre devant. Il a les pieds et les poings liés. Sa tête est agitée de mouvements nerveux, comme s'il essayait de se réveiller d'un cauchemar.

Un instant, je suis tentée de l'abandonner. Mieux vaut pour lui qu'il reste inconscient, qu'il ne sache pas ce qui est en train d'arriver à sa femme et à son enfant, qu'il ne voie pas la balle venir.

Une lueur apparaît dans le couloir. Une lampe torche, qui vient vers le séjour, qui va passer juste à côté de moi.

Je m'élance vers l'autre côté du meuble télé, où je me réfugie derrière les rideaux. Une des cachettes préférées d'Evan.

« *Danny boy*, fredonne Andrew en entrant dans le séjour. *Oh, Danny boy.* »

Il s'immobilise et observe Michael à plat ventre par terre. Comme celui-ci ne bouge pas, Andrew continue vers l'entrée. « Fin du temps imparti, annonce-t-il. Tu sais où est le pistolet, Danielle ? Parce que moi, oui. »

Il s'engage dans les escaliers, en tenant un objet contre sa jambe droite. Un couteau, réalisé-je. Un très grand couteau de boucher.

Et il va droit vers mon enfant.

Je me précipite dans le salon et tombe à genoux à côté de mon mari, dont je coupe rapidement les liens. Il pousse un nouveau gémissement. Je l'embrasse, une fois. L'idée stupide d'une femme stupide qui doit encore apprendre à renoncer. Ensuite je le gifle, violemment.

« Allez, Michael, réveille-toi. Ton fils a besoin de toi. »

« Victoria n'est pas là », annonça Greg dix minutes plus tard, le souffle légèrement court après avoir fait le tour de l'hôpital en courant. Alex le suivait quelques pas en arrière, plus essoufflé.

« D'après l'infirmière, Victoria a dû quitter sa chambre peu après minuit, ajouta-t-il. Elle n'a pas été revue depuis.

— Une femme poignardée disparaît de sa chambre et ils ne font rien ?

— L'infirmière a retrouvé sa chemise d'hôpital sur une chaise et remarqué que les vêtements propres apportés par son ex-mari avaient disparu. Elle en a déduit que Victoria avait décidé de quitter l'hôpital malgré les consignes des médecins. Ils ont cherché à joindre son ex (qui s'occupait de tout ça, j'imagine), mais il ne les a pas encore rappelés.

— Son ex est venu ici ? »

Alex confirma. « Michael a déposé des affaires, parlé avec les médecins, oui. »

D.D. se retourna d'un air anxieux vers le bosquet le plus proche, désormais envahi par cinq garçons hyperactifs. Un autre éducateur (Ed) était venu lui prêter main-forte. Peut-être D.D. n'était-elle pas mûre pour s'occuper de trois gamins cinglés. Peut-être personne n'était-il mûr pour s'occuper de ces trois-là.

« Donc Evan, sa mère, Danielle et Andrew ont tous disparu de cet hôpital au cours des deux dernières heures, résuma D.D. Vous avez interrogé les médecins qui ont emmené Andrew aux urgences ?

— Victor et Noam, précisa Greg. D'après eux, l'état de Lightfoot a semblé se stabiliser dans l'ascenseur. Ils l'ont emmené aux urgences et l'ont laissé rien qu'un instant pour remplir un dossier. Le temps que l'infirmière arrive avec la première dose d'antidote, Lightfoot s'était volatilisé. La sécurité a été alertée, mais ils ne l'ont pas repéré.

— La sécurité… », dit D.D. d'un air songeur, avant d'avoir une bonne idée : « Les caméras de surveillance. Il va falloir qu'on nous donne accès. »

Alex approuva, mais jeta sur sa montre un regard qui en disait long : ils pourraient obtenir de visionner les enregistrements des caméras, mais ça prendrait des heures. Et en attendant…

« Il rejoue une scène, expliqua Alex. Andrew procède famille par famille, selon un programme qu'il est seul à comprendre. Si on part de l'idée qu'il a enlevé Evan et sa mère, il va maintenant passer à la mise en scène.

— Le bateau ? suggéra D.D. Pas de risque d'être dérangé.

— Pas la bonne atmosphère. Il faut un intérieur familial.

— Chez lui ? »

D.D. trouvait que ça ne collait pas. La maison de Lightfoot était une prouesse architecturale, pas un rêve de banlieusard.

« Pourquoi pas chez les Oliver ? suggéra Greg. Evan et sa maman vivent à Cambridge, à peine à dix ou quinze minutes d'ici. Andrew sait où c'est ; il travaillait pour eux.

— Merde. Toi et moi, dit D.D. à Alex, on file chez Evan. J'appellerai des renforts en route. »

Ils allaient partir. Greg rattrapa D.D. par l'épaule.

« Je voudrais y aller », dit-il. Puis il montra les enfants qui braillaient derrière lui. « Bien sûr, je ne peux pas. Mais vous allez retrouver Danielle, hein ? Vous allez la protéger. Nous la ramener. Elle… elle compte beaucoup pour moi.

— Donnez-nous une heure ou deux, répondit D.D. avec un optimisme forcé. Et avec un peu de chance, vous pourrez lui dire ça vous-même. »

Danielle

« Il fait noir.

— Il n'y a plus d'électricité. Evan, je m'appelle Danielle, on s'est rencontrés hier soir. Je suis une amie de Greg. »

Je suis entrée en douceur dans la chambre d'Evan, toujours attentive aux coins sombres et au fait que nous ne savions pas où se trouvait Andrew. Victoria pensait qu'il était au rez-de-chaussée, mais ni l'une ni l'autre n'avions de certitude. Elle allait essayer de libérer Michael – un petit soldat de plus dans la bataille. J'étais censée demander à Evan de surfer dans la stratosphère pour nous. Dénicher un ange, retrouver un pistolet. Ben voyons.

« Il fait noir », a répété Evan, avec plus d'irritation que de peur. Je me suis approchée de son lit et j'ai vu qu'il était couché sur le côté, pieds et poings liés.

« Je peux te libérer, ai-je proposé. Tu as des ciseaux quelque part ?

— Je n'ai pas droit à tout ce qui coupe. »

Logique. Ne sachant trop comment procéder, je me suis assise au bord du lit et j'ai essayé de trouver le visage d'Evan dans la pénombre du petit matin.

« Il fait noir, a-t-il dit pour la troisième fois.

— Le soleil va bientôt se lever. »

L'air sombre, il a secoué la tête. « Ça ne vous aidera pas. »

Je me suis demandé si Andrew lui avait dit quelque chose. S'il l'avait mis en garde, ou s'il avait tenté de le gagner à sa cause. Peut-être que c'était aussi bien qu'Evan soit ligoté. De toute évidence, le gamin était capable de faire des dégâts.

« Ta maman dit que tu as travaillé avec Andrew, ai-je commencé. Elle dit qu'il t'a appris à contrôler les énergies autour de toi.

— Le noir, a insisté le gamin. Il faut que vous appreniez à le contrôler.

— Le noir ? C'est comme ça que tu appelles les énergies négatives ?

— Elles sont tout autour de vous.

— Oui, il n'y a plus de courant.

— Non, elles sont tout autour de *vous*. »

Il m'a fallu une seconde, mais j'ai fini par comprendre : Evan ne parlait pas de l'absence d'électricité dans le plafonnier. Il parlait de moi. Apparemment, j'étais la source des énergies négatives, un vrai trou noir ambulant.

Vu mon état de fatigue et ma peur, ça se tenait parfaitement.

« Evan, tu peux me dire comment tu combats le noir ?

— Il faut invoquer les anges, a-t-il expliqué. Fermer les yeux. Imaginer une lumière blanche. L'appeler à vous. Sept anges qui vous prennent dans leurs bras. Ils vont vous aider.

— Tu pourrais faire ça pour moi ? Appeler les anges ? Et ensuite, quand tu sentiras la lumière, tu pourras leur poser une question ? »

Dans la pénombre, Evan m'a regardée avec curiosité.

« Andrew a caché un pistolet, ai-je expliqué posément. Les anges savent où il est. Il faut qu'on trouve ce pistolet, Evan. Tu peux demander aux anges de nous aider ?

— Les pistolets sont dangereux.

— Andrew aussi. Aide-nous, Evan. Ton papa et ta maman ont besoin de toi. »

Evan a relevé le menton et m'a regardée avec solennité : « Je vais vous aider. »

J'ai caché Evan, toujours ligoté, dans son placard, sous une pile d'oreillers et de vêtements. Les dix minutes devaient être écoulées. Andrew allait venir. Avec le pistolet ? Sans le pistolet ? J'ai fait le tour de la chambre d'Evan à la recherche d'une arme éventuelle. Une lampe, un réveil, un cadre, que sais-je. Victoria ne plaisantait pas avec la sécurité. Rien qui puisse devenir une arme dans la chambre de son enfant violent.

Réfléchir, réfléchir, réfléchir.

Mon cœur battait trop vite. J'entendais un grondement sourd dans mes oreilles, je devenais hyperconsciente de trop de choses à la fois : le faible murmure d'Evan, « J'inspire, un, deux, trois, quatre, cinq, six, sept… J'expire, un, deux, trois, quatre, cinq… » ; moi-même, désarmée au milieu de sa chambre plongée dans le noir.

Et ensuite un autre bruit, dans le couloir. Une latte qui craquait.

Andrew, qui montait les escaliers.

Mon père, qui chantait en s'approchant de ma chambre. Mon père, des éclaboussures de sang sur les joues – celui de ma mère, de ma sœur, de mon frère.

Cette fois-ci, je n'allais pas me recroqueviller sous les couvertures. Je n'allais pas me cacher dans une chambre.

Je voulais me battre.

J'avais *besoin* de me battre.

Si seulement j'avais ce maudit pistolet…

Et alors, en une fraction de seconde, j'ai compris. Je n'avais pas besoin d'Evan. Je n'avais pas besoin d'aller dans les sphères célestes. Toute cette histoire tournait autour de mon père, non ?

Je savais exactement où était le pistolet.

Depuis que j'avais balancé mon père dans les égouts, ce salopard essayait d'en ressortir.

Quand Andrew est arrivé en haut des escaliers, je l'attendais dans le couloir. Assise en tailleur par terre, les mains sereinement posées sur les genoux. Les yeux fermés, j'écoutais le léger murmure de la voix d'Evan dans la chambre d'à côté. Je sentais des courants d'air frôler mes joues. Froids et chauds. Lumière et ténèbres.

Je me sentais différente. Électrisée. Grisée. Puissante. Comme si j'étais en compagnie des anges. Je me suis rendu compte que c'était les souvenirs. J'avais enfin ouvert mon esprit. Je m'étais autorisée à savoir tout ce que je savais et c'était comme si nous étions de retour dans la maison cette nuit-là, sauf que cette fois ma mère et mes frère et sœur étaient à mes côtés. Nous étions unis. Quatre contre un.

Et les images qui défilaient dans ma tête étaient à la fois violentes et douloureuses.

« Tu n'as pas le pistolet, a constaté Andrew. Tu as échoué. »

Il a fait un premier pas et j'ai enfin ouvert les yeux.

« Le shérif Wayne m'a sauvée, ai-je dit d'une voix ferme. Mon père ne s'est pas suicidé, cette nuit-là. C'est le shérif qui l'a tué.

— Tu… tu lui as parlé ? »

Andrew semblait dérouté. Il s'est immobilisé à quelques mètres, le couteau plaqué contre la jambe de son pantalon.

« Ma mère l'aimait. Est-ce que tu l'as vue dans les espaces interstitiels ? Est-ce que tu l'as interrogée là-dessus ? Le shérif Wayne était un homme bien, c'était pour ça qu'elle le chérissait. »

Andrew a tout de suite donné des signes d'agitation. Ce qui confirmait les soupçons que j'avais commencé à nourrir.

« Elle l'a appelé après notre conversation, après le retour de mon père à la maison. Elle voulait jeter mon père dehors. Mais il ne voulait pas partir. Alors elle a appelé ton père (son amant, le shérif Wayne) pour qu'il vienne à son aide.

— Il n'aurait pas dû quitter sa famille, a riposté Andrew.

— Même un homme bien peut être tenté. Même un

homme bien peut faire quelque chose qu'il n'aurait pas dû faire. Wayne est venu en tant que simple citoyen, pas en tant qu'officier de police. Il espérait raisonner mon père, le convaincre de quitter les lieux. Les tyrans craquent sous la pression, non ? Et tout le monde savait que mon père était un sacré tyran. »

Encore des signes d'agitation. Le claquement de la lame contre la jambe de son pantalon.

« Les choses ont pris un tour que personne n'avait prévu. Comme mon père refusait de sortir de la chambre, le shérif est venu le chercher à l'étage. Le ton est monté et mon père a aperçu son pistolet, posé sur la table de nuit. Il l'a attrapé et pointé sur le shérif Wayne au moment où ma mère s'interposait entre eux. Elle a pris la balle destinée à son amant, morte avant de toucher le sol. »

Encore des images, comme un vieux film amateur qui serait passé dans ma tête. Est-ce que j'étais discrètement sortie de ma chambre cette nuit-là, est-ce que j'en avais vu plus que je n'en avais conscience ? Ou bien est-ce que ces images venaient d'ailleurs ? Une caresse chaude sur ma joue. Cette sensation à nouveau – ma mère, Natalie, Johnny. Quatre contre un. Comme cela aurait dû être le cas cette nuit-là, il y a vingt-cinq ans.

« Mon père a hésité, ai-je murmuré. Choqué par la mort de ma mère. Ça a donné au shérif Wayne le temps de courir à sa voiture. Son arme de service, dans la boîte à gants verrouillée. Il a fallu qu'il manipule la clé, les mains tremblantes. Qu'il ouvre la porte. Qu'il sorte le 9 millimètres. Qu'il vérifie qu'il était chargé. »

D'autres images. Une quatrième présence qui me rejoignait dans le couloir.

« Pendant son absence, Natalie a sorti une tête. Johnny s'est rué comme un fou vers les escaliers. Et mon père a remonté le couloir vers ma chambre. »

À nouveau les courants d'air, changeants. Chauds et froids. Lumière et ténèbres. Qui s'amplifiaient.

« Le shérif Wayne m'a sauvé la vie, ai-je dit d'une voix forte. Il a abattu mon père. Il m'a sortie de ce carnage. Et, ensuite, il a appelé des renforts, sans jamais dire à personne ce qui l'avait réellement amené dans cette maison cette nuit-là. Maintenant que ma famille était morte, inutile de faire du mal aux siens avec son secret inavouable. En tant que chargé d'enquête, il avait la main haute sur la scène de crime et il lui a donc été facile de faire passer ça pour le massacre d'un seul homme : mon père avait tué presque toute sa famille avant de retourner l'arme contre lui.

» Le shérif Wayne a porté le poids de sa culpabilité jusque sur son lit de mort, où il s'est enfin confessé à son fils. Est-ce que c'est ça qui t'a poussé à me retrouver ? Est-ce que c'est ça qui t'a convaincu que je devais affronter mon passé, Andrew ? »

Je me suis demandé si je n'avais pas vu une étincelle de réminiscence dans son regard, une réaction en entendant son nom. Mais les ténèbres qui tournoyaient autour de lui restaient insondables.

La voix d'Evan atteignait un pic dans le placard, convoquait le dernier ange, appelait la lumière.

« Tu n'avais pas besoin de tuer qui que ce soit, ai-je dit à Andrew. L'âme de ton père a été libérée dès l'instant où il s'est confessé. Il n'était pas prisonnier du vide entre les plans d'existence spirituelle. Mais mon père, si... »

Andrew a poussé un rugissement. La colère le reprenait en réalisant que j'avais finalement compris. Il a brandi son couteau.

Et j'ai serré dans ma main la crosse du pistolet que j'avais découvert dans la salle de bains. Depuis les cendres de mon père jetées dans les égouts jusqu'à son ancienne arme de service scotchée aux toilettes. Pendant ces dernières secondes, tout avait pris sens.

Andrew a chargé dans le couloir.

Et j'ai vu mon père me regarder à travers ses yeux.

Ma mère sentait toujours l'orange et le gingembre. Elle me donnait des glaces à l'eau à la fraise quand il faisait chaud et me veillait quand j'étais malade. Elle adorait les bandes dessinées du dimanche et s'absorbait dans la lecture du magazine *Vogue* en se demandant quelle tenue inabordable elle adorerait un jour s'offrir.

Natalie aimait grignoter des tranches de citron saupoudrées de sucre. Elle mangeait toute la pulpe, collait la pelure jaune sur ses dents et souriait à la ronde. Pendant ce dernier été, elle s'était mise à employer du jus de citron pour décolorer les taches de rousseur qui lui mouchetaient le nez. Même si je ne lui ai jamais dit, j'adorais secrètement ses taches de rousseur et j'espérais tous les jours en voir sur mon visage.

Le jeu préféré de Johnny était cache-cache. Il se contorsionnait pour se loger dans de minuscules espaces et nous ne le retrouvions jamais. Un jour, il s'est glissé derrière le chauffe-eau et il est resté coincé. Natalie riait, mais j'ai bien vu qu'il avait peur. Je lui ai tenu la main pendant que ma mère l'arrosait d'huile végétale. Plus tard, après avoir pris un bain, il a partagé sa BD préférée rien qu'avec moi pour me remercier.

Andrew, qui fondait sur moi. À six mètres, cinq, quatre…

Mon père, un concentré de ténèbres qui fonçait vers moi comme un train de marchandises.

… trois, deux…

« Evan ! » a crié un homme derrière Andrew. Michael Oliver, qui arrivait en haut des escaliers.

« Michael, Michael, la police. Ils sont là, ils sont là ! a crié Victoria au rez-de-chaussée.

– Maman ! a hurlé Evan dans le placard de la chambre. Maman, papa ! »

Et Andrew est arrivé sur moi.

« Attention ! » a grondé Michael.

Bris de verre dans l'entrée.

« Papa, papa, papa ! »

Amour et lumière. Lumière et amour. Le baroud d'honneur d'une famille.

« *Crève !* » m'a craché Andrew au visage alors que le couteau s'abattait.

J'ai pensé à l'amour de ma mère. Je me suis souvenue des sourires niais de mes frère et sœur. Et cette fois-ci, je ne me suis pas cachée.

J'ai appuyé sur la détente.

Le recul m'a fait brutalement relever les bras. Le pistolet a heurté le menton d'Andrew et l'a envoyé à la renverse. Est-ce que je l'avais touché ? Est-ce qu'il saignait ? J'étais incapable de le dire. Mes oreilles bourdonnaient, mes yeux larmoyaient de douleur. Ma main droite me lançait, brûlée par la douille qui avait été éjectée.

Toujours les cris d'Evan. Des pas lourds dans les escaliers.

« Police, police ! Lâchez vos armes ! »

Andrew s'est relevé tant bien que mal, en secouant la tête.

J'ai remarqué deux choses à la fois : il saignait au côté droit et il avait toujours le couteau à la main.

Il a baissé les yeux vers moi, avec un grand sourire, et à ce moment-là Michael Oliver lui est tombé dessus par-derrière.

« Salopard. T'avise pas de toucher à ma famille. Salopard !

— Lâchez votre arme ! Lâchez-la, nom de Dieu ! »

Le commandant D.D. Warren était arrivée sur le palier, dans une envolée de boucles blondes. Elle braquait son arme sur moi, les yeux rivés sur les deux hommes aux prises. Son collègue et Victoria ont déboulé dans le couloir derrière elle.

« La police, Michael, essayait de dire Victoria. La *police*.

— Maman ? criait Evan dans le placard.

— Lâchez votre arme ! » a de nouveau crié D.D.

J'ai posé le pistolet, sans quitter Andrew des yeux.

« Repoussez-le du pied. Derrière vous », m'a ordonné D.D.

J'ai fait ce qu'on me disait. Michael était au-dessus d'Andrew maintenant, il lui frappait le front contre le sol.

« Ça suffit ! a crié D.D. Police ! Levez-vous, écartez-vous. *Tout de suite !* »

Sa voix a dû finir par arriver jusqu'à Michael. Il a lentement lâché les cheveux d'Andrew. Il s'est relevé en chancelant, à bout de souffle, le regard fou. Le coéquipier de D.D. s'est avancé pour la seconder.

« Evan est dans le placard, ai-je expliqué. Il a besoin d'aide. Je peux ? »

Ces mots ont enfin semblé sortir Michael de son hébétude. Il s'est écarté d'Andrew. Victoria se faufilait déjà à côté des enquêteurs vers la chambre de son fils. Elle est ressortie une minute plus tard, Evan dans les bras.

Elle a regardé son mari. Il l'a regardée. Une seconde plus tard, ils étaient ensemble, des parents enlacés, leur fils au chaud entre eux.

Et j'ai ressenti une douleur, profonde et sans fin, dans la poitrine. Ma mère, Natalie, Johnny.

Je vous aime. Je vous aime. Je vous aime. Et vous me manquez tellement.

Un frôlement contre ma joue. Une palpitation, comme des ailes de papillon sur ma tempe droite. J'aurais voulu les tenir, les étreindre.

Je vous aime, ai-je de nouveau pensé. Et ensuite j'ai lâché prise, comme j'aurais dû le faire des années plus tôt.

L'autre enquêteur se tenait à côté d'Andrew, qui était couché sur le ventre. Il s'est penché pour prendre son pouls pendant que D.D. le couvrait avec son arme.

Il a grimacé et s'est retourné vers D.D. en secouant légèrement la tête.

J'ai pris conscience de ce qui nous avait échappé à

tous jusque-là : la mare de sang qui grandissait lentement sous le corps d'Andrew. Quand Michael s'était
jeté sur lui, Andrew avait encore le couteau à la main.
Apparemment, la lame avait finalement trouvé où se
planter.

« Tout le monde dehors », a ordonné D.D.

Nous sommes sortis dans l'allée, où le soleil se
levait. Michael et Victoria restaient blottis l'un contre
l'autre, Evan niché entre eux : ils ne voulaient pas
lâcher leur fils. Je suis restée un peu à l'écart, le visage
tourné vers la lumière.

Épilogue

Victoria

Nous avons trouvé une école pour Evan. Un établissement dans le sud du New Hampshire, qui accueille les élèves à plein temps dans un environnement familial. Les enfants vivent dans de vraies maisons avec des éducateurs spécialisés qui leur servent de parents de substitution. Sur le campus, il y a un lac, d'immenses jardins et des bois alentour. Le programme associe un emploi du temps très structuré avec beaucoup d'activités en extérieur qui permettent aux enfants de respirer au grand air, de s'initier au jardinage et de profiter des pouvoirs bienfaisants de la nature.

L'école a même recours à la méditation pour que les enfants agités apprennent à se détendre tout seuls.

Evan est inquiet, mais pas foncièrement opposé. Nous pourrons lui rendre visite le week-end. Si son comportement s'améliore, il aura le droit de rentrer à la maison pour les vacances. La situation commence à paraître gérable. D'accord, il prend des médicaments. D'accord, il va quitter la maison. D'accord, beaucoup d'autres « occasions d'apprentissage » nous attendent.

Mais l'école est magnifique. Evan est plus calme. Et notre famille est en voie de guérison.

Le procureur a décidé de ne pas engager de poursuites contre Evan. Notre avocat a plaidé qu'Evan avait été indûment influencé par les instincts violents, désormais évidents, d'Andrew Lightfoot. Faire un procès à un enfant qui venait de se faire enlever par son guérisseur spirituel risquait d'être mal perçu par la presse et l'affaire s'est donc tranquillement conclue par un non-lieu. Après une semaine passée au service de soins intensifs, quelques réglages concernant son traitement médicamenteux et la mise au point d'une stratégie à long terme, Evan a reçu l'autorisation de rentrer à la maison pour y terminer l'été avant de partir pour sa nouvelle école.

Ce qui m'a donné le temps de me rétablir et d'aller faire des courses de rentrée avec ma fille.

La semaine dernière, Chelsea est venue nous voir deux fois, Evan et moi, avec Michael en guise de chaperon. Surexcité, Evan s'est claqué la porte d'entrée sur les doigts, après quoi il s'est emmêlé les pieds et a envoyé sa sœur valser contre la télé. Mais Chelsea s'est accrochée, je me suis accrochée, Michael s'est accroché. Plus nous restions calmes, plus Evan se calmait. À la fin de la deuxième soirée, nous avons même réussi à faire un jeu de mime en famille. Chelsea a gagné. Quand je l'ai prise dans mes bras pour la féliciter, elle s'est cramponnée à moi en pleurant. Alors j'ai pleuré avec elle.

Il y a des fois où on a juste besoin de ça.

Le mariage a été repoussé. Il y avait des affaires plus urgentes à régler, m'a expliqué Michael, et j'ai cru voir dans ses yeux un peu de cette ancienne flamme familière. Je sais qu'il l'a sentie dans les miens.

Je projette de me relancer dans la décoration intérieure. D'apprécier chaque seconde que je passe avec mes enfants. D'être de nouveau moi-même, indépendante, belle et forte.

Et je crois que, si je fais ça, Michael n'a aucune chance.

D.D.

D.D. adorait qu'une affaire se dénoue. Andrew Ficke, alias Andrew Lightfoot, était mort sur les lieux : il s'était vidé de son sang après s'être sectionné l'artère fémorale. Mais les pièces à conviction ont la vie dure et ils en recueillirent en abondance.

Un Taser militaire fut retrouvé sur le siège passager de sa voiture. Les examens conclurent que le voltage correspondait à celui qui avait été employé pour agresser Patrick Harrington, Hermes Laraquette, Danielle Burton et Victoria Oliver. Le Taser contenait également des cartouches spéciales, qu'il était apparemment possible de se procurer Dieu sait comment et qui envoyaient du courant dans les deux filins de l'appareil sans laisser de confetti d'identification.

Une fouille de la villa d'Andrew à Rockport mit également au jour un paquet de liens de serrage, de même taille, même couleur et même résistance que ceux qui avaient été utilisés pour ligoter Danielle Burton et la famille Oliver. Et puis il y avait le sac de voyage dans le coffre de sa voiture, qui s'était illuminé comme un feu d'artifice quand on y avait cherché des fluides corporels. Les analyses avaient révélé trois groupes sanguins différents – très certainement une contamination croisée, le sac ayant contenu des vêtements maculés du sang de plusieurs victimes.

On savait qu'Andrew Lightfoot les connaissait toutes. La police ne lui avait trouvé aucun alibi pour les nuits des meurtres, et les caméras de surveillance avaient filmé son arrivée à l'hôpital le soir de la pendaison de Lucy. Les experts en incendie avaient découvert quinze bombes fumigènes dans le système de ventilation ; l'identité judiciaire avait relevé les empreintes d'Andrew sur plusieurs d'entre elles, ce qui le rendait directement responsable de l'évacuation d'urgence.

Pour D.D., l'affaire était entendue. Andrew avait pris son histoire d'espaces interstitiels un peu trop au sérieux et s'était persuadé que le sort de l'âme de son père comptait davantage que l'existence corporelle d'un certain nombre d'individus. Il avait assassiné A, croyant sauver B. Ou, plus probablement, il avait simplement voulu terroriser Danielle Burton, qui l'avait éconduit.

Naturellement, Alex n'était pas d'accord : « C'était un guérisseur spirituel. Il faisait du bon boulot, d'après ses clients...

— Ses adeptes.

— Ses clients. Un chaman respecté ne se transforme pas du jour au lendemain en boucher.

— Il était obnubilé par Danielle. Elle ne voulait rien avoir à faire avec lui. Quelle dose de rejet un homme peut-il supporter ?

— D'après le témoignage de Danielle, il voulait

qu'elle sauve l'âme de son père. En quoi tuer deux familles entières pouvait-il y contribuer ?

— En rien, reconnut D.D. Il n'était pas très doué pour trouver des solutions aux problèmes. D'ailleurs, c'est la définition même de l'assassin. Le mec veut divorcer, mais sans perdre la moitié de ses biens, alors il tue sa femme. Est-ce qu'il était obligé de la tuer ? Est-ce qu'il avait d'autres moyens de mettre un terme à son mariage tout en protégeant son compte en banque ? Bien sûr. Mais les assassins ne voient pas d'autre solution. C'est pour ça qu'ils assassinent. »

Ils se trouvaient dans le bureau de D.D. Les autres membres de la cellule d'enquête étaient partis. Le dossier était bouclé, sans compter qu'ils avaient déjà entendu cette conversation. Mais cela n'arrêtait pas D.D. et Alex.

« Ah oui ? continuait ce dernier. Et à quel moment de ses études de commerce et de chamanisme a-t-il appris à dézinguer toute une famille ? À tuer une femme d'un seul coup de couteau, et un adolescent athlétique ? Sans parler du cœur de pierre qu'il faut avoir pour poursuivre une petite fille qui hurle dans un couloir et l'entraîner vers sa mort. Ou abattre une fillette sur un lit de chien. Ou étouffer un bébé dans un berceau.

— Ça prouve seulement à quel point il avait compartimenté son existence. Imagine : cet homme avait deux vies – Ficke l'expert en gestion de portefeuille et Lightfoot le sauveur d'âmes. Ficke n'était franchement pas sympathique ; il baisait les femmes et entubait ses amis, tout ça au nom de la haute finance. Et voilà qu'un jour il lui prend l'idée de se métamorphoser en doux et gentil Lightfoot. Peut-être qu'au début il a sincèrement cru qu'il avait sauvé la vie de son ami. Vu ce que certains nous ont dit de son travail, peut-être qu'il a vraiment fait le sorcier. Mais réfléchis un peu : guérir lui donne un sentiment de puissance. Et en deux temps trois mouvements, les bouffées d'adrénaline que lui procure le New Age réveillent ses anciens instincts prédateurs. Andrew se met à frauder l'État, à profiter de mères dépassées, à nourrir son ego. Lightfoot redevient Ficke, sauf que cette fois-ci il est armé d'un discours mystico-ésotérique pour manipuler les masses.

— Il voulait Danielle.

— Exactement. On en revient toujours à Danielle. La petite fille que son père avait sauvée. La femme qui refusait malgré tout de faire ce qu'Andrew lui disait. Andrew la voulait, et Andrew obtenait toujours ce qu'il voulait. Ou alors personne ne l'obtenait.

— Où l'on voit qu'une femme têtue peut pousser un homme à bout.

— Ce n'est pas donné à tout le monde, répondit modestement D.D. Bon, l'affaire est close. Le coupable est mort. Il est sept heures du soir. Je n'ai pas dormi depuis quatre jours. Pourquoi on est encore au bureau ?

— Parce que tu n'as pas dit oui.

— À quoi ?

— Au poulet au marsala que j'ai l'intention de te préparer. Avec du pain italien et une bouteille de Chianti.

— Il y aura du tiramisu au dessert ?

— De la glace vanille faite maison. »

560

D.D. le regarda. Alex la regarda.

Elle soupira, retira son biper, le posa soigneusement sur son bureau.

« Alex, ramène-moi à la maison. »

Danielle

D'après le rapport final de la police, Andrew Lightfoot serait devenu fou et aurait assassiné douze personnes dans l'espoir de retenir mon attention et de sauver l'âme de son père. Ils ont mis ça au conditionnel parce qu'assassiner douze personnes est une méthode compliquée pour sauver une âme. Ou alors c'est pour ça qu'ils ont décrété qu'il était fou.

Je ne les ai pas contredits, mais j'avais ma propre opinion sur le sujet. Rien que je puisse prouver. Rien que j'aurais même cru il y a un mois, pour tout dire. Mais je travaille auprès d'enfants, et les enfants sont de puissants révélateurs de la nature humaine. À une époque, les enfants adoraient Andrew. Il avait une bonne influence sur eux. Même si je ne me considérais pas comme une adepte de l'ésotérisme, j'avais été témoin de certains résultats.

Je ne pense pas qu'un fou aurait pu aider ces enfants, particulièrement ceux qui sont hypersensibles – ils auraient perçu cette corruption. Je pense qu'Andrew a été Andrew autrefois. Et qu'à un moment donné de son exploration des sphères célestes, il a rencontré une énergie négative plus puissante que lui. Il a rencontré l'âme pervertie de mon père et espéré en apprendre davantage sur son propre père grâce à lui. Malheureusement, l'esprit de mon père s'est servi d'Andrew pour me pourchasser et finir ce qu'il avait commencé vingt-cinq ans plus tôt.

Il y a des choses que je ne saurai jamais. Quand il m'a portée vers la maison d'Evan, Andrew m'a encouragée à ouvrir mon cœur, à trouver la lumière. Était-ce le véritable Andrew qui réussissait à s'exprimer, qui voulait m'aider à survivre ? Ou bien mon père pensait-il simplement que s'il arrivait à me faire venir dans les espaces interstitiels, il pourrait me faire du mal, à moi aussi ?

Je ne sais pas.

Est-ce que mon père est retourné dans l'abîme, où il attend en ce moment même sa prochaine existence charnelle ? Je sais que je l'ai vu cette nuit-là, ses yeux luisaient dans le visage d'Andrew. Et je sais que j'ai senti la présence de ma mère, de Natalie, de Johnny et même du shérif Wayne. Ou peut-être que j'avais simplement envie de les sentir. Peut-être que c'est l'illusion de les voir qui m'a donné cette force. Cela dit, j'ai retrouvé le pistolet. Aucun doute que cela plaide en faveur d'une intervention de mon père, ou alors j'ai vraiment eu beaucoup de nez.

Je passe d'une hypothèse à l'autre, en femme sceptique qui découvre sur le tard, à trente-quatre ans, qu'une partie d'elle-même a envie de croire.

Je me sens changée, ces derniers temps. Je me souviens plus souvent de ma famille, et avec moins de douleur. J'ai perdu ma mère et mes frère et sœur, et pourtant ils sont encore avec moi.

Peut-être qu'ils sont réellement devenus des anges ? Ou peut-être que j'ai enfin parcouru les cinq étapes du deuil ?

Je ne sais pas.

Et Andrew ? En imaginant que mon père ait pris son âme en otage, est-ce que la fin de son existence charnelle l'a enfin libéré ? ai-je un jour demandé à Evan. Il m'a répondu qu'Andrew était un ange et qu'il avait parlé avec lui la nuit précédente. Il n'avait pas l'air de s'en faire, alors je n'ai pas insisté. La parole d'Evan me suffit.

L'État a procédé à l'inhumation de Lucy. Nous avons fait une collecte pour acheter une stèle. J'ai demandé qu'elle soit sculptée en forme de chat endormi, même si le vendeur de granite m'a prise pour une cinglée. Après l'enterrement, un immense arc-en-ciel est apparu à l'horizon. Concrètement, un arc-en-ciel se forme lorsque la lumière rencontre des particules d'eau. Mais j'ai décidé de le considérer comme le dernier sourire que nous envoyait l'esprit de Lucy.

Peut-être que je sais, finalement.

Je sors avec quelqu'un.

Il est beau, solide et actuellement au chômage. Karen a licencié Greg il y a quatre semaines ; ses infractions au règlement ne lui laissaient pas le choix, a-t-elle expliqué. Greg envisage soit de reprendre ses études pour devenir infirmier en psychiatrie, comme moi, soit de s'établir à plein temps comme aide à domicile. En attendant, il est occupé à aider diverses familles et, bien sûr, il sera bientôt encore plus occupé à me faire l'amour.

Il y a des moments où je suis en colère. Je ne supporte pas qu'il soit aussi facile à un parent de détruire la vie d'un enfant. Je vois encore des cas qui me fendent le cœur. Et je m'arrange encore pour passer bien au large des bouches d'égout.

Mais je me lève chaque matin. Et je me retrouve à faire le même vœu chaque soir.

Je vais vivre avec plus de lumière dans mon cœur. Je vais continuer mon travail auprès d'enfants en difficulté. Et je vais tomber amoureuse d'un homme vraiment bien.

Je suis la seule survivante, et voilà ce que j'avais pour mission de raconter.

NOTE ET REMERCIEMENTS DE L'AUTEUR

Quand on entend parler d'un élève de cours préparatoire renvoyé pour violence, on se fait souvent une certaine idée de ses parents. Vous savez, ce sont des parents qui s'en fichent, qui ne s'investissent pas, qui sont peut-être eux-mêmes violents. Je suis donc restée stupéfaite, il y a deux ans, quand l'enfant caractériel n'était pas un inconnu, mais le fils d'une amie proche. En tant que parents, son mari et elle étaient aimants, capables et présents. Et pourtant, ils avaient le sentiment de perdre la bataille pour sauver leur enfant.

J'ai une dette envers cette famille, qui m'a fait part de son expérience. De leurs séances avec divers spécialistes. De leurs multiples séjours dans une unité de pédopsychiatrie fermée. Et, oui, de leur relation avec un guérisseur spirituel dont ils pensent qu'il a fait le maximum pour communiquer avec leur enfant. Ils m'ont raconté leur histoire dans l'espoir de favoriser un regard plus compréhensif sur les enfants malades mentaux et leurs éducateurs souvent dépassés.

Ils aimeraient que vous sachiez que tous les enfants qui ne tiennent pas assis sur une chaise ne sont pas des sales gosses. Que tous les enfants qui ne veulent pas dormir ne sont pas des fauteurs de troubles. Et que tous les enfants qui hurlent à pleins poumons ne sont pas désobéissants.

Ce sont des enfants. Ils essaient. Et leurs parents aussi.

Ma profonde gratitude va à Kathy Regan et à son équipe de l'unité d'évaluation pédiatrique de Cambridge, Massachusetts, qui ont inlassablement répondu à mes questions et m'ont permis de passer du temps dans un authentique service psychiatrique. Jamais je n'aurais pu créer mon service fictif (l'UPEC de la polyclinique Kirkland) si je n'avais pas eu la chance de découvrir leur quotidien et leurs méthodes. Mais si je me suis permis de mettre en scène à l'UPEC des méthodes progressistes inspirées par leur formidable travail, la clinique elle-même, son personnel soignant et ses agissements sont le pur produit de mon imagination (tout à fait dérangée) et n'ont rien à voir avec le service d'excellence que dirigent Kathy et son équipe.

À ceux qui souhaiteraient en savoir davantage sur les méthodes progressistes mises en œuvre dans son service, je recommande l'ouvrage *Opening Our Arms: Helping Troubled Kids Do Well* de Kathy Regan. Ainsi que *The Explosive Child* du docteur Ross W. Greene pour une approche détaillée de la « recherche de solution par le dialogue » (*collaborative problem solving*).

Du côté des recherches plus classiques, une joyeuse ovation à ma pharmacienne préférée, Margaret Charpentier, qui m'a encore une fois aidée à choisir le poison idéal. Cela faisait un moment que nous n'avions pas collaboré. Je crois que le résultat est amusant, comme toujours.

Le concours annuel Kill a Friend, Maim a Buddy : félicitations à Audi Solis qui a été sélectionnée pour être notre sixième cadavre exquis. J'espère que votre fin spectaculaire vous a amusée. Et, pour que l'autre côté de l'Atlantique ne soit pas en reste, Jo Rhodes a remporté le concours Kill a Fried, Maim a Mate. D'après Eleane Rhodes, c'était le moins que je puisse faire.

Dans la catégorie « petites attentions pour l'auteur », merci à Michael Carr, dont le stylo tient davantage du scalpel lorsqu'il relit un manuscrit. Je n'ai pleuré qu'un petit peu et le livre y a gagné. Toute ma reconnaissance à mes premières lectrices, Kathleen, Barbara et Diana, qui ont comme toujours fait un travail remarquable sur les épreuves. Et pour finir, les grosses pointures : jamais je n'y arriverais sans Meg, Kate et le soutien de toute mon équipe éditoriale. C'est grâce à vous que la magie opère.

Sur le front domestique, tout mon amour à mon patient mari et à ma fille, pas très patiente mais toujours adorable.

Enfin, je dédie ce livre à la mémoire de Michael Clemons, un homme de bien, parti trop tôt. Tu nous manques.

Lisa Gardner
dans Le Livre de Poche

Derniers adieux n° 33097

Est-ce parce qu'elle attend un enfant que Kimberly Quincy, agent du FBI, se sent particulièrement concernée par le récit incroyable et terrifiant d'une prostituée enceinte ? Depuis quelque temps, elles sont plusieurs à avoir disparu d'Atlanta sans explication, comme évaporées, et Kimberly est bien la seule à s'en préoccuper. Un serial killer s'attaquerait-il à ces filles vulnérables ? Aurait-il trouvé la clé du meurtre parfait ou s'agit-il de crimes imaginaires ? Sans le savoir, la jeune femme s'enfonce dans le piège tendu par un psychopathe. Comme pour sa mère et sa sœur, victimes autrefois d'un tueur en série, le temps des derniers adieux est peut-être arrivé pour Kimberly…

Sur une route déserte de l'Oregon noyée par la pluie, une voiture abandonnée, moteur en marche, un sac de femme sur le siège du conducteur. Rainie, une avocate séparée de son mari, Pierce Quincy, ex-profiler, a disparu. Dérive d'une femme au passé d'alcoolique ou conséquence d'une des redoutables affaires dans lesquelles elle s'investissait parfois dangereusement ? Un homme sait ce qui s'est passé cette nuit-là. Et lorsqu'il contacte les médias, le message est clair, terrifiant : il veut de l'argent, la célébrité. Sinon, personne ne reverra Rainie. Aidé de sa fille, agent du FBI, Pierce se lance dans l'enquête la plus désespérée de sa vie, sur la piste d'un criminel sans visage et de la femme qu'il n'a jamais cessé d'aimer.

Un fait divers dans une banlieue résidentielle de Boston passionne les médias. Sandra Jones, jeune maîtresse d'école et mère modèle, a disparu. Seul témoin : sa petite fille de quatre ans. Suspect n° 1 : son mari Jason. Tente-t-il de brouiller les pistes ou cherche-t-il à protéger sa fille ? Mais de qui ? Après *Sauver sa peau*, une nouvelle enquête particulièrement surprenante de la non moins surprenante D.D. Warren. Vous ne regarderez jamais plus une porte déverrouillée, une fenêtre entrouverte ou une page Web de la même façon…

Sally, Cindy, Lucile… Depuis l'enfance, Annabelle Granger s'est habituée à devoir changer brusquement de prénom, de nom, de maison, de ville, d'histoire… sans que ses parents lui donnent la moindre explication. Bien plus tard, la découverte, dans une chambre souterraine de l'ancien hôpital psychiatrique de Boston, des cadavres de six fillettes fait la une des journaux. L'une d'elles porte un médaillon au nom d'Annabelle Granger. L'heure n'est plus à la fuite et Annabelle décide de sortir enfin de l'ombre. Mais le tueur est toujours aux aguets. Il l'attend. Depuis vingt-cinq ans. Le début surprenant d'un suspense qui ne l'est pas moins…

Baskerville, dans l'Oregon, est une bourgade plutôt tranquille. Jusqu'à ce jour de mai où Rainie Conner reçoit un appel radio lui signalant qu'une fusillade vient d'éclater au collège. Quand l'inspectrice arrive sur place, le bilan est déjà lourd : des blessés et trois morts, deux fillettes et leur enseignante. Le meurtrier est arrêté, les armes à la main. Il s'appelle Dany, il a 13 ans. Son père, Shep O'Grady, est le shérif de Baskerville, le supérieur hiérarchique de Rainie. Chargée de l'enquête, Rainie doit faire vite : parents, médias et FBI font pression. Épaulée par Pierce Quincy, instructeur au FBI, spécialisé dans les fusillades en milieu scolaire, elle résiste et se demande si le garçon n'a pas été manipulé. Dans l'ombre, un homme vêtu de noir guette. Il connaît tout de la jeune adjointe du shérif, son passé, la mort tragique de sa mère, sa fragilité psychologique…

Du même auteur
aux éditions Albin Michel :

DISPARUE, 2008.
SAUVER SA PEAU, 2009.
LA MAISON D'À CÔTÉ, 2010.
DERNIERS ADIEUX, 2011.
PREUVES D'AMOUR, 2013.
ARRÊTEZ-MOI, 2014.

Composition réalisée par NORD COMPO

Achevé d'imprimer en décembre 2014 en France par
CPI BRODARD ET TAUPIN
La Flèche (Sarthe)
N° d'impression : 3008418
Dépôt légal 1re publication : octobre 2014
Édition 03 – décembre 2014
LIBRAIRIE GÉNÉRALE FRANÇAISE
31, rue de Fleurus – 75278 Paris Cedex 06

59/2223/0